Alexandra Jones wuchs in Indien und Burma auf und arbeitete auf britischer Seite mit an der Entwicklung Pakistans zu einem eigenständigen Staat. Später kehrte sie mit ihrer Familie nach England zurück. Heute lebt sie in der Grafschaft Kent in Südostengland. Sie ist Autorin zahlreicher historischer Romane. Besuchen Sie auch die Homepage der Autorin: www.alexandra-jones.co.uk

Weitere Titel der Autorin:

Die Dinge des Lebens
Die Wunder des Himmels
Der Zauber des Sommers
Das Echo der Liebe
Die Magie des Herzens
Das Versprechen des Glücks
Die Tränen der Hoffnung

Dieser Titel erscheint auch bei Lübbe Audio

Alexandra Jones

DIE MELODIE DER TRÄUME

Roman

Aus dem Englischen von
Ulrike Werner

BASTEI LÜBBE
TASCHENBUCH

BASTEI LÜBBE TASCHENBUCH
Band 16 064

1. Auflage: August 2011

Vollständige Taschenbuchausgabe

Bastei Lübbe Taschenbuch in der Bastei Lübbe GmbH & Co. KG

Deutsche Erstausgabe

Titel der englischen Originalausgabe: The Watershadows of Chance
Published by Arrangement with Alexandra Jones
Dieses Werk wurde vermittelt durch die Literarische Agentur
Thomas Schlück GmbH, 30827 Garbsen.

Titelillustration: shutterstock
Umschlaggestaltung: Gisela Kullowatz
Autorenfoto: Matthew Jones
Satz: Urban SatzKonzept, Düsseldorf
Gesetzt aus der Garamond
Druck und Verarbeitung: GGP Media GmbH, Pößneck
Printed in Germany
ISBN 978-3-404-16064-8

Prolog
England 1848

Zwei aufeinanderfolgende Jahre mit ungewöhnlich regenreichen Sommern hatten in ganz Europa zu Missernten geführt. Der Weltmarkt ging in die Knie. Die Menschen in Europa litten unter einer schweren Wirtschaftskrise.

In Irland wurde der Gestank verdorbener Kartoffeln vom süßlichen Geruch des Todes überlagert. Auf den Feldern verwesten verhungerte Bauern neben ihrer verrotteten Ernte.

In Wales schlachtete man den Viehbestand weil nicht genügend Futter für den Winter in den Scheunen lagerte.

Viele Schotten emigrierten in wärmere Klimazonen und folgten dem Lockruf des Goldes, das in der Neuen Welt fast auf der Straße zu liegen schien.

In Deutschland, Österreich und Italien begehrten die Studenten gegen die herrschenden Sozialverhältnisse auf.

In Frankreich ging es drunter und drüber.

Sir David Byngham, Königin Viktorias Sondergesandter in Frankreich, und Außenminister Henry John Temple, 3. Viscount Palmerston, saßen in einem der Regierungsgebäude von Whitehall in London zusammen und prosteten sich zu.

»Wenn es in Frankreich drunter und drüber geht, müssen wir leider davon ausgehen, dass auch Köpfe rollen werden. Ehrlich gesagt widerstrebt es mir, schon wieder ein Blutbad mitzuerleben.« Palmerston hob sein Glas. »Trotzdem wünsche ich Ihnen ein gutes neues Jahr, David.«

Sir David hob ebenfalls das Glas. »Gutes neues Jahr, Henry! Ich muss schon sagen – dies ist ein außergewöhnlich delikater Madeira«, fügte er mit einem Blick auf die edle goldene Flüssigkeit in seinem Glas hinzu, die seinen Gaumen an diesem späten Januarvormittag auf das Angenehmste kitzelte.

»Ich werde meinen Weinhändler beauftragen, Ihnen zwei Kisten zu senden.« Im Gegensatz zu Sir David war es Viscount Palmerston nicht besonders heiter zumute. Königin Viktoria hatte ihn aus dem redlich verdienten Weihnachtsurlaub zurückzitiert, weil sich Probleme mit der französischen Krone abzeichneten, besser gesagt: mit dem Bürgerlichen, der diese Krone trug.

Der Minister starrte in die Flammen des Kaminfeuers. »Wir wissen, was uns erwartet, wenn der Mob in Paris aufbegehrt. Man kann nur hoffen, dass der Kopf von Louis-Philippe da bleibt, wo er ist. Ihre Majestät, die Königin, befürchtet nämlich zu Recht, dass er ihr in den Schoß fallen könnte. Wir können es uns nicht leisten, einem weiteren abgesetzten Monarchen zu Lasten des britischen Steuerzahlers Asyl zu bieten.«

»Verstehe«, murmelte Sir David.

»Was wissen Sie über meinen französischen Amtsbruder Lamartine?«, erkundigte sich Viscount Palmerston plötzlich.

Nachdenklich starrte Sir David sein leeres Glas an.

»In Frankreich hat sich Alphonse Marie Louis de Lamartine vor allem als romantischer Dichter einen Namen gemacht.«

Viscount Palmerston hob die Augenbrauen. »Tatsächlich? Und sonst?«

»Sowohl als Staatsmann als auch als Autor liegen seine Schwerpunkte hauptsächlich im Bereich der Natur, der Religion und der Liebe.«

»Ach wirklich?« Der Minister konnte seine Verwunderung nicht verhehlen. »Und wo steht er politisch?«

»Man könnte ihn als liberal bezeichnen, allerdings ist er ein nachdrücklicher Verfechter der Republik.«

»Was sich zweifellos in seinen Gedichten über Leidenschaft und Stimmungen, Sehnsüchte, Träumereien und Natureindrücke bekundet«, murmelte der Minister skeptisch. »Könnte er gefährlich werden?«

»Möglicherweise.«

»Dann behalten Sie ihn im Auge. Ich weiß, dass ich mich diesbezüglich auf Sie verlassen kann.«

Erneut hob der Minister sein Glas und prostete Sir David zu.

Teil 1

Der goldene Käfig
Frankreich 1848

Kapitel Eins

Einen Monat später und weit entfernt von Whitehall blies Sir David Byngham die Wangen auf wie ein Vogel, der sich in der Kälte aufplustert. In der Wohnung brannte ein Meer von Kerzen. Es sah aus wie in einer russisch-orthodoxen Kirche und war so warm, dass Sir David sich kaum gewundert hätte, wenn Weihrauchduft durch die Zimmer geschwebt wäre. Er fühlte sich ein wenig schuldbewusst.

Er wandte dem knisternden Kaminfeuer im anmutigen Salon seiner Wohnung in der Rue Royale in Paris den Rücken zu, rieb sich die kalten Hände und dankte seinem Schöpfer, dass er seinen Platz nicht mit Jules tauschen musste. Jules war Drehorgelspieler und stand auch heute, wie so oft, in Erwartung großzügiger Almosen der Reichen mit seiner Orgel und dem Kapuzineräffchen Coco vor dem Haus. Wann immer Jules mit seiner Orgel vor der Wohnung in der Rue Royale auftauchte, gab Sir David ihm Geld.

»Soll ich uns Tee bestellen, Papa?«

Joanne betrat den Salon, nachdem sie sich im eiskalten Vestibül hastig ihrer Pelze entledigt hatte. Ihr junges Gesicht glühte. Der Wind draußen pfiff so schneidend kalt, dass sie trotz ihrer dicken Kleidung bis ins Mark durchgefroren war. Sir David betrachtete seine Tochter. Mit ihrem üppigen, bronzegoldenen Haar und ihren bernsteinfarbenen Augen erinnerte sie an ein seltenes, katzenähnliches Lebewesen. Sie war ihrer Mutter wie aus dem Gesicht geschnitten.

Sir David stieß einen wehmütigen Seufzer aus.

»Ja bitte, mein Liebes.«

Nachdem Joanne dem Dienstmädchen Bescheid gesagt hatte und in den Salon zurückgekehrt war, blickte Sir David seine einzige Tochter mit einer Mischung aus Trauer und Melancholie an. Welch schönes Kind! Welch hübsches Mädchen! Joannes Erscheinung zog alle Blicke auf sich, wohin sie auch kam.

Eigentlich wäre es Sir David lieber gewesen, Joanne im heimatlichen Irland zurückzulassen, doch seine Tochter hatte ihn wortreich davon überzeugt, dass es sich unter der Aufsicht einiger Bediensteter in Byngham House im wilden County Wicklow auch nicht sicherer lebte als in Paris. Die Anwesenheit ihres Vaters, so argumentierte sie, war verlässlicher als die jedes anderen Menschen. Und es war wie immer: Wenn Joanne einmal einen Entschluss gefasst hatte, wusste Sir David ihr nichts mehr entgegenzusetzen. Er selbst aber wusste, wie verwundbar sie in dieser aufgewühlten, unruhigen Stadt war!

Seine heutige Begegnung mit Jules kam ihm in den Sinn. Welke Blätter waren wie besessene Derwische über den Bürgersteig getanzt und hatten sich in den Toreinfahrten mit menschlichen Hinterlassenschaften und Müll vermischt. Jules' Lachen hatte gebrochen und hohl geklungen, sein weit geöffneter, zahnloser Mund verzerrte sein Gesicht zur Grimasse. Sir David erinnerte sich, wie missbilligend Jules seine Tochter angesehen hatte, als sie ihre zarte weiße Hand aus dem Muff gezogen und dem Äffchen eine Münze in die ausgestreckte Pfote gelegt hatte.

Coco biss mit seinen scharfen spitzen Zähnen auf den Rand der Münze, um sie auf Echtheit zu prüfen. Für Jules stellten die beiden Ausländer nichts anderes dar als die Aussicht auf einen warmen Geldsegen. Und Sir David hatte die Gereiztheit des alten Mannes bemerkt. Hinter der vorgeschützten Biederkeit des braunhäutigen, alten Mannes spürte Sir David eine unterschwellige Feindseligkeit. Jules gehörte der untersten sozialen Schicht an. Sein Gesicht spiegelte die Enttäuschungen seines Lebens wider. Alle Unbilden der Witterung hatten sich tief eingegraben, Regen und Frost hatten es verhärtet, und der stetig wechselnde Wind des Schicksals hatte Spuren hinterlassen wie in hartem Felsgestein. Jules war zu einem Symbol der Ärmsten und Ausgestoßenen von Paris geworden, denen reiche Briten zuwider waren. Dabei spielte es keine Rolle, dass sie sich mit ein paar Münzen freikauften, ehe sie weiterschlenderten und den menschlichen Abschaum schnell wieder vergaßen.

»Oho, Jules! Sie tun dem armen Chopin aber heute wieder Gewalt an«, hatte Sir David den alten Drehorgelspieler jovial begrüßt. Dabei wollte er durchaus nicht herablassend klingen, sondern einfach nur freundlich. Er kannte Jules seit vielen Jahren. Der Alte hatte bereits Drehorgel gespielt, als Sir David Joannes Mutter Jacqui, einer gebürtigen Pariserin, den Hof machte. »Hier, kaufen Sie sich eine Flasche Absinth, und verschwinden Sie aus dieser Kälte. Das Wetter ist Gift für jemanden, der es auf der Brust hat.«

»Ich gehe bestimmt bald nach Hause, Monsieur. Aber ich kaufe keinen Absinth, sondern Medizin.« Jules war von einem Fuß auf den anderen getreten und hatte seine nackten, blau gefrorenen Hände gerieben. »Meine Frau ist sehr krank. Sie hustet und spuckt Blut.«

David wollte gerade eine weitere Münze in Jules' Kappe legen, als er angerempelt wurde und die Münze in die Gosse rollte. Der kleine Affe sprang hinterher, holte sie aus dem Schmutz und zeigte dem fremden Rempler laut schnatternd seine spitzen Zähne.

Der Fremde trug eine schmutzige Stoffkappe, einen billigen

Mantel und abgetragene Schuhe. Auf seiner linken Wange trat deutlich eine tiefe Narbe hervor, die vom Ohrläppchen bis zum Mundwinkel verlief. Sie bewirkte, dass der Mann ständig zu grinsen schien, als mache er sich über die Hoffnungslosigkeit des Lebens auf ironische Weise lustig. Abgesehen von dem tiefen Wundmal war das Gesicht des Mannes von Pockennarben gezeichnet – ein Gesicht, wie man es nur bei den Armen sah.

»Oh ja, Jules sorgt immer noch für Ohrenschmerzen«, sagte er hämisch.

Er streifte den Engländer mit einem Blick und ließ seine dunklen Augen dann auf Joannes gepflegtem Äußeren verweilen. Ohne die Augen von dem jungen Mädchen zu wenden, sagte er zu dem Drehorgelspieler: »Wenn ich du wäre, ginge ich jetzt schleunigst in die Markthallen. Du hast genug Geld in der Kappe. Der Brotpreis steigt ins Unermessliche. Und dabei ist es nur Schwarzbrot! Schwarzbrot liegt schwer im Magen, nicht wahr, Sir David?«

Er feixte und sah dem Engländer und seiner Tochter frech ins Gesicht. Sowohl Sir David als auch Joanne sprachen fließend Französisch und verstanden jedes Wort.

»Schon möglich«, antwortete Sir David und legte den Arm um Joanne. »Komm jetzt nach oben, Liebes. Es ist wirklich lausig kalt.«

»Bei den Preisen ruiniert man sich nicht nur den Magen, sondern auch die Geldbörse. Eine schlimme Kränkung, *n'est-ce pas?* Aber was sollen wir armen Leute essen, wenn der Hektoliter Weizen neunundvierzig Francs kostet? Am besten, man legt sich still in die Gosse und hofft auf einen schnellen Tod. Und das gilt auch für unsere Kinder, Sir David!«

Sir David hatte Joanne eilig ins Haus geschoben.

»Wer war denn dieser schreckliche Kerl, Papa?«, fragte Joanne, sobald sie im Vestibül standen.

»Soviel ich weiß, heißt er Cabet. Allerdings habe ich keine Ahnung, was er macht.«

»Dann kennen Sie ihn also, Papa?«

»Sagen wir lieber, ich habe von ihm gehört.«

»Und was wissen Sie über ihn?«

»Auf jeden Fall scheint er ein *Agent provocateur* zu sein, ein Aufwiegler. Ein unangenehmer Zeitgenosse.«

Sir David wusste sehr genau, wie heftig es in Paris gärte und brodelte. Er wusste auch, dass der keimende Hass sich eher früher denn später Bahn brechen würde. Und nicht nur deshalb war er der Meinung, dass die Stadt nicht der richtige Ort für seine geliebte Tochter war. Er würde darüber nachdenken müssen, wie er sie zu ihrer Tante nach London schicken konnte, ohne erneut ihrer weiblichen Überredungskunst zu erliegen.

»Mrs O'Grady«, wandte er sich jetzt an die irische Haushälterin, die zusammen mit dem russischen Dienstmädchen Natascha den Tee servierte, »woher kommen diese vielen Kerzen? Ich dachte, es wäre heutzutage schwierig, Wachs oder Talg zu bekommen.«

»Mit dieser Frage müssen Sie sich bitte an Natascha wenden. Das Mädchen kann keine Dunkelheit mehr ertragen, seit Napoleon in ihr geliebtes Moskau einmarschiert ist.«

Überrascht registrierte Sir David, dass Mrs O'Grady, die angeblich kein Wort des russischen Dienstmädchens verstand, so viel über deren Innenleben zu wissen schien.

»Nun«, wandte er sich scherzhaft in fließendem Russisch an die Haushaltshilfe, »hat Ihnen etwa der Papst all diese Kerzen in seinem Testament hinterlassen?«

»Ich nicht kennen Papst, Sir David«, gab Natascha ernsthaft

und in gebrochenem Englisch zurück. »Ich nur kennen Pope. Er ist auch in Paris, weil Zar in Russland verfolgt unser Religion. Aber Pope hat mir nichts gegeben. Nur vergibt Sünden. Bitte nicht fragen, woher Kerzen. Ich wissen, aber nicht sagen. Aber bitte, Sir David, Natascha ist kein Diebin.«

Natascha schaute ihm offen und ehrlich ins Gesicht, und Joanne verbarg ein Lächeln.

Sir David seufzte. Schließlich wandte er sich mit ernster Miene an seine Tochter.

»Mein Liebes, es behagt mir nicht, dass du dich hier in Paris aufhältst. Du solltest umgehend zu deiner Tante Hester nach London abreisen. Hier in Paris wird es allmählich zu gefährlich.«

»Um Himmels willen, Vater – nein, bitte nicht!« Joannes Entsetzen wurde schon dadurch deutlich, dass sie ihn »Vater« nannte. Normalerweise sagte sie »Papa«.

Sir David seufzte. Er sehnte sich nach seiner Frau, die sicher besser mit dem halsstarrigen Mädchen zurechtgekommen wäre. Jacqui jedoch war in Joannes dreizehntem Lebensjahr am Hungerfieber gestorben. Während der großen Hungersnot war sie täglich unterwegs gewesen, um sich um erkrankte Bauern auf ihrem Besitz in Irland zu kümmern, und hatte sich trotz aller Vorsichtmaßnahmen angesteckt.

»Ich mag Tante Hester nicht, das wissen Sie ganz genau. Und sie mag mich auch nicht. Ich stelle es mir schrecklich vor, bei ihr zu wohnen. Das reinste Fegefeuer!«

»Ich bestehe auf etwas mehr Respekt gegenüber meiner Schwester, Joanne! Sie ist deine Patin und hat dich sehr lieb«, sagte er energisch.

»Entschuldigen Sie, Papa.« Joanne beeilte sich, das Thema zu wechseln. »Wissen Sie was? Ich freue mich riesig auf die Soiree bei Madame Hélène heute Abend.«

»Hm.« Auch der Gedanke an die Abendgesellschaft behagte Sir David durchaus nicht. Aber was sollte er tun? Er war schließlich für seine einzige Tochter verantwortlich, und ein bisschen Gesellschaft würde ihnen beiden guttun.

Kapitel Zwei

Der alte Drehorgelspieler bückte sich und nahm dem Äffchen die schmutzige Kappe aus den Pfoten. Normalerweise verdiente Jules in diesem Viertel von Paris mehr als in allen anderen westlichen Stadtbezirken. Aber heute war die Kappe, abgesehen von den Münzen, die Sir David und seine Tochter hineingelegt hatten, fast leer. Jules dachte nicht darüber nach, ob es daran lag, dass ein Aufruhr in den ärmeren Vierteln drohte und man ihn gern loswerden wollte, oder ob die reichen Leute, von einem schlechten Gewissen gepeinigt, lieber einen Franc als einen Sou spendeten. Er war dankbar für jede Münze.

Den ganzen Tag schon waren die Straßen von Paris außergewöhnlich leer. In der Luft lag eine Anspannung wie in einem überdrehten Mechanismus, den man nur antippen musste, um ihn in Gang zu setzen.

Jules steckte die wenigen Sous sowie die Francs ein, die er von dem hübschen englischen Mädchen und seinem Vater bekommen hatte, setzte seine fadenscheinige Kappe auf und schickte sich an, die Orgel nach Hause zu ziehen, als sich plötzlich eine schwere Hand auf seine Schulter legte.

»*Merde!*«, fluchte Jules und fuhr zusammen. Das Äffchen begann, laut zu schnattern, sprang auf die Drehorgel und fauchte mit bösartig aufgerissenen Augen den Mann an, der hinter Jules stand. Schnell erkannte er in ihm den Rempler von vorhin.

»Ach, du bist es, Gaston! Du hast mich ganz schön erschreckt.«

»Spiel weiter, alter Mann«, raunte Gaston.

»Ja, aber ... ich wollte gerade nach Hause gehen.«

»Spiel weiter, habe ich gesagt. Mach Lärm. Irgendwelchen Lärm, ganz egal«, sagte Gaston energisch.

Der hochgewachsene Mann, der unter seinem billigen Mantel einen Overall trug, wie man ihn oft in den Pariser Arbeitervierteln sah, funkelte Jules mit grimmigem Gesicht an.

Gaston Cabet war Gewerkschaftsführer und hatte etwas von einem wilden, unbändigen Tier, das sich niemals unterordnete; er war wie ein starker, stolzer Löwe, bereit, sich jedem Hindernis entgegenzustellen. Im Gegensatz zu seinem Gesicht konnte man seinen Körper durchaus als schön bezeichnen. Seine breiten Schultern schienen den Overall sprengen zu wollen, seine schmalen Hüften gingen in lange muskulöse Beine über.

Früher einmal war er ein wirklich gut aussehender junger Mann gewesen. Manchmal rieb er seine Narbe, als wolle er sie entfernen – und mit ihr die Erinnerung an den Tag, an dem er sie bekommen hatte. Und dann wurde er von einer glühenden Wut übermannt, die ihn böse, rachsüchtig und mitleidlos werden ließ.

Jetzt spähte er hastig die dunkle Straße hinauf und hinunter. Abgesehen von dem taubstummen Laternenanzünder, der seiner abendlichen Aufgabe nachging, war niemand in der Nähe, der ein Gespräch mit anhören konnte. Die wenigen Passanten waren ebenso wie der Engländer und seine Tochter in die heimelige Wärme ihrer hochherrschaftlichen Wohnungen oder Häuser geflohen, um ihr knisterndes Kaminfeuer und ihren üppig gedeckten Abendbrottisch zu genießen.

Jules tat, wie ihm geheißen, und begann seufzend, wieder an der Kurbel der Orgel zu drehen. Cabet neigte sich zu Jules' Ohr hinunter und machte Anstalten, dem Äffchen den Kopf zu kraulen. Coco jedoch, der Cabet noch nie hatte leiden können, biss ihn wieder einmal in den Finger. Hastig zog Cabet die Hand zurück, und während er das Blut ableckte, flüsterte er verschwörerisch:

»Place de l'École ... les partisans ... bonne chance, mon ami! Mon Dieu, ce singe est vraiment ridicule!«

Jules jedoch hatte beim Lärm der Orgel nichts verstanden und legte die Hand an sein Ohr. Cabet aber knuffte ihn. »Spinner!«

»Entschuldige, Gaston«, wehrte sich Jules und drehte weiter an der Kurbel, »aber ich bin so gut wie taub. Ein Leben an dieser Drehorgel, da passiert es schon einmal, dass ich nichts höre. Du musst schon lauter reden.«

Gaston wiederholte den Treffpunkt, und Jules nickte. Er wusste, hier wurde ein gefährliches Spiel gespielt, und er wollte nichts lieber, als dass Gaston Cabet so schnell wie möglich das Weite suchte. Ängstlich blickte er sich nach einem Wachmann um, ehe er Zustimmung heuchelte. »Gut, sehr gut! Aber jetzt muss ich erst einmal nach Hause zu meiner Frau. Sie ist sehr krank. Unterwegs werde ich Medizin für sie kaufen ... Sie hat es auf der Lunge, weißt du? Schwindsucht. Auf Wiedersehen, Gaston. Und ich habe verstanden: Kein Wort zu niemandem!«

Medizin kaufen mit dem Geld der Engländer, dachte er bei sich. Die Wirtschaftskraft der Engländer war dabei, die schwächelnde Wirtschaft der Regierung Louis-Philippe zu überrollen.

Gaston Cabet tippte sich an die Kappe und zwickte den Affen einmal, bevor er sich umwandte und mit langen Schritten in Richtung Place de la Madeleine verschwand. Auf seinem Gesicht lag das immerwährende, leblose Lächeln.

Als Sir David und Joanne in der schwankenden Kutsche saßen, die sich über das Kopfsteinpflaster quälte, kamen Joanne aller Vorfreude zum Trotz plötzlich Bedenken.

»Eigentlich fürchte ich mich ein bisschen davor, Madame Hélène wiederzusehen, Papa.«

»Aber sie ist doch nun wirklich kein Ungeheuer«, versuchte Sir David zu beschwichtigen.

»Oh doch, das ist sie! Als ich das letzte Mal bei ihr zu Gast war, hat sie mich verspottet, weil ich nicht wusste, wer Molière ist.«

»Du warst noch ein Kind!«

»Trotzdem hat sie die richtige Antwort von mir erwartet.« Joanne bettete den Kopf auf die Schulter ihres Vaters. »Hat Mama sie wirklich so gern gehabt?«

Sir David nickte. »Aber ja. Schließlich ist sie deine Patin, genau wie Tante Hester«, sagte er zärtlich.

»Ich habe ziemlich viele Patinnen, aber keinen einzigen Paten«, begehrte Joanne auf. »Was ist überhaupt mit ihrer Familie? Wurde die ebenfalls während der großen Revolution vernichtet wie die von Mama?«

»Leider ja.«

»Das ist immerhin eine Gemeinsamkeit, auch wenn das über fünfzig Jahre her ist. Und Madame ist offenbar sehr viel älter als Mama und Sie.«

Sir David fiel auf, dass Joanne von ihrer Mutter immer noch in der Gegenwart sprach. Er drückte die Hand seiner Tochter.

»Sie war so eine Art ältere Schwester für deine Mutter, die nie Geschwister hatte. Damals stand Frankreich noch ganz unter dem Eindruck der Hinrichtung von König Ludwig XVI. und Königin Marie Antoinette. Aber auch die adeligen Familien hatten schwer unter der Revolution gelitten; sie waren dezimiert und enteignet worden. Als ich deine Mutter kennenlernte, lebte sie in unstandesgemäßen Verhältnissen und litt noch immer unter der Exekution ihrer Großeltern und anderer Verwandter. Das Gleiche galt für Madame Hélène, die jedoch später sehr vernünftig heiratete.«

»Vernünftig?«

»Sie heiratete einen wohlhabenden, einflussreichen Bürgerlichen hugenottischen Ursprungs.«

»Das verstehe ich nicht, Papa.«

In der dämmrigen Karosse lächelte Sir David seiner Tochter zu.

»Le Fèvre ist ein äußerst respektierter hugenottischer Name, Joanne. Der Ehemann von Madame war weitläufig mit Gaspard de Coligny verwandt, einem hugenottischen Adeligen am Hof der Katharina von Medici. Nach seinem Tod hinterließ er Madame ein beträchtliches Vermögen und machte sie so zu einer reichen Witwe. Die Hugenotten waren äußerst geschickte Handwerker, sie schafften es, Staub zu Leinen und Silber zu Gold zu machen, musst du wissen. Leider sind die Franzosen nicht sehr rücksichtsvoll mit ihnen umgegangen. England hingegen wusste ihre außerordentlichen Handwerkskünste zu schätzen.«

Joanne seufzte. Fürs Erste hatte sie genug von den Hugenotten. »Erzählen Sie mir doch bitte lieber noch etwas von Mama«, sagte sie, während sie ihren Vater zärtlich betrachtete.

»Auch Mama gehörte zu ihnen. Ihre Familie blieb trotz der Verfolgungen in Frankreich. Nur dass deine Mama den Fehler gemacht hat, einen armen Mann zu heiraten – einen Mann ohne Religion, ohne Kultur und vor allem ohne Geld.«

»Aber Papa, das stimmt doch nicht! Immerhin sind Sie Botschafter und verkehren mit Prinzen und Premierministern!«

Sir David schmunzelte. »Als ich deine Mutter kennenlernte, war das noch längst nicht der Fall. Ich war ein unbedeutender Diener des Staates, der mit Diplomatenunterlagen aus Whitehall zwischen London und Paris hin und her reiste. Im Grunde war ich eine Art besserer Botenjunge. Deine Mutter hingegen entstammte dem Hochadel, und es ist ihr hugenottisches Vermögen, das uns unseren heutigen Lebensstandard erlaubt.«

»Aber Abstammung ist doch sicher nicht wichtiger als wahre Liebe, oder? Haben Sie sich eigentlich auf den ersten Blick in Mama verliebt?«

Sir David räusperte sich. Die Frage nach seinen Gefühlen für seine verstorbene Frau brachte ihn in Verlegenheit.

»Hm, ich denke schon. Ja, es war Liebe auf den ersten Blick, mein Kind«, sagte er wehmütig.

»Nun haben Sie sich doch nicht so, Papa. Erzählen Sie schon! Ich weiß doch, wie gern Sie sie gehabt haben und wie sehr Sie sie auch nach vier Jahren noch vermissen.«

Joanne lehnte sich mit verträumten Augen in die weichen Polster zurück.

»Ach, Papa, ich wünsche mir so sehr, mich auch auf den ersten Blick zu verlieben. Es wäre doch schön, den Mann meiner Träume ohne langes Suchen zu finden.«

Sir David lächelte mitleidig in die Dunkelheit. Die Erfahrung, wie grausam die Wirklichkeit manchmal sein konnte, konnte er seiner Tochter leider nicht abnehmen.

Sie waren so in ihr Gespräch vertieft, dass Sir David zunächst sehr überrascht war, als er feststellte, dass die Kutsche zum Stillstand gekommen war. Er streckte den Kopf aus dem Fenster.

»Was ist los? Wieso fahren wir nicht weiter?«, fragte er den Kutscher.

»Der Pöbel hat Barrikaden auf den Straßen errichtet, Monsieur. Die Leute sind äußerst schlecht gelaunt und wollen uns nicht gestatten, den Boulevard St-Germain zu passieren.«

Sir David blickte sich um. Tatsächlich war der gesamte Verkehr zum Erliegen gekommen; auch in den angrenzenden Straßen warteten Pferdefuhrwerke, so weit das Auge reichte. Bedrohlicher allerdings wirkte die schweigende Menschenmasse, die mit Fackeln hinter den Barrieren lauerte.

Sir David wurde unruhig.

»Können wir nicht umkehren?«, erkundigte er sich beim Kutscher. »Es gibt doch bestimmt noch einen anderen Weg ins Viertel St-Germain.«

»Unmöglich, Monsieur. Wir sitzen fest. Man wird uns nicht durchlassen, ehe sich nicht jemand findet, der mit dem Pöbel verhandelt.«

Sir David zögerte. Nachdenklich betrachtete er seine Tochter, deren Wohl ihm so sehr am Herzen lag. Aber hier ging es um weit mehr als um seine persönlichen Interessen. Entschlossen stieg er aus der Kutsche.

»Bitte nicht, Papa!«, flehte Joanne hinter ihm. »Wir können doch warten! Sie setzen Ihr Leben aufs Spiel.«

Sir David war sich der Gefahr zwar durchaus bewusst, arbeitete sich jedoch trotzdem bis zu der Kreuzung vor, wo der Verkehr aufgehalten worden war. Soldaten hielten den Mob hinter den Barrikaden zwar in Schach, doch das Volk war unruhig. Es würde nicht mehr lange dauern, bis die ersten Flaschen und Steine flogen. Um diejenigen zu treffen, die die Demonstranten für die Wurzel allen Übels hielten: die Reichen, die es mit den Gesetzen nicht so genau nahmen. Politiker standen ebenso auf ihrer Liste wie Bürokraten, Ausbeuter und Parasiten – kurz: Menschen, die es sich leisten konnten, in protzigen Kutschen herumzufahren. In den letzten fünfzig

Jahren hatte sich das Feindbild verändert, weg vom König, der Königin und den Aristokraten. Heute wandte sich der Volkszorn gegen die Bourgeoisie, die einen kleinen, provinziellen König gewählt hatte. Louis-Philippe, der sogenannte Bürgerkönig, war als liberaler Monarch angetreten, ehe er sich immer weiter von seinen ursprünglichen Idealen abwandte und samt seinem bürgerlichen Hofstaat das Land auszusaugen begann. Laut Volkes Meinung hätte man die Monarchie nie wieder zulassen dürfen, nachdem man sich 1793 so viel Mühe gegeben hatte, sie auszumerzen. Ludwig XVI. und die Österreicherin Marie Antoinette hatten vor einem halben Jahrhundert zumindest noch einen legitimen Anspruch auf den Thron gehabt, was von diesem »Bürgerkönig« niemand behaupten mochte. Der sich, so die Meinung des Volkes, verändert hatte, genau wie die ganze andere Bande. Allen war die Macht zu Kopf gestiegen.

Das Volk begehrte auf, genau wie ein halbes Jahrhundert zuvor, und mit einem Mal fürchtete Sir David um die Sicherheit seiner Tochter.

Plötzlich flog ein mit Nägeln gespicktes Stück Holz dicht an seinem Ohr vorbei. Eine Eisenstange folgte, und im Nu regnete es verdorbenes Gemüse und faule Eier. Hastig wandte Sir David sich um, glitt auf dem Kopfsteinpflaster aus und wäre hingefallen, hätte ihn nicht eine starke Hand gestützt.

Schon wieder dieser Cabet, schoss es ihm durch den Kopf, während er sich aus dem harten Griff befreite.

»Alles in Ordnung«, wandte er sich an seinen Retter, bückte sich und begann, an seiner beschmutzten Kleidung herumzureiben. Mein Gott, wie sah der Umhang aus! Und erst der Abendanzug! Nie und nimmer konnte er sich so in Hélènes Salon blicken lassen.

»Ich glaube nicht, dass alles in Ordnung ist, Sir David. Darf ich mich zunächst vorstellen? Heute Nachmittag blieb uns leider nicht genügend Zeit dazu.«

»Oh, ich weiß, wer Sie sind, Monsieur Cabet. Sie sind doch der Anführer dieses Pöbels da. Gehen Sie mir aus dem Weg! Lassen Sie mich vorbei.«

»Ohne meine Genehmigung werden Sie kaum durchkommen, Sir David.«

»Und wer glauben Sie zu sein, junger Mann, dass Sie sich herausnehmen, eine öffentliche Straße zu sperren?«

»Nun, wie Sie wissen, bin ich Gaston Cabet. Und richtig, ich bin der Anführer dieser Leute – es sind ehrliche Handwerker, die gezwungen sind, auf den Straßen zu betteln, weil es keine Arbeit mehr für sie gibt.«

»Leider habe ich für solche Lappalien im Moment keine Zeit«, erwiderte Sir David harsch.

»Aber Sie wollen doch, dass Ihre Kutsche Sie sicher zu Madame Le Fèvre bringt, oder?«

Erschrocken blickte Sir David den Mann an. Woher wusste er von seinem Fahrtziel? Trotz seiner Pockennarben und der dunklen, ungepflegten Haut wirkte der Arbeiterführer auch jetzt seltsamerweise nicht unattraktiv. Außerdem hatte er Charisma.

»Kommen Sie mit.« Cabet griff hart nach Sir Davids Arm. »Ich verspreche Ihnen, Sie sicher zu Madame Le Fèvre zu begleiten, wo Sie sich ganz unbeschwert mit anderen Gästen der besseren Gesellschaft vergnügen können«, sagte er zynisch.

Wieder war Sir David erschrocken, wie viel Cabet über ihn und Joanne wusste. Sir Davids Angst wuchs. Sie waren nicht mehr sicher.

»Ich kann nicht mitkommen. Meine Tochter … Sie ist noch in der Kutsche …« Mit einem Mal fühlte er sich hilflos und schwach.

»Sie ist in der Kutsche?«

»Ja.«

»Dann hole ich sie. Warten Sie hier.«

»Nein! Ich begleite Sie.«

»Trauen Sie mir etwa nicht?«

»Natürlich nicht.«

Gaston Cabet lachte auf. »Dann, Sir David, haben Sie wirklich ein Problem.«

»Wie meinen Sie das?«

Cabet deutete auf die unruhige Menschenmenge hinter ihm. »Die Leute da sind sehr schlecht gelaunt. Vor allem sind sie wütend auf reiche Snobs, Emporkömmlinge, die immer noch auf der Seite der Monarchie stehen, wie Ihre Freundin Madame Le Fèvre und auch Sie selbst. Daher muss Ihre Tochter ...«

»Schon gut, Cabet, holen Sie sie. Aber wenn Sie ihr auch nur ein Härchen krümmen, dann ...«

»Immer mit der Ruhe, Sir David. Ich bringe Sie und Ihre Tochter hier raus. Sie müssen mir nur vertrauen. Wir sind durchaus nicht alle Mörder und Bösewichte, auch wenn wir kein Geld haben und in der Gosse leben.«

Sir David traute dem Mann noch immer nicht, doch um Joannes willen hatte er keine andere Wahl. Die Kutsche stand nicht allzu weit entfernt, er würde beobachten können, was geschah.

Das Mädchen wehrte sich aus Leibeskräften gegen den Mann, der es fest am Ellbogen hielt. Als Cabet schließlich mit Joanne vor ihm stand, seufzte Sir David erleichtert auf.

»Was will er von mir, Papa?«, rief Joanne aufgewühlt.

»Später, Joanne. Wir müssen hier verschwinden, ehe es noch schlimmer wird.« Sir David spürte Joannes Anspannung, hatte aber keine Zeit für ausführliche Erklärungen. Er wandte sich an Cabet. »Vielen Dank, Monsieur. Ehrlich gesagt ist mir allerdings nicht klar, warum Sie einem Royalisten helfen, obwohl Sie sich selbst als Handwerker gegen die Monarchie auflehnen und offenbar freiwillig Ihren Teil dazu beitragen, Ihre Heimatstadt zu sabotieren.«

Cabet grinste. »Ich sehe, dass Sie mich ganz gut durchschaut haben. Aber was ich hier mache, hat weder mit Ihnen noch mit Ihrer Tochter zu tun, sondern mit dem guten Ruf meines Vaterlandes. Göttliche Schönheit darf nicht durch die Hände des Pöbels besudelt werden. Solche Schnitzer überlassen wir lieber den Königstreuen.«

Der Gewerkschafter schien ob der Ironie erneut zu schmunzeln, bevor er sich plötzlich umdrehte und einen jungen Kerl am Kragen packte, der eine Fackel schwenkte und auf die wartenden Kutschen auf der anderen Seite der Straßensperre einbrüllte.

»*Marcel, viens voir!* Die Herrschaften hier sind Engländer und haben mit unseren Problemen nichts zu tun. Begleite sie bitte zum Boulevard St-Germain, und zwar ohne Umweg. Du weißt, ich habe meine Augen überall, also reiß dich zusammen.«

»*Entendu, Gaston*. Selbstverständlich.«

Sir David und Joanne folgten Marcel in eine Seitenstraße, fort von dem randalierenden, nach Blut lechzenden Pöbel. Es war längst zu spät, an Umkehr zu denken; Sir David blieb nichts anderes übrig, als darauf zu vertrauen, dass Gaston Cabet und sein Botenjunge sie tatsächlich aus ihrer misslichen Situation befreiten.

Der Junge führte sie in Richtung der Pont des Arts gegenüber dem Palais du Louvre. Aus dem Nebel, der in der Dämmerung von der Seine emporstieg, tauchte die Île de la Cité auf. Im Zwielicht erinnerte sie an ein prähistorisches Ungeheuer, dessen Rückenschuppen vom Palais de la Justice gebildet wurden. Joanne konnte einen leichten Schauder nicht unterdrücken und zog die Kapuze ihres Pelzumhangs tiefer in die Stirn. Wie anders Paris doch bei Nacht wirkte! Sie liebte diese Stadt, die Heimat ihrer Mutter, obwohl sie andererseits London auch als ihr Zuhause betrachtete und sich auch als Engländerin fühlte. Und dann gab es da ja auch noch das Gut in Irland, auf dem sich ihr Vater von der Politik erholte.

Das kosmopolitische Leben gefiel Joanne – sie empfand es als aufregend und abenteuerlich und genoss es, die meiste Zeit mit ihrem geliebten Vater zusammen zu sein. Lebte ihre Mutter noch, säße sie selbst jetzt sicher in London oder Wicklow in einem behüteten Salon bei einer Nadelarbeit. Wie unendlich langweilig! Doch wie die Dinge jetzt lagen, rannte sie neben ihrem Vater her durch die Straßen von Paris einem unbekannten Schicksal entgegen. Sie lief um ihr Leben und fand es ungeheuer aufregend.

Sobald sie die Brücke ins Viertel St-Germain überquert hatten, strahlte die Stadt wieder die übliche Abendruhe aus. Nach dem Aufruhr am Quai du Louvre erschienen die Straßen auf dieser Seite der Seine geradezu unnatürlich leer und still.

Marcel führte sie stumm bis zur angegebenen Adresse, ehe er vor dem Licht der rußenden Gaslaternen floh. Gleich einem Gespenst löste er sich im Nebel auf, der sich wie ein weißes Leichentuch über die Stadt Paris legte.

Kapitel Drei

»*Oh mon Dieu!*«, echauffierte sich Hélène Le Fèvre, als ihr Diener ihr zwei schmutzige Gestalten meldete, die angeblich Engländer waren und Einlass begehrten. »Was haben Sie denn angestellt?«

Sir David reichte dem Diener seinen feuchten, schmutzigen Umhang und den Hut.

»Wir? Gar nichts! Ganz im Gegensatz zu Ihrem Pariser Pöbel, Hélène.«

»Meiner ist es bestimmt nicht«, jammerte Hélène. »Arme kleine Joanne, *ma pauvre enfant!* Schauen Sie sich die süße Kleine doch bloß an! Sie ist ja völlig durchnässt! Komm, mein Mädchen. Du brauchst jetzt erst einmal etwas Warmes zum Anziehen, trockene Schuhe und vielleicht ...«

»Cognac!«, erklärte Sir David.

Joanne strahlte.

»Bitte nur für mich«, fügte Sir David hinzu. »Für Joanne wäre eine heiße Zitrone genau das Richtige.«

Nach der hastigen Flucht durch die dunklen Pariser Gassen war Joannes Gesicht weitaus rosiger als am Nachmittag, als sie mit ihrem Vater ausgegangen war, um eine Abendgarderobe für die Soiree bei Hélène zu kaufen. Nun war das schöne neue Kleid verdorben, und Joanne war verschwitzt und zerzaust, obwohl sie so gern blass und mondän gewirkt hätte.

Hélènes Kammerfrau begleitete Sir Davids Tochter in die Privatgemächer ihrer Dienstherrin, half ihr beim Umziehen und wickelte die wirre Haarpracht auf Lockenwickler. Innerhalb kurzer Zeit verwandelte sich die zerrupfte Gestalt wieder in eine bildschöne junge Frau.

»Wie hübsch sie doch ist«, schwärmte Augenblicke später die in Diamanten und Spitze gehüllte Hélène. »Sie haben eine äußerst anmutige Tochter, David.« Sie wandte sich an ihren Butler. »Henri, eine heiße Zitrone für Mademoiselle! Jetzt stelle ich dir erst einmal die Gäste vor, Joanne. Vielleicht kennst du ihn ja schon, dort drüben ist unser guter Doktor Nicky ...«

»Was? Papas Arzt ist hier?«

»Aber natürlich, liebes Kind. Er ist ein charmanter junger Mann und wäre sicherlich ein passender ... Nun ja, auf jeden Fall ist er der beste Arzt, den man sich vorstellen kann. Du solltest vielleicht ...«

»Ja, ja, ich weiß schon«, unterbrach Joanne die Gastgeberin gelangweilt, »auch Papa ist von ihm begeistert und singt den lieben langen Tag Loblieder auf ihn.« Sie beugte sich vor und schlug einen vertraulichen Flüsterton an: »Ich weiß, es gehört sich nicht, aber leider finde ich Doktor Wainwright unendlich langweilig. Außerdem ist er Engländer und interessiert mich schon allein aus diesem Grunde nicht.« Sie seufzte. »Ich würde gern jemand Besonderes kennenlernen, Madame. Einen gut aussehenden Franzosen zum Beispiel, der mich nicht den ganzen Abend mit seinem Anästhesie-Inhalator anödet – was immer das auch sein mag.«

»Nun, dann sollte ich dir Barbiret vorstellen. Er ist ein aufstrebender junger Künstler, ein Paradiesvogel sozusagen. Du hast sicher schon von ihm gehört. *Barbiret! Venez ici!*«

Aus der dunstigen Unergründlichkeit des von Kerzen erleuchteten und mit Zigarrenrauch geschwängerten Salons trat eine geschminkte Gestalt undefinierbaren Geschlechts auf sie zu. Das orangerote Haar des berühmten Pariser Malers trug die Farbspuren seines künstlerischen Schaffens und auch sein nachlässiger Anzug legte beredtes Zeugnis seiner Kreativität ab. Er hatte sich für die Abendgesellschaft ganz offensichtlich nicht umgezogen – was er, wie Joanne gehört hatte, nie tat, schließlich legte er großen Wert auf seine exzentrische Art.

Barbirets lange, schmale, gebogene Nase verlieh ihm eine gewisse Ähnlichkeit mit dem ägyptischen Falkengott Horus. Seine dünnen, gebogenen Augenbrauen wölbten sich über hellblauen, hervortretenden Fischaugen. Außerdem schielte er; der auseinanderstrebende Blick schien ein Eigenleben zu führen.

Jetzt, da sie ihn zum ersten Mal sah, fühlte Joanne sich gleichermaßen abgestoßen und fasziniert. Sein Äußeres stieß sie ebenso ab wie seine feuchten Finger, die sich schlaff um ihre Hand schlossen. Sein Name, sein Ruhm und die Aura des Geheimnisvollen, die ihn umgab, faszinierten sie hingegen.

»Barbiret malt nicht nur ganz ausgezeichnet«, verkündete Madame Hélène, »er singt auch wie ein Engel. Wie wäre es, Barbiret? Wollen Sie nicht etwas zum Besten geben? Meine Damen und Herren, ich bitte um äußerste Ruhe! Barbiret singt für uns das Ave-Maria.«

Im Salon wurde es still. Alle Augen wandten sich Barbiret zu, der seinen schielenden Blick zur Zimmerdecke erhob, die Hände zu Fäusten ballte und zu singen begann. Seine engelgleiche Falsettstimme schwang sich zu den höchsten Noten empor, die Joanne je gehört hatte. Alle Anwesenden waren zu Tränen gerührt.

»Bravo! Bravo! Mit dieser Stimme kann mein Mieter sogar Glas zersingen, glauben Sie mir das, Miss Byngham?«

Joanne wandte sich um. Hinter ihr stand der Arzt ihres Vaters, Doktor Nicholas Wainwright, dem sie an diesem Abend gerne entkommen wäre. Der junge Mann langweilte sie zu Tode.

»Er ist Ihr Mieter?«, fragte Joanne überrascht.

»Nun, genau genommen ist er der Mieter meiner Mutter.«

»Ihrer Mutter?« Joannes Verblüffung nahm zu.

»Wir wohnen beide in ihrem Stadthaus an der Place de l'École. Barbiret logiert im Dachgeschoss, weil er den besonderen Lichteinfall durch die Dachfenster für seine künstlerische Tätigkeit braucht. Ich hingegen halte mich eher im Untergeschoss auf, da ich dort meinen Forschungen nachgehen kann. Wie Sie vielleicht wissen, habe ich einen Anästhesie-Inha...«

»Wirklich äußerst interessant«, fiel ihm Joanne ins Wort. »Der besondere Lichteinfall durch die Dachfenster! Aber jetzt müssen Sie mich bitte entschuldigen, Dr. Wainwright, ich möchte...«

»Wie geht es Ihrem Vater nach seiner Influenza, Miss Byngham?«

»Erheblich besser, danke der Nachfrage. Entschuldigen Sie mich bitte, aber Madame Le Fèvre wollte mich dem Kastraten vorstellen – Verzeihung, ich meine natürlich, dem Mieter Ihrer Mutter.«

Sie ließ den jungen Arzt stehen und war sich der schockierenden Wirkung bewusst, die sie bei ihm erzielte, wenn sie völlig unbefangen das Wort »Kastrat« aussprach. Ein wahrer Langeweiler, dieser Doktor, der trotz seiner jungen Jahre schon jetzt wie ein schrulliger alter Mann wirkte! Dabei musste ihm doch völlig klar sein, dass ein junges Mädchen heutzutage diesen Ausdruck kannte. Natürlich wusste Joanne, dass Barbiret in seiner Jugend kastriert worden war; nur dadurch hatte er sich seine himmlische Falsettstimme bewahren können. Dass eine Kastration weitere Folgen mit sich brachte, hatte sie lediglich einigen dunklen Andeutungen ihres Vaters entnommen. Joanne hatte auch entdeckt, dass »kastriert« etwas mit »platonisch« zu tun haben musste. Auf jeden Fall war Barbiret einer der letzten Eunuchen – ein Wort, das Joanne nur heimlich und hinter verschlossenen Türen gehört hatte. Was immer es aber bedeuten mochte: Joanne selbst fühlte sich durchaus bereit für die Art von Leben, die ihr Vater ernsthaft zu fürchten schien.

Nach Barbirets Darbietung nahm Madame Hélène ihren berühmten Gast zur Seite. »Was halten Sie von ihr, Barbiret? Sollte sie Ihnen nicht einmal Modell sitzen mit ihrer Porzellanhaut und dem außergewöhnlichen Haar?«

Der berühmte Künstler studierte das junge Mädchen eingehend. »Pah!«, sagte er schließlich.

»Was soll das heißen: Pah?«

»Sie ist zu dünn, zu knochig und zu groß. Ich finde sie unweiblich. Auch ihr Gesicht hat noch keinen Charakter. Fad, kann ich nur sagen – absolut fad!«

»Schon gut, Barbiret, ich habe verstanden. Aber ich bin ganz sicher, dass abgesehen von Ihnen alle anderen Gäste unsere kleine Joanne ausgesprochen hübsch finden. Gut zu wissen, dass Sie vorerst nicht die Absicht haben, sie mit Beschlag zu belegen.« Hélène wandte sich wieder an die Umstehenden. »Manchmal habe ich den Eindruck, dass Barbiret sich für eine Art Gott hält. Und das, was Gott tat, als er Licht und Finsternis trennte, versucht Barbiret auf seiner Leinwand. Nur, dass er nicht so gut ist wie Gott, nicht wahr, Nicky? Aber farbenblind scheint er zu sein. Immer nur schwarz und weiß – das ist doch abscheulich!«

Nicholas Wainwright jedoch war intelligent genug, nicht auf den bösartigen Köder hereinzufallen.

»Schwarz-Weiß-Malerei ist zurzeit die große Mode, Madame«, konterte Barbiret. »Eine Kunstform, die mir ausgesprochen zusagt.«

»Wie Sie meinen. Komm, Kleine«, wandte sie sich an Joanne,

»vielleicht finden wir noch ein anderes Genie, das diese Bezeichnung wert ist.« Sie hakte Joanne unter und ging ein paar Schritte weiter, bevor sie im vertraulichen Tonfall sagte: »Dieser Barbiret geht mir auf die Nerven. Sag mal, warum kannst du eigentlich den Arzt deines Vaters nicht leiden?«

»Fangen Sie bitte nicht wieder mit dem an, Madame! Ich mag ihn nun mal nicht. Als er Papa das letzte Mal einen Krankenbesuch abstattete, erklärte er mir, er hoffe, ich möge nie – ich zitiere – ›lungenkrank werden wie mein Vater‹.«

Madame Hélène lachte auf. »Ich verstehe, was du meinst. Trotzdem ist er ein wirklich guter Arzt, und ich würde ihn an deiner Stelle nicht leichtfertig von der Liste der Heiratskandidaten streichen.«

»Eine solche Liste existiert nicht, Madame.«

»*Très bien*. Es freut mich, das zu hören. Damit bist du ja noch völlig frei in deinen Entscheidungen. Ich bitte dich nur, dir meine Worte zu merken: Unser Nicky wird es noch weit bringen.«

Weit ist gut, dachte Joanne aufsässig. Am besten weit weg. Der Sinn steht mir nun einmal mehr nach einem forschen, galanten Franzosen als nach einem unscheinbaren englischen Arzt. Zu ihrer großen Erleichterung fuhr Hélène fort: »Weißt du was? Ab sofort werde ich dich nicht mehr zwingen, nette junge Männer kennenzulernen, die ich für dich aussuche. Triff deine eigene Wahl. Sieh dir die Männer in meinem Salon an und sprich mit ihnen. Wenn dir einer gefällt, sag es mir einfach. Den Rest erledige ich dann schon.«

Joanne freute sich. Hélènes ununterbrochenes Schwatzen hatte ihr Kopfschmerzen verursacht, genau wie Nicholas Wainwright mit seinem nie enden wollenden Vortrag darüber, wie man jemanden bewusst und gezielt ohnmächtig werden lassen konnte.

Ohne Begleitung umherstreifen zu dürfen – das gefiel ihr. Inzwischen waren neue Gäste eingetroffen. Unschlüssig streifte sie durch die Räume, hier und da belauschte sie Gesprächsfetzen.

»*Sang de bœuf? Sang de bœuf?* Was ist denn so besonders am Blut eines verdammten Ochsen?«

»Es war die Farbe von Guizots Weste, die er gestern Abend in der Oper trug.«

»Was halten Sie von ihm als Ersatz von Thierry?«

»Was soll ich schon davon halten?«

»Oh, Liebste, wissen Sie, was man sich erzählt? Ich habe es mit eigenen Ohren an der Schlafzimmertür gehört: Sie soll sich ihre grauen Haare färben, und zwar nicht nur die auf dem Kopf! Sie wissen schon.«

»Was manche Frauen nicht alles für einen jungen Gigolo tun!«

Hinter aufgeklappten Fächern wurde gekichert.

»Pierre hat erzählt, dass die Nationalgarde gerufen wurde, um den Pöbel unter Kontrolle zu bringen.«

»Wenn man sich überlegt, dass alles nur eine Folge dieses verrückten Banketts ist, das dann ohnehin abgesagt wurde.«

»So verrückt war es gar nicht, mein Lieber. Es ging immerhin darum, die Trikolore durch die rote Fahne zu ersetzen.«

»*Mais non!*«

»*Mais oui!*«

»Es wird auch gemunkelt, dass der König zugunsten seines Enkels abdanken will.«

»Man sollte endlich agieren! Das Eisen muss geschmiedet werden, solange es heiß ist ...«

Die Atmosphäre in Hélènes Salon bedrückte und beengte Joanne plötzlich. Sie fragte sich, wo ihr Vater geblieben sein mochte. Und plötzlich, zum ersten Mal, erkannte Joanne die

Schattenseiten ihres Aufenthalts in Paris. Mit einem Mal erschien ihr alles Französische fremd. Auch wenn man Paris die Stadt der ewigen Jugend nannte, schienen Madame Hélènes Gäste doch überwiegend uralt zu sein.

Und was war mit der Liebe? *Paris, la capitale de l'amour?* Lächerlich! Wo sollte sie in diesem stickigen Raum Liebe finden? Die Männer hier waren entweder kastriert wie Barbiret, tödlich langweilig wie Nicholas Wainwright und sein patentierter Anästhesie-Inhalator oder jenseits von Gut und Böse, wie der alte Mann dort drüben, der mit trunkenen Augen in jeden Ausschnitt starrte, der seinem schlecht rasierten Bart und seinen gierig aufgeworfenen Lippen nahe genug kam.

Und dabei hatte Joanne so sehr darauf gehofft, hier in Paris der großen Liebe zu begegnen, wie es einst ihre Eltern erlebt hatten. Doch in den Salons wurde nur getratscht oder über Politik gesprochen. Das Leben war voller Enttäuschungen!

Joanne fand ihren Vater im Musikzimmer. Er war in ein Gespräch mit einer äußerst glamourös aussehenden Dame vertieft.

»Papa? Können wir nach Hause gehen?«

»Ah, Contessa, darf ich Ihnen meine Tochter Josephine-Anne vorstellen?«

»Ihre Tochter? Aber Sir David, Sie haben mir nie erzählt, dass Sie eine so große Tochter haben, Sie Böser! Und zudem noch ein derart hübsches Mädchen! Heilige Mutter Gottes, man fühlt sich direkt alt! Ein bildschönes Kind, so viel schöner als ich …«

Die Contessa ließ ihren Blick vom Vater zur Tochter gleiten und streckte eine schlaffe Hand aus.

»Ich freue mich, Sie kennenzulernen, Contessa«, sagte Joanne gehorsam und ergriff die dargebotene Hand. Die Contessa war Opernsängerin an der Mailänder Scala und weilte zur Premiere von Mozarts Don Giovanni in Paris. »Aber ich bin kein Kind mehr.«

»Ganz meinerseits«, erwiderte die Sängerin und musterte Joanne mit einem harten Lächeln, das Bände sprach. Die Unterbrechung ihres Gesprächs mit Sir David kam ihr alles andere als gelegen. Am liebsten hätte sie Joanne auf ihr Zimmer geschickt. Stattdessen wandte sie sich wieder Sir David zu, schenkte ihm ein strahlendes Lächeln, senkte verführerisch die langen Wimpern und fragte mit sanfter Stimme: »Was glauben Sie, Sir David, wird es eine neue Revolution in Frankreich geben?« Joanne knirschte mit den Zähnen.

»Ich hoffe inständig, dass es nicht so weit kommt, Sophia«, antwortete Sir David, warf seiner wütenden Tochter einen flehenden Blick zu und hoffte, dass sie ihn verstand. »Für Europa wäre es eine Katastrophe. Aber das gemeine Volk weiß sich oft nicht anders zu helfen.«

Joanne seufzte vernehmlich. Wenn es etwas noch langweiligeres gab als Doktor Wainwright, dann war es ihr geliebter Papa, sobald er sich über Politik unterhielt. Kein Wunder, dass er sich so gut mit seinem Arzt verstand!

»Hören diese Radikalen denn nie mit ihren Reformen auf?«, erregte sich die Diva.

»Alle Welt redet zwar von Freiheit, Gleichheit und Brüderlichkeit, doch leider werden diese hehren Ziele nicht umgesetzt. Hoffen wir, dass dennoch die Schwerter wieder zu Pflugscharen gewandelt werden. In der derzeitigen wirtschaftlichen Lage wäre es das Beste für uns alle.«

»Sie hoffen wohl auf das Paradies auf Erden, auf den Löwen, der mit dem Lamm spielt.« Sie lachte kokett und winkte ab, als ein Diener ihr ein Glas Champagner anbot. »Nein danke. Alkohol ist Gift für meine Stimme und meine Figur. Werden wir Sie morgen Abend in der Oper begrüßen dürfen, Sir David?«

»Es tut mir zwar unendlich leid, Sophia, aber ich werde der Premiere nicht beiwohnen können. Ich habe einen wichtigen Auftrag zu erledigen.«

Enttäuscht schürzte die Diva die Lippen.

»Können Sie nicht absagen? Mir zuliebe?«

»Das ist leider unmöglich.«

Die Sängerin verbarg ihr Missvergnügen nur leidlich. Immerhin war Sir David der einzige gut aussehende Mann bei dieser Soiree, und als reicher Witwer und Diplomat in Diensten der englischen Königin gleich doppelt interessant. Sie wandte sich der Tochter zu. Möglicherweise führte der Weg zum Herzen eines Mannes ja über seine Nachkommenschaft.

»Wie alt sind Sie, Joanne?«

»Siebzehn«, gab Joanne patzig zurück.

»In einigen Jahren werden Sie sicher nicht mehr so freimütig in aller Öffentlichkeit über Ihr Alter sprechen. Vor allem nicht in Anwesenheit von Herren, selbst wenn es sich nur um Ihren Vater handelt.«

»Ich bin alt genug, um nicht mehr wie ein Kind behandelt zu werden, Contessa.«

»Himmel, eine *so* alte Dame! Und trotz Ihres Alters derart bildhübsch! Ich verspreche Ihnen, Sie werden sehr bald schon viele Herzen brechen. Und? Gibt es schon ein Herz, das Ihnen lieber ist als alle anderen?«

»Aber sicher, Contessa. Das Herz meines Vaters.«

Obwohl Stirnrunzeln Falten verursacht, konnte die Contessa nicht anders; hastig bemühte sie sich, ihren grimmigen Gesichtsausdruck in ein süßes Lächeln zu verwandeln. »Nun, Joanne, da Ihr Vater morgen verhindert ist, möchten Sie nicht zu meiner Premiere kommen? Ich würde Ihnen meine Kutsche schicken, und Hélène könnte Sie begleiten. Was halten Sie davon?«

»Das ist ein äußerst freundliches Angebot, Sophia, aber meine Tochter wurde noch nicht in die Gesellschaft eingeführt«, wandte Sir David ein. Mit einem Mal fühlte er sich schuldig, dass er seiner fast erwachsenen Tochter diesen sehr weiblichen Teil der sozialen Integration bisher vorenthalten hatte. Er hatte schlicht nicht daran gedacht. Außerdem musste er sich eingestehen, dass Joanne als Kind in England und Irland vermutlich viel zu oft sich selbst überlassen wurde und vielleicht auch deshalb heute noch zuweilen ein recht burschikoses und willkürliches Verhalten an den Tag legte. Sie hätte zur Dame erzogen werden müssen, doch dafür war nie genügend Zeit gewesen.

»Aber das macht doch nichts, Sir David. Ich werde Ihrer Tochter und Madame Hélène die Loge neben der des Königs zur Verfügung stellen«, unterbrach die Contessa seine Grübeleien. Und fügte lächelnd hinzu: »Von dort aus hat man einen wunderbaren Blick auf die Bühne. Man sieht aber nicht nur, sondern man wird auch gesehen. Paris wird Ihrer schönen Tochter bei ihrem ersten Auftritt in der Öffentlichkeit sicher zu Füßen liegen, Sir David. Was halten Sie davon?«

Sir David nickte nachdenklich. Die von der Contessa Sophia di Ragatti angebotene Gelegenheit war vielleicht gar keine so schlechte Idee. »Zumindest weiß ich dann, wo sie sich während meiner Abwesenheit aufhält«, lächelte er.

»Sehen Sie, und schon haben wir eine Lösung gefunden. Allerdings müssen Hélène und ich Ihnen die junge Dame bereits morgen früh entführen. Sie braucht unbedingt eine neue Garderobe. Ich weiß ja nicht, wer für ihre Kleidung und die Frisur verantwortlich zeichnet, aber beides schickt sich nicht für eine Siebzehnjährige. Auf jeden Fall sollte sie keine so tiefen Dekolletés tragen.«

Joanne schluckte entsetzt. Eine Frau, die sie kaum kannte, griff viel zu weit in ihr Leben ein! Was bildete sie sich ein? Joanne selbst war der Meinung, dass sie trotz der Strapazen des Abends ganz passabel ausschaute. Die Contessa – eine Frau, die sich ständig echauffierte und ihren Vater zu umgarnen versuchte – war ihr ausgesprochen unsympathisch. Und was zum Teufel fand Papa an ihr?

»Vater, können wir bitte jetzt nach Hause fahren? Meine Füße sind nach unserem Fußmarsch heute Abend nicht mehr richtig trocken geworden. Nicht, dass ich mich erkälte und Ihnen damit noch mehr Unannehmlichkeiten bereite! Ich möchte es nicht auf der Brust bekommen, so wie Sie.«

»Es ist ungehörig, in der Öffentlichkeit von Füßen zu sprechen; es handelt sich um ein sehr privates Körperteil«, tadelte die Contessa und versetzte Joannes fast nackter junger Schulter einen leichten Klaps mit dem Fächer.

Sir David war durch Joannes Tonfall und eine Veränderung ihres Gesichtsausdrucks gewarnt. Mühsam unterdrückte er ein Lächeln. Seine geliebte Tochter ließ sehr deutlich erkennen, was sie von Sophia hielt. Dabei hätte sie sich wirklich keine Sorgen machen müssen, denn er hatte nicht die leiseste Absicht, die Sängerin zu ihrer Stiefmutter zu machen.

Seine Gedanken wurden durch eine gewisse Unruhe im Vestibül unterbrochen. Ein neuer Besucher betrat die große Eingangshalle.

»Ah!«, rief Sophia jubelnd aus. »Der schöne Jean-Paul de Villacroix ist da! Seinem Aussehen nach kommt er direkt von seinem Landgut. Entschuldigen Sie mich, Sir David, ich bin gleich zurück. Gehen Sie noch nicht fort. Ich muss nur rasch einen lieben alten Freund begrüßen.« In einer Wolke aus rosa

Taft und Tüll rauschte sie davon wie ein Flamingo, der sein zweites Bein entdeckt hat.

»Na Gott sei Dank«, seufzte Joanne erleichtert. »Sie sollten solche Frauen nicht auch noch ermutigen, Papa. Ich habe diesen Ausdruck auch schon bei anderen Frauen gesehen. Mama hätte es ganz bestimmt nicht gutgeheißen. Können wir jetzt endlich nach Hause gehen?«

Sir David runzelte die Stirn. »Tut mir leid, mein Liebes, aber zunächst muss ich dringend mit Jean-Paul sprechen.«

»Sie kennen ihn?«

»Natürlich kenne ich ihn, allerdings hatte ich nicht erwartet, ihn heute Abend zu sehen«, murmelte er verstört. »Schon gar nicht hier!«

»Wer ist dieser Mann?«

»Der Comte de Villacroix.«

»Ach, er trägt einen Adelstitel? Ist er ein wichtiger Mensch? Wie wichtig ist er für Sie?«

»Äußerst wichtig. Ich muss dich leider jetzt einen Augenblick allein lassen, mein Kind.«

»Nennen Sie mich bitte nicht immer Kind«, begehrte Joanne auf. »Ich bin fast erwachsen. Könnten Sie mich dem Grafen vorstellen? Die Damen scheinen sich ja geradezu um ihn zu reißen. Oh, da kommt Madame Hélène! Sie wird es sicher tun.«

»David! David!« Madame Hélène schob keuchend ihren gewaltigen Busen durch die Menschenansammlung. In der Hitze der vielen Kerzen in ihrem Salon war die korpulente Dame ins Schwitzen geraten. Die Kerzen hatte sie im Übrigen von niemand Geringerem als dem Kerzenmacher von König Louis-Philippe als Geschenk erhalten und eine ganze Kiste davon an Sir David weitergeschickt.

Sie wedelte mit ihren diamantgeschmückten, rundlichen Händen. »David, Monsieur le Comte will unbedingt mit Ihnen sprechen. Sie können mein Privatgemach benutzen. *Henri, venez* ... Begleiten Sie bitte Monsieur le Comte und Sir David in meine Räume. Komm, Joanne! Von Sophia habe ich gerade gehört, dass wir beide morgen in die Oper gehen und die Loge neben der des Königs haben werden. Eine wirklich gute Idee, dich auf diese Weise in die Gesellschaft einzuführen. Allerdings glaube ich, dass es zuvor notwendig ist, deine Toilette zu überprüfen, mein liebes Kind, auch wenn wir heute Abend wegen der Umstände ein Auge zudrücken müssen. Ein vereinter italienischer und französischer Rat ist nicht die schlechteste Voraussetzung, um zu einer kosmopoliten Schönheit zu werden, auf die wir alle stolz sein können. Was Garderobe betrifft, so seid ihr Engländer leider noch im Entwicklungsstadium. Obwohl dein lieber Papa diesbezüglich eine löbliche Ausnahme bildet, ebenso wie unser guter Doktor Wainwright. Natürlich verzeihen wir den Herren zeitweilige Ausrutscher, ebenso, wie wir Barbiret seinen Aufzug vergeben. Bei den Herren der Schöpfung spielt die äußere Erscheinung nun einmal keine große Rolle. Aber Sophia und ich werden dir zeigen, wie man sich so begehrenswert kleidet, dass die Männer nicht widerstehen können, nicht wahr?«

Joanne ließ den Wortschwall schweigend über sich ergehen. Sie hatte nicht die geringste Lust, sich bei der Auswahl ihrer Garderobe beraten zu lassen; sie sah sich durchaus in der Lage, selbst über ihre Frisur und Toilette zu entscheiden. Aber vor allem hatte sie keine Lust, sich in eine kosmopolite Schönheit verwandeln zu lassen. Dickköpfig, wie sie nun einmal war, wollte sie ihren eigenen Weg verfolgen.

»Ich werde hier auf meinen Vater warten«, sagte sie mit nüchterner Stimme. »Wenn es Ihnen nichts ausmacht, möchte ich hier sitzen bleiben, bis mein Vater seine Unterredung mit dem Comte de Villacroix beendet hat.«

»Wie du willst, Joanne. Allerdings solltest du nicht allzu sehr klammern. Dein Vater muss seinen Verpflichtungen nachgehen können, ohne dass er sich dabei von dir eingeschränkt fühlt.«

Joanne wusste um die Konventionen, die sie so häufig brach – nicht zuletzt was höfliche Konversation und Verschwiegenheit betraf. Aber gerade in Angelegenheiten, die die Beziehung zu ihrem Vater angingen, war sie nicht bereit, den gesellschaftlich verordneten Maulkorb zu tragen. Jetzt konnte sie ihren Ärger nur mit Mühe zurückhalten. Sie blickte der Gastgeberin fest in die Augen, als sie sagte: »Ich schränke ihn nie ein! Wissen Sie, Madame Hélène, mein Vater und ich, wir stehen uns seit dem Tod meiner Mutter sehr nah. Außerdem missfällt mir, dass die Contessa und Sie mein Leben unter Ihre Fittiche nehmen, ohne mich vorher zumindest zu fragen. Schließlich bin ich kein kleines Mädchen mehr. Seit Mamas Tod bin ich reifer geworden, und mein Vater braucht mich ebenso, wie ich ihn brauche.«

»*Oh, là, là*, mein Kind, du wirst Jacqui wirklich von Tag zu Tag ähnlicher. Schon gut, ich lasse dich in Frieden. Mein Diener wird dir etwas zu essen bringen, um dir die Wartezeit zu verkürzen. Bestimmt hast du Appetit. Und natürlich gestatte ich dir, ein wenig zu lauschen.«

Sie walzte davon. Unwillkürlich musste Joanne lächeln. Madame Hélène war leicht zu beeinflussen und manchmal sogar richtig amüsant. Erleichtert stellte das junge Mädchen fest, dass die Contessa sich inzwischen mit Barbiret beschäftigte. In ihrer Eitelkeit standen die beiden Künstler einander in nichts nach.

Kapitel Vier

In Madame Hélènes Privatgemächern erklärte Jean-Paul de Villacroix Sir David die Ereignisse, die zu seinem unerwarteten Besuch geführt hatten.

»Die meisten Passagen sind blockiert. Unsere Leute haben uns zwar angewiesen, die Ware so schnell wie möglich auf den Weg zu bringen, was mir angesichts der Aufstände allerdings riskant erscheint. Der Boulevard des Capucines ist ebenso dicht wie die Place de la Madeleine, und auch die Tuilerien werden schon belagert. Was schlagen Sie vor, Sir David?«

»Ich glaube auch, dass wir die Ware auf den Weg bringen sollten, ehe es zu spät ist.«

»Sie haben vermutlich recht, wir sollten es trotz des Risikos wagen. Sind die Kommunikationswege zwischen Ihrer und unserer Regierung offen?«

»Alles ist in bester Ordnung. Wir haben seit einiger Zeit erwartet, dass etwas geschehen würde, und uns darauf vorbereitet.«

»Gut, dann sollten wir sofort aufbrechen. Niemand in der Regierung wird etwas unternehmen, ehe Sie den Pöbel nicht beruhigt haben. Meine Kutsche wartet im Innenhof der Abtei hinter St-Germain-des-Prés.«

Als Sir David zögerte, runzelte der junge Graf die Stirn. Der Engländer galt nicht als Zauderer. »Stimmt etwas nicht?«

»Würden Sie mich kurz entschuldigen, Monsieur le Comte? Ich muss zunächst einige Vorkehrungen treffen, damit meine Tochter unbeschadet nach Hause kommt. Sie wissen ja selbst, dass wir uns ursprünglich erst morgen treffen wollten, um die Vorverhandlungen abzuschließen, und dass die Ware eigentlich erst in zwei bis drei Tagen versandt werden sollte. Wer konnte schon ahnen, dass die Ereignisse sich plötzlich überschlagen? Nun habe ich das Problem, dass Joanne ebenfalls hier ist und ich ihre Sicherheit gewährleisten muss.«

Der Comte war besorgt. »Sie sollte auf keinen Fall in die Rue Royale zurückkehren. In dieser Nacht ist man auf den Pariser Straßen nirgends sicher. Überall ist aufgebrachter Pöbel unterwegs. Lassen Sie die junge Dame lieber hier in Hélènes Obhut zurück.«

»Darüber muss ich zunächst mit Hélène sprechen.«

»Bitte beeilen Sie sich! Uns bleibt nur wenig Zeit.«

Sobald die Doppeltür geöffnet wurde, sprang Joanne auf.

»Papa, können wir jetzt endlich nach Hause gehen? Bitte! Die Leute hier sind alt und langweilig. Ich fühle mich entsetzlich fehl am Platz.«

»Joanne, du bleibst hier bei Hélène. Es wäre viel zu gefährlich, in unsere Wohnung zurückzukehren.«

Ein Blick in sein Gesicht verriet Joanne, dass durchaus nicht alles in Ordnung war. Ihr Vater sah erschöpft aus. »Was ist los, Papa? Stimmt etwas nicht?«

»Ich kann es dir jetzt nicht erklären, Kind, aber ich habe einen äußerst wichtigen Auftrag zu erledigen.«

»Was für einen Auftrag, Papa? Kann er nicht bis morgen warten?«

»Du weißt sicher selbst, dass das eine ziemlich dumme Frage war, Joanne.« Sein Ton war so scharf, dass sie sich auf die Lippen biss und den Tränen nahe schwieg. Der ganze Abend war eine einzige Enttäuschung gewesen.

»Wo ist Hélène?« Sir David wandte sich ab, um nach der Gastgeberin zu suchen, während Hélène sich ihrerseits bereits einen Weg durch schwatzende Menschen im Salon und auf den Schwellen zu den angrenzenden Räumen bahnte – warum versammelten sich bei Abendgesellschaften eigentlich immer alle Leute an den Türen? Wie eine Fregatte unter vollen Segeln erreichte sie endlich ihre Privatgemächer.

»David, brauchen Sie mich? Ich dachte, ich könnte Jean-Paul und Ihnen vielleicht behilflich sein. Was kann ich für Sie tun? Brauchen Sie Boten? Pferde? Proviant?«

»Hélène, ich möchte Sie bitten, Joanne während meiner Abwesenheit unter Ihre Fittiche zu nehmen. Ich muss noch heute Abend in einer wichtigen Mission aufbrechen. Haben Sie bitte ein Auge auf meine Tochter.«

»Aber Papa!«

»Schweig, Joanne!«

Joanne fuhr zusammen. Noch nie hatte ihr Vater so mit ihr gesprochen. Und zu allem Überfluss wies auch Madame Hélène sie zurecht – allerdings erheblich sanfter.

»Richtig, mein Mädchen. Du solltest nur reden, wenn du gefragt wirst.«

Joanne wurde rot vor Wut. Aus dem Augenwinkel erkannte sie Doktor Wainwright, der sie mit einem geradezu feierlichen Gesichtsausdruck betrachtete. Sie wandte den Kopf ab. Von diesem Mann dort wollte sie erst recht nichts – weder Sympathie noch Ablehnung!

»Ich weiß noch nicht, wann ich zurückkomme«, hörte sie ihren Vater sagen.

»Ich verfüge über eine äußerst komfortable Gästesuite für Joanne«, bemerkte Madame Hélène an Sir David gerichtet. »Ich werde das Mädchen hüten wie meinen Augapfel, und die Contessa geht mir sicher gern dabei zur Hand. Sie können ganz sicher sein, dass Ihrer lieben Tochter nichts geschehen wird, Sir David. Sie dürfen sich ganz unbelastet Ihren Geschäften widmen. Und auf jeden Fall werden wir für Ihre und Jean-Pauls sichere Rückkehr beten.«

Joanne startete trotzig einen letzten Versuch, ihren Vater zu überreden.

»Papa, bitte! Ich kann wirklich nicht über Nacht hierbleiben. In der Rue Royale wartet doch Natascha auf uns!«

»Ach weißt du, Natascha ist nicht allein. Sie hat doch Mrs O'Grady bei sich – eine sehr vernünftige Frau, die daran gewöhnt ist, mit aufsässigem Volk umzugehen«, sagte Sir David zweideutig. Er kannte keine aufsässigeren Leute als die Iren.

»Die arme Natascha wird vor Angst sterben, wenn ich nicht nach Hause komme«, beharrte Joanne. »Mrs O'Grady hat absolut kein Verständnis für das Mädchen! Natascha fürchtet sich im Dunkeln und könnte eine Dummheit begehen ...«

»Dann schicke ich eben Henri, dass er Natascha herbringt«, lenkte Madame Hélène ein. Sie gehörte offensichtlich zu den Menschen, die in Krisensituationen die Nerven bewahren. »Und wenn es nötig sein sollte, kann Mrs O'Grady ebenfalls kommen und meinem Küchenpersonal beistehen.«

»Welch wunderbare Idee, Hélène!«, rief Sir David aus. »Ich stehe tief in Ihrer Schuld. Sie haben mir eine große Last von den Schultern genommen. Joanne, Liebes«, wandte er sich an seine Tochter, »ich muss jetzt aufbrechen. Schau doch nicht so traurig drein! Deine französische Patin wird sich sicher äußerst liebevoll um dich kümmern.« Er zog seine Tochter an sich und drückte ihr einen Kuss auf die Stirn. »Sei nett zu ihr«, flüsterte er. »Tu es für mich! Morgen bin ich zurück.«

»Trotzdem wäre ich lieber zu Hause als hier bei all diesen fremden Leuten«, raunte Joanne ihm ins Ohr. »Sie wissen doch, dass ich Fremde nicht mag.«

»Mach jetzt bitte keine Schwierigkeiten, Joanne. Du benimmst dich wie ein verzogenes Kind.«

Madame Hélène schritt ein. »Sie hat eben noch nicht gelernt, sich wie eine junge Dame zu benehmen. Und daran sind Sie nicht ganz unschuldig, David. Würde Jacqui noch leben, hätten wir diese Probleme sicher nicht. Aber wenn Sie mir Ihre Kleine für einige Zeit überlassen, will ich sehen, was ich tun kann. Wir machen eine wohlerzogene, gesellschaftlich sichere junge Dame aus ihr, David. Sie werden sie kaum wiedererkennen.«

Der Comte de Villacroix, der die Szene mit wachsender Ungeduld aus der Distanz verfolgt hatte, trat nun ebenfalls heran. Ohne eine offizielle Vorstellung abzuwarten, trat er auf Joanne zu und nahm ihre Hand.

»*Enchanté, Mademoiselle*. Verstehen Sie mich nicht falsch, doch das Leben des französischen Königs darf nicht von den Launen einer kleinen englischen Lady abhängen, so bezaubernd sie auch sein mag. Sie werden wohl einige Zeit ohne Ihren wichtigen Papa auskommen und in der Obhut Ihrer Gastgeberin bleiben müssen. Aber ich verspreche Ihnen: Ich bringe ihn unbeschadet zurück.«

Joanne stand stocksteif vor dem jungen Grafen. Noch nie hatte jemand sie auf solche Art zurechtgewiesen, und noch nie hatte sie sich derart beschämt und linkisch gefühlt. Noch nie hatte sie die Ansprüche, die man an sie stellte, weniger erfüllt und sich noch nie so einsam und mutterlos gefühlt.

Plötzlich verspürte sie eine entsetzliche Angst. Nein, ihrem Vater konnte sie nicht vorwerfen, sich zu wenig für ihr Leben zu interessieren. Sie ganz allein war schuld daran, dass sie sich ständig danebenbenahm. Wie ungeheuer naiv hatte sie sich doch aufgeführt! Aber auch, wenn sie sich selbst nicht verzeihen konnte, ihren Vater vor der guten Gesellschaft von Paris blamiert zu haben, so stand es dem Grafen bestimmt nicht zu, sie dafür zu tadeln. Nie würde sie dem Comte de Villacroix vergeben, dass er sie vor allen Leuten bloßgestellt hatte. Joanne senkte den Kopf, um Scham und Verwirrung zu verbergen.

Immer noch hielt der junge Graf ihre Hand in seiner. Mit einem Mal drehte er sie sanft um und küsste in einer innigen, etwas altmodischen Geste die Innenseite ihres Handgelenks.

»Jean-Paul St-Clair de Villacroix. Stets zu Diensten, Mademoiselle.«

Als er den Kopf hob, schien die Welt um Joanne einen Herzschlag lang stehenzubleiben. Seine dunkel bewimperten grünen Augen senkten sich tief in Joannes bernsteinfarbenen Katzenblick und forderten sie heraus, sich ihm vor der versammelten Gesellschaft zu widersetzen.

Schließlich ließ er ihre Hand sinken, wandte sich abrupt ab und eilte, dicht gefolgt von Joannes Vater, auf schmutzverkrusteten Absätzen und in einem staubigen Reisemantel aus dem Haus, ohne sich noch einmal umzublicken.

Kapitel Fünf

Verzweifelt und mit einem merkwürdigen Gefühl im Kopf wandte sich Joanne an den Arzt ihres Vaters.

»Wenn ich schon unbedingt hierbleiben soll, Doktor Wainwright, müssen Sie mir bitte etwas verschreiben. Ich kann nämlich in fremden Betten nicht schlafen, und wenn es doch einmal sein muss, dann neige ich zum Schlafwandeln. Hätten Sie vielleicht einen Schlaftrunk für mich? Wenn möglich einen recht starken.«

Mit diesen Worten drehte sie sich um und bat darum, in Madame Hélènes Gästesuite geleitet zu werden. Nach dem überhasteten Aufbruch des Grafen und Sir Davids ließ die Stimmung der Gesellschaft ohnehin zu wünschen übrig.

Joanne wälzte sich im Bett herum und fand keinen Schlaf, vermutlich war das Mittel, dass der Arzt ihr gegeben hatte, zu schwach gewesen. Als ob sie das nicht vermutet hätte. Die Matratze fühlte sich an, als sei sie mit Steinen gefüllt. Joanne hatte Angst um ihren Vater und sorgte sich um Natascha und Mrs O'Grady, die sich aller Versprechungen zum Trotz allein in der Wohnung in der Rue Royale aufhielten, während das Volk von Paris durch die Straßen marodierte, Fenster zerschlug und Barrikaden errichtete. Stunde um Stunde verging im Schneckentempo. Joanne wurde immer nervöser.

Manchmal wusste sie nicht einmal mehr, ob sie wirklich wach war oder ob sie lediglich einen schrecklichen Albtraum durchlebte. Sie fühlte sich wie in einer kleinen finsteren Schiffskabine auf der Fähre nach Dover gefangen. Haushohe Wellen warfen sie hin und her, bis ihr übel wurde und sie zu schreien begann; doch ihre Stimme verlor sich im peitschenden Regen und in der Schwärze der Nacht. Alles, was sie außer dem Pochen in ihren Ohren hörte, war das Brüllen der aufgepeitschten See. Sie bekam keine Luft mehr. Die Kabine schrumpfte zu einer Holzkiste zusammen, zu einem Sarg, in dem sie lebendig begraben war. Verzweifelt hämmerte sie an den Deckel. Gläserne Seitenteile erlaubten ihr einen Blick in die toten Augen aller armen Seelen dieser Welt, deren Klagen sich zu einem ohrenbetäubenden Crescendo steigerten. Vor Angst gefror ihr das Blut in den Adern. Ihr war sterbenselend. Entsetzt registrierte sie, dass man sich anschickte, ihren Sarg im blutbefleckten Wasser zu versenken. Niemand konnte ihre Stimme hören, die wie ein Echo durch ihren Kopf hallte.

»Oh Gott, ich ersticke! Ich werde ertränkt! Wo bin ich? Papa, wo sind Sie? Warum werde ich lebendig begraben? Warum werde ich herumgestoßen wie ein Stück Vieh? Lasst mich hinaus! Hilfe, lasst mich hinaus!«

»Mon Dieu, Joanne! Rose, fermez la fenêtre tout de suite!«

Der Winterwind peitschte Regenschauer durch das weit geöffnete Fenster. Beinahe wäre Madame Hélènes Warnung zu spät gekommen. Joanne stand im Nachtgewand auf dem Fenstersims und versuchte, sich an einem unsichtbaren Halt festzuklammern. Um Haaresbreite wäre sie abgeglitten und gestürzt, hätten nicht Rose und Madame Hélène sie im letzten Augenblick am Saum ihres Nachthemds erwischt.

»Vite, Rose. Les sels!«, wies Madame Hélène ihre Kammerfrau an.

Klagend hielt sie dem jungen Mädchen das schnell herbeigeholte Riechsalz unter die Nase und tätschelte ihr die blassen Wangen, während Rose ihre kalten Hände massierte.

»Joanne ... Joanne, mach die Augen auf! Meine Güte, Kind, hast du mich erschreckt! Was hätten wir denn deinem Vater sagen sollen? Dass seine geliebte Tochter während seiner Abwesenheit aus dem Fenster gestürzt und auf dem Boden aufgeschlagen ist? Wie schrecklich! Ich hätte mein Leben lang ein schlechtes Gewissen gehabt. Rose, lassen Sie bitte sofort Doktor Nicholas Wainwright holen.«

Zu Madame Hélènes Erleichterung zuckten Joannes Lider. Sie öffnete die Augen. »Nicht er ... Bitte nicht schon wieder er. Wo bin ich?«

»Du bist bei mir, mein Kind. Am Boulevard St-Germain. Und du bist in Sicherheit.«

»Wer waren die vielen Menschen am Fenster?«

»Welche Menschen?« Hélène runzelte die Stirn.

»Tote Menschen ...«

»Ganz ruhig, Liebes. Das hast du nur geträumt.«

Gestützt auf Rose und Madame Hélène kehrte Joanne in ihr warmes Bett zurück. Madame Hélène, die selbst bereits ihr Nachtgewand und ein Betthäubchen trug, umsorgte ihren jungen Gast wie eine aufgeregte Henne.

»Da unten auf der Straße treibt sich der Mob herum. Aber darüber brauchst du dir nicht dein hübsches Köpfchen zu zerbrechen.«

Joanne war erschöpft, aber ihr Verstand erwachte plötzlich zum Leben. »Wer sind diese Leute? Und was wollen sie?«

»Es sind Aufrührer, wie man sie nach jeder Kundgebung in Paris sehen kann. Sobald die Polizei eingreift, bekommen sie, was sie verdienen.«

»Schon, aber was wollen sie? Brot? Geld? Weniger Steuern zahlen? Was?«

»All das und noch viel mehr, Liebes. Sie fordern den Kopf des Königs. Sie wollen, dass Louis-Philippe abdankt.«

»Aber warum?«

Madame Hélène zuckte die rundlichen Schultern. »Das darfst du mich nicht fragen. Ich verstehe es selbst nicht. Und jetzt sei ein gutes Mädchen, und versuch zu schlafen.«

Joanne verstand, dass sie ihre Frage an die falsche Person gerichtet hatte, denn Madame Hélène war als flammende Royalistin bekannt. »Ich kann jetzt wirklich nicht schlafen«, wagte sie einen weiteren Versuch.

»Nicky wartet bereits unten. Meine kleine Soiree ist für die meisten Gäste zum Übernachtungsbesuch geworden. Die Straßen von Paris sind in dieser Nacht einfach zu unsicher; ich mochte die Leute nicht gehen lassen. Hier im Haus sind sie wenigstens sicher.«

»Oh bitte, Sie sollten Doktor Wainwright keinesfalls stören. Ich werde versuchen, mich zu beruhigen. Vielleicht lese ich ein wenig. Aber ich wusste im Voraus, dass ich schlafwandeln würde – ich wusste es einfach! In Irland ist mir das häufig passiert. Jetzt befinde ich mich zwar in einem anderen Land, aber wir leben erneut in unruhigen Zeiten.«

»Ich werde Nicky auf jeden Fall bitten, dir etwas zu verschreiben«, erklärte Madame Hélène entschlossen. »Und zwar etwas Stärkeres als gestern Abend. Denn nicht nur du musst zur Ruhe kommen – wir anderen würden jetzt auch ganz gerne schlafen. Ich lasse die Schlafzimmertür offen. Wenn irgendetwas ist, kannst du klingeln. Rose sagt mir dann Bescheid. Inzwischen aber werde ich Nicky von deiner Schlaflosigkeit und deinen Albträumen berichten.«

»Er weiß bereits davon und hat Papa mitgeteilt, dass ich unter einer hysterischen Neurose leide – was immer das sein mag. Wie gesagt, das passiert mir meistens, wenn ich in fremden Betten übernachte, und ich möchte mich bei Ihnen bedanken, dass Sie sich um mich gekümmert haben, Madame. Ansonsten komme ich aber ganz gut allein zurecht.«

»Ach ja, wirklich?« Madame Hélène runzelte ob so viel Selbstüberschätzung die Stirn, beließ es aber auf sich beruhen. Sie war viel zu müde, um zu diskutieren. Sie wies Rose an, in Joannes Zimmer zu schlafen.

Am nächsten Morgen wachte Joanne sehr früh auf. Sie ärgerte sich nicht nur über ihren nächtlichen Ausrutscher, sondern vielmehr über Natascha, die sich geweigert hatte, die sichere Wohnung in der Rue Royale zu verlassen, und es vorgezogen hatte, an der Seite der zuverlässigen Mrs O'Grady zu bleiben. Die Ausschreitungen der Nacht hatten sie tief verängstigt. Ähnliches hatte sie bereits in St. Petersburg erlebt und wagte nicht, sich der Gefahr auf den Straßen auszusetzen. Stattdessen saß sie lieber mit der irischen Haushälterin in der Küche und trank heiße Schokolade mit einem Schuss vom besten Cognac des Hausherrn.

Madame Hélène hatte eigens einen ihrer Bediensteten zum Haus der Bynghams geschickt. Er sollte die junge Russin zum Boulevard St-Germain begleiten, damit sie ihrer Herrin zur Seite stehen konnte. Der Bedienstete war mit zerrissenen Kleidern und völlig aufgelöst zum Boulevard St-Germain zurückgekehrt. Seine Uniform hatte ihn als Klassenfeind verraten; jeder konnte sehen, dass er für die verhassten Reichen von Paris arbeitete. Auf dem Weg war er verprügelt, bespuckt und gedemütigt worden und weigerte sich von diesem Augenblick an, erneut einen Fuß auf die Straße zu setzen, ehe sich das Volk nicht wieder beruhigt hatte.

Nach Stunden des Wartens widmete sich Joanne ihrem Tagebuch, dem sie ihre Sorgen um den Vater und den Grafen von Villacroix anvertraute, die sich noch immer nicht gemeldet hatten.

Donnerstag, 24. Februar 1848

Vergangene Nacht habe ich bei Madame Hélène Le Fèvre geschlafen. Im ersten Morgengrauen wachte ich auf und blickte aus dem Fenster. Durch die Straßen wurde ein Karren mit Leichen gezogen. Sie lagen hoch aufgetürmt, und jedermann konnte die Toten betrachten, die im Namen von Freiheit, Gleichheit und Brüderlichkeit gefallen waren. Madame Hélène sprach viel über den Aufruhr, der sich in der Stadt abgespielt hatte. Sie schien sich die Sorgen von der Seele reden zu wollen, daher speisten wir in ihrem warmen und gemütlichen Boudoir gemeinsam zu Mittag.

Sie berichtete, dass die Nationalgarde am Boulevard des Capucines auf die Aufständischen geschossen hatte. Der Befehl dazu kam von der Regierung, die befürchtete, dass sich die Unruhen in die Provinz ausdehnen könnten. Für mich war es ein großer Schock, den Karren mit den Leichen zu sehen, obwohl ich nach der großen Hungersnot in Irland an einen solchen Anblick hätte gewöhnt sein müssen. Einige der Toten waren bleich wie Gespenster, bis auf die Stelle, wo Blut ausgetreten war. Andere wiederum sahen bläulich aus, als wären sie gar nicht richtig tot. Bei einigen hing der Kopf mit weit geöffneten Augen und klaffenden Mündern bis auf die Straße hinunter. Blut lief durch den Rinnstein in die Abwasserkanäle. Der entsetzliche Anblick mitten in einer angeblich zivilisierten Stadt ließ mich erst spät wieder einschlafen.

Alles erinnerte mich an die Vorfälle in Irland, damals, als die verantwortlichen Politiker in Whitehall den Tod Tausender

Bauern in Kauf nahmen. Schiffe mit irischem Mais wurden nach England umgeleitet; die Landbevölkerung jedoch verhungerte, weil es bei den Kartoffeln eine Missernte gegeben hatte.

Hier in Frankreich sind es die Handwerker und Bauern, die man ausbeutet und unterbezahlt. Es gibt weder Arbeit noch ausreichend Grundnahrungsmittel wie Salz und Brot, aber mit der Menge an Foie Gras und Champagner, die gestern bei Madame Hélènes Abendgesellschaft gereicht wurden, hätte man die gesamte Belegschaft sowohl des Buckingham Palace als auch der Tuilerien bequem sättigen können. Da ich an dieser Art von Luxus teilhabe, erleichtere ich mein Gewissen durch die Lektüre von Voltaire, der in dem Gedicht Le Mondain *eine Theorie entwickelt hat, derzufolge Luxus etwas Nützliches ist. Eines Tages möchte ich mit meinem Leben auch etwas Nützliches anfangen. Sobald ich einen reichen, gut aussehenden Ehemann gefunden habe, will ich den ärmeren Mitgliedern unserer ungleichen Gesellschaft ein wenig Luxus zuteilwerden lassen – genau wie meine geliebte Mama, die ihr Leben geopfert hat, weil sie die Armen und Kranken nicht sich selbst überlassen wollte.*

Aber zurück zur vergangenen Nacht: Ich habe immer noch Angst, dass Papa und Jean-Paul etwas geschehen sein könnte – möge Gott sie behüten! Bisher haben wir keinerlei Nachricht von ihnen. Trotzdem hoffe ich natürlich, dass sie in Sicherheit sind und bald zurückkehren. Ich weiß nur, dass Papa und der Graf dem vom Volk bedrohten französischen König zu Hilfe geeilt sind. Leider haben weder Vater noch der Graf mir verraten wollen, um was genau es bei ihrem Auftrag ging, aber es muss etwas damit zu tun haben, dass die englische Königin dem französischen König politisches Asyl angeboten hat, falls die Lage nicht mehr tragbar sein sollte.

PS: Jean-Paul ist zwar nicht mehr ganz jung – ich schätze ihn auf etwa Mitte dreißig – aber ich finde ihn ausgesprochen gut aussehend. Ein faszinierender Mann! Ich habe das Gefühl, dass mein Leben sich für immer verändert hat. Als ich Jean-Paul in Madame Hélènes Eingangshalle zum ersten Mal sah, war mir, als würde ich ihn schon ein Leben lang kennen und wäre nur für diesen Tag geboren worden. Und das, obwohl wir einander nicht offiziell vorgestellt wurden.

Als er dann die Innenseite meines Handgelenks mit seinen Lippen berührte und wir uns in die Augen sahen, schienen die Fragen eines ganzen Lebens in seinem Blick zu liegen. Plötzlich war es, als gäbe es auf der ganzen Welt nur uns beide – ihn und mich. Es dauerte nur Sekundenbruchteile, doch mir schien, als ob die Fragen in seinen wundervollen grünen Augen meinem Leben zu einer Wendung verhalfen. Was banal war, wurde mit einem Mal köstlich. Vor uns öffnete sich eine faszinierende Zukunft, eine idyllische Insel der Liebe. Ich bin sicher, dass unser Zusammentreffen sowohl für ihn als auch für mich schicksalhaft war!

Ich weiß wirklich nicht, wohin der Aufruhr in Paris noch führen soll. Madame Hélène sagt, dass die ersten Leute bereits ihre Sachen packen und die Stadt verlassen. Sie selbst überlegt ebenfalls, in den Süden zu reisen, wenn die Unruhen, die Paris seit vierzehn Tagen fest im Griff haben, nicht bald enden. Ich bin sicher, dass Papa mich nach Irland zurückschicken wird, falls die Revolution die gleichen Ausmaße annehmen sollte wie vor fünfzig Jahren. Hoffentlich geschieht das nicht!

PPS: Ob er verheiratet ist? Einen derart grausamen Schlag könnte ich nicht verkraften. Es kann und darf nicht sein! Es darf nicht sein!

Kapitel Sechs

Als König Louis-Philippe am 24. Februar 1848 zugunsten seines Enkels abdankte, war es bereits zu spät. Angetan mit einer schneidigen Militäruniform, bemühte sich der König vergeblich, das aufgebrachte Volk zu beruhigen. In den vergangenen Regierungsjahren hatten die Menschen im Land ein tiefes Misstrauen gegenüber seiner Herrschaft entwickelt. Sie glaubten nicht mehr daran, dass die Regierung das Beste für sie tat.

Der König hatte lange immer wieder den Forderungen des Volkes nachgegeben, um es zu beschwichtigen – nun sah er sich einer Krise gegenüber, mit der er nicht gerechnet hatte. Er wies die Nationalgarde an, nicht mehr auf unbewaffnete Bürger zu schießen. Der Befehl kam jedoch zu spät; schon war viel zu viel Blut geflossen. Dem König blieb nichts anderes übrig, als abzudanken.

Er tat es so würdevoll wie in dieser Situation möglich. Ruhig übergab er die Zügel seines Reiches und verließ mit seiner Familie die Tuilerien durch einen unterirdischen Gang. Hätte er den Palast im Beisein der Öffentlichkeit verlassen, hätte der aufgebrachte Pöbel seinen Kopf gefordert, wie ein gutes halbes Jahrhundert zuvor bei Ludwig XVI. und Marie Antoinette. Auf der Place de la Concorde, wo damals die Guillotine gestanden hatte und Tausende von Köpfen gerollt waren, wartete eine diskrete Kutsche, die den abgedankten Monarchen zur ersten Station seiner Reise ins Exil bringen sollte.

Kaum hatte der König die Tuilerien verlassen, als der Mob

die Tore des Palastes aufbrach und in alle Räume eindrang. Man trampelte mit schmutzigen Stiefeln über die königlichen Betten, verwüstete und zerbrach Wertgegenstände, nahm alles mit, was sich wegtragen ließ, und urinierte auf exquisites Mobiliar und Kunstobjekte. Schließlich ging der Pöbel sogar so weit, den königlichen Thron aus dem Palast an eine Straßenecke zu schleppen und ihn als Bühne zu nutzen, um die Zweite Republik zu proklamieren.

Nachdem ihre Mission beendet war, standen Jean-Paul und Sir David am späten Vormittag auf der Brücke Pont Royal und unterhielten sich leise. Nun, da die Sicherheit des abgedankten Königs nicht mehr in seinen Händen lag, bemühte sich Jean-Paul um innere Ruhe. Die nervliche Anspannung der vergangenen Wochen war außergewöhnlich gewesen. Er stützte die Ellbogen auf das Geländer und blickte in das graue Wasser der Seine hinunter.

»Hoffentlich sind Ihre Mittelsmänner ebenso tüchtig wie Sie, Sir David.«

»Das hoffe ich auch.«

»Ich nehme an, dass Sie mit Ihrer schönen Tochter nun ebenfalls nach England abreisen werden, nicht wahr?«

Sir David warf dem Grafen einen rätselhaften Blick zu. Als gestandener Diplomat wusste er, dass man vor Freund und Feind gleichermaßen seine Zunge zu hüten hatte. Auch in diesem Fall zog er es vor, doppeldeutig zu antworten.

»Wir werden sehen, Monsieur le Comte. Ich würde Ihre Frage gern bejahen, denn Heimat ist Heimat, ganz gleich, ob es sich um eine armselige Hütte oder ein Schloss handelt.«

Jean-Paul lächelte. »In der Tat. Obwohl ich mich des unangenehmen Gefühls nicht erwehren kann, dass mein baufälliges

Schloss meine geringste Sorge sein dürfte, sollte demnächst mein Kopf rollen, wie es der Wunsch einiger mir bekannter Personen zu sein scheint.«

»Gewiss irren Sie sich«, entgegnete Sir David halb im Scherz.

»Sie wissen ebenso gut wie ich, wie die Revolutionäre in Paris mit den Köpfen von Aristokraten umgehen.«

»Frankreich ist ein modernes Land geworden. Diese Dinge werden bestimmt nicht mehr geschehen. Nicht noch einmal! Wurde ein solcher Beschluss nicht schon vor sechzig Jahren gefasst, nachdem man die autokratische Monarchie abschaffte und die Demokratie einführte?«

»Ich weiß genau, wie Sie darüber denken, Sir David. Trotzdem sollten Sie lieber beten, dass das, was in Frankreich geschehen ist, nicht auch in Ihrer Heimat eintritt. Lord Palmerston hat Sie zu uns geschickt, weil Königin Viktoria um ihre Macht fürchtet – und ich wage zu behaupten, dass sie auch um ihren eigenen Kopf besorgt ist.«

»Ach, wissen Sie, Monsieur le Comte, die französische Politik ist nicht unbedingt mein Hobby. Aber da mich mein Außenministerium nun einmal hergeschickt hat, tue ich meine Arbeit, wie man es von mir erwartet. Mein Auftrag lautete, den französischen König ohne Blutvergießen außer Landes zu bringen – und genau das habe ich getan.«

»Ich weiß – und ich bin Ihnen sehr dankbar für alles, was Sie unternommen haben. Ich weiß auch, dass Ihr Land sich für die Befreiung Frankreichs von der Tyrannei nicht gewählter Volksvertreter einsetzen wird.«

»War König Louis-Philippe etwa ein Tyrann? So weit ich ihn einschätzen kann, war er ein eher moderater Monarch, der von den Karikaturisten Ihres Landes meist als recht spießig dargestellt wurde.«

»Diese Sichtweise fußt wohl hauptsächlich auf der Darstellung britischer Zeitungen. Ihre Presse übertreibt ganz gern ein bisschen – als wolle man die Leser provozieren, aufzustehen und die Herausforderung anzunehmen. Ich habe weiß Gott nichts gegen Pressefreiheit, aber leider muss ich Ihnen sagen, dass Louis-Philippe auf der ganzen Linie ein ebensolcher Despot war wie seine Vorgänger.«

»Es überrascht mich, eine solche Meinung von Ihnen zu hören – aus dem Mund eines überzeugten Royalisten.«

»Wer hat das behauptet?«, fragte Jean-Paul grinsend.

»Ich gebe mir Mühe, mich nicht in Ihre persönlichen Anschauungen einzumischen«, erwiderte Sir David lächelnd.

»Als sich der König unter einer immer stärker werdenden Opposition vom Liberalismus abwandte und zum absolutistischen Herrscher wurde, war Frankreich politisch noch äußerst unsicher. Eigentlich bin ich nicht grundsätzlich gegen die Republik, obwohl meine Großeltern sowohl väterlicher- als auch mütterlicherseits 1793 durch die Guillotine starben. Mein Vater und meine Tante waren damals noch kleine Kinder und mussten ins Exil fliehen wie viele andere auch. Trotzdem bin ich unbedingt für mehr Gleichheit in der Gesellschaft, denn weder die französische Monarchie noch der Adel – also Leute wie ich – sind offenbar in der Lage, ein Land zu regieren, ohne die Freiheit des Einzelnen einzuschränken. Allerdings möchte ich meinen Kopf gern noch ein wenig auf den Schultern behalten. Ergo verrate ich meine eigene Klasse, indem ich mich mit den Liberalen verbünde, ohne allerdings zum radikalen Republikaner zu werden wie der gute Lamartine.«

»Nichtsdestoweniger wäre es traurig, wenn die Anarchie in Frankreich erneut die Oberhand gewänne«, sagte Sir David. »Irgendwie muss es doch möglich sein, die Gewalt in den Griff zu bekommen. Die Willkür des Pöbels ist auf dem besten Weg, die öffentliche Ordnung zu unterminieren.«

Jean-Paul nickte. »Die richtige Ausgewogenheit muss erst noch gefunden werden. Und Sie wissen sicher, dass sofort nach der Abdankung von Louis-Philippe eine provisorische Regierung unter Lamartine gebildet wurde? Der Sozialist Louis Blanc gehört ihr übrigens auch an. Palmerston dürfte sich freuen, endlich einen gleichwertigen Kollegen auf europäischer Ebene zu bekommen.«

Sir David lachte laut auf. »Du liebe Zeit! Ich glaube kaum, dass Palmerston sich in dem Maß mit romantischer Liebe, Natur und Religion beschäftigt wie Alphonse de Lamartine.«

»Trotzdem ist und bleibt Lamartine ein Mann, den man mit Vorsicht genießen muss.«

»In der Tat«, bestätigte Sir David.

Jean-Paul blinzelte kurz, richtete sich auf und legte eine Hand auf Sir Davids Schulter.

»Kommen Sie, mein Freund«, drängte er, »wir sollten weitergehen. Hier draußen ist es viel zu kalt, um über Politik zu reden. Meine Kutsche wartet ganz in der Nähe. Ich setze Sie bei Hélène ab. Sicher wartet Ihre bezaubernde Tochter schon sehnsüchtig auf Sie. Aber Sie wissen ja, dass unsere Arbeit hier in Paris noch längst nicht beendet ist. Wir müssen die Rädelsführer der verbotenen Gewerkschaft *L'Épée Rouge* – dem Roten Schwert – finden und ein für alle Mal unschädlich machen.«

In diesem Moment drangen irgendwo aus dem Schatten der Brückenbogen die Töne einer Drehorgel über das gurgelnde Wasser der Seine. Es war eine Polonaise von Chopin.

Als es an der Haustür Sturm klingelte, rannte Joanne in Pantoffeln die Treppe hinunter, um die Tür zu öffnen. Endlich würden ihr geliebter Vater und der anziehende Jean-Paul St-Clair zurückkehren! Madame Hélènes Butler Henri stürmte hinter ihr her, und auch Madame selbst ließ es sich nicht nehmen, prustend und schnaufend selbst nach dem Rechten zu schauen.

Auf der Türschwelle jedoch stand Natascha mit einem Bündel unter dem Arm und dem pockennarbigen Gaston Cabet an ihrer Seite.

Joanne stammelte etwas Unzusammenhängendes, Henri blieb wie vom Donner gerührt stehen, und Madame Hélène starrte die russische Emigrantin wütend an.

»Was haben Sie hier zu suchen? Und noch dazu mit diesem Menschen?«

Natascha knickste. »Dieser Mann mich begleitet hat. Er sehr freundlich. Hat gesagt, dass Mademoiselle mich brauchen, jetzt ich gekommen ...«

Madame Hélène schnitt ihr das Wort ab. »Fort mit Ihnen, Sie undankbares Weibsbild! Wir wollen Sie hier nicht. Noch gestern Abend haben Sie Monsieur und Mademoiselle aus Angst einfach sitzenlassen. Hier ist kein Platz für Feiglinge!«

»Aber jetzt ich bin hier. Jetzt ist Straße ruhig, und dieser Mann mich bringt her, weil Herr und Fräulein mich brauchen. Mann ist freundlich und sehr wichtig in Paris. Wütende Leute mir nichts tun, weil hören auf ihn.« Natascha war so aufgeregt, dass ihr Französisch immer schlechter wurde.

Madame Hélène schnaubte aufgebracht und musterte Cabet mit einem vernichtenden Blick. »Ist das der Grobian, der euch den Weg von der Kutsche bis hierher gesichert hat?«, wandte sie sich an Joanne.

Joanne wusste nicht, was sie sagen sollte. Sie starrte den narbengesichtigen Mann neben Natascha misstrauisch an. Nur allzu gern hätte sie gewusst, woher er die Gewissheit nahm, dass Natascha am Boulevard St-Germain gebraucht wurde. Außerdem interessierte sie, wie er das Mädchen überzeugt hatte, sich auf die Straße hinauszuwagen. Doch sie fürchtete sich davor, ihre Fragen auszusprechen. Noch waren ihr Vater und Jean-Paul nicht wieder zu Hause, und sie argwöhnte, dass jedes Wort von ihr ihnen schaden könnte.

Madame Hélène zerrte Natascha ins Haus und schlug Cabet die Tür vor der Nase zu. Außerhalb von Joannes Hörweite zischte sie der jungen Russin zu: »Ich lasse Sie nur ins Haus, weil Ihre Herrschaften Ihrer tatsächlich nötig bedürfen. Stimmt es eigentlich, dass Josephine-Anne häufig nachts schlafwandelt?«

»Oh ja, stimmt sehr. Irische Haushälterin sagt, dass ist schlimmer geworden, seit ihre Mutter tot. Aber darüber ich nicht genug wissen.«

»Wie schrecklich! Und gefährlich obendrein. Ich werde meinen Diener bitten, an den Fenstern im Obergeschoss Riegel anzubringen. Sie schlafen ab heute bei Ihrer Herrin im Zimmer und lassen sie gefälligst nicht eine Sekunde aus den Augen. Und wehe, ich erwische Sie noch einmal mit diesem Cabet. Er ist ein übler Geselle.«

»Ich nicht richtig kennen Monsieur Cabet. Er nur war sehr freundlich ...«

»Ganz gleich – tun Sie, was ich Ihnen gesagt habe.«

Mit diesen Worten eilte Madame Hélène zurück in ihre Gemächer, um ihre unterbrochene Toilette zu vervollständigen.

Kurz nach Nataschas Ankunft hielt Jean-Pauls Kutsche vor Madame Hélènes großer Villa. Die freundliche Aufforderung des Butlers, ins Haus zu kommen, lehnte er dankend ab.

»Bestellen Sie Madame Hélène Le Fèvre einen schönen Gruß von mir, Henri, aber meine betagte Mutter und mein kleines

Töchterchen erwarten mich auf Schloss Villacroix. Beim nächsten Mal bleibe ich gern und genieße Madames ausgezeichnete Küche.« Er wandte sich an seinen Begleiter. »*Au revoir*, Sir David.«

Vom Fenster ihres Boudoirs hatte Madame Hélène den Abschied der beiden Männer beobachtet. Aus Jean-Pauls entschlossenem Händedruck schloss sie, dass der elegante Graf nicht zum Essen bleiben würde. Schade! Henri hätte auf der Gesellschaft von St-Clair bestehen sollen!

Sie blieb noch einige Zeit am Fenster stehen, ehe sie schließlich nach unten ging, um Joannes Vater zu begrüßen.

»David!«, rief sie erfreut. Der Diplomat reichte Henri Mantel und Gehstock. »Schön, dass Sie heil und gesund wieder da sind.«

»Na ja, wie man's nimmt«, antwortete Sir David vorsichtig.

»Natürlich verstehe ich, dass diese Nacht sicher nicht einfach für Sie war. Was ist denn überhaupt geschehen?«

Sie reichte ihm ein Glas Cognac, das er dankbar annahm und in einem Zug hinunterstürzte, ehe er sich vor dem Kaminfeuer wärmte.

»Ich habe schlechte Nachrichten, Hélène. Der französische König wurde gezwungen abzudanken. Der Pöbel hat gesiegt.«

»Um Himmels willen!« Madame Hélène griff instinktiv nach ihren Diamantohrringen. »Und was wird jetzt aus uns? Wird man uns wieder massakrieren wie bei der ersten Revolution? Ich werde sofort packen und aufs Land abreisen.«

»Immer mit der Ruhe, Hélène.« Sir David zwang sich zu einem müden Lächeln. Warum musste Madame Hélène immer gleich so melodramatisch werden! »Alles ist in geregelten Bahnen. Der König und seine Familie sind auf dem Weg ins englische Exil, und es gibt eine provisorische Regierung, an deren Spitze Lamartine steht ...«

»Der Mann ist ein romantischer Dichter!« Madame Hélènes Stimme wurde schrill. »Versteht er überhaupt etwas von Politik? Kann er ein Land wie Frankreich regieren?«

»Wir Engländer haben dafür gesorgt, dass Louis-Philippe Zuflucht geboten wird. Für Ludwig XVI. und Marie Antoinette haben wir das leider nicht getan. Von jetzt an wird alles langsam und Schritt für Schritt vorwärtsgehen. Die englische Diplomatie steht ganz auf Ihrer Seite, Madame.«

Er verneigte sich knapp.

Madame Hélène seufzte erleichtert. »Oh David, wie glücklich mich das macht!«, rief sie, fiel Sir David um den Hals und küsste ihn heftig auf die kalten Wangen.

»Es wird sicher kein so schreckliches Blutvergießen geben wie vor fünfundfünfzig Jahren. Sie brauchen sich also keine Sorgen zu machen.«

»Das hoffe ich doch sehr. Darf ich zu Tisch bitten, David? Natürlich haben Sie vorher noch ausreichend Zeit, sich ein wenig frisch zu machen.«

Sir David erfrischte sich mit einem ausgiebigen Bad, einer gründlichen Rasur und einem weiteren Cognac, ehe er gemeinsam mit seiner überglücklichen Tochter und einer äußerst zuvorkommenden Gastgeberin ein ausgezeichnetes Mittagsmahl genoss. Madame Hélènes großzügiges Heim und ihre unvoreingenommene Gastfreundschaft hinderten ihn jedoch nicht daran, das Thema anzusprechen, das ihn sehr beschäftigte.

»Leider können wir Ihre Gastlichkeit nicht länger genießen, Hélène. Die Umstände erfordern es, dass Joanne und ich morgen die Fähre nach England nehmen.«

»So bald schon?«

»In England gibt es eine Menge für mich zu tun. Zunächst muss ich Lord Palmerston über die Ereignisse hier auf dem Kontinent Bericht erstatten. Außerdem sind nach der Abdankung des französischen Königs und seiner überhasteten Abreise nach England viele Aufgaben liegengeblieben. Im Übrigen ist meine Abteilung für die Sicherheit verbannter Monarchen in meinem Land zuständig.«

»Dann werden Sie also auch in England eine wichtige Aufgabe erfüllen und ständig unterwegs sein, Papa?«

Etwas in Joannes Tonfall bewirkte, dass er aufblickte und ihr ins Gesicht sah. Sie betrachtete ihn mit ihren großen Bernsteinaugen wie eine junge Tigerin, die darauf brannte, ohne Rücksicht auf Gefahren einen fremden Dschungel zu erkunden.

»Was soll ich tun, Joanne? Mir bleibt nichts anderes übrig.«

»Könnte ich unter diesen Umständen nicht vielleicht hier bei Madame Le Fèvre bleiben? Meinem Französisch würde es sicher guttun.«

Sir David war verblüfft. Bisher hatte seine Tochter nie verlangt, an einem anderen Ort als er sein zu dürfen, im Gegenteil. »Sei vernünftig, Joanne. Du kannst nicht ohne mich hier in Paris bleiben«, sagte er ruhig.

»Warum denn nicht?«

»Du bist erst siebzehn!«

»Ist das wirklich der einzige Grund, Papa?«

»Ja, mein Herz, das ist es.«

Vater und Tochter starrten sich an. »Ich bin dein Vater und muss auf dich aufpassen«, fuhr Sir David so ruhig wie möglich fort. »Du bist minderjährig, Joanne, und meine Pflichten als Erziehungsberechtigter enden erst mit deiner Volljährigkeit oder einer eventuellen Heirat – ganz gleich, welches der beiden Ereignisse als Erstes eintritt.«

Joanne war nicht bereit, so leicht aufzugeben. »Sie sagen, Sie werden in London viel zu tun haben. Mit anderen Worten, Sie werden mich wieder viele Stunden, Tage, ja vielleicht Wochen allein lassen – entweder in England oder in Irland. Warum dann nicht hier? Ich möchte in Paris bleiben.«

Sir David seufzte ob so viel Hartnäckigkeit. »Mag sein, dass das dein Wunsch ist. Aber du bist in London natürlich nicht allein. Deine Tante Hester wird dir Gesellschaft leisten.«

»Hier in Paris bin ich in der Obhut von Madame Le Fèvre. Selbst die Contessa hat angeboten, mich unter ihre Fittiche zu nehmen. Papa, Paris gefällt mir so viel besser als London! Mir wird ganz schlecht, wenn ich an Tante Hesters stickige Wohnung denke.«

»Sprich bitte etwas respektvoller von deiner Tante, Joanne. Du weißt, dass sie dich sehr lieb hat!«

»Aber längst nicht so sehr wie ihre vielen Katzen, gegen die ich überdies, wie Sie sich sicher erinnern, schrecklich allergisch bin«, trumpfte Joanne auf. »Ich muss ständig niesen und husten. Wenn es stimmt, dass Brustleiden erblich sind, wie unser lieber Doktor Langweilig behauptet, dann wird wohl spätestens diesen Herbst meine Lunge in Mitleidenschaft gezogen sein.«

Madame Hélène erkannte, dass die Auseinandersetzung zwischen Vater und Tochter ins Leere lief, und schritt ein.

»Wissen Sie was, David? Mir würde es absolut nichts ausmachen, Josephine-Anne in meine Obhut zu nehmen. Ganz im Gegenteil. Allerdings würden wir nicht hier in Paris bleiben. Die Stadt ist zu gefährlich geworden. Ich besitze einen Landsitz ganz in der Nähe von Jean-Pauls Schloss Villacroix. Mit seiner Mutter Charmaine bin ich übrigens eng befreundet, und Joanne wird sich mit seiner kleinen Tochter Lise sicher blendend verstehen.«

In der nun folgenden Stille hätte man eine Stecknadel fallen hören können. Schließlich nahm sich Joanne ein Herz und stellte mit erstickter Stimme die Frage, die ihr auf der Seele brannte:

»Ist der Graf verheiratet?«

Madame Hélène spürte sofort die Veränderung, die in Joanne vorgegangen war. Noch Sekunden zuvor hatte sie beobachtet, wie Joanne bei dem Vorschlag, in die Nähe von Schloss Villacroix überzusiedeln, voller Vorfreude strahlte. Plötzlich aber drückte ihr Gesicht tiefe Enttäuschung aus. Madame Hélène ahnte die Ursache des Stimmungswechsels und musste innerlich schmunzeln.

Sir David hatte davon nichts bemerkt. Ihm wurde schlagartig klar, wie viele Stadien der Entwicklung seiner Tochter er im Lauf der Zeit versäumt hatte, und ahnte, dass er allein nicht mehr mit ihr fertig wurde. Wäre es nicht tatsächlich besser, das junge Mädchen in der Obhut einer gestandenen und selbstbewussten Frau in Frankreich zurückzulassen?

Plötzlich verspürte er einen jähen, stechenden Schmerz im Brustkorb. Alle Gedanken an das Wohlergehen seiner Tochter und Frankreichs Politik verblassten zur Bedeutungslosigkeit. Er fuhr sich mit der Hand an die Brust.

»Was ist mit Ihnen, David?«, fragte Hélène erschrocken, als sie seine glasigen Augen und das schmerzverzerrte Gesicht bemerkte.

Sir David riss sich zusammen. »Es geht schon wieder. Ich glaube, ich bin einfach nur sehr müde. Ich sollte mich vielleicht ein wenig hinlegen.«

»Aber selbstverständlich. Ich rufe sofort Ihren Kammerdiener und das Mädchen.« Hélène klingelte.

»Kommen Sie, Papa, ich helfe Ihnen.« Joanne ließ ihren kaum angerührten Teller stehen und eilte an die Seite ihres

Vaters. Er stützte sich schwer auf sie. Als sie die Treppe zu seinem Schlafzimmer zur Hälfte hinter sich gebracht hatten, strauchelte Sir David und wäre gefallen, hätte Joanne ihn nicht mit aller Kraft festgehalten.

»Papa? Was ist mit Ihnen?«

»Ach, mach dir keine Sorgen. Mich schwindelt nur ein wenig ...« Er brach ab, stöhnte laut auf, griff sich erneut an die Brust und fiel mit dem Gesicht nach vorn auf die Treppe.

»Madame Hélène!«, schrie Joanne. »Madame Hélène! Schicken Sie nach dem Arzt! Sofort!«

Blind vor Panik versuchte sie, den Körper ihres Vaters aufzuheben und aus eigener Kraft ins Gästezimmer zu zerren. Doch der schlaffe Körper des Mannes war viel zu schwer. Es gelang ihr gerade so, ihn daran zu hindern, die Treppe hinunterzugleiten.

»Papa, liebster Paps! Was ist denn mit Ihnen? Wollen Sie nicht versuchen aufzustehen?«

Madame Hélène stand im Vestibül, just an der Stelle, wo Joanne sich am Abend zuvor auf den ersten Blick in Jean-Paul St-Clair verliebt hatte, und zog wie besessen am Glockenstrang. Aus allen Ecken des Hauses kamen die Diener herbeigestürmt.

Henri und zwei weitere Männer hoben Sir David auf und brachten ihn in sein Zimmer. Hélène stand im Salon und erteilte Befehle wie ein General.

»Henri, sobald Sie Sir David auf das Bett gelegt haben, laufen Sie sofort zur Place de l'École und holen den englischen Arzt. Sagen Sie ihm, dass wir seiner so schnell wie möglich bedürfen. Oder, besser noch, schicken Sie einen der Jüngeren aus der Dienerschaft, jemanden, der geschwinder läuft als Sie. Der Arzt soll seine Tasche mitbringen – es ist wirklich dringend.«

Madame Hélène fühlte sich ebenso hilflos wie Joanne. Sie bemühte sich um klare Gedanken. War David krank? Befand er sich vielleicht in Lebensgefahr? Das war unmöglich! Es konnte einfach nicht sein!

In ihr wuchs die Angst, dass ihre geheimsten, innig gehegten Pläne im Nichts zerrannen. Wie lange schon sehnte sie sich danach, Sir David als ihren nächsten Ehemann in die Arme zu schließen! Schnell jedoch gewann Madame Hélènes praktische Natur wieder die Oberhand. Sie riss sich zusammen. Nein, David durfte nicht sterben. Sie würde alles in ihrer Macht Stehende veranlassen, ihm die beste medizinische Hilfe angedeihen zu lassen. Nicholas Wainwright musste her, und zwar schnell.

Doktor Wainwright war nicht Hélènes Leibarzt. Sie persönlich hätte lieber nach Doktor Consomé geschickt, weil er älter und erfahrener war als der jugendliche Nicky, der immer noch Vorlesungen an der medizinischen Fakultät besuchte. Doktor Consomé jedoch sprach kein Wort Englisch. Und das hätte in dieser Situation weitere Schwierigkeiten bereitet, eine vernünftige Diagnose zu stellen, oder gar Sir David Bynghams Krankheit richtig zu behandeln.

Nicholas Wainwright hingegen kannte seinen Patienten gut. Man hatte ihn zum ersten Mal an Sir Davids Bett gerufen, als dieser kurz nach seiner letzten Entsendung nach Paris an einer Infektion der Bronchien erkrankt war.

Der Anstoß dazu kam von Barbiret. Als häufig geladener Gast zu Madame Hélènes legendären Soireen hatte er eines Abends erwähnt, dass er in einem Haus mit einem englischen Arzt wohnte, das dessen Mutter gehörte. Sie sei nach der Trennung von ihrem Ehemann aus dem ehemaligen Familienbesitz ausgezogen. Barbiret deutete zudem an, wie sehr er die schöne Adèle vergötterte. Wäre es ihm möglich gewesen, so behauptete er, hätte er sie zu verführen versucht, ungeachtet der Tatsache, dass sie seine Vermieterin und die Mutter seines Freundes war. Angeblich hatte sie ihm schon mehrmals nackt Modell gesessen. Wie viel von diesen Schilderungen der Wahrheit entsprach und was lediglich Barbirets blühender Fantasie entsprungen war, hätte Hélène nicht zu sagen gewusst.

Dennoch weckten Barbirets Erzählungen Madame Hélènes Neugier auf Adèle Wainwright, und sie beschloss, die Dame näher kennenzulernen. Die Gelegenheit bot sich anlässlich einer Wohltätigkeitsveranstaltung für das Waisenhaus von St-Anne, für das Adèle sich sehr engagierte. Die heilige Anne galt als Patronin der Hausfrauen, zu denen sich auch Adèle Wainwright zählte. Unter den Gästen der Veranstaltung war auch Hélène, die bei diesem ersten Treffen angenehm überrascht wurde. Adèle war zwar keineswegs reich, aber eine so außergewöhnliche Frau, dass Hélène sie spontan zu ihrer nächsten Soiree einlud.

Bei besagter Soiree vertraute sie ihrer neu gewonnenen Bekannten an, dass sie unter einem eingewachsenen Zehnagel litt, der sie höllisch schmerzte. Sofort schlug Adèle vor, dass ihr Sohn sich die entzündete Stelle einmal ansehen könne, vor allem da Hélènes Leibarzt sich um solche Kleinigkeiten wie einen banalen Zeh nur höchst ungern kümmerte.

Nicky hatte Hélène schnell und gründlich von ihren Schmerzen erlöst. Hélène revanchierte sich dadurch, dass sie eifrig für Adèles Waisenhaus sammelte und den jungen Arzt weiterempfahl – unter anderen auch Sir David und seiner eigensinnigen Tochter.

Ebenso wie Joanne Byngham besaß Nicholas Wainwright die doppelte Staatsangehörigkeit. Sein Vater William war gebürtiger Engländer, Stabsarzt in der englischen Armee und Afghanistan-Veteran. Zurzeit hielt er sich mit seinem Regiment in Indien auf. Er wohnte in Rawalpindi, wo er auch seine alle drei Jahre vorgesehenen Heimaturlaube verbrachte. Nicholas sah seinen Vater äußerst selten und auch Adèle bekam ihren Ehemann kaum zu Gesicht.

In einer Gesellschaft, in der eine Scheidung grundsätzlich missbilligt wurde, waren Williams und Adèles Lebenswege in aller Freundschaft auseinandergedriftet. Nachdem sie bemerkt hatten, dass sie nicht miteinander leben konnten, war eine räumliche Trennung die beste und billigste Lösung gewesen. Die gläubige Katholikin und der bekennende Agnostiker stritten sich nicht mehr, sondern schrieben einander lange Briefe über Kontinente hinweg. Stolz berichtete Adèle von den Fortschritten des gemeinsamen Sohnes in seinen Forschungen zum Einsatz von anästhesierenden Mitteln; William hingegen erzählte spannende Geschichten von Leben und Tod seiner Soldaten am Khaiberpass.

Nicholas Wainwright hatte seinen Vater seit zehn Jahren nicht mehr gesehen. Damals war er zwölf Jahre alt gewesen und ging noch in England zur Schule. Seine elegante französische Mutter, die heutzutage ihre Zeit zwischen ihrer Wohnung am Boulevard des Capucines, einem Chalet in Kirschbach in der Schweiz und ihren zahlreichen, in ganz Paris verteilten Waisenhäusern aufteilte, bekam er erheblich öfter zu Gesicht.

Inzwischen wohnte der junge Arzt in der Familienvilla an der Place de l'École, wo er jedoch ebenso Miete zahlte wie Barbiret. Seine Mutter bewunderte ihren intelligenten Sohn zwar ohne Vorbehalt, hielt ihn aber ihrer eigenen Wohltätigkeit nicht für würdig. Immerhin verdiente er nicht schlecht und konnte auf ein nicht unerhebliches Erbe zählen. Die Miete, die er an seine Mutter zahlte, ging vollständig als Spende an die von ihr unterstützten Waisenhäuser.

Das merkwürdige Gebaren seiner Eltern hatte Nicholas

Madame Hélène so zu erklären versucht: Sie waren verheiratet, ohne eine Ehe zu führen. Sein Vater liebte die heiße Sonne des Südens, seine Mutter bevorzugte den Schnee. Seinen Vater verlangte es nach der Härte des Militärlebens, seine Mutter genoss die gemäßigte Kultur Europas.

Seit die Wainwrights den Vorteil genossen, von Hélène Le Fèvre empfangen zu werden, war ihr Aufstieg in der Pariser Gesellschaft geradezu unvermeidlich. In der Folge wurde Madame Hélène von ihren Schmerzen im Zeh befreit und musste nicht mehr nächtelang wach liegen, Doktor Nicholas Wainwright hingegen durfte sich in seinem ärztlichen Ruhm sonnen, der dazu führte, dass seine Praxis von reichen und berühmten Parisern so häufig besucht wurde, dass sie aus allen Nähten zu platzen drohte.

Kapitel Sieben

Unter dem Messingschild an der Haustür an der Place de l'École, auf dem in gravierten Lettern »Doktor Nicholas Wainwright, praktischer Arzt und Chirurg« stand, hing eine Holztafel mit der Aufschrift »Antoine Barbiret, Künstler«.

Als Madame Hélènes Diener völlig außer Atem vor der Tür stand und nur noch stammeln konnte: »Herr Doktor … schnell … wir brauchen Sie! Ein Mann liegt im Sterben … bei Madame Hélène«, besann sich Nicholas nicht lang. Er griff nach seiner immer bereitstehenden Arzttasche, warf Mantel und Schal über und folgte dem Dienstboten ungeachtet seines vollen Wartezimmers zu einem Termin, der sein Leben für immer verändern würde.

»Ich glaube, er ist tot!«, schluchzte Joanne. Sie machte sich unendliche Vorwürfe, dass sie mit ihrem geliebten Vater gestritten hatte, obwohl er müde und erschöpft war.

Während der bangen Minuten, in denen der junge Arzt Sir David untersuchte, wartete sie mit Madame Hélène vor dem Zimmer ihres Vaters und lehnte sich Hilfe suchend an Nataschas Schulter. Auch der jungen Russin standen Tränen in den Augen. Ihre Trauer jedoch galt zu einem großen Teil ihrem weiteren Schicksal. Sie arbeitete gern bei den Bynghams und befürchtete, arbeitslos zu werden, falls der Diplomat sterben sollte. Ihr englischer Dienstherr war immer gut zu ihr gewesen; niemals würde sie wieder einen Vorgesetzten finden wie ihn. Sie wäre auch gern bereit gewesen, mit der Familie nach England zu gehen, denn die russischen Emigranten in Paris wussten von England nur das Beste zu berichten. Vor allem schienen die Engländer weniger fremdenfeindlich zu sein als die Franzosen.

Nachdem Nicholas Sir David eingehend untersucht hatte, schloss er leise die Schlafzimmertür hinter sich und ging auf das wartende Damentrio zu.

Sein Blick glitt von Joanne zu Natascha und weiter zu Madame Le Fèvre. Die Damen hatten ihn noch nicht bemerkt, und er wusste nicht recht, wie er beginnen sollte. Joanne verbarg ihren Kopf an der Schulter der Dienerin; Natascha weinte hemmungslos. Madame Hélène fand keine Worte. Das Unglück ihres Patenkindes rührte sie zutiefst an. Erst das Schlafwandeln letzte Nacht, das seinen Ursprung in den schrecklichen Kindheitserlebnissen in Irland hatte, und jetzt die Krankheit ihres Vaters! Stumm tätschelte sie ihre beiden Schoßhündchen, die vor Aufregung bellten.

Nicholas räusperte sich. Weder die Damen noch die Hunde schienen ihn zu hören. Er räusperte sich erneut, dieses Mal ein wenig lauter.

»Bon Dieu, Nicky!« Madame Hélènes beeindruckender Busen wogte. »Haben Sie wenigstens gute Nachrichten für uns?« Sie griff sich an die Stirn. »Oder wird er sterben?«

»Nein, Madame, er wird nicht sterben. Zumindest jetzt noch nicht.«

»Gott sei Dank!«, seufzte Madame Hélène und bekreuzigte sich.

»Das heißt allerdings nicht, dass er außer Gefahr ist, Madame. Er ist schwer krank und braucht intensive Betreuung, um wieder zu Kräften zu kommen.« Nicholas streifte Joanne mit einem langen Seitenblick. »Würden Sie mir bitte einen Gefallen tun und mich einen Moment mit Miss Byngham allein lassen, Madame?«

»Aber selbstverständlich. Ich muss ohnehin noch meine Vorbereitungen für die Reise treffen.«

»Wollen Sie Paris verlassen?«, erkundigte sich der junge Arzt.

»*Eh oui!* Wir leben in unsicheren Zeiten, Paris ist mir zu gefährlich geworden, gerade nach den Ereignissen der letzten Stunden. Ich denke, ich werde meinen Landsitz in der Nähe von Schloss Villacroix aufsuchen. Natürlich warte ich damit noch so lange, bis Sir David wieder bei Kräften ist und mich begleiten kann. Wahrscheinlich wird es uns allen guttun, uns von den Aufständen hier in Paris zu erholen. Aber nachdem ich weiß, dass Sir David im Moment bei Ihnen in guten Händen ist, kann ich zumindest beruhigt alle nötigen Vorkehrungen treffen.«

Sie drückte Joannes eiskalte Hände. »Hör auf zu weinen, mein Kind. Alles wird gut. Darum wird sich schon unser lieber Doktor kümmern.«

Zum ersten Mal in ihrem Leben sah Joanne den jungen Arzt so, wie er es verdiente – als hilfsbereiten Menschen, den man respektieren musste. Mit roten, verquollenen Augen blickte sie Nicholas Wainwright vertrauensvoll an. Ihr Herz war leichter, nun, da sie wusste, dass ihr Vater nicht sterben würde.

Doktor Wainwrights intelligente blaue Augen ruhten auf ihr. Dieses Mal wehrte sie seine Aufmerksamkeit nicht ab. Mit zitternder Stimme stellte sie die für sie wichtigste Frage: »Sind Sie ganz sicher, dass er nicht stirbt?«

Nicholas sah Joanne mit ernstem Blick an. Vom ersten Augenblick an, als er von einem Bediensteten der Bynghams in die Rue Royale gerufen wurde, weil Sir David sich eine schwere Bronchialinfektion zugezogen hatte, war er von Sir

Davids Tochter bezaubert gewesen. Er hielt sie für das schönste Mädchen der Welt, war allerdings viel zu schüchtern, seine Gefühle für sie zu zeigen. Als echter Gentleman wollte er ihr Zeit lassen und sie in keiner Weise bedrängen. Und so hatte er sich damit begnügt, sie aus der Entfernung zu verehren. Wie um alles in der Welt sollte Nicholas jetzt diese Frage beantworten? Ruhig sagte er: »Wir alle müssen eines Tages sterben, Miss Byngham. Lassen Sie es mich so ausdrücken: Mit der Zeit und bei guter Pflege wird Ihr Vater sich von seinem gesundheitlichen Rückschlag erholen.« Er warf einen Blick zu Madame Hélène und dem weinenden Dienstmädchen hinüber und bat erneut: »Dürfte ich bitte einen Moment mit Miss Byngham allein bleiben?«

»Oh, aber natürlich. Komm, Natascha, du kannst Rose beim Packen helfen. Vielleicht auch beim Auspacken. Ich bin mir im Augenblick nicht ganz sicher, worauf es hinausläuft.«

Madame Hélène griff nach dem Arm der hysterisch weinenden Russin. Sie standen schon fast in dem breiten, mit roter und goldener Seide ausgeschlagenen Flur, als sie sich noch einmal umwandte.

»Wissen Sie, Nicky, ich habe mir mein Leben lang eine Tochter gewünscht. Leider konnten mein Mann und ich nie Kinder bekommen. Als mein Patenkind ist Joanne in gewisser Weise zu meiner Tochter geworden, und ich wünsche mir, eines Tages auch ihre Kinder in meinen Armen zu halten. Bitte, Nicky – helfen Sie Joannes Vater.«

Sie ging ein Stück weiter, schalt Rose, weil sie den für die Oper bestimmten Hut nicht pfleglich genug behandelt hatte, und wandte sich erneut um. »Und noch etwas, Nicky! Der Comte de Villacroix konnte leider meine Einladung zum Abendessen nicht annehmen. Erweisen Sie mir daher bitte die Ehre, mit uns zu dinieren.«

Doktor Wainwright musste über diese Einladung als zweite Wahl lächeln. »Das hängt ganz von meinem Patienten ab, Madame. Sein Wohl und das seiner Tochter gehen vor, ehe ich mich entscheide, ob ich mit Ihnen speise.«

»Selbstverständlich.«

Als Madame Hélène endlich verschwunden war, wandte sich Nicholas an Joanne. »Miss Byngham, Ihr Vater hat einen Hirnschlag erlitten.«

Joanne war verwirrt, auch wenn sie seinen Fähigkeiten als Arzt und seiner Diagnose vertraute. »Einen Hirnschlag? Aber er hat sich ans Herz gefasst, Doktor Wainwright. Wieso hatte er offensichtliche Schmerzen in der Brust, als er im Treppenhaus zusammenbrach?«

»Das lag an einer Mangeldurchblutung. Sauerstoffmangel in lebenswichtigen Organen kann die verwirrendsten Symptome hervorrufen, und so war es möglich, dass die Schmerzen in der Brust die Anzeichen für das Blutgerinnsel im Hirn offenbar überlagerten.«

»Ein Blutgerinnsel im Hirn ist sicher ernster als Schmerzen in der Brust, oder?«

»Von einem leichten Hirnschlag kann man sich meistens ganz gut erholen, Miss Byngham, von einer Herzattacke dieses Ausmaßes eher nicht. Hätte Ihr Vater einen Herzinfarkt erlitten, wäre er vermutlich nicht mehr am Leben.«

»Wie können Sie sich da so sicher sein?«

»Vertrauen Sie mir. Ich habe ihn einigen Tests unterzogen. Verständlich ausgedrückt und ohne medizinische Fachausdrücke zu verwenden, habe ich Folgendes ...«

»Hören Sie auf, mich so von oben herab zu behandeln, Dr. Wainwright. Ich bin durchaus in der Lage, Englisch zu verstehen!« Erneut hatte Joanne ihre Krallen ausgefahren.

»Verzeihung«, sagte er und konzentrierte sich. »Es ist so,

dass ein Blutaustritt in der linken Gehirnhälfte für die Bewusstlosigkeit Ihres Vaters verantwortlich ist. Seine rechte Körperseite zeigt im Augenblick fast keine Reflexe. Ob das Gerinnsel seine Mobilität ernsthaft beeinträchtigt, wird sich erst zeigen, wenn er wieder bei Bewusstsein ist.«

Joanne war entsetzt. »Aber er wird wieder zu Bewusstsein kommen?«

»Ich denke schon – aber ich bin nicht Gott. Die medizinischen Einzelheiten will ich Ihnen ersparen, aber eines liegt auf der Hand: Ihr Vater ist ein schwerkranker Mann. Das soll allerdings nicht heißen, dass er sich bei guter Pflege und im Lauf der Zeit nicht wieder ganz und gar erholen kann. Allerdings müssen Sie meine Anweisungen und Vorschriften bis ins Detail befolgen. Haben Sie das verstanden, Miss Byngham?«

Joanne nickte.

»Gut. Wenn Ihr Vater aufwacht, könnte es sein, dass gewisse Funktionen der rechten Körperhälfte beeinträchtigt sind. Wie schwer die Lähmungen sein werden, kann man im Moment noch nicht sagen. Seine linke Gehirnhälfte ist durch den Blutaustritt beschädigt. Dies zeigt sich in einer Lähmung der rechten Seite, weil sich die Nerven im Kortex überkreuzen. Da zudem das Sprachzentrum in der linken Gehirnhälfte lokalisiert ist, könnte auch seine Sprache ...«

»Stopp!«, rief Joanne und hielt sich die Ohren zu. »Das ist jetzt vielleicht doch ein bisschen zu viel, Doktor Wainwright. Lassen Sie mir bitte einen Augenblick Zeit, Ihre Erklärung zu verdauen.«

Er entschuldigte sich erneut und stand ihr mit hängenden Armen gegenüber, bis sie schließlich fragte: »Studieren Sie eigentlich noch? Ich habe gehört, dass Sie noch Vorlesungen belegen.«

Unwillkürlich musste Nicholas lächeln.

»Ich bin promovierter Doktor der Medizin und habe eine abgeschlossene Chirurgenausbildung. Meine derzeitigen Studien haben mit meinem Forschungsprojekt zur Anästhe...«

»Richtig, richtig, das erwähnten Sie bereits. Als sich mein Vater kurz nach unserer Ankunft in Paris diese schwere Lungenentzündung zuzog, erzählten Sie von Ihrem Anästhesie-Inhalator. Könnte man die Wirkweise dieses ... dieses Gerätes nicht umkehren, sodass es meinen Vater aus der Bewusstlosigkeit zurückholt?«

Nicholas war noch nicht in der Lage, Herz und Seele so neutral zu halten, dass er nicht mit seinen Patienten litt. Der schwierigste Teil seiner Aufgabe bestand für ihn nicht etwa in Diagnose oder Operation, sondern darin, den Gefühlen seiner Patienten und deren Angehörigen Rechnung zu tragen.

»Leider nein, Miss Byngham. Das Gerät, wie Sie es nennen, funktioniert folgendermaßen: In den Inhalator wird eine chemische Verbindung eingeträufelt, die bewirkt, dass der Patient das Bewusstsein verliert und dadurch beispielsweise bei einer schweren Operation keine Schmerzen verspürt. Der Zustand Ihres Vaters bedarf keiner Operation. Die Tatsache, dass er nicht bei Bewusstsein ist, gehört zum aktiven Heilungsprozess des Gehirns. Die durch meinen Inhalator verursachte Bewusstlosigkeit arbeitet in etwa nach der gleichen Methode. Sie bewirkt, dass ein verletzter Körper ausreichend Zeit und Ruhe bekommt, sich selbst zu heilen. Glauben Sie mir, Ihr Vater wird sich erholen!«

Aber in dem Augenblick, als er die Worte aussprach, überfielen ihn Selbstzweifel. Wie konnte er es wagen, eine derart positive Prognose zu stellen? Hatte man ihm nicht beigebracht, niemals Voraussagen zu wagen, für die keine ausreichenden Erfahrungen vorlagen? Und wie viel Erfahrung hatte er denn mit Hirnschlagpatienten? Die Anzahl war leider durchaus überschaubar.

»Miss Byngham, wir müssen noch darüber reden, in welchem Zustand Ihr Vater sein wird, sobald er aufwacht. Angesichts des Lebens, das er lange Zeit geführt hat, könnten ihm einige Dinge peinlich oder beschämend für einen Mann seines Standes erscheinen. Die mögliche Unfähigkeit, sich auszudrücken oder seine Gedanken in Worte zu fassen, könnte Ihnen beiden sehr zu schaffen machen.«

»Ich bin mir nicht sicher, ob ich Sie richtig verstanden habe«, sagte Joanne.

Nicholas wusste, dass sie früher oder später verstehen würde, was er meinte; früher oder später würde sie auch den veränderten Zustand ihres Vaters zu akzeptieren lernen. Er glaubte an sie. »Für heute ist es genug, Miss Byngham. Sie sollten sich jetzt ein wenig ausruhen. Ich werde heute bei Ihrem Vater bleiben. Sollte sich eine Veränderung ergeben, werde ich Sie natürlich sofort informieren.«

»Das ist zwar sehr nett von Ihnen, Doktor Wainwright, aber nein danke. Ich werde selbst an Papas Bett wachen und möchte Sie bitten, Madame Hélènes freundliche Einladung zum Abendessen anzunehmen. Darf ich jetzt zu ihm?«

»Aber natürlich, Miss Byngham.« Er stand auf und half ihr galant auf. »Ich werde dafür sorgen, dass Ihnen Krankenschwestern zur Verfügung stehen, bis es Ihrem Vater wieder besser geht.«

»Vielen Dank, Doktor Wainwright. Ich bin Ihnen für Ihre Hilfe und Unterstützung äußerst verbunden.«

Sie klang wie eine Frau, die daran gewöhnt ist, sich niederer Lebewesen auf angemessene Weise zu entledigen.

Kapitel Acht

Gaston Cabet holte die ihm zustehenden zwölf Francs für die Woche ab, ehe er die Einrichtung für arbeitslose Männer verließ. An der Tür schlug ihm der atemberaubende Gestank des nahen Schlachthofs entgegen. Sein Weg führte ihn an dem schleimig grünen Kanal entlang, in dem sich der Müll der Stadt und die Abfälle des Schlachthofs sammelten. Cabet würgte. Wenn es etwas gab, woran er sich nie würde gewöhnen können, dann war es der Geruch von Blut.

Cabet hatte lange Zeit mit seinem Vater und einem jüngeren Bruder in der Camargue gelebt, wo es als Zeichen von Männlichkeit galt, eigenhändig einen Bullen zu töten. Natürlich hatte er an einer solchen Feierlichkeit teilgenommen und im Blut des von ihm getöteten Stiers gebadet, doch dann hatte er seinen hart errungenen Ruhm dadurch infrage gestellt, dass er sich noch in der Arena übergeben musste. Damals war er sechzehn gewesen.

Seither war viel Zeit vergangen. Mit gesenktem Kopf und hochgeschlagenem Mantelkragen – immerhin hatte er das Glück, im Gegensatz zum Drehorgelspieler Jules einen Mantel zu besitzen – schritt Cabet eilig über das offene Gelände, das von der Stadt als zusätzliche Müllkippe benutzt wurde. Es war Mitte März. In der noch kalten Luft verkündeten die ersten Frühlingsboten zögernd den Beginn der schönen Jahreszeit. Aber was bedeutete das schon? In Cabets Welt gab es weder Schönheit noch Hoffnung, und schon gar keinen Frieden. Seine Welt bestand aus Müll, Exkrementen und Schmutz, und er wusste sich nicht davor zu retten. Nein, für ihn gab es keine Hoffnung – er war ein Verdammter.

Plötzlich entdeckte er mitten in der Ödnis etwas auf dem Boden. Dort standen drei zarte, zerbrechliche Schneeglöckchen, die wild und ein wenig zu spät blühten. Sie bemühten sich, dem scharfen, vom Kanal her wehenden Wind zu trotzen.

Ein wilder Schmerz schnürte Cabet die Kehle ab. Die graziösen Pflanzen erinnerten ihn an Dinge, die er nur zu gern vergessen wollte. Sie zwangen seine Erinnerung zurück auf Pfade, die nicht ausschließlich von Hass, Wut und Vorwürfen überwuchert wurden. Sie zerschmetterten die starken Mauern, die er mit viel Mühe um sich selbst errichtet hatte. Seine harte Schale zerbarst. Er kniete nieder und pflückte die drei Blüten – eine für jedes seiner beiden toten Kinder und eine für die Frau, die er geliebt und verloren hatte.

Gaston Cabets Vater Marcel war ein ausgezeichneter Möbelschreiner und Meister seines Fachs gewesen. Er hatte entschlossen und mit viel Stolz gearbeitet, und seine beiden Söhne und drei Töchter immer wieder selbstbewusst darauf hingewiesen, wie weit er es gebracht hatte. Eine seiner Kommoden hatte nicht nur einen Preis gewonnen, sondern war von niemand Geringerem als Kaiserin Josephine für Schloss Malmaison erworben worden.

Zwar stellte Marcel Cabet die herrlichsten Einrichtungsgegenstände der Welt her, Mobiliar, das den Palästen von Königinnen und Königen zur Ehre gereichte, doch er konnte weder lesen noch schreiben und war nicht in der Lage, seine Einkünfte und Ausgaben zu berechnen. Seinen beiden Söhnen – dem älteren Gaston und seinem Bruder Pierre – wollte er daher neben dem Spaß am Handwerk auch eine schulische Ausbildung ermöglichen.

Tagsüber besuchten die Brüder die Jesuitenschule, des Abends hielt sich Gaston gern in der Werkstatt seines Vaters auf, saß auf den Sägespänen und lernte, wie man handelt.

Als die beiden Jungen die Jesuitenschule verließen, beherrschten sie Lesen, Schreiben und die Grundrechenarten. Mit großen Ideen im Kopf kehrten sie in die Werkstatt ihres Vaters zurück.

»Dafür, dass du so hart arbeitest, verdienst du nicht genug«, erklärte Gaston seinem Vater.

»Raus mit dir!«, schimpfte Marcel.

»Der Bürgermeister von Paris kauft dir eine wunderschöne Kommode ab, für deren Herstellung du acht Monate gebraucht hast, aber er bezahlt dir deutlich weniger als die Kosten für seine feinen Kleider. So etwas grenzt doch an Diebstahl, Vater!«, hakte Pierre nach.

»Ich weiß wirklich nicht, wozu ich euch zu den Jesuiten geschickt habe«, polterte der Vater. »Mit dem Ergebnis bin ich jedenfalls nicht zufrieden. Man hat euch jede Menge Flausen in den Kopf gesetzt, aber da kann und will ich nicht mithalten. Könnt ihr nicht verstehen, dass es mich glücklich macht, meine Arbeit gut und sorgfältig zu erledigen? Diese kreative Arbeit überlebt auch den Ruhm eines Architekten«, fügte er hinzu. »Sie ist ein Kunstwerk. Und jede Art von Kunst befriedigt den Künstler tiefer als den Betrachter.«

»Das ist doch dummes Zeug, Vater«, erklärten die beiden Söhne.

»Hungert unsere Familie etwa? Uns geht es doch besser als vielen anderen«, konterte Marcel.

Gaston erinnerte sich, dass sich sein Vater nach diesem Wortwechsel immer häufiger in sich zurückzog, mit weniger Schwung an seine Arbeit ging und offen seiner verstorbenen Frau nachtrauerte. Gaston selbst konnte sich kaum noch an das Gesicht seiner Mutter erinnern. Er wusste nur noch, dass sie starb, als er zehn Jahre alt war. Sie war lungenkrank gewesen und hatte Blut gehustet. Gaston wäre damals am liebsten davongerannt, aber sein Vater hatte geduldig neben dem Krankenbett gesessen, den Spucknapf gehalten und ihr den blutverschmierten Mund abgewischt, der ihr das Aussehen eines Vampirs gab.

In den folgenden Jahren arbeiteten Gaston und Pierre in der Werkstatt ihres Vaters mit. Sie wollten beweisen, dass sie ebenso gute Handwerker waren wie ihr Vater. Trotzdem grübelten sie häufig über die Ungerechtigkeit ihres Einkommens nach. Musste nicht jede Arbeit gemäß ihrem Wert bezahlt werden? Sagte das nicht schon die Bibel?

Und weil Gaston zu einem gläubigen Christen erzogen worden war, wurde er eines Tages bei seinem Vater vorstellig.

»Vater«, sagte er, »du hast verfügt, dass Pierre und ich nach deinem Tod die Werkstatt erben. Dürften wir sie nicht vielleicht schon jetzt übernehmen? Ich bin sicher, wir könnten erheblich mehr verdienen, als es jetzt der Fall ist.«

»Und wie soll das gehen?«

»Indem wir unser Sortiment erweitern.«

»Ich habe keine Ahnung, wovon du sprichst, mein Sohn.«

»Ich spreche von mehr Geld, als du dir vorstellen kannst, Vater. Ich möchte, dass du es bis ins hohe Alter behaglich hast. Ich selbst natürlich auch.«

»Aber ich bin zufrieden mit dem, was ich tue, bis ich eines Tages zu deiner Mutter heimkehre. Mir liegt nichts daran, mein Alter behaglich zu verbringen. Alter ist nie behaglich, auch wenn ihr jungen Leute so denkt. Ein Mensch ist nun einmal keine Maschine. Hast du etwa vor, Maschinen einzusetzen? Willst du irgendeinem guten Handwerker den Arbeitsplatz fortnehmen? An dem Tag, an dem Maschinen uns Menschen bei der Arbeit ersetzen, wird nicht nur das Handwerk, sondern vielleicht die gesamte Menschheit ihren Todesstoß erhalten.«

»Aber wir müssen mit dem Lauf der Zeit Schritt halten, Vater – auch wenn es gewisse Verluste in der Handarbeit bedeutet. Maschinen können bestimmte Arbeiten erheblich schneller verrichten. Wenn wir nach meinem Plan vorgehen, werden wir unser Einkommen verdoppeln, wenn nicht vervierfachen.«

»Gaston, ich fürchte, du blickst sehr hochnäsig auf eine Arbeit hinab, der sogar unser Herr Jesus Christus in aller Bescheidenheit nachgegangen ist. Ich weiß nicht, was die Jesuiten euch für Flausen in den Kopf gesetzt haben. Manchmal bedauere ich, dass ich euch zur Schule geschickt habe. Ich kann dich nur bitten, Gaston: Folge nicht dem Weg der Reichen, sondern höre auf das Herz deines Vaters.«

Doch so schnell gab Gaston nicht auf.

»Hör zu, Vater. Wenn wir so vorgehen, wie ich es beabsichtige, schaffen wir sogar mehr Arbeitsplätze. Anstatt ein halbes Dutzend bestellte Einzelstücke pro Jahr herzustellen, könnten wir diese Menge jeden Monat verkaufen – und zwar gutes, solides Mobiliar zu Preisen, die sich auch einfache Leute leisten können. Unser Umsatz und unser Einkommen würden sich erheblich steigern. Verstehst du nicht, dass die Tage der kleinen, einzeln arbeitenden Handwerker gezählt sind?«

Marcel war erregt. »Nein, Gaston, das sehe ich nicht so. Würde ich auf dich hören, würden meine Gesellen ihre Arbeit verlieren. Deine Erziehung im Kloster hat offenbar sehr weltliche Gedanken in dir geweckt. Und jetzt Schluss mit der Diskussion! Ich bin zu alt, um meine Überzeugungen zu ändern.

Und ich warne dich, mein Sohn: Solange du in meiner Werkstatt arbeitest, hast du genau das zu tun, was ich dir sage! Solltest du dich weigern, besetze ich deinen Arbeitsplatz mit jemandem, der ihn verdient.«

Und so war es geschehen. Gaston hatte sich unterworfen und klaglos in der Werkstatt mitgearbeitet, bis sein Vater etwa ein Jahr später starb.

Als neuer Besitzer des Möbelateliers war Gaston entschlossen, die Arbeitsweise von Grund auf zu ändern. Zudem musste er seine drei Schwestern unterstützen. Arlene, die ein Jahr älter war als Gaston, stand als Weißnäherin in den Diensten der jungen Amélie Gräfin von Villacroix. Die beiden jüngeren Mädchen, die Zwillinge Camille und Claudette, waren beim Tod der Mutter noch kein Jahr alt gewesen.

Dank Gastons Ideen und Pierres Eifer veränderte sich das Geschäft schnell. Aufgrund der regen Nachfrage von Mittelklassekunden in Paris wuchs und gedieh die kleine Manufaktur, die solide Möbel zu erschwinglichen Preisen herstellte. Die Familie Cabet verfügte über stabile Finanzen und eine ausgezeichnete Kreditwürdigkeit, die sich auf den Ruf des über hundert Jahre alten Unternehmens gründete. Gaston und Pierre taten sich mit einem Geschäftspartner namens Michel Décarte zusammen, mit dessen schöner, blonder, blauäugiger Tochter sich Gaston schon bald verlobte.

Sie lebten über dem zweigeschossigen Schreinerbetrieb, wo sich auf zwei weiteren Etagen die Wohnung der Cabets befand. Gastons Zwillingsschwestern schliefen im dritten Stock, unter dem Dach waren die Bediensteten und Zeitarbeiter untergebracht.

Nie zuvor war sein Leben schöner und befriedigender gewesen. Er war dabei, ein reicher Mann zu werden – ein sehr reicher Mann sogar. Seine finanzielle Lage erlaubte es ihm, seine drei Schwestern mit einer guten Mitgift auszustatten und selbst die Frau seiner Träume zu heiraten. Doch dann kam der jähe Absturz.

Nach einem anonymen Hinweis führte die Polizei eine Hausdurchsuchung bei den Cabets durch und fand in den Hinterräumen der Werkstatt eine Druckerpresse, auf der angeblich subversives Material gedruckt worden war.

Michel, der ansonsten so ruhige und unauffällige Geschäftspartner, hatte ein Stemmeisen gepackt und versucht, sich einem halben Dutzend Polizisten entgegenzustellen. Gaston hatte sich über ihn geworfen, um ihn vor dem sicheren Erschießungstod zu retten. Im folgenden Handgemenge wurde Pierre von einer tödlichen Kugel getroffen und Gastons Gesicht durch einen tiefen Messerstich verunstaltet. Die Werkstatt wurde in Brand gesetzt, und einer der Angreifer verschüttete Brennspiritus, welcher den Niedergang von »Cabet und Söhne, Schreinermeister« beschleunigte. Rings umher jubelte die neugierige Menge: *»À bas les traîtres!«*

Nieder mit den Verrätern und denen, die Verräter unterstützen? Warum? Cabet verstand die Welt nicht mehr.

Der Brandanschlag auf die Werkstatt der Cabets hatte katastrophale Folgen. Die beiden Schwestern starben, noch bevor sie gerettet werden konnten, an Rauchvergiftung. Gastons Geschäftspartner und er selbst wurden als Politagitatoren verhaftet. Man legte ihnen zur Last, illegal subversive Flugblätter gegen den König gedruckt zu haben und Mitglied der verbotenen Gewerkschaft L'Épée Rouge zu sein.

Michel wurde wegen Rebellion gegen den König und sein Volk sowie wegen seiner Mitschuld am Tod von vier unschuldigen Opfern – den beiden jungen Mädchen, Gastons Bruder Pierre sowie einem Polizisten – zum Tode durch Enthauptung auf der Guillotine verurteilt.

Gaston war sich keiner Schuld bewusst und plädierte selbstverständlich auf nicht schuldig; dennoch wurde er verurteilt. Allerdings nicht wegen Hochverrats, sondern wegen Besitzes einer illegalen Druckerpresse, auf der subversive Propaganda gegen den König gedruckt worden war.

Er hatte dem Gericht erklärt, dass er die Druckerpresse einzig zu dem Zweck angeschafft hatte, um Kataloge und Bekanntmachungen zugunsten seiner florierenden Firma zu drucken. Ob sein Partner die Anlage zum Druck anarchistischer Schriften missbrauchte und außerdem Mitglied einer verbotenen Gewerkschaft war, entzog sich seiner Kenntnis.

»Diese Gründe reichen nicht aus«, befand der Richter und schickte Gaston wegen mangelhafter Aufsicht über seine Angestellten und sein Arbeitsmaterial für zehn Jahre hinter Gitter. Er bekam jedoch mildernde Umstände zugestanden, weil er bis zu diesem Zeitpunkt als unbescholtener Bürger gegolten hatte und durch den Tod seiner Geschwister sowie seine verunstaltende Gesichtsverletzung bereits schwer bestraft war.

Als Gaston aus dem Gefängnis entlassen wurde, war er achtundzwanzig Jahre alt und hatte alles verloren, wofür er je gearbeitet hatte. In der Folge wurde er immer wieder verhaftet – manchmal für einen Tag, manchmal für zwei, für einige Nächte oder auch einmal eine ganze Woche. Die Behörden hatten ein wachsames Auge auf ihn und seine angeblich subversive Tätigkeit, obwohl offensichtlich sein Geschäftspartner der Schuldige gewesen war.

Gastons Qual ging über die Grenzen des Erträglichen hinaus. Nach dem frühen Tod der geliebten Mutter hatte er nicht nur zwei Schwestern und seinen Bruder verloren; das über hundert Jahre alte Familienunternehmen war zerstört und Gastons Geld und sein guter Ruf für immer dahin. Viel schlimmer als all das jedoch traf ihn, dass Elise sich von ihm abwandte. Die einzige Frau, die er je begehrt und geliebt hatte, machte ihn für den Tod ihres Vaters verantwortlich, verließ ihn und heiratete einen anderen Mann.

Gastons Leben wurde unstet, und er begann, mehr zu trinken, als ihm guttat. Doch wo immer er sich herumtrieb und was immer er tat – in seinem Herzen brodelten Rachegedanken.

Eines Tages traf er die schöne Zigeunerin Rana. Er heiratete sie, und sie bekamen zwei Töchter. Doch auch dieses Glück sollte nicht lange währen.

Mit einem erstickten Schluchzen in der Kehle betrachtete Gaston jetzt die drei Schneeglöckchen. Er wusste, dass ihn seine schrecklichen Erinnerungen irgendwann in die Hölle treiben würden.

Eine Viertelstunde später stieg Gaston die baufällige Holztreppe zu seinem Zimmer hinauf. Er wohnte in einem Mietshaus in einem der ärmsten Stadtviertel unter dem Dach. Zwar war das Zimmer schmutzig, klein und voller Mäuse, doch zumindest konnte er sich hier zurückziehen. Zu seinem Ärger musste er feststellen, dass die Tochter seiner Vermieterin ihn auf dem Treppenabsatz erwartete.

»So, so, da hat der große Gaston Cabet sein Arbeitslosengeld schon wieder vertrunken«, höhnte Colette. Sie hatte den Anisgeruch seines Atems wahrgenommen, als er sich an ihr vorbeizuschlängeln versuchte.

»Geh mir aus dem Weg, du Hure!«

»Zumindest verdiene ich mein Geld selbst«, konterte sie und zeigte ihre spitzen Zähne, die Gaston an die von Jules' Kapuzineräffchen erinnerten. Allerdings waren Colettes Zähne braun und saßen locker in entzündetem Zahnfleisch. Mit ihren hennagefärbten Haaren und den schmutzigen Fingernägeln ekelte sie ihn an. »Du wirst doch nur dafür bezahlt, den ganzen Tag auf deinem Hintern herumzusitzen und nichts zu tun«, fuhr sie grinsend fort und stocherte zwischen ihren Zähnen nach einem festsitzenden Fleischfetzen. Ihre Mutter, die ebenfalls dem ältesten Gewerbe nachging, hatte ein Stück Pferdefleisch organisieren können. Dieses Mal war es kein alter Klepper gewesen, der sein Leben in irgendeinem Stall ausgehaucht hatte, sondern frisch von den Schlachtfeldern in Schlesien importierte Ware – die erste anständige Mahlzeit, die die Familie seit einem Monat zu sich genommen hatte.

Plötzlich wurde Colette anschmiegsam.

»Meine kleine Schwester Mimi ist wieder krank, Gaston«, säuselte sie. »Könntest du nicht für fünf Francs ein bisschen nett zu mir sein, damit wir den Arzt bezahlen können?«

»Für fünf Francs kann ich mir an der Place Pigalle eine Hure mit Goldzähnen leisten.«

»Widerling!«, giftete sie ihn an. »Ich kenne jeden, der hier im Haus ein und aus geht, und ich weiß, was ihr da oben in deiner miesen kleinen Absteige macht. Ein Wort von mir, und du landest auf der Guillotine.«

»Geh mir aus dem Weg, du Nutte, oder ich werfe dich die Treppe hinunter. Und wenn dir das nicht den Hals bricht, dann helfe ich mit meinen eigenen Händen nach.«

Colette ließ die ausgebreiteten Arme sinken. Sie hatte gehofft, er würde sie berühren, streicheln und mit in sein Bett nehmen. Doch dieses Mal ging ihre Taktik nicht auf. Er war äußerst schlecht gelaunt, und Colette wusste, wie er reagieren konnte, wenn er missgestimmt war.

Gaston stieg rasch die morsche Treppe hinauf und ließ die Tür hinter sich ins Schloss fallen.

Später an diesem Abend saß Colette wieder auf der Treppe.

Wenn sie nicht auf der Straße anschaffen ging, verbrachte sie ihre Zeit auf Gastons Treppe.

An diesem Abend waren Jules und sein Äffchen Coco die Ersten. Colette rückte ein Stück beiseite, damit er an ihr vorbeigehen konnte. Als Nächster erschien der alte Napoleon, der in einer Absteige in derselben Straße wohnte.

Seinen richtigen Namen hatten die Leute schon seit langer Zeit vergessen. Man nannte ihn den alten Napoleon, weil er mit der Armee des echten Napoleon in Ägypten gekämpft hatte und nicht müde wurde, darüber zu reden. Tag für Tag trug er seine fadenscheinige Militäruniform mit allen Tressen und Auszeichnungen. Er lebte in dem brennenden Wunsch, die Niederlage seines Helden zu rächen, den die Briten auf einer gottverlassenen Insel festgehalten hatten, bis er an einer Arsenvergiftung starb. Das Arsen hatte sich angeblich im Tapetenleim in seinem Schlafzimmer befunden; der alte Napoleon war sich ganz sicher, dass es die Absicht der Briten gewesen war, seinen Kaiser auf hinterhältige Weise zu töten, ohne dass man sie dafür verantwortlich machen konnte. Seither setzte sich der alte Mann für die Inthronisation von Louis-Napoleon, einem Neffen seines großen Helden, als französischer Kaiser ein und freute sich auf diesen glorreichen Tag.

»Na, alter Napoleon, bist du deinem rühmlichen Tag schon nähergekommen?«, fragte Colette spöttisch. Sie stocherte noch immer in ihrem blutenden Zahnfleisch.

Der Alte schlurfte an ihr vorbei. »Es ist immer ein rühmlicher Tag, wenn man auf einen Sieg hinarbeitet, mein Mädchen«, nuschelte er zahnlos auf dem Weg nach oben.

Weitere zehn Minuten vergingen, ehe Antoine Barbiret zur Eingangstür hereinkam. Colette wusste, dass er ein berühmter Künstler und reicher Mann war, dem Verbindungen zur Familie des verbannten französischen Königs nachgesagt wurden.

Sein merkwürdiges Aussehen störte sie nicht. Sie trat auf ihn zu.

»Wie wäre es mit einem Kuss, Barbiret? Einem kleinen Kuss? Ich würde dir gern noch einmal Modell sitzen. Mir ist jede Stellung recht.«

Barbiret jedoch war schlecht gelaunt und kniff Colette lediglich in die kess vorgewölbte Brust. Sie schrie auf. »Du Schwein!«

»Na, Tittchen, sieh lieber zu, dass Gaston dich nicht hier auf der Treppe beim Ausspionieren seiner Besucher findet. Er würde dein Innerstes nach außen kehren und dich auf dem Markt als Frischfleisch verkaufen.«

»Du bist noch schlimmer als die Narbenvisage selbst!«, keifte Colette und schlug seine Hand fort. »Du brauchst nicht zu glauben, ich wüsste nicht, was in dem dreckigen Zimmer da oben vor sich geht.«

»Und wenn schon!« Er zwickte sie in die vorstehenden Nippel.

»Autsch! Aufhängen sollte man dich, verdammt! Ich sehe dich schon mit hängender blauer Zunge am Galgen baumeln. Und wenn es nicht der Galgen ist, dann wenigstens die Guillotine! Ich werde höchstpersönlich danebenstehen, für dich ganz allein die *Marseillaise* singen und dir ein Paar Socken stricken, damit du warme Füße hast, wenn der Kopf schon nicht mehr da ist.«

»Aber, aber, mein kleiner Liebling«, säuselte Barbiret in Colettes nicht ganz sauberes Ohr, »komm morgen in mein Atelier. Dort kannst du mir Modell sitzen und stricken, solange es dir gefällt.« Mit diesen Worten drückte er sich an ihr vorbei.

Ihre Miene hellte sich auf. Sie drehte sich um und lächelte ihr abstoßendes Lächeln. »Meinst du das ernst? Und wie lange?«

»Meinetwegen mehrere Stunden am Stück. Aber ein Wort zur Polizei, und man fischt dich morgen früh aus der Seine!« Mit seinen schweren Stiefeln versetzte er ihr einen Tritt ins Hinterteil, dass sie die Treppe hinunterkugelte. Noch immer lachend klopfte er an Cabets Tür.

Eine halbe Stunde später klopften zwei weitere Männer bei Gaston. Colette hatte ihren Beobachtungsposten aufgegeben und sah sie nicht. Der eine war ein distinguiert aussehender älterer Herr, der einen erheblich jüngeren Mann mit einer Augenbinde nach oben führte.

Der Ältere klopfte einen Morsecode an die Tür, die daraufhin sofort von Barbiret geöffnet wurde.

»Kommen Sie rein und machen es sich bequem«, sagte er leutselig. »Gaston, *mon ami*, unser Neuzugang ist da.«

»Gut, dann können wir ja gleich zur Sache kommen«, erklärte Gaston, der an einem mit einer blau-weiß-roten Fahne bedeckten Tisch saß. Zu seinen Füßen lagerte ein ganzer Stapel Musketen. Er nickte dem älteren Herrn zu und erkundigte sich: »Ist er sauber, Bruder?«

»Er ist sauber.«

»Dann soll er sich hinknien.«

Der junge Mann wurde auf die Knie gedrückt.

»Den Säbel und den Dolch«, forderte Gaston.

Der junge Mann händigte beides aus.

»Ihr Name?«

»Victor Frère.«

»Ihr Beruf?«

»Korporal der Nationalgarde.«

»Wissen Sie, was von Ihnen erwartet wird?«

»Jawohl, *mon Capitaine*.«

»In unserer Bruderschaft gibt es keine Dienstgrade«, polterte Gaston. »Wir sind alle gleich! Merken Sie sich das, Victor

Frère. Legen Sie jetzt die Hand auf die Fahne. Es ist die Fahne der wahren Freiheit, der Gleichheit und der Brüderlichkeit. Schwören Sie, dass Sie Ihr Leben der tiefen Bedeutung dieser Flagge widmen werden. Blau steht für die Gleichheit der Menschen, Weiß ist die Farbe der Freiheit, und Rot bedeutet die brüderliche Liebe. Diese Fahne ist die Fahne des souveränen Volkes, Victor Frère. Schwören Sie auf die Treue zu unserer Sache, darauf, dass Sie notfalls Ihr Blut im Namen der Freiheit vergießen, Ihrem Land immer dienen und den Frieden bewahren werden?«

»Ich schwöre.«

»Schwören Sie, diejenigen zu rächen, die für die Freiheit des Volkes zu Märtyrern geworden sind?«

»Ich schwöre.«

»Schwören Sie, diejenigen zu rächen, die für das Vaterland zu Märtyrern geworden sind?«

»Ich schwöre.«

»Schwören Sie, diejenigen zu rächen, die für die Gleichheit aller Menschen zu Märtyrern geworden sind?«

»Ich schwöre.«

»Schwören Sie, auch für diejenigen zu kämpfen, die im Gefängnis sitzen, im Exil leben und deportiert wurden?«

»Ich schwöre.«

»Schwören Sie, unseren Bund nie und unter keinen Umständen zu verraten?«

»Ich schwöre.«

»Was verdient ein Verräter?«

»Den Tod.«

Gaston Cabet legte das Schwert, das er während des Schwurs über den Kopf des jungen Mannes gehalten hatte, auf die Trikolore. Der ältere Herr half dem jungen Mann auf die Beine und nahm ihm das Tuch von den Augen.

»Willkommen, Bruder. Herzlich willkommen.« Alle Anwesenden schüttelten dem neuen Mitglied die Hand.

»Lieber Bruder«, begann Gaston im Plauderton, »nun kennst du unsere Gesichter, und wir kennen das deine. Als Beweis für deine Loyalität gegenüber der Bruderschaft erhältst du folgende Aufgabe: Innerhalb der nächsten drei Wochen musst du so viele Waffen und Munition wie irgend möglich aus dem Arsenal in St-Méry abzweigen. Als Mitglied der Nationalgarde sollte dir die Aufgabe nicht allzu schwer fallen. Die Beute bringst du zu einer Adresse in La Villette, die dir unser Bruder, der dich zu uns geführt hat, noch mitteilen wird. Dort verstecken wir die Waffen, bis wir ihrer bedürfen. Und nochmals: Wir verlangen absolute Diskretion. Du solltest immer daran denken, dass auf Verrat der Tod steht.«

»Ich werde daran denken«, versprach der junge Mann und blinzelte ins Kerzenlicht.

»Lang lebe die Zweite Republik«, flüsterte Gaston Cabet.

»Lang lebe die Zweite Republik«, wiederholten die anderen.

Das neue Mitglied erhielt Säbel und Dolch zurück.

»Schön«, sagte Gaston. »Alles ist gut gelaufen. Viel Glück, mein Freund.« Als Mitglied der Nationalgarde war er für die Bruderschaft von geradezu unschätzbarem Wert. »Willkommen bei uns, Victor.«

»Vielen Dank. Ich hoffe, ich kann die Erwartungen erfüllen, die ihr in mich setzt.«

»Ganz bestimmt. So, Leute, jetzt geht nach Hause – und zwar einzeln, einer nach dem anderen, im Abstand von etwa zehn bis fünfzehn Minuten. Als Erster gehst du, Bruder Frère. Barbiret, sieh bitte nach, ob Colette nicht irgendwo auf der Treppe herumlungert. Den Termin für das nächste Treffen kennt ihr. Ich grüße euch im Namen der Republik! Vive la France!«

Als alle gegangen waren, schob Gaston seinen Stuhl zurück, trat ans Regal und griff nach einer Flasche Pastis. Er setzte sich an den immer noch mit der Trikolore bedeckten Tisch und nahm sich das Buch wieder vor, in dem er vor der Versammlung gelesen hatte: *Edward Gibbons »Verfall und Untergang des römischen Imperiums«*.

Kapitel Neun

Jean-Paul St-Clair stand in einem seiner Weinberge, die unmittelbar hinter dem Schloss sanft anstiegen, und betrachtete voller Stolz sein Eigentum. Die Erde war reich und fruchtbar, und das Land gehörte ihm allein. Das war alles, was für ihn zählte. Notfalls würde er jeden Quadratmeter mit Klauen und Zähnen verteidigen. Und zwar gegen jeden, der danach trachtete. Sogar gegen seine eigene Mutter.

Tautropfen glitzerten wie Juwelen in der hellen Sonne des Maimorgens. Das zarte Grün der Reben bildete einen reizvollen Kontrast zu den dunklen Wäldern, die den Weinberg vor kalten Nordwinden schützten. An den sonnigen Südhängen wiegten sich Reben in der lauen Luft, so weit das Auge reichte.

Schon seit Generationen hatten die St-Clairs Wein für den eigenen Bedarf angebaut. Jean-Paul jedoch hatte sich vorgenommen, einen Schritt weiter zu gehen. Er wollte seine Anbaugebiete vergrößern und sich einer der Kooperativen anschließen, die in den letzten Jahren in der gesamten Region entstanden waren. Seine Weinberge gehörten nicht zu den wirklich exzellenten Lagen, aber auf seinen etwas weniger als fünf Hektar Land baute er einen sauberen, ehrlichen Tropfen an, der sich ausgezeichnet für einen wirklich guten Tafelwein eignete. Zwar experimentierte er noch mit unterschiedlichen Rebsorten, die ersten Resultate jedoch konnten sich durchaus sehen lassen.

Hoch über einer Flussschleife erhob sich majestätisch das

mittelalterliche Schloss Villacroix. Ein Flügel war vor langer Zeit ein Raub der Flammen geworden; trotzdem beeindruckte das Bauwerk durch eine imposante, von Türmen und Zinnen bestimmte Architektur. Jean-Paul liebte jeden Stein und jede Strebe des väterlichen Schlosses, und er hing an jedem Feld, jedem Weinberg und jeder noch so kleinen Pflanze seines Besitzes.

Jean-Paul bemerkte nicht, dass ihm ein Blick aus einem dunklen Augenpaar folgte. Madame Charmaine St-Clair de Villacroix stand auf der Schlossterrasse und lächelte, während sie ihren schwarzen Schleier zur Seite schob. Die alte Gräfin hatte die schwarze Trauerkleidung nach dem Tod ihres Mannes nie mehr abgelegt. Sie beobachtete die schlanke, kraftvolle Gestalt ihres Sohnes, der auf der sommerduftenden Erde seines Feldes niederkniete, eine Krume zwischen den Fingern verrieb und sie auf der Zunge verkostete wie einen guten Wein.

»Wenn du unbedingt Erde essen musst, Jean-Paul«, rief Madame Charmaine ihrem Sohn mit tiefer, heiserer Stimme zu, »dann servieren wir sie dir gern auch bei Tisch! Bestimmt können wir mit dieser Maßnahme unser Haushaltsbudget um einen nicht unerheblichen Betrag senken.«

Jean-Paul erhob sich grinsend und nickte seiner Mutter zu. »Du weißt ja, dass mir ein alter …«

»Oh ja, es ist mir bekannt«, unterbrach sie ihn unwirsch und trat neben ihn. »Ein alter Bauer hat dir beigebracht, dass man auf diese Weise am besten die Wärme des Bodens testet. Nur gut, dass du ihm nicht auch in anderen Dingen nacheiferst und dich mit deinem nackten Allerwertesten auf den Boden setzt, wie er es zu tun pflegte. Ich glaube, dann würde ich wirklich die Contenance verlieren!«

»Ach, Mutter, unsere Erde hier ist auch nicht schlechter als das, was man uns gestern Abend zum Nachtmahl serviert hat.

Der arme Coq au Vin ist vermutlich an Altersschwäche gestorben, und mit Wein hatte die Sauce auch nicht viel zu tun.«

»Apropos Wein«, lenkte die alte Gräfin ab. »Wusstest du, dass man in England Wein aus Löwenzahn und Holunderbeeren herstellt?«

»Dann haben wir ja noch eine Chance, falls aus den Reben nichts wird.«

»Na, du scheinst ja endlich deine gute Laune wiedergefunden zu haben«, sagte seine Mutter augenzwinkernd. Sie beobachtete ihn wie ein zum Niederstoßen bereiter Raubvogel. Jean-Paul war ihr einziger Sohn. Sie liebte ihn von Herzen und hatte im Verlauf der Jahre nie verlernt, ihn klar zu durchschauen. Und im Moment beschäftigten sich seine Gedanken offenbar nicht nur mit dem Wein, den er in diesem Herbst keltern wollte. Charmaine kannte den Ausdruck in seinen Augen nur allzu gut und wusste auch, wie schnell er wieder vergehen würde. Seine Zuneigungen pflegten ebenso schnell abzukühlen, wie sie entflammten. »Du warst in letzter Zeit immer so in dich gekehrt. Bist du etwa wieder verliebt? Wer ist es denn dieses Mal?«

»Das geht dich nichts an, Mutter.«

»Oh, es geht mich sehr wohl an, weil Lise und ich nämlich ebenfalls betroffen sind. Seit du aus der Stadt zurück bist, erscheinst du mir verändert. Und mit der Abdankung des Königs allein hat dein Sinneswandel sicher nicht zu tun, oder?«

Jean-Paul antwortete nicht.

»Erzähle mir von ihr«, forderte sie ihren Sohn mit ungewohnter Sanftmut auf.

Er gab sich verblüfft. »Von wem?«

»Von ihr. Von der Frau, die du dieses Mal in Paris aufgetrieben hast.«

»Das klingt, als hieltest du mich für eine Art Raubtier«, sagte er aufbrausend.

Seine Mutter hob beschwichtigend die Hände. »Stimmt das nicht in gewisser Weise? Im Grunde bist du auf der Jagd nach einer Frau, seit Amélie im Kindbett gestorben ist. Aber alle, die du bisher nach Hause gebracht hast, stellten sich als nicht gut genug heraus.«

»Bleibt die Frage, nach wessen Maßstäben sie beurteilt wurden. Waren es meine oder vielleicht doch eher deine?«, stellte er kurz angebunden fest. Er hatte sein Leben lang in Bezug auf seine Damenwahl das Gefühl gehabt, von seiner immer strengen Mutter beherrscht zu werden, und sie würde mit Sicherheit auch in Zukunft nicht lockerlassen. So manches Mal wäre er am liebsten davongelaufen.

Charmaine spürte die Verbitterung ihres Sohnes.

»Also, diese Engländer bemühen sich tatsächlich, Wein aus allerlei Heckenpflanzen herzustellen«, lenkte sie erneut ab. »Und ich muss es wissen, schließlich habe ich viele Jahre im englischen Exil verbracht.« Sie griff nach einem Traubenansatz und begutachtete die Beeren mit kurzsichtigem Blick. »Das sieht mir ganz nach Kleinbeerigkeit aus, Jean-Paul.«

Der Graf erschrak. Er betrachtete den Fruchtstand, und ihm war klar, dass er für eine solche Feststellung noch gar nicht die nötige Reife hatte. Er fand nichts daran auszusetzen, im Gegenteil. Seine Mutter wurde wirklich von Tag zu Tag skurriler. »Himmel, du kannst mir doch nicht einen solchen Schrecken einjagen!«, sagte er verärgert.

Charmaine kicherte und griff nach dem Arm ihres Sohnes. »Ich habe doch nur Spaß gemacht, mein Junge. Aber dein Gesicht hättest du einmal sehen sollen!« Sie hielt kurz inne und fuhr dann mit sanfter Stimme fort: »Ich weiß sehr wohl, dass du nach Amélies Tod nicht gerade keusch gelebt hast, und zwar weder hier noch in unserem Stadthaus in Paris. Bedienstete können den Mund nun einmal nicht halten, weißt du? Leider gibst du als Mann für deine Tochter nicht gerade das beste Vorbild ab. Ich kann deine Gründe zumindest verstehen, Lise aber ganz sicher nicht. Es liegt mir weiß Gott fern, den Stab über dich zu brechen, aber dein – nennen wir es einmal ›unkonventionelles‹ – Leben ist mir durchaus bewusst.«

»Worauf willst du hinaus, Mutter?«

»Du weißt, dass der Heilige Vater in Rom deinen Lebenswandel nie und nimmer tolerieren würde. Dein Vater – Gott hab ihn selig – war auch ein Mann von echtem Schrot und Korn. Er kaufte sich aus der ewigen Verdammnis frei, indem er der katholischen Kirche großzügige Spenden zukommen ließ.«

»Worauf willst du wirklich hinaus, Mama?«

»Nun, er war wenigstens immer diskret. Und allzu eifrige Zungen beschwichtigte er mit generösen Geldgeschenken.«

»Ich kann mir nicht vorstellen, dass man sein Seelenheil mit Geld erkaufen kann.«

»Dann erleichtere zumindest deine Seele und geh zur Beichte. Wenigstens ab und zu, Jean-Paul.«

»Ich habe aber nichts zu beichten, Mutter.«

»Dann sei wenigstens diskret, wenn du Damenbesuch hast, Jean-Paul.«

»Ich weiß wirklich nicht, was du meinst.«

»Ja, mir scheint auch, dass Diskretion ein Fremdwort für dich ist. Und das macht mir Sorgen, weil ein einmal beschmutzter Familienname nur sehr schwer wieder reinzuwaschen ist. Wer ist es denn dieses Mal? Eine Tänzerin? Eine Schauspielerin? Ein Animiermädchen? Oder vielleicht doch wieder diese

Opernsängerin, in die du einmal so innig verliebt warst? Wie hieß sie noch gleich?« Ungeduldig schnipste Charmaine mit den Fingern. »Eine Italienerin …«

»Sprichst du etwa von Sophia?«

»Gut möglich – jedenfalls war sie ein Flittchen«, schniefte die alte Gräfin missbilligend.

»Spielt das überhaupt eine Rolle? Ich glaube, ich könnte eine Gräfin, eine Prinzessin oder die Königin von England mitbringen – du würdest sie alle von oben herab behandeln.«

»Aber natürlich spielt es eine Rolle. Dein Glück ist doch auch mein Glück, Jean-Paul.«

»Ach Mutter, das kannst du jemand anders erzählen! Jedes Mal, wenn ich eine Frau nach Hause bringe, fängst du sofort an, sie zu verunsichern und nach Fehlern zu suchen. Du machst ihr und mir das Leben zur Hölle und maßregelst sie, bis sie klein beigibt und verschwindet.«

»Was kann denn ich dafür, wenn du aus Paris immer nur leichte Mädchen oder Schauspielerinnen anschleppst, die keine Ahnung vom Leben auf dem Land haben?«

»Liebste Mutter, ich glaube, du tust mir unrecht. Die Wahrheit ist doch, dass du nicht bereit bist, eine andere Frau neben dir zu dulden. Du willst Alleinherrscherin bleiben und das Zepter über alle Anwesenden schwingen, genau wie früher.«

»Weil dich unsere Leibeigenen sonst im Handumdrehen überrumpeln würden, mein Lieber. Das Spielchen hatten wir hier in Frankreich schon einmal.«

»Es gibt keine Leibeigenen mehr, Mutter. Heutzutage lautet die Berufsbezeichnung ›Landwirtschaftliche Mitarbeiter‹.«

»Für mich sind und bleiben diese Leute Leibeigene.«

Jean-Paul atmete tief durch. Irgendwie musste es doch möglich sein, seiner Mutter endlich klarzumachen, dass sie ganz allein die Verantwortung für das Scheitern seiner Beziehungen trug. »Bevor Amélie am Kindbettfieber starb, hast du ihr sehr deutlich gemacht, wer hier der Herr im Haus ist. Ich habe seitdem viel darüber nachgedacht, glaube mir. Und ich habe den Eindruck, dass du unbedingt verhindern willst, dass ich glücklich werde oder dass Lise endlich wieder eine passende Mutter bekommt.«

»Das ist doch eine dumme Unterstellung! Ich hingegen kann dir genau sagen, was *du* willst! Du willst eigentlich nur eine Ersatzmutter für Lise. Eine Stiefmutter für das Kind! Bist du dir darüber im Klaren, was das für eine Beziehung bedeutet? Eine Ersatzmutter für Lise wird dir nicht unbedingt die Liebe und Freundschaft entgegenbringen, nach der du für dich suchst. Sie wird auf dein Geld und deine Stellung schielen. Moderne Frauen wissen genau, was sie wollen, und sobald du sie nicht mehr befriedigst, kehren sie dir den Rücken und holen sich das, was sie brauchen, beim nächsten Mann.«

»Mutter, du übertreibst! Außerdem willst du nicht wahrhaben, dass ich das verbriefte Recht habe, hier zu schalten und zu walten, wie es mir beliebt. Das Gut, das Schloss und alles, was dazugehört, ist mein Eigentum. Ich weiß, wie sehr du unter Vaters Tod gelitten hast, und das tut mir auch aufrichtig leid für dich, aber mit der Zeit wird mir klar, dass ich alles daransetzen muss, Lise aus deinem Schatten herauszuholen.« Jean-Paul wusste, dass er recht hatte. Er hielt kurz inne, bevor er hinzufügte: »Ehrlich gesagt habe ich bereits Vorkehrungen getroffen, dich aus dem Schloss auszuquartieren und in den ehemaligen Verwaltergebäuden unterzubringen.«

»Du würdest es tatsächlich fertigbringen, deine alte Mutter von diesem Land zu vertreiben? Von dem Land, wo ich mit dir gespielt habe, als du noch ein kleiner Knirps warst? Während dein Vater, Gott hab ihn selig, in England kämpfte!«, keifte Charmaine mit vor Entrüstung zitternder Stimme.

Jean-Paul wäre am liebsten davongestürmt. Er zwang sich, tief durchzuatmen, und spürte, wie seine Wut mit jedem Atemzug mehr verrauchte. Seine Mutter war ein dominanter Mensch, aber sie hatte ihm im Verlauf seines Lebens doch in den meisten Situationen das Gefühl gegeben, zu ihm zu stehen. Und noch heute war sie für ihn und seine Tochter da. Natürlich stritten sie sich ab und zu – aber wo kam das nicht vor? Er respektierte sie zutiefst, auch wenn sie sich immer und überall einmischte. »Ach, Mutter, lass uns mit diesen Albernheiten aufhören. Natürlich setze ich dich nicht an die Luft. Ich wollte dir nur einen Schrecken einjagen, genau wie du vorhin mit deiner Warnung vor Kleinbeerigkeit. Übrigens: Dein Hut hat auch schon einmal bessere Tage gesehen, findest du nicht? Und jetzt lass uns zügig zum Haus zurückkehren, ich habe nämlich einen Bärenhunger.«

Die alte Gräfin rührte sich nicht von der Stelle. Jean-Paul sah ihr tief in die dunklen Augen. Trotz der vielen Falten und Runzeln, die allen Glättungsversuchen mit Cremes und Lotionen hartnäckig widerstanden, zeigte das vertraute Gesicht noch immer einen Hauch vergangener Schönheit. »Was ist los?«, wollte Jean-Paul wissen.

»Wer ist es dieses Mal, mein Sohn?«

»Niemand, den du kennst.«

»Ich habe keine einzige deiner Damenbekanntschaften vorher gekannt. Noch nicht einmal Amélie. Du weihst mich nie ein und hältst mich immer auf Abstand.«

Für Amélie war es so sicher das Beste, dachte Jean-Paul. Seine Gedanken wanderten zurück nach Paris. Er hatte viele, fast persönliche Gespräche mit Sir David geführt. Der englische Diplomat hatte seine Frau während der großen Hungersnot in Irland verloren und war Witwer wie Jean-Paul – allerdings mindestens zwanzig Jahre älter als der Graf. *Merde!*

Gab es denn in diesem Leben nirgends ein bisschen Glück und Ruhe?

»Hast du etwas gesagt?«

»Wie bitte?«

»Ich glaube, du hast geflucht.«

»Tut mir leid, aber ich bin mir keiner Schuld bewusst.«

»Hör zu, Jean-Paul, diese Frau – ich habe ja keine Ahnung, ob sie jung oder alt ist ...«

»Lass es bitte sein, *Maman!*«

Normalerweise konnte er sie durch den Gebrauch dieses Wortes immer besänftigen, doch dieses Mal fuhr sie unbeirrt fort. »Also, wenn sie wirklich alt sein sollte, dann tust du mir leid. Ist sie aber deutlich jünger als du, dann ist sie es, die mir leidtut.«

»Verbindlichen Dank.«

»Schmoll nur, mein Junge! Wo hast du sie kennengelernt?«

»Bei Hélène Le Fèvre.«

»Diese Frau ist wahrlich eine Bedrohung für die bessere Gesellschaft. Und wie lange kennst du deine neue Flamme schon?«

»Na ja, vielleicht zwei Minuten – möglicherweise auch etwas kürzer.«

Charmaine atmete tief durch. Sie wusste nur allzu gut, dass es so etwas wie Liebe auf den ersten Blick im wahren Leben nicht gab. »Der berühmte *coup de foudre* also«, nickte sie mit strenger Miene. »Mach dich nicht zum Narren, Jean-Paul. Ich denke, du solltest dich darauf konzentrieren, Lise ein guter Vater zu sein, und dich nicht in etwas verrennen. Nimm wenigstens einmal meinen guten Rat an und vergiss diese Frau. Gott wird schon dafür sorgen, dass auch dein Leben wieder einen Sinn bekommt.«

»Amen«, schloss Jean-Paul grinsend.

Kapitel Zehn

Gut drei Monate waren vergangen. Dreizehn Wochen, in denen Joanne tatkräftig geholfen hatte, ihren Vater zu pflegen und wieder zu Kräften zu bringen. Die Hauptlast hatten Krankenschwestern aus dem nahe gelegenen Ursulinenkloster übernommen, aber auch Natascha und Hélène Le Fèvre und sogar Adèle Wainwright waren nicht untätig geblieben. Den größten Verdienst an Sir Davids Genesung allerdings trug Doktor Nicholas Wainwright, der jeden Tag mehrere Stunden in der Rue Royale verbracht hatte und im Verlauf der Monate fast als Familienmitglied angesehen wurde.

Joanne war Nicholas Wainwrights eleganter Mutter zunächst auf recht unkonventionelle Weise begegnet und vertraute sich ihrem Tagebuch an.

Freitag, 3. Juni 1848

Einer von Madame Le Fèvres Dienern brachte heute schon wieder eine Einladung zu einem ihrer berüchtigten gesellschaftlichen Ereignisse. Manchmal habe ich den Eindruck, die gute Frau ist der Meinung, dass Papa und ich ohne ihre Protektion in Paris verloren und einsam sind.

Papa sagte, er fühle sich noch nicht wohl genug für langweilige Gespräche mit älteren Herrschaften, und ich kann ihm seinen Entschluss noch nicht einmal verdenken. Der Grund für die morgen Abend in sehr privatem Rahmen stattfindende Soiree soll der Geburtstag des Schwiegervaters von Jean-Paul St-Clair de Villacroix sein, zu dem natürlich auch Jean-Paul eingeladen ist. Madame Hélène kennt in Paris wirklich jeden wichtigen Menschen!

Offenbar hat sie auch Madame Adèle Wainwright nebst ihrem Sohn, dem allseits bekannten Doktor Langweilig eingeladen. Papa nennt ihn inzwischen Nicky, genau wie Madame Hélène, aber dazu kann ich mich beim besten Willen nicht durchringen. Ich spreche ihn mit vollem Namen und Titel an, damit er gar nicht erst auf die Idee kommt, sich falsche Hoffnungen zu machen. Zugegeben: Er hat sich aufopferungsvoll um Papa gekümmert, und eigentlich mag ich ihn auch – wenn er nicht gerade wieder von seinem Inhalator anfängt. Aber ich bin nicht in ihn verliebt. Mein Herz gehört Jean-Paul.

Leider habe ich Jean-Paul in letzter Zeit nur selten zu Gesicht bekommen. Soviel ich weiß, hält er sich in seinem Schloss auf und kümmert sich um seine Weinberge. Für mich war es eine große Erleichterung, zu erfahren, dass er Witwer und nicht etwa verheiratet ist, was ich natürlich zunächst annahm, als ich von seiner Tochter hörte. Vor Lise habe ich keine Angst. Es würde mir nichts ausmachen, ihre Stiefmutter zu werden und ihr irgendwann ein oder mehrere Halbgeschwister zu schenken. Bisher hat Jean-Paul noch nicht um meine Hand angehalten, obwohl er uns bei seinen häufigen Besuchen in Paris immer seine Aufwartung macht. Ein oder zwei Mal hatten wir in einem unbeaufsichtigten Augenblick sogar die Möglichkeit, liebevolle Worte auszutauschen. Richtig geküsst hat er mich noch nicht, allerdings erwarte ich das auch nicht, denn Jean-Paul ist ein Kavalier der alten Schule und würde mich nie kompromittieren. Trotzdem kann ich es kaum erwarten, in seinen Armen zu liegen und leidenschaftlich geküsst zu werden. Allein der Gedanke daran verursacht mir wildes Herzklopfen.

Ich fürchte, Papa ist nicht sehr glücklich mit meiner Wahl. Er hält Jean-Paul für viel zu alt und erfahren für mich, aber genau so wünsche ich mir meinen zukünftigen Ehemann. Im Übrigen ist er nicht wirklich alt, sondern in den besten Jahren. Er ist elegant, sehr reich und sieht gut aus, aber ich würde ihn auch lieben, wenn er hässlich und arm wie eine Kirchenmaus wäre. Papa hätte es wohl lieber gesehen, wenn ich liebevolle Gefühle für seinen Arzt entwickelt hätte. Er glaubt, dass Nicholas Wainwright einen besseren und geeigneteren Ehemann für mich abgäbe – aber woher will er das wissen? Meines Erachtens gehört zu einer Ehe unbedingt auch Liebe, und Nicholas Wainwright liebe ich nun einmal nicht, so geeignet er auch sein mag.

Ich glaube, ich werde Madame Hélènes Einladung annehmen und morgen in ihrem Haus dinieren, schon allein, um Jean-Paul zu sehen.

PS: Meinetwegen darf jeder sehen, wie gut Jean-Paul und ich zueinanderpassen. Nach dem Tod seiner ersten Frau hat er endlich wieder ein wenig Glück verdient. Madame Hélène hat mir erzählt, dass seine Beziehung zu seiner Mutter ein wenig problematisch sein soll. Aber darüber werde ich mir selbst ein Bild machen, sobald ich sie auf Schloss Villacroix kennenlernen darf. Welch wunderbar tönender Name: Josephine-Anne, Comtesse St-Clair de Villacroix! Ich bin sicher, dass Papa mir seinen Segen gibt, sobald ich Jean-Pauls Ring am Finger trage!

»*Enchanté*, Joanne!« Adèle Wainwright neigte den perfekt frisierten Kopf. Der Saphirschmuck in ihrem dunklen Haar und die dazu passenden Ohrgehänge funkelten im Kerzenschein. »Nicholas wird Ihnen erklären können«, fuhr sie in akzentfreiem Englisch fort, »dass seine Mutter sich nur so jugendlich erhalten hat, weil sie und sein Vater auf zwei entgegengesetzten Seiten der Erdkugel leben – nicht wahr, Monsieur Clermont-Clary?« Sie zwinkerte dem alten Herrn zu und machte nicht den geringsten Hehl aus ihrer Ehe auf Abstand.

Ihre Offenheit machte Joanne verlegen. Nachdem sie jedoch festgestellt hatte, dass sich niemand peinlich berührt zu fühlen schien, entspannte sie sich, lächelte und bemühte sich, den Abend ein wenig zu genießen, obwohl Madame Hélène ihr mitgeteilt hatte, dass Jean-Paul von Geschäften aufgehalten wurde und sich für den Abend entschuldigen ließ. Joanne blieb nichts anderes übrig, als ihre Enttäuschung zu verbergen und so lange gute Miene zum bösen Spiel zu machen, bis sie die Soiree verlassen konnte, ohne allzu unhöflich zu erscheinen. Immerhin hatte sie die gute Ausrede, dass ihr kranker Vater sie zu Hause erwartete. Hélène hatte mehrfach ihr ehrliches Bedauern darüber geäußert, dass Sir Davids Gesundheitszustand es ihm noch nicht erlaubte, ihrer Einladung zu folgen.

Im Verlauf des Abends beobachtete Joanne mehrfach, wie Adèle heftig mit Monsieur Clermont-Clary flirtete.

»Nun, Monsieur? Ist es nicht eine angenehme Abwechslung für Sie, mit derart attraktiven Damen am Tisch zu sitzen? Leider bin ich nur Strohwitwe. Mein Ehemann treibt sich irgendwo in Indien herum. Er scheint dabei ganz glücklich zu sein, und mir geht es nicht anders. Sogar Nicky scheint es nichts auszumachen – nicht wahr, mein Herz?«

Die beiden Männer murmelten eine höfliche Bemerkung.

»Einem gestandenen Arzt darf nichts etwas ausmachen. Noch nicht einmal ein schamhafter Patient.«

Nicholas versuchte, sich am Gespräch zu beteiligen, konnte aber gegen seine gesprächige Mutter und die ebensolche Gastgeberin nicht ankommen. Er wandte sich an Joanne.

»Es tut mir sehr leid«, flüsterte Nicholas in Joannes Ohr.

»Mir auch«, erwiderte sie, gerührt von seiner vermeintlichen Anteilnahme.

»Ich weiß, es ist nicht sehr höflich, wie meine Mutter das Gespräch an sich reißt. Wahrscheinlich will sie Monsieur Clermont-Clary dazu bewegen, mehr Geld in ihre Stiftung zu stecken. Sie wird ihn nicht in Ruhe lassen, ehe er sich nicht überreden lässt.«

»Tatsächlich? Eine merkwürdige Art des Geldeintreibens!«

»Wie geht es eigentlich Ihrer entzückenden Enkeltochter, Monsieur Clermont-Clary?«, säuselte Adèle weiter. »Oje, Ihr Name ist wirklich ziemlich lang! Sie haben doch sicher nichts dagegen, wenn ich Sie Armand nenne, oder? Also Armand, wie geht es der Kleinen?«

»Ich bekomme sie nur selten zu Gesicht, Madame Adèle. Genau genommen eigentlich nie.« Er sprach so laut, dass Joanne sich fragte, ob er vielleicht schwerhörig war, und leerte sein Weinglas in einem Zug.

Mit seiner Glatze, dem rundlichen Bauch, den hervorquellenden Augen und den abstehenden Ohren, die ihm das Aussehen eines erschrockenen Hasen verliehen, wirkte der alte Mann wie eine Witzblattfigur. Nicholas' Mutter und Madame Hélène schienen sich königlich auf seine Kosten zu amüsieren. Vielleicht waren die kleinen Sticheleien überhaupt der einzige Grund, warum Madame Hélène das Geburtstagsessen für Jean-Pauls Schwiegervater ausgerichtet hatte. Wie wäre der Abend wohl verlaufen, wenn Jean-Paul hätte kommen können? Möglicherweise wäre ein wirklich erinnernswertes Ereignis daraus geworden!

»Besuchen Jean-Paul und Lise Sie denn nicht manchmal?«

»Jean-Paul? Der kommt nie! Noch nicht einmal früher, als die Straßen von Paris noch sicher waren. Er nimmt höchstens Kontakt mit mir auf, wenn er wieder einmal pleite ist und ich ihm mit Geld für seinen heruntergekommenen Besitz unter die Arme greifen soll. Ein unangenehmer Kerl!« Er stürzte einen großen Schluck Wein hinunter. »Genau wie seine Mutter! Ein widerliches Weib! Sie hat meine Tochter auf dem Gewissen.« Er griff nach seiner Serviette und tupfte sich die Augen. »Ganz zu schweigen von meiner lieben Frau, die Amélies Tod nie verwinden konnte.«

»Sie Ärmster!« Adèle legte ihm tröstend eine Hand auf den Arm.

»Was hast du wieder angerichtet, Mutter!«, rief Nicholas wütend und warf unwirsch seine Serviette auf den Tisch. Die beiden Damen tauschten selbstgefällige Blicke. Monsieur Clermont-Clary brach in Tränen aus, bekam sich allerdings rasch wieder unter Kontrolle. Er hörte auf zu schniefen und nahm erneut Messer und Gabel zur Hand. Auch Nicholas beruhigte sich bald wieder. Er schien nicht gern mit seiner Mutter zu streiten, an der er offenbar sehr hing.

Joanne war verwirrt. Die Gedanken rasten in ihrem Kopf. Konnte die Frau wirklich so grausam sein? Eine Dame der Gesellschaft, die sich aufopfernd um Waisenkinder kümmerte? Und wieso sprach der alte Mann so schlecht über Jean-Paul?

Nachdem der letzte Gang abgeräumt war und die Damen sich in den Salon zurückzogen, während die Herren ein Glas Portwein und Zigarren genossen, entschuldigte sich Joanne. »Sicher werden Sie Verständnis dafür haben, wenn ich jetzt nach Hause gehe. Der Tag war sehr anstrengend. Außerdem möchte ich meinen Vater noch nicht zu lang allein lassen.«

»Aber sicher verstehen wir das, Kleine. Henri bringt dir deinen Mantel und die Straßenschuhe.«

»Ich freue mich sehr, Sie kennengelernt zu haben, Joanne«, sagte Adèle und drückte ihr herzlich die Hände. »Nicky hat mir schon viel von Ihnen erzählt. Ich werde ihn bitten, Sie nach Hause zu begleiten.«

»Das ist wirklich freundlich von Ihnen, aber nicht notwendig. Ich bin mit der Kutsche hier und damit weitestgehend in Sicherheit.«

»Papperlapapp! Ich kann Sie unmöglich allein nach Hause fahren lassen. Nicky wird sich freuen, Sie begleiten zu dürfen.«

Nicky freute sich wirklich. Joanne hingegen begehrte innerlich auf. Wäre es nicht unendlich viel schöner gewesen, wenn Jean-Paul den Platz des Arztes eingenommen hätte?

Auf dem Rückweg in die Rue Royale sprachen sie kaum. Nicholas schien in seine eigenen Gedanken versunken zu sein, und auch Joanne grübelte darüber nach, was Jean-Paul bewogen haben mochte, den Abend abzusagen. Hatte die Absage etwas mit seinem Schwiegervater zu tun?

Nicholas brach das Schweigen als Erster. »Soll ich vielleicht noch einmal nach Ihrem Vater sehen?«, fragte er, als sie vor der Wohnung anhielten.

»Nein, vielen Dank. Ich könnte mir denken, dass er längst zu Bett gegangen ist und nicht gestört werden möchte.«

»Aber natürlich! Wie gedankenlos von mir! Gute Nacht, Miss Byngham. Ich habe diesen Abend mit Ihnen sehr genossen.«

»Vielen Dank. Bleiben Sie ruhig in der Kutsche sitzen. Ich bin ja jetzt daheim und in Sicherheit.«

»Ich werde Sie auf jeden Fall noch bis ins Haus begleiten. Ich könnte mir nie verzeihen, wenn man Sie vor der Nase Ihres Vaters entführte.« Er lächelte, nahm seine Brille ab und putzte die Gläser.

Joanne stutzte. »Mir war gar nicht aufgefallen, dass Sie eine Brille tragen, Doktor Wainwright«, stellte sie fest.

»Erst seit kurzer Zeit, Miss Byngham. Ich fürchte, ich werde langsam ein wenig kurzsichtig.«

»Sie arbeiten einfach zu viel, Doktor Wainwright. Mit Ihren nächtlichen Studien verderben Sie sich am Ende noch die Augen – und die sind wirklich wichtig für einen Chirurgen.«

»Möglicherweise haben Sie recht. Gute Nacht, Miss Byngham.« Sie hatten die Wohnungstür erreicht. Natascha öffnete.

»Gute Nacht, Doktor Wainwright. Und danke, dass Sie mich begleitet haben.«

»Es war mir ein Vergnügen«, gab er zurück und wandte sich zum Gehen.

Wieder war es ihm nicht gelungen, die echte Joanne hinter der Fassade der strengen kleinen Miss Byngham hervorzulocken. Und doch gab es einen Hoffnungsschimmer: Immerhin hatte sie seine Brille bemerkt und sich Sorgen um seine Augen gemacht. Nur ein winziger Fortschritt – aber ein tröstlicher.

Joanne konnte nicht schlafen. Bis in die frühen Morgenstunden wälzte sie sich im Bett hin und her und ließ die seltsamen Ereignisse des Abends immer wieder Revue passieren. Eine merkwürdige Frau, diese Adèle Wainwright. Und dann der kleine Zwist, den sie mit ihrem Sohn ausgefochten hatte.

Sie versuchte, ihre Gedanken zu ordnen.

Wie konnte es sein, dass Jean-Pauls Schwiegervater, Lises Großvater, keine allzu großen Stücke auf seinen Schwiegersohn hielt? Und warum aber hatten Madame Hélène und Adèle Wainwright den alten Herrn dann eingeladen? Wollten die beiden Frauen sie etwa warnen? Hatte Madame Hélène

Nicholas' Mutter von ihrer Schwärmerei für den eleganten Grafen erzählt? Versuchten die beiden, den Weg für Adèles Sohn zu bereiten?

Nun, wenn dem wirklich so war, dann würde es nicht fruchten!

Nicholas Wainwright war ein netter, freundlicher, ganz normaler Mann. Joanne hatte keineswegs die Absicht, sich mit einem Arzt zusammenzutun, der ohnehin mit seiner Arbeit verheiratet war – abgesehen davon, dass sie ihn nun einmal nicht liebte. Wenn sie ihn sah, raste weder ihr Puls, noch bekam sie Herzklopfen wie bei Jean-Paul.

Für eine Ehe aber wünschte sich Joanne romantische Liebe und eine innige Verbindung von Körper, Geist und Seele. Das alles jedoch konnte ihr nur ein Mann geben – und das war gewiss nicht Doktor Langweilig!

Kapitel Elf

Sir David saß am offenen Fenster und blickte in die Rue Royale hinunter. Der Betrieb auf der Straße erschien ihm wie ein Festzug, den man ausschließlich zu seinen Ehren abhielt. Die Luft war warm und dunstig. Die abenteuerlichsten Gerüche und Aromen stiegen Sir David in die Nase. Im Verlauf seiner Krankheit hatten einige seiner Sinne gelitten, andere hingegen waren schärfer geworden. Zu Letzteren gehörte der Geruchssinn.

Die Sonne stand schon tief über dem Horizont und färbte den diesigen Himmel rot. Irgendwo in der Stadt fielen Schüsse. Wieder einmal rotteten sich im Osten der Stadt Menschen in den langsam abkühlenden Straßen zusammen, und wieder einmal errichtete die Polizei Barrikaden; wie jedes Mal wurde auch die Nationalgarde alarmiert. In der Rue Royale versammelten sich Passanten zu kleineren Gruppen und warteten ab, was geschehen würde. Vom Ende der Straße her war eine Explosion zu hören. Erschrocken drängten sich die Neugierigen an die Häusermauern, doch nichts geschah.

Von seinem Fenster aus beobachtete Sir David die Reaktion der Menschen auf der Straße. Die Angst um Joannes Sicherheit wuchs mit jedem Tag. Wo zum Teufel blieb seine Tochter? Sie war mit Natascha trotz der drohenden Unruhen ausgegangen – die beiden hätten längst zurück sein müssen. Mit der rechten Hand knetete er einen weichen Stoffball, mit dem er seine in Mitleidenschaft gezogenen Muskeln trainierte. Außerdem konnte er auf diese Weise seine Erregung kontrollieren.

Seine Genesung ging trotz aller Fortschritte für seine Begriffe viel zu langsam vonstatten. Trotzdem war er Doktor Nicholas Wainwright unendlich dankbar, denn der junge Arzt hatte ihm mit seiner Kunst nicht nur das Leben gerettet, sondern auch den Heilungsprozess vorangetrieben. Sprache und Bewegungsfähigkeit waren fast vollständig wiederhergestellt. Dass Sir David sich nach großen Anstrengungen manchmal etwas müde fühlte, konnte durchaus auch mit seinem Alter zu tun haben – immerhin stand sein fünfzigster Geburtstag vor der Tür.

Beunruhigt spähte er erneut auf die Straße hinunter.

Er war froh, dass die endgültige Rückkehr nach England bevorstand. Am folgenden Morgen würde er mit Joanne und Natascha die Postkutsche nach Calais nehmen, und auch die Plätze auf der Fähre über den Ärmelkanal waren bereits reserviert. Sir David konnte die Abreise kaum erwarten. Er freute sich auf England. Auch Besuche bei seiner Schwester und auf seinem Besitz in Irland waren längst geplant.

Ein Klopfen an der Eingangstür unterbrach seine Überlegungen. Endlich! Joanne und das Mädchen waren zurück! »Herein!«, rief Sir David, doch nichts geschah. Er runzelte plötzlich die Stirn. Joanne und Natascha hätten bestimmt nicht geklopft – es sei denn, der Riegel wäre wieder einmal zugefallen. Oder kam etwa Jean-Paul noch einmal auf einen Sprung vorbei? Der junge Graf war während Sir Davids Krankheit ein häufiger und gern gesehener Besucher gewesen.

Der Concierge vielleicht? Der Diplomat warf einen raschen Blick auf die Kaminuhr. Es war fast halb acht – Monsieur Tissots übliche Zeit, um die frische Bettwäsche heraufzubringen, vom neuesten Straßenklatsch zu berichten und sein tägliches Glas Genever in Empfang zu nehmen. Allerdings würde der Concierge seinen Generalschlüssel benutzen, wie sonst auch, wenn die Tür versehentlich verschlossen war. Wer aber kam noch infrage? Nicky? Dessen Mutter Adèle? Sir Davids Blick wurde weich. Die gute Adèle. Sie waren sich in letzter Zeit recht nahgekommen, obwohl Adèle natürlich nach wie vor eine achtbare, verheiratete Frau war …

Das Klopfen wurde lauter und ungeduldiger. Sir David ärgerte sich. Nun musste er tatsächlich seinen bequemen Sessel verlassen, selbst zur Wohnungstür gehen und dem unbekannten Ignoranten öffnen, der nicht einmal zu wissen schien, dass die Tür während Joannes Abwesenheit normalerweise nicht verriegelt war.

Sir David stand auf und griff nach dem Gehstock, der an der Rückenlehne seines Sessels hing.

Bestimmt war es Jean-Paul. Noch immer hatte Sir David nicht herausgefunden, ob der junge Graf hinsichtlich Joanne ernsthafte Absichten hegte. Zwar sprach Joanne von nichts anderem mehr, Jean-Paul allerdings schien trotz aller Aufmerksamkeit und Höflichkeit und aller fast persönlichen Gespräche der letzten Zeit aus einem Sir David unerfindlichen Grund noch zu zögern, sich ernsthaft als möglichen Schwiegersohn ins Gespräch zu bringen. Joanne würde bald achtzehn Jahre alt werden und wäre damit im heiratsfähigen Alter. Natürlich würde die Heirat mit einem französischen Aristokraten dem Namen der Familie Byngham zusätzlichen Glanz verleihen; trotzdem wäre es Sir David lieber gewesen, wenn seine Tochter Nicholas Wainwright in die engere Wahl gezogen hätte.

»Joanne? Bist du das? Jean-Paul?«, rief Sir David. In diesem Augenblick hörte er, wie die Tür geöffnet wurde, und ließ sich dankbar wieder in seinen Sessel sinken. Den Gehstock legte er quer über seine Knie.

Barbiret betrat den Salon. Sir David erbleichte. Langsam schritt der Künstler auf den Diplomaten zu.

»Ich will mein Geld, und zwar jetzt sofort!«, forderte Barbiret, während er sich ängstlich umsah.

Sir David schüttelte den Kopf. Er hatte sich schon wieder von seiner Überraschung erholt und sortierte die Gedanken in seinem Kopf. Dass Barbiret es gewagt hatte, in seine Wohnung zu kommen, schockierte ihn. Der Mann musste verrückt sein! Wie konnte er ein solches Risiko auf sich nehmen? »Verstehen Sie doch, guter Mann! Ich bin nicht mehr zuständig. Die Krankheit hat mich in den Ruhestand gezwungen.«

»Aber mein Geld!«, argumentierte Barbiret verzweifelt und verdrehte die ungleichen Augen wie ein verängstigtes Pferd. »Ihre Regierung hat es mir versprochen. Ich benötige es dringend; ich muss Paris noch heute Abend verlassen.«

»Sie müssen auch mich verstehen, Barbiret«, redete Sir David beruhigend auf den überspannten Künstler ein. »Von meiner Regierung gibt es kein Geld mehr. Ihr König ist jetzt in England, und für die Revolutionsregierung würde England niemals Mittel abzweigen. Aber wenn Sie untertauchen müssen, werde ich Ihnen selbstverständlich helfen. Da drüben im Schreibtisch ist ein Umschlag – bedienen Sie sich. Allerdings unter einer Bedingung: Lassen Sie sich nicht erwischen, und erwähnen Sie nie – wirklich niemals – meinen Namen.«

Wortlos wühlte Barbiret in den Schubladen, bis er den Umschlag fand und das Geld herausnahm. Genau in diesem Augenblick klopfte es wieder. Barbiret fuhr herum. Blanke Angst stand ihm ins Gesicht geschrieben.

»Keine Sorge, das können nur meine Tochter oder der Concierge sein«, sagte Sir David spöttisch. »Lassen Sie Joanne keinesfalls Ihre Angst spüren. Sie haben mir lediglich einen Höflichkeitsbesuch abgestattet, verstanden?«

Barbiret fuhr sich mit der Zunge über die ausgetrockneten Lippen, nahm insgeheim einen tiefen Zug aus Sir Davids Glas, trat neben den Engländer ans Fenster und blickte auf die Straße hinunter. Auf dem Weg in die Rue Royale war er so vorsichtig gewesen, dass er fast sicher sein konnte, dass ihm niemand gefolgt war. Er beruhigte sich ein wenig.

»Gehen Sie öffnen«, fuhr er Sir David mit neu gewonnenem Selbstbewusstsein an. »Ich ziehe es vor, mich im Schlafzimmer zu verstecken. Und keine Tricks! Ihrem Töchterlein würde es sicher nicht behagen, dem Mob ausgeliefert zu werden.«

Sir David griff nach seinem Gehstock, erhob sich erneut schwerfällig aus seinem Sessel, ging langsam zur Wohnungstür und öffnete sie einen Spaltbreit. In diesem Augenblick wurde die Tür mit brutaler Gewalt aufgestoßen. Der Diplomat verlor das Gleichgewicht, geriet ins Stolpern, stieß sich den Kopf am Türpfosten und fiel zu Boden.

Das Letzte, was er hörte, war der Klang einer Drehorgel, die Chopin spielte. »Joanne!«, flüsterte Sir David, ehe er das Bewusstsein verlor.

Der Eindringling huschte in den Flur, schloss die Tür hinter sich, wie auch Barbiret es getan hatte, und stieg mit unbewegtem Gesicht über den reglos daliegenden Wohnungsinhaber hinweg.

Als Barbiret die Klänge der Drehorgel hörte, schlug er alle Vorsicht in den Wind. Er musste das Haus um jeden Preis so schnell wie möglich verlassen. Vorsichtig öffnete er die Schlafzimmertür – und stand dem Mann gegenüber, den er so gefürchtet hatte. »Gaston ...«, stotterte er.

Cabet packte ihn am Schopf und drückte ihm die scharfe Klinge seines Dolchs an die Kehle. In heller Panik ließ Barbiret das Geld fallen. Die englischen Banknoten flatterten Cabet vor die Füße.

»Verräter!«, zischte Cabet. »Schwein!«

»Warte, Gaston!«, flehte Barbiret. »Es ist nicht so, wie du denkst.«

Doch Cabet hörte nicht zu. »Blutgeld! Du dreckige Sau! Du hast uns verraten!«

»Ich schwöre dir, Gaston, ich habe wirklich nicht … Das Geld ist mein Honorar für ein Bild. Ich habe das Mädchen gemalt. Der Engländer hat mir ein Bild von seiner Tochter abgekauft. Ich schwöre!«

»Lügner!« Cabet schlug Barbiret mit dem Handrücken ins Gesicht. »Glaubst du wirklich, ich weiß nicht, was hier vorgeht? Mit ist längst klar, dass der Engländer für seine Regierung spioniert. Und auch, dass er dir für den Verrat an unserer Sache Blutgeld bezahlt hat.«

»Nein, Gaston, das ist nicht wahr!«, quiekte Barbiret verzweifelt.

»Heute Abend wurden sechs unserer Männer in einem Lagerhaus in La Villette erschossen«, keuchte Gaston Cabet. Sein Atem roch stark alkoholisiert. »Ich bin gerade noch mit dem Leben davongekommen. Es war eine Falle, du Widerling! Eine Falle, die *du* uns gestellt hast!«

»Nein! Ich war es nicht!«

»Halt dein Maul und hör zu! Wir haben Waffen für die Arbeiterschaft besorgt. Die Nationalgarde war bis ins Detail informiert. Sie kannten jeden Winkel unseres Lagers, einschließlich sämtlicher Verstecke. Du, Barbiret, du hast sie ihnen verraten. Du bist verantwortlich für den Tod von sechs unserer Brüder.«

»Gaston, wirklich …«

»Hör zu, Schielauge.« Cabets Stimme klang leise und gefährlich. »Ich hatte dich schon seit einiger Zeit in Verdacht und habe Jules gebeten, sich an deine Fersen zu heften. Du hast nicht ein einziges Mal eine Staffelei oder dein Handwerkszeug hier in dieses Haus gebracht. Und das Mädchen ist nie bei dir zu Hause in der Rue des Écoles gewesen.«

»Doch, das ist sie!«

»Ja, um den englischen Arzt für ihren Vater zu holen. Vergiss die Lügerei! Das Haus, in dem du wohnst, wurde rund um die Uhr von der Bruderschaft bewacht.« Er spuckte Barbiret mitten ins Gesicht. »Wo soll sich das angebliche Porträt der Tochter denn befinden?«, setzte er höhnisch hinzu.

»In meinem Atelier.«

»Du lügst. Willst du mir immer noch weismachen, du wüsstest nicht, womit dieser Engländer sein Geld verdient? Er ist Agent. Er sammelt Informationen, die er an die britische und französische Regierung weitergibt. Er kennt die Namen unserer Geheimbünde und die der Mitglieder. Er könnte jeden von uns auf die Guillotine bringen. Er weiß, wann und wo wir uns treffen, er kennt die Verantwortlichen, und ihm ist bekannt, in welchen Fabriken die nächsten Streiks geplant sind. Woher ich das weiß? Nun, auch ich habe meine Spione.«

»Aber ich habe wirklich nichts getan!«

Cabet schüttelte Barbiret wie eine Ratte. »Die Engländer sind nicht blöd. Sie verhätscheln solche Leute wie dich und den schmierigen Comte de Villacroix in ihren schicken Salons, damit ihr Informationen über unseren fetten kleinen, abgedankten König an die fette kleine Königin von England verratet. Jedes einzelne Wort wird weitergegeben, und jede Maßnahme dient dazu, die Massen zu unterdrücken. Die Massen – das sind wir. Wir ganz normalen, hart arbeitenden Bürger überall in Europa. Leute wie du tragen dazu bei, unser Joch noch schwerer zu machen. Was verdient ein Verräter?«

»Nein, Gaston! Nein!«

»Was verdient ein Verräter, du dreckiges Schwein? Los, sag

es schon!« Cabet schleuderte den Künstler gegen die Wand. Barbiret schrie auf.

»Nein, Gaston, ich flehe dich an. Du hast da etwas missverstanden.«

»Ach ja? Missverstanden? Los, sprich es aus! Was verdient ein Verräter wie du?«

»Den Tod«, flüsterte Barbiret kaum hörbar.

Gaston Cabet steckte sein Messer in die Tasche. Er konnte nun einmal kein Blut sehen. Aber es gab ja noch andere Möglichkeiten …

Im folgenden Handgemenge fiel der Tisch am Fenster um. Sir Davids Wasserkaraffe und seine Brille zersplitterten, nur das Trinkglas rollte unversehrt über den Boden. Barbirets Schrei zerriss den lauen Abend. Er endete erst, als sein Körper auf der Straße aufschlug.

Gaston Cabet sammelte die englischen Geldscheine ein, die überall auf dem Aubusson-Teppich verstreut lagen. Ruhig steckte er sie ein, stieg über Sir David, öffnete die Wohnungstür, ging ohne Hast die Treppe hinunter und verschwand ungesehen durch die Hintertür des Hauses.

Kapitel Zwölf

Joanne und Natascha trafen ausgerechnet in dem Moment in der Rue Royale ein, als sich die ersten Neugierigen um die zerschmetterte Leiche drängten, die wie ein abgestürzter Adler auf dem Bürgersteig vor ihrer Wohnung lag.

»Was ist passiert?«, flüsterte Joanne mit schwacher Stimme. Als sie Barbirets gefärbtes Haar und die farbverschmierte Jacke erkannte, wandte sie sich hastig ab.

»Er ist von dort oben gesprungen«, berichtete ein eifriger Augenzeuge und zeigte auf die Fenster der Bynghams.

»Man sagt, er sei ein Kastrat gewesen«, teilte ein anderer mit.

»Der Mann ist ein weltbekannter Künstler«, tat sich ein Dritter wichtig.

»Mein Gott!« Joanne ließ ihre Einkäufe fallen und rannte die Treppe hinauf, so schnell sie konnte. Der Concierge stand unschlüssig vor der einen Spaltbreit geöffneten Wohnungstür. Joanne schob ihn wortlos zur Seite und stieß die Tür auf.

Sie drängte sich ins Innere der Wohnung und stolperte über ihren Vater, der in einem merkwürdigen Winkel auf dem Boden lag. Joanne schrie auf. Mit Hilfe des Concierge gelang es ihr, ihren Vater auf den Rücken zu drehen. Er hatte eine Platzwunde am Kopf. Blut war über sein aschfahles Gesicht gelaufen und getrocknet. Sein Gehstock lag neben ihm. Er stöhnte leise.

Joanne beugte sich zu ihm hinunter und lauschte. »Gott sei Dank, er lebt!«, rief sie dem Concierge zu. »Natascha, du hilfst mir, ihn auf sein Bett zu legen. Und Sie, Monsieur Tissot, verständigen Sie bitte umgehend Doktor Wainwright.«

»Wird gemacht, Mademoiselle. Ich schicke meinen Sohn.«

Joanne reinigte die Kopfwunde ihres Vaters und wusch sein Gesicht ab, doch Sir David reagierte nicht. Schon bald kehrte Tissots Sohn Jacques mit der Nachricht zurück, der Doktor sei nicht zu Hause, und niemand wisse, wo er sich aufhalte.

»Vielleicht besucht er seine Mutter am Boulevard des Capucines. Und sollte er nicht dort sein, weiß sie möglicherweise, wo er ist. Schnell, Natascha, lauf mit Jacques zu Madame Adèle.«

Joanne tupfte die Stirn ihres Vaters mit kühlenden Kompressen ab. Zärtlich strich sie ihm über das dichte, mittlerweile ergraute Haar. Die lange Genesungszeit hatte seinem früher so sportlichen Körper zugesetzt. Ob er über seinen Gehstock gestolpert war, als er zur Tür wollte? Was genau war während ihrer Abwesenheit geschehen? Sie wandte sich an Natascha, die immer noch auf der Türschwelle herumdruckste. »Du solltest dich doch mit Tissots Sohn auf die Suche nach Doktor Wainwright machen!«

»Ich nicht können, Miss Joanne.«

»Was soll das heißen, du kannst nicht?«

»Leute auf der Straße mich verprügeln. Nicht mögen Russen, weil ihnen Arbeit wegnehmen. Ich haben Angst in diese Stadt Paris. Gut, dass wir morgen gehen nach England.«

»Natascha, verdammt noch mal!« Joannes aufgestaute Besorgnis brach sich mit einem Mal Bahn. »Du bist zu nichts nütze. Sobald ich zurück bin, wirst du entlassen. Vergiss England. Bitte, Monsieur Tissot«, wandte sie sich etwas ruhiger an den Concierge, »achten Sie darauf, dass sie bei meinem Vater bleibt. Ich werde selbst auf die Suche gehen. Allerdings brauche ich Ihren Sohn als Begleitung.«

»Selbstverständlich, Mademoiselle. Aber seien Sie vorsichtig! Bleiben Sie dicht bei Jacques, er ist ein guter Junge. Um alles andere kümmere ich mich.«

»Vielen Dank. Falls die Polizei kommt – und davon gehe ich aus –, sehen Sie bitte zu, dass mein Vater nicht verhört oder auf andere Weise gestört wird. Ich bin so schnell wie möglich zurück.« Rasch setzte sie ihre Haube auf und verließ gemeinsam mit Jacques Tissot das Haus.

Auf dem Weg zu Adèle fiel Joanne etwas ein. Möglicherweise war Doktor Wainwright ja nach einem Patientenbesuch in seine Praxis in der Rue des Écoles zurückgekehrt! Sie bat Jacques, sie hinzuführen.

Als sie vor der Praxis ankamen, hatte Joanne Seitenstiche. Bitte, bitte, lass ihn da sein, flehte sie innerlich, als sie an die Tür klopfte.

»Ich sagte Ihnen doch schon, Miss: Er ist nicht da. Und niemand weiß, wo er hingegangen ist«, trumpfte Jacques auf. Sie wollten gerade gehen, als plötzlich die Tür geöffnet wurde und Adèle Wainwright vor ihnen stand. Verblüfft musterte sie Joanne.

»Ist Ihr Sohn da, Madame Wainwright?«, fragte Joanne erleichtert.

»Tut mir leid, Joanne.«

»Sie war vorhin noch nicht hier, Miss«, raunte Jacques hinter ihrem Rücken. »Heiliges Ehrenwort.«

»Stimmt etwas nicht?« Adèle setzte eine besorgte Miene auf.

»Es geht um meinen Vater, Madame Wainwright. Er ist gefallen und ohnmächtig.«

»Mein Gott, Joanne, das ist ja schrecklich. Ich bin aber auch gerade erst gekommen, weil ich für Nicky eingekauft habe. Er würde das Essen schlicht vergessen, wenn ich ihm nichts bringen würde. Morgen verlasse ich die Stadt und siedele in die Schweiz über. Sollten Sie allerdings wünschen, dass ich Krankenwache halte, könnte ich meine Abreise um einige Tage verschieben.«

»Ja bitte, das wäre sehr nett von Ihnen. Wissen Sie zufällig, wo ich Ihren Sohn finden kann?«

»Nicht genau. Er sagte etwas von der Rue du Faubourg St-Antoine und einigen Freunden von der École Polytechnique. Ich glaube, es geht darum, an der Place de la Bastille eine Art Abkommen zwischen den Bürgern und der Nationalgarde auszuhandeln.«

»Vielen Dank. Ich werde versuchen, ihn zu finden.«

»Um Himmels willen, tun Sie das nicht, Joanne! Es ist viel zu gefährlich für eine junge Frau wie Sie!«, rief Adèle entsetzt.

»Jacques ist doch bei mir.«

»Jacques ist nur ein Junge. Er kann Sie nicht vor gewalttätigem Pöbel schützen. Wissen Sie was? Ich begleite Sie. Und wir mieten uns einen Gendarmen. Zu viert könnten wir es schaffen.«

»Nein, bitte nicht. Es wird schon irgendwie gehen. Könnten Sie nicht stattdessen bei meinem Vater wachen, wie Sie es vorgeschlagen haben? Oder hier in der Praxis bleiben, falls Ihr Sohn zurückkommt? Er muss wissen, dass mein Vater ihn dringend braucht. Es geht um Leben und Tod. Bitte, Madame Wainwright, lassen Sie mich tun, was ich tun muss.«

Adèle zögerte. »Gut«, sagte sie schließlich, »dann bleibe ich hier. Sobald Nicholas auftaucht, begleite ich ihn zu Ihrem Vater, und nachdem er Sir David versorgt hat, schicke ich ihn hinter Ihnen her, falls Sie bis dahin noch nicht wieder zurück sind. Sollten Sie Nicky schon früher finden, schicken Sie mir Jacques, damit ich Bescheid weiß. Und versprechen Sie mir, dass Sie sich von einem Gendarmen begleiten lassen.«

»Ja, ja, ganz bestimmt.« Allmählich wurde die ganze Angelegenheit viel zu kompliziert. »Auf Wiedersehen, Madame Wainwright. Komm, Jacques.«

Sie rannten mehr, als sie gingen. Zu ihrer Rechten reckte die Kathedrale Notre-Dame ihre beiden Türme in den Abendhimmel, als flehe sie Gott um Frieden für die Stadt an. Vor dem *Hôtel de Ville* trafen sie auf die ersten Barrikaden.

»Wohin des Weges, junges Fräulein?«, fragte ein Wache stehender Nationalgardist leutselig.

Joanne zog die Kapuze ihres Sommermantels so weit wie möglich über ihr Gesicht. »Zur Place de la Bastille.«

»Und warum, wenn ich fragen darf?«

»Ich suche einen Arzt.«

Die Wachmänner kicherten, senkten die Waffen und kamen näher.

»Meine Mama sucht aber wirklich einen Arzt«, erklärte Jacques geistesgegenwärtig. »Mein kleiner Bruder liegt zu Hause und ist sehr krank. Wir fürchten, er hat vielleicht die Blattern.«

Die Nationalgardisten traten sofort einen Schritt zurück. Einer warf seinen Zigarettenstummel fort. Der winzige Funke kullerte über den Boden wie ein Glühwürmchen. »Ihr braucht keinen Arzt, ihr gehört in die Klapsmühle!«, knurrte er. »Aber Ärzte und andere Möchtegern-Intellektuelle treiben sich auf der Place de la Bastille im Moment weiß Gott genug herum. Macht, was ihr wollt.« Er trat beiseite und ließ sie passieren.

»Danke, Jacques. Das war wirklich klug von dir«, flüsterte Joanne dem Jungen zu.

Jacques grinste verschmitzt.

Kurz nachdem Joanne und Jacques auf der Suche nach Doktor Wainwright die Wohnung in der Rue Royale verlassen hatten, fuhr Jean-Paul St-Clair vor. Man war gerade dabei, die unbedeckte Leiche auf einen Wagen zu heben. Jean-Paul erkannte den Toten sofort. Er hastete die Treppe zur Wohnung der Bynghams hinauf, in der es von Polizisten nur so wimmelte.

»Mein Name ist Jean-Paul St-Clair de Villacroix«, erklärte er den verdutzten Gendarmen.

»Bonsoir, Monsieur le Comte.« Der ranghöchste Polizist trat vor. Seine Geringschätzung für die reiche Oberschicht stand ihm deutlich ins Gesicht geschrieben. Achtlos kaute er auf einem Zahnstocher. »Dürfte ich bitte erfahren, was Sie herführt?«

»Ich bin mit Sir David Byngham befreundet. Seine Tochter und ich sind ... nun, es gibt gewisse Einverständnisse.«

»Um welche Art von Einverständnis handelt es sich, wenn ich fragen darf?«

»Wir beabsichtigen, in absehbarer Zukunft zu heiraten.«

»Und wo befindet sich Ihre zukünftige Verlobte?«

»Das weiß ich nicht. Ich bin eben erst angekommen. Fragen Sie doch die Zofe der Dame.«

»Das haben wir bereits versucht, Monsieur. Leider ohne Erfolg. Sie ist Russin und spricht kein Französisch.«

Jean-Paul hielt es für das Beste, nichts dazu zu sagen.

»Wäre es Ihnen vielleicht möglich, uns die Situation zu erklären, die wir hier vorgefunden haben?«, fragte der Polizist.

»Ich weiß ja nicht einmal, um welche Art von Situation es sich handelt«, gab Jean-Paul zurück. Er hielt den Mann für einen ausgemachten Dummkopf.

»Nachdem Sie behauptet haben, mit dem Wohnungsinhaber befreundet und mit seiner Tochter verlobt zu sein, müssten Sie doch wissen, was hier vorgeht.«

»Müsste ich das? Und wie, wenn ich fragen darf?«

Der Gendarm seufzte. »Hier ist soeben ein Mord geschehen. Der Engländer liegt mit einer tiefen Kopfwunde bewusstlos auf seinem Bett. Der Concierge hat mir verboten, mich ihm auch nur zu nähern. Das ist die Situation.«

»Woraus schließen Sie, dass der Mord in dieser Wohnung hier stattgefunden hat?«, erkundigte sich Jean-Paul so ruhig wie möglich.

»Ganz einfach. Schauen Sie sich um. Hier oben hat es einen Kampf gegeben, und zwar von mindestens zwei Individuen im Vollbesitz ihrer Kräfte. Der Engländer kann daran nicht beteiligt gewesen sein, denn wie uns der Concierge mitteilt, ist Sir Byngham seit Monaten rekonvaleszent und braucht zum Gehen eine Stütze. Außerdem muss ein Handel stattgefunden haben, bei dem viel Geld im Spiel war.«

Jean-Paul sah den Polizisten aufmerksam an. »Woher wissen Sie das?«

»Ganz einfach, *Monsieur le Comte*. Draußen im Flur lag ein englischer Geldschein, der in Francs umgerechnet ein kleines Vermögen wert ist. Ich bin sicher, dass es davon mehrere gab, und dafür muss es eine logische Erklärung geben. Weder Sir Byngham noch der Künstler Barbiret ...«

»Was hat Barbiret mit alledem zu tun?«, unterbrach Jean-Paul.

»Genau das versuchen wir herauszufinden, *Monsieur le Comte*. Passanten wollen gesehen haben, dass Barbiret aus diesem Fenster gesprungen ist.« Er zeigte auf das weit geöffnete Fenster des Salons. »Ich persönlich hingegen neige zu der Annahme, dass der Künstler gestoßen wurde.«

»Wie kommen Sie darauf?«

»Weil es einen dritten Beteiligten gegeben haben muss. Weder Sir David noch Barbiret waren in der Lage, in den Flur hinauszugehen.«

»Woher wissen Sie das?«

»Nun, der Concierge hat uns erzählt, dass der Engländer bewusstlos hinter der Tür lag. Wir schließen daraus, dass er einen heftigen Schlag erhalten hat, als er jemandem die Tür öffnen wollte. Der Eindringling hat vermutlich Barbiret aus dem Fenster geworfen und dann in aller Eile das Haus verlassen. Den Geldschein könnte er verloren haben, als er über den bewusstlosen Engländer stieg.«

»Sie scheinen sich Ihrer Behauptungen ja ziemlich sicher zu sein. Aber woher wollen Sie wissen, dass mehr als dieser eine Geldschein im Spiel war? Könnte der Eindringling nicht einfach nur diesen einen Schein entwendet und unterwegs verloren haben?«

»Es muss ein dickes Bündel Geld gewesen sein. Auf dem Bett der Tochter haben wir einen aufgerissenen Umschlag mit dem Wasserzeichen der *Houses of Parliament* in London gefunden.«

»Verstehe.«

»Wie lange kennen Sie den Wohnungsinhaber schon?«

»Eine ganze Weile.«

»Wie lange genau?«

»Etwa fünf Jahre. So genau weiß ich es nicht mehr.«

»Wo haben Sie sich kennengelernt?«

»Bei Madame Hélène Le Fèvre.«

»Oh ja, der Name ist sogar mir geläufig. Ihre Gesellschaften sollen legendär sein. Seit wann sind Sie mit der Tochter des Engländers verlobt?«

»Wir sind noch nicht verlobt.«

»Richtig, das erwähnten Sie bereits.«

»Zumindest bisher. Ich wollte heute bei ihrem Vater um ihre Hand anhalten. Daher auch mein Besuch.«

Der Polizist hob die Augenbrauen. »Heute? Welch ein Zufall! Entschuldigen Sie, *Monsieur le Comte*, aber ich glaube Ihnen kein Wort.«

»Dann lassen Sie es eben. Trotzdem ist es die Wahrheit. Sir David legt Wert darauf, dass seine Tochter nicht vor ihrem achtzehnten Geburtstag heiratet. Nur unter dieser Voraussetzung gibt er sein Einverständnis.«

»Tja, dafür ist es wohl jetzt zu spät.«

»Wie kommen Sie darauf? Er ist doch nicht tot! Im Übrigen: Was haben diese sehr persönlichen Fragen mit Ihrem Fall zu tun?«

»Eine ganze Menge, *Monsieur le Comte*.«

Jean-Paul wandte sich entnervt ab. Er schritt ziellos durch den Salon, bis er versehentlich gegen das Glas trat, das noch am Boden lag. Er bückte sich und hob es auf.

»Bitte, fassen Sie nichts an, *Monsieur le Comte*. Unser Zeichner muss erst alles so festhalten, wie wir es vorgefunden haben.«

»Schade, dass Barbiret Ihnen nicht mehr dabei behilflich sein kann«, murmelte Jean-Paul spöttisch. »Obwohl: vielleicht ja doch!«

»Bitte?«

»An diesem Glas hier sind Lippenstiftspuren. In meiner Bekanntschaft gibt es nur einen einzigen Mann, der sich schminkt. Antoine Barbiret.«

»Aha. Dann kennen Sie ihn also auch.«

»Das habe ich nie geleugnet.«

»Dann war er also hier und hat aus diesem Glas getrunken.« Der Polizist grinste selbstzufrieden.

»Nun, wenn Sie behaupten, dass er aus diesem Fenster gestoßen wurde oder gesprungen ist, muss er ja wohl hier gewesen sein. Und nun entschuldigen Sie mich – ich möchte noch kurz bei Sir David hineinschauen, ehe ich mich wieder verabschiede. Ich denke, da meine künftige Verlobte noch nicht zurückgekehrt ist, sollte ich vielleicht besser nach ihr suchen.«

»Dann wissen Sie also doch, wo sie hingegangen ist?«

»Ich nehme an, dass sie den Arzt holen wollte und irgendwo im Getümmel feststeckt.«

»Wie lautet der Name des Arztes?«

»Doktor Nicholas Wainwright. Er ist Arzt und Chirurg.«

»Etwa noch ein Engländer?«

»Ich fürchte ja.«

»Wie sollte es auch anders sein! Diese Engländer hängen immer zusammen wie die Kletten. Sagen Sie, haben Sie vielleicht irgendeine Erklärung für das Geld?«

»Nicht die geringste.«

»Ach, nun kommen Sie schon, *Monsieur le Comte*. Könnte es sich um ein Porträt der Tochter handeln? Ihrer angeblich zukünftigen Braut? Weiß die junge Dame überhaupt schon von Ihren Absichten? Jedenfalls müsste Ihnen bekannt sein, wenn sie Barbiret Modell gesessen hätte.«

»Es sei denn, dass es als Überraschung gedacht war«, lächelte Jean-Paul.

»Oder als Andenken an eine Tochter, die einen Franzosen heiratet.«

»Das werden Sie ihn schon selbst fragen müssen.«

»Das werde ich tun, mein Herr. Ganz bestimmt.« Der Zahnstocher des Polizisten war inzwischen völlig zerkaut. »Noch eine letzte Frage: Wieso sind Sie heute schon wieder in Paris? Der Concierge hat ausgesagt, dass Sie erst gestern nach St-Clair aufgebrochen sind.«

Jean-Paul blickte ihn spöttisch an. »Waren Sie je verliebt,

Monsieur? Manchmal ist es eben schwierig, sich loszureißen! Außerdem ist mir auf halber Strecke eingefallen, dass meine kleine Tochter am Sonntag Namenstag hat und ich noch kein Geschenk hatte. Ihr Lieblingsspielzeugladen befindet sich aber in Paris, also blieb mir nichts anderes übrig, als zurückzukehren. Ich habe dazu zum ersten Mal die Eisenbahn benutzt. Ein Erlebnis, das kann ich Ihnen versichern!«

»Haben Sie das Geschenk bei sich?«

Jean-Paul griff in die Tasche, förderte ein Päckchen zutage und öffnete es. »Sehen Sie, es ist ein kleiner Kanarienvogel in einem goldenen Käfig. Wenn man ihn aufzieht, singt er *Au Clair de la Lune*. Darf ich jetzt bitte endlich gehen?«

Der Polizist grunzte, wühlte nach einem weiteren Zahnstocher und steckte ihn in den Mund. »Halten Sie sich weiter meiner Abteilung zur Verfügung, *Monsieur le Comte*. Ich wüsste gerne mehr über Antoine Barbiret und die Beziehung, die Sie zu ihm hatten.«

»Ich hatte nie eine Beziehung zu ihm. Fragen Sie lieber den englischen Arzt. Er wohnt im gleichen Haus wie der Künstler. Ich hingegen kenne Barbiret nur von einer Soiree bei Madame Le Fèvre.«

»Ich muss Sie bitten, so bald wie möglich zur Polizeipräfektur zu kommen und Ihre Aussage zu Protokoll zu geben«, erklärte der Polizist frostig. »Selbstverständlich werden wir auch den Besitzer des Spielwarenladens zum genauen Zeitpunkt Ihres Besuchs befragen.«

»Wie Sie wollen. Dürfte ich bitte jetzt meinen Freund sehen?«

»Er ist nicht bei Bewusstsein.«

»Ich weiß. Trotzdem wüsste ich wenigstens gern, ob er noch atmet.«

Jean-Paul machte sich inzwischen große Sorgen um Joanne.

Wenn sie wirklich in die Rue des Écoles gegangen war, müsste sie inzwischen längst zurück sein. Die Polizeipräfektur konnte warten. Wenn jemand etwas von ihm wollte, sollte er nach Villacroix kommen.

Adèle Wainwright wartete noch immer in der Praxis ihres Sohnes, als Jean-Paul in der Rue des Écoles vorstellig wurde.

»Jean-Paul!«, rief sie verblüfft. »Was tun Sie denn hier?«

»Ich bin auf der Suche nach Joanne. Ist sie hier? Sir David ist schwer gestürzt und braucht dringend einen Arzt.«

»Sie war hier. Vor etwa einer Stunde.«

»Sie ist noch nicht wieder zu Hause gewesen, als ich fortging.«

»Nein, sie ist mit dem kleinen Tissot zur Place de la Bastille gegangen. Nicky ist dort. Sie wollte ihn suchen.«

Jean-Paul war entsetzt. »Und Sie haben sie gehen lassen? Sie wissen doch, dass dort überall gekämpft wird!«

Sie schenkte ihm ein umwerfendes Lächeln. »Sie kennen doch Joanne, Jean-Paul! Wenn sie sich etwas in den Kopf gesetzt hat, ist es ihr nicht mehr auszureden. Ich hoffe nur, der kleine Tissot weiß sich im Notfall zu wehren. Außerdem habe ich dem Mädchen nahegelegt, einen Polizisten als Begleitung zu mieten.«

»Ach, übrigens, Adèle, wissen Sie zufällig, ob Joanne Barbiret für ein Porträt Modell gesessen hat?«

»Ich glaube schon. Nicky hat einmal etwas Derartiges verlauten lassen. Allerdings nicht hier im Atelier, sondern bei Hélène Le Fèvre. Himmel – ich weiß gar nicht, ob ich darüber reden darf. Es sollte eine Überraschung werden.«

Jean-Paul lächelte. »Ich werde keiner Menschenseele etwas verraten. Versprochen!«

»Wo gehen Sie jetzt hin?«

»Ich werde Joanne suchen. Hoffentlich ist ihr nichts passiert. Ich mache mir große Sorgen.«

»Dann bleibt mir nur, Ihnen viel Glück zu wünschen.«

Adèle schloss die Tür und schüttelte verwirrt den Kopf. Hoffentlich konnte sie bald in die Schweiz abreisen. Diese Stadt machte sie noch verrückt!

Kapitel Dreizehn

Jean-Paul kannte die Straßen von Paris zwar nicht so gut wie Jacques Tissot, aber in jedem Fall besser als Joanne. Er wusste, wie er auf dem kürzesten Weg zur Place de la Bastille kam. Die größte Schwierigkeit bestand darin, die militärischen Absperrungen zu umgehen, die an allen großen Straßen errichtet worden waren, um den Zugang zu den unruhigen östlichen Stadtteilen zu blockieren. Die provisorische Regierung setzte alles daran, die Rebellion niederzuschlagen; nicht noch einmal sollte das Volk einen so leichten Sieg erringen wie bei der Februarrevolution.

Die Arbeiter jedoch weigerten sich, die Waffen niederzulegen, solange ihre Forderungen nicht erfüllt waren. Grund für den Aufstand war die Schließung der französischen Nationalwerkstätten, die Arbeitslosen Beschäftigungsmöglichkeiten boten. Nicht nur, dass die Nationalwerkstätten auch nach drei Monaten die herrschende Arbeitslosigkeit nicht mindern konnten – im Bürgertum zeigten sich auch Widerstände, das Proletariat zu finanzieren.

Die lange Junidämmerung wurde allmählich zur schwülen Nacht. Jean-Paul sah, wie Menschen Pflastersteine aus den Straßen rissen, um Barrikaden zu errichten. Im unsteten Licht flackernder Fackeln nahm er schattenhafte Gestalten wahr, die geschäftig wie Ameisen durch finstere Gassen hasteten. Aus einigen Fenstern starrten Musketenläufe. Mancherorts war der Rauch so dicht, dass Jean-Paul Mühe hatte, den richtigen Weg zu finden. Mit einem vor Mund und Nase gepressten Taschentuch und tränenden Augen setzte er seinen Weg fort.

Die Place de la Bastille war vollständig abgeriegelt. Jean-Paul traf auf eine Gruppe Soldaten, die vor einer haushohen, von den Aufständischen errichteten Barrikade Karten spielte.

»Na, verlaufen?«, fragte einer der Uniformierten spöttisch angesichts des sichtlich aus vornehmen Kreisen stammenden Grafen. »Zur Oper geht es da drüben!«

»Ich bin durchaus in der Lage, meinen Weg zu finden. Lediglich der Zugang scheint problematisch zu sein.«

»Wo wollen Sie denn hin?«

»Zur Place de la Bastille.«

»Genau wie wir«, antwortete der Soldat. Seine Kameraden lachten.

»Warum tut ihr Soldaten nicht die Arbeit, für die ihr bezahlt werdet?«, fragte Jean-Paul verärgert.

»Das hier ist nicht unser Krieg, werter Herr«, erklärte ein anderer Soldat und paffte eine teure Zigarre, dessen Herkunft unklar war. »Wir haben nichts gegen die armen Kerle, die um das schiere Überleben kämpfen. Wir sitzen doch alle im gleichen Boot! Wenn ein Paar Kinderschuhe mehr kostet, als Sie in der ganzen Woche verdienen, und Sie haben zehn Kinder – was würden Sie tun?«

»Weniger Kinder machen!«, ertönte eine amüsierte Stimme aus der Dunkelheit.

»Quatsch, Kumpel! Hören Sie, Sie vornehmer Herr, erklären Sie den Bonzen an der Regierung, dass wir alle Kinder haben und dass es keinen Spaß macht, sie im Winter barfuß und hungrig zu sehen. Ich habe mich nur wegen des Lohns zu den Soldaten gemeldet. Es ist ein Scheißjob, weil es bedeuten kann, dass ich vielleicht jemanden erschießen muss, der nichts anderes will als ich. Nein, Mann, meine Sympathien sind bei denen da drüben.« Er zeigte auf die Barrikade. »Bei den armen Schluckern, die für ihre Frauen und Kinder kämpfen.«

»Und das ist nicht der einzige Grund«, fügte ein anderer Soldat hinzu. »Der Hunger allein ist schon schlimm genug. Aber jetzt hat die Regierung auch noch die Nationalwerkstätten geschlossen und stellt die Betroffenen vor die Wahl, entweder Algerien zu kolonisieren oder die Sümpfe in der Sologne trockenzulegen. Aber das ist keine Arbeit, das ist ausgemachte Scheiße!« Er spuckte auf den Boden. *»Sale bourgeoisie!«*

Eine weitere Stimme drang aus dem Dunkel. »Hören Sie, Monsieur, wir haben keine Ahnung, was Sie wollen, und es interessiert uns auch nicht. Aber wenn Sie nicht bald verschwinden, könnte Ihr hübscher Mantel gleich ein paar Löcher haben.«

Jean-Paul hielt es für klüger, der Aufforderung Folge zu leisten.

»Ihr Aristokraten seid doch die Schlimmsten von allen«, tönte es hinter ihm her. »Ihr würdet doch für ein paar Sous eure eigene Mutter verkaufen, um schneller an euer Erbe zu kommen.«

Er bog in eine finstere Gasse ein. Mit wachsendem Unbehagen wurde ihm klar, dass das Land an der Schwelle zum Bürgerkrieg stand – ein Klassenkampf, der kaum noch aufzuhalten war.

Alle diese Menschen waren Franzosen, und trotzdem kämpften Proletarier gegen Bürgerliche, Arme gegen Reiche. Aber worum genau ging es dabei? Um ein Paar Schuhe? Einen Laib Brot? Oder um ein Stück vom großen Kuchen? Wo waren die viel besungene Freiheit, Gleichheit und Brüderlichkeit geblieben? Was war aus den Idealen der Gerechtigkeit und der gleichen Rechte für Frauen und Männer geworden?

Ging es jetzt nur noch um das Überleben der Stärksten? Derer, die den Finger am Abzug hatten? Derer, die im Namen der Demokratie die schlimmsten Verbrechen begingen? Jeder Einzelne hier liebte seine Heimat Frankreich, und doch konnte niemand die brennenden Fragen beantworten.

Lautes Wehklagen und das Schreien von Verwundeten zeigten Jean-Paul, dass er sich der Kampfzone näherte. In der Seitenstraße, durch die er ging, waren die Gefechte bereits vorüber. Die Soldatenameisen hatten die Arbeiterameisen besiegt. Übrig geblieben waren nur Tote und Verwundete.

Der zwischen den Häusern stehende Rauch roch nach Schwefel. Menschen liefen mit qualmenden Fackeln durch die Gassen und versuchten, die Toten zu identifizieren. Ein altes Weib drückte sich an Mauern entlang und nahm den Leichen ihre letzte, ohnehin wenig wertvolle Habe ab: hier eine billige Uhr, dort einen Ehering.

Mein Gott – waren das wirklich seine Stadt, sein Volk, sein Land? Jean-Pauls Angst um Joannes Sicherheit wuchs. Er betete, dass sie vielleicht längst heil und gesund in die Rue Royale zurückgekehrt war. Nicht auszudenken, welche Folgen ihre verrückte Idee, den Arzt ihres Vaters ausgerechnet in diesem Teil von Paris zu suchen, für sie haben könnte!

Weiter die Straße hinunter schien ein Handgemenge zu entstehen. Ein stämmiger Jugendlicher schwang wild entschlossen eine Keule über seinem Kopf. Er beschützte eine Frau, die hilflos neben ihm stand, vor einer Bande junger Nichtsnutze, die mit Stöcken, Messern und scharfen Glasscherben bewaffnet auf ihre Opfer einzudringen versuchten. Die Frau war ein hübsches junges Ding, die von ihrem gedungenen Sklaven verteidigt wurde. Die Frau war …

»Nein! Nein!«, schrie Jean-Paul und warf sich, ohne nachzudenken, ins Kampfgetümmel. Die Jugendlichen, eine

Horde Trittbrettfahrer, die ihre Aggressionen auf Kosten der für ihre gerechte Sache kämpfenden Arbeiter auslebten, ließen sofort von ihrer Beute ab. Zu groß war Jean-Pauls Vorteil; der Graf besaß eine geladene Waffe.

Joanne klaubte verwirrt ihre Haube aus der Gosse. Jacques Tissot ließ seine Keule sinken.

»Wie gut, dass ich zufällig vorbeikam, Miss Byngham«, sagte Jean-Paul mit nervösem Lachen.

Völlig aufgelöst ließ sich Joanne in seine Arme sinken. »Oh Jean-Paul! Sie können sich nicht vorstellen, wie froh ich bin, Sie zu sehen.«

»Und ich erst! Liebste Joanne, Sie kommen ja vielleicht auf verrückte Ideen!« Er hielt sie fest an sich gedrückt, bis sich ihr stoßweise gehender Atem einigermaßen beruhigt hatte. Sie genoss seine Nähe, von der sie schon so lange träumte.

In der innigen Umarmung spürte Jean-Paul, wie sich seine Gefühle für Joanne langsam wandelten. Aus der ursprünglich sehr körperlichen Anziehung, die er bei jedem Treffen zu bekämpfen versucht hatte, wurde ein zärtlicher Beschützerinstinkt, der sich nicht allein darauf beschränkte, die junge, noch sehr verletzbare Tochter eines guten Freundes zu schützen, sondern der auch ein sanftes Begehren nach der geliebten Person beinhaltete.

Jean-Paul fühlte sich von seiner uneigennützigen Zärtlichkeit geradezu überwältigt. Die Leidenschaft für eine schöne Frau – eine Empfindung, der er seit Amélies Tod eigentlich immer nachgegeben hatte – wurde zum stetigen Feuer einer zuverlässigen Liebe. Plötzlich wurde ihm klar, dass er seine Zukunft mit dieser jungen Frau gestalten wollte. Ja, er würde sich mit ihr verloben. So konnte er auch den guten englischen Arzt, den er insgeheim immer als Nebenbuhler betrachtet hatte, in die Schranken weisen.

Jean-Paul suchte Joannes Lippen. Er küsste sie, sanft und vorsichtig zunächst, doch dann immer wilder und heißblütiger. Sie war die Frau, die er begehrte, die Frau, deren mädchenhafte Liebe er in ungestüme Leidenschaft verwandeln wollte.

»Joanne, je t'aime. Viens avec moi à St-Clair, ma chérie.«

Seine Arme schützten sie vor der derben Welt. Ihre Körper umschlangen einander wie ein einziger Leib. Sie standen im Eingang eines heruntergekommenen Hauses und vergaßen die Wirklichkeit um sich herum. Joannes Herz jauchzte. Endlich hatte sie ihn für sich gewonnen. Sie war am Ziel ihrer Träume. »Ich liebe dich auch, Jean-Paul. Und ich gehe mit dir, wohin du willst.« Ihr war egal, wer sie hören konnte. Am liebsten hätte sie ihre Liebe in die ganze Welt hinausgerufen.

Jean-Paul küsste sie auf das rauchige, aufgelöste Haar. »Heirate mich, Joanne. Werde meine Frau und eine gute Mutter für meine kleine Lise.«

»Ja, Jean-Paul. Ich hatte schon Angst ...«

»Wovor hattest du Angst, meine Liebste?«

»Dass du mich niemals fragen würdest. Ich fürchtete, dass du in mir nur ein viel zu junges Mädchen sehen könntest ...«

»Ach, Liebste, was redest du nur für einen Unsinn!« Er hielt sie ein Stück von sich fort und lächelte in ihre seltsamen Raubtieraugen. »In deiner Nähe habe ich mich plötzlich wieder jung und begehrenswert gefühlt, obwohl ich es nicht bin. Ich bin Witwer, doppelt so alt wie du und habe eine kleine Tochter und eine alte Mutter ...«

»Pst!« Joanne legte einen Finger auf Jean-Pauls schön geschwungene Lippen. »Nicht weitersprechen, Jean-Paul. Mein Vater ist ebenfalls Witwer mit einer Tochter.«

»Genau das meine ich ja.«

»Ich weiß doch, dass du nur deswegen bisher noch nicht um

meine Hand angehalten hast. Du hast eine Zurückweisung gefürchtet.«

»Ich hatte Angst, mich zum Narren zu machen.«

Nun war es Joanne, die in die Dunkelheit lächelte.

Nur langsam kehrten der Graf und das junge Mädchen in die Wirklichkeit um sie herum zurück. Widerstrebend lösten sie sich voneinander. Der junge Tissot mit seiner Keule war zur nächsten Barrikade weitergegangen. Joanne besann sich, warum sie hergekommen war. »Wir müssen erst Papa um Erlaubnis fragen«, erklärte sie vernünftig.

»Natürlich. Anders würde ich niemals vorgehen.«

»Aber dazu muss er zunächst einmal gesund werden. Und aus diesem Grund müssen wir Doktor Wainwright finden.«

»Ach, meine arme Liebste, du hast so viele Sorgen. Und ich kann sie dir nicht abnehmen, denn ich verstehe, dass du deinem kranken Vater verpflichtet bist.«

»Nun, auch du schuldest deiner Tochter und deiner Mutter eine Verantwortung. Ganz zu schweigen von deinen anderen Verpflichtungen.«

»Welche anderen Verpflichtungen, kleine Joanne?«, fragte er zärtlich.

»Nun, die, mit denen auch mein Vater zu tun hat.«

»Und die wären?«

»Ich weiß es nicht. Für mich bedeuten sie nur Geheimniskrämerei, Lügen und Gefahr. Und damit hast auch du zu tun.«

Er lachte leise. »Ab jetzt gehörst du ebenfalls zu meinen Verpflichtungen, und daher musst du zu deiner langen Negativliste hinsichtlich meiner Person auch noch die Diskretion hinzufügen.«

»Ich sehe es nicht als negativ, Jean-Paul. Höchstens verwirrend und ein wenig beunruhigend. Und jetzt hilf mir bitte,

Doktor Wainwright zu finden. Er muss sich irgendwo hier auf der Place de la Bastille aufhalten.«

Er nahm ihr rauchgeschwärztes Gesicht sanft in beide Hände. »Und warum?«

»Er ist hier, um den Studenten ins Gewissen zu reden.«

»Nein – warum muss es unbedingt Nicholas Wainwright sein? Es gibt eine Menge anderer fähiger Ärzte.«

»Weil er meinen Vater genau kennt. Ich habe solche Angst, dass Papa stirbt.«

»Könnte es sein, dass du auch ein bisschen in den guten englischen Arzt verliebt bist?«, neckte er sie.

»Um Himmels willen, nein!«, fuhr sie auf.

»Dafür glaube ich, dass er in dich verliebt ist – und zwar mehr als nur ein bisschen.«

Joannes heftige Ablehnung wollte nicht recht zu ihrem tiefen Vertrauen in die Fähigkeit des jungen Arztes passen. »Ich fürchte, dass Papa stirbt, wenn Doktor Wainwright ihn nicht behandelt.«

»Du hältst wirklich ausgesprochen große Stücke auf diesen Arzt, Joanne. Ist er dir mehr wert als ich?«

»Nein, natürlich nicht.«

»Und trotzdem willst du dein Leben riskieren und mitten in einem mörderischen Aufstand nach ihm suchen?«

»Ich würde wirklich alles tun, um meinen geliebten Vater zu retten, Jean-Paul. Schließlich ist er alles, was mir geblieben ist. Abgesehen von dir natürlich«, fügte sie hastig hinzu.

»Glaubst du, ich möchte erleben, wie du vor meinen Augen erschossen wirst? Komm, Liebste, lass uns in die Rue Royale zurückkehren.« Er legte seinen Arm um ihre Schultern und führte sie fort von den Barrikaden. »Ich habe eben mit Wainwrights Mutter gesprochen. Sobald wir zurück sind, werde ich nach meinem eigenen Leibarzt schicken. Er ist ein wirklich fähiger Mann, verfügt über die höchsten Qualifikationen und kann deinem Vater sicher helfen.«

Die Eifersucht, die Jean-Paul an den Tag legte, berührte Joanne mehr, als sie zugeben mochte. Trotz seines Antrags war sie sich der Empfindungen des Grafen weniger sicher als der Gefühle Nicholas Wainwrights. Im Herzen des jungen Arztes konnte sie lesen wie in einem offenen Buch, Jean-Paul hingegen erschien ihr nach wie vor ein wenig undurchschaubar.

Zögerlich folgte sie ihm, als er abbog, um auf dem kürzesten Weg zurück in die Rue Royale zu kehren. Jacques war nirgends zu sehen, und Joanne vertraute darauf, dass er sich mithilfe seiner Schlitzohrigkeit den Weg nach Hause bahnen würde. Bald erreichten sie ein ruhigeres Gebiet, dennoch hatte man auch hier Barrikaden errichtet. »Stehen bleiben!«, ertönte plötzlich ein Kommando.

»Was wollen Sie?«, fragte Jean-Paul unwirsch.

Im flackernden Licht einer Teerfackel starrten Gaston Cabet und der Graf einander an. Zwei Welten standen sich gegenüber. Es dauerte nur Sekunden, aber es kam ihnen vor wie ein ganzes Leben.

»Durchlassen!«, bellte Cabet.

Die Schranke hob sich und gestattete Joanne und Jean-Paul den Durchgang in ein Viertel, in dem kein Krieg herrschte.

»Weißt du, wer das war?«, erkundigte sich Joanne.

»Ich habe den Kerl noch nie im Leben gesehen.«

»Aber er schien dich zu kennen.«

»Nun, mich kennt eben jeder«, grinste er und küsste sie auf die Wange.

Nach einiger Zeit erreichten sie die Kathedrale Notre-Dame.

»Liebst du mich, Jean-Paul? Von ganzem Herzen?«, fragte Joanne angesichts der Ehrfurcht gebietenden Kirche. »Bitte sag mir, dass es wirklich und wahrhaftig stimmt.«

»Aber natürlich, meine kleine, liebste Joanne. Warum fragst du? Hätte ich dich gebeten, meine Frau zu werden, wenn ich dich nicht tief und ehrlich lieben würde? Ich habe dich von dem Augenblick an geliebt, als ich bei Hélène zum ersten Mal deiner ansichtig wurde. Ich würde alles für dich tun – das musst du mir glauben, Joanne.«

War es nicht kaum eine Stunde her, dass er für sie sein Leben aufs Spiel gesetzt hatte?

»Zunächst war ich mir unsicher wegen des großen Altersunterschieds«, fuhr er fort. »Ich hatte das Gefühl, dich und deine Unschuld beschützen zu müssen, wie ich es auch bei meiner Tochter täte, wenn sie in die Hände eines mir ähnlichen Verehrers geriete. Ehrlich gesagt könnte ich deinem Vater nicht verübeln, wenn er uns die Zustimmung zur Hochzeit verweigerte.«

»Warum sagst du das jetzt? Natürlich gibt er uns seinen Segen. Er hätte es schon früher getan, wenn du ihn früher gefragt hättest. Er hält große Stücke auf dich.«

»Du bist noch sehr jung, Liebste«, sagte Jean-Paul und nahm ihre Hände fest in seine. »Mir ist wichtig, dass du sehr genau und mit kühlem Kopf über den Schritt nachdenkst, den du so bereitwillig tun willst. Du würdest dich für den Rest deines Lebens verpflichten, bei mir zu bleiben.«

»Was willst du mir damit sagen?«

»Nichts Besonderes. Ich wünsche mir nur, dass du dir absolut darüber im Klaren bist, was es bedeutet, mit mir, meiner Tochter und meiner Mutter zusammenzuleben. Es wird keine leichte Aufgabe sein, als Herrin über ein Schloss am Ende der Welt zu herrschen.«

»Aber bestimmt ist es sehr romantisch.« Joanne fiel Jean-Paul um den Hals und legte ihren Kopf an seine Schulter. »Ich liebe dich von ganzem Herzen, Jean-Paul, und das weißt du auch.«

»Ja, das weiß ich. Und ich liebe dich ebenso, meine Süße.«

»Dann darfst du mich aber nie als selbstverständlich abtun.«

»Das habe ich auch nicht vor. Aber für dich ist es die erste große Liebe.«

»Ich weiß, was ich meinem Herzen zumuten kann, Jean-Paul. Ich weiß aber auch, dass Leute wie Madame Le Fèvre und Madame Wainwright nicht an die Liebe auf den ersten Blick glauben. Ich verspreche dir – dessen kannst du ganz sicher sein –, dass ich meiner Verpflichtung dir, deiner Mutter und deiner Tochter gegenüber immer nachkommen werde. Ich bin mir durchaus bewusst, was ich auf mich genommen habe, als ich deinen Antrag annahm.«

»Ich liebe dich, Joanne, das musst du mir glauben. Aber dein Vater ist sehr krank. Du bist nur in Begleitung eines Jungen allein hinaus auf die Straße gegangen, um einen gewissen Arzt zu suchen, den du anscheinend wie Jesus verehrst …«

»Bitte keine Gotteslästerung, Jean-Paul.«

»Ich möchte nur vermeiden, dass du es eines Tages bereust, mich geheiratet zu haben und nicht Nicholas Wainwright.«

»Ich vertraue lediglich auf Doktor Wainwrights Können. Er ist ein ausgezeichneter Arzt, den ich jedoch nicht liebe und nie geliebt habe. Ihn respektiere ich, dich aber liebe ich und möchte dich heiraten.«

»Entschuldige, Liebste.« Er beugte sich über ihre schmale, blasse, etwas schmutzige Hand. Nein, diese junge Frau war nicht zerbrechlich – im Gegenteil. Sie wirkte unerschütterlich und sehr vernünftig. Eine Wohltat in der verlorenen Welt des Grafen, einer Welt, von der Joanne nichts wusste. »Joanne, ich wollte weder deinen noch den Entscheidungen deines Vaters vorgreifen. Ich wollte nur wissen, was in deinem Herzen vorgeht. Wie ich empfinde, das habe ich, glaube ich, gleich am ersten Abend sehr deutlich gemacht.«

»Liebe auf den ersten Blick, Jean-Paul?«

»*Mais oui, ma chérie!* Nach jenem schicksalhaften Abend, an dem dein Vater und ich uns dem König von Frankreich widmen mussten, habe ich sofort zu Hause bei meiner Mutter und meiner Tochter alles Notwendige für dein Eintreffen vorbereitet. Wie kannst du nur so viele dumme Fragen stellen? Ich habe längst bewiesen, dass ich mich dir verpflichtet fühle.«

»Ebenso wie deiner Mutter, deiner Tochter und deinem Anwesen. Bedeutet das, dass ich dich in Zukunft nur zu einem Viertel besitzen werde?«

Ihre direkte Frage alarmierte ihn. »Du tust mir Unrecht, Liebste.«

Erneut legte Joanne ihren Kopf an seine warme, starke Schulter. Es tat gut, seine festen Hände zu spüren. Dennoch musste sie eine Frage stellen, die andeutete, dass sie sich seiner Liebe noch immer nicht ganz sicher war. »Du konntest fünf Jahre lang zwischen den schönsten und reichsten Frauen von Paris wählen. Warum hast du dich ausgerechnet für mich entschieden, Jean-Paul?«

»Würdest du auch wissen wollen, warum die Sterne in einem völlig schwarzen Universum so wunderbar hell strahlen? Du bist der helle Stern in meinem Universum. Ich habe viele Frauen getroffen, doch keine von ihnen konnte dir das Wasser reichen. Ich will keine andere – nur dich! Und wenn mein Freund David mir deine Hand überlässt, macht er mich damit zum glücklichsten Mann der Welt. Ich werde stolz sein, dich zur Frau zu bekommen, und ich weiß, dass du auch meiner Tochter Lise deine Liebe schenken wirst – eine Liebe, die sie sicher erwidert.«

»Wenn ich mich auf eine solche Verpflichtung einlassen soll, brauche ich auch ein paar Sicherheiten, Jean-Paul.«

»Welche Art von Sicherheit, Liebste?«

»Du musst mir schwören, dass du nichts mit Barbirets Tod zu tun hast. Und dass du nicht so geldgierig bist wie Gaston Cabet und seine Gefolgsmänner von *L'Épée Rouge*.«

Wie vom Donner gerührt blieb Jean-Paul stehen. Seine Hände ließen von Joanne ab, und seine eben noch liebessanften Augen wurden kalt wie Marmorkugeln.

»Was weißt du über *L'Épée Rouge?*«

Die plötzliche Veränderung machte Joanne Angst. Jean-Paul benahm sich, als hätte sie einen empfindlichen Nerv getroffen. »Nur das, was ich über meinen Vater erfahren habe. Mehr brauchst du eigentlich nicht zu wissen.«

Der Graf legte den Kopf in den Nacken und begann zu lachen. Mit so viel Dreistigkeit und Unverschämtheit hatte er nicht gerechnet. Wieder und wieder küsste er das junge Mädchen. Sie war einfach köstlich!

Jacques war froh, seiner Aufgabe enthoben zu sein. Auf dem Heimweg lief er dem Gewerkschaftsführer über den Weg, der ihn am Ohrläppchen packte. »Wohin ist unser Liebespaar verschwunden?«, erkundigte sich Gaston Cabet.

Jacques wusste sehr genau, dass es ein Risiko war, in die Hände von *L'Épée Rouge* zu fallen. Und so antwortete er das Erste, was ihm in den Sinn kam. »Sie sind dabei, heimlich in Notre-Dame zu heiraten.«

Gaston ließ ihn los. Erleichtert rannte der Junge den ganzen Weg bis nach Hause, wo er von seinem Vater mit einer von Herzen kommenden Kopfnuss empfangen wurde.

An diesem Abend vertraute sich Joanne ihrem Tagebuch an.

24. Juni 1848

Heute Abend hat er mich geküsst, nachdem er sich auf die Suche nach mir gemacht und mich in einer finsteren Gasse gefunden hat. Später küsste er mich noch viele Male, und zwar nicht nur auf die Stirn, sondern leidenschaftlich und sehr erwachsen. Alles war, wie ich es mir erträumt hatte. Ich lag in seinen starken Armen und genoss seine fordernden, männlichen Lippen. Als es endlich geschah, war ich nicht auf die Gefühle vorbereitet, die seine Küsse in mir hervorriefen. Und noch etwas ist geschehen: Jean-Paul hat mich gebeten, seine Frau zu werden. Kann das Leben schöner sein?

Kapitel Vierzehn

Doktor Nicholas Wainwright hielt sich mit einer Gruppe Studenten von der Sorbonne und der École Polytechnique im Osten der Stadt auf. Er hatte auf die Möglichkeit von Verhandlungen gehofft, doch weder die Aufständischen noch die Behörden waren an Gesprächen interessiert.

Nicky stand auf der Place de la Bastille und hörte einem befreundeten jungen Theologen namens Simon Gué zu, der sich an die aufgebrachte Menschenmenge wandte. »Leute, mit Gewalt erreicht ihr nichts! Hört endlich auf, eure Mitmenschen zu töten! Gewalt ist keine Lösung! Gewalt erzeugt nur weitere Gewalt. Legt die Waffen nieder! Lasst uns mit der Gegenseite verhandeln ...«

In diesem Augenblick peitschte ein Schuss aus dem Hinterhalt und traf den jungen Geistlichen. Er war auf der Stelle tot. Nicholas stand wie versteinert an seiner Seite. Selbst wenn er seinen Freund Simon hätte retten können, wäre er unfähig gewesen, auch nur einen Finger zu rühren. Die Stimmung kippte sofort. Binnen kürzester Zeit war nicht mehr festzustellen, wer gegen wen kämpfte. Als schließlich das Militär erschien, war es längst zu spät, noch auf eine verhandelbare Lösung zu hoffen.

Nicholas wurde in den Arm getroffen und verlor viel Blut. Trotz seiner schweren Verletzung schleppte er sich am folgenden Tag zu einem Gedenkgottesdienst für den im Namen von Freiheit, Gleichheit und Brüderlichkeit erschossenen Simon Gué.

»Vater, vergib ihnen, denn sie wissen nicht, was sie tun«, betete er. Dann verlor er das Bewusstsein.

Er erwachte in dem Krankenhaus, in dem er sonst zu arbeiten pflegte. Dieses Mal jedoch waren die Seiten vertauscht; Nicholas lag im Bett und hatte eine Transfusionsnadel im Arm.

»Wo bin ich?«, krächzte er.

»Im Krankenhaus, junger Mann«, sagte eine Krankenschwester.

Entsetzt richtete er sich auf. Das ging doch nicht! Seine Praxis! Seine Patienten! Und Joanne! Mühsam versuchte er aufzustehen. Ihm wurde schlecht. Sein Herz raste, und er bekam kaum noch Luft. Das Letzte, was er hörte, war die Stimme der Schwester: »Ich mache mir Sorgen um Ihre Augen ...« Dann sank er wieder in sich zusammen.

Erst Tage später kam er wieder zu Bewusstsein. Als er die Augen aufschlug, lag er in seinem eigenen Bett und blickte in das Gesicht seiner Mutter. »Ich dachte, du bist in Kirschbach«, murmelte er.

»Gut, dass ich meine Abreise verschoben hatte!« Adèle fuhr fort, seine noch heiße Stirn mit feuchten Kompressen zu kühlen. »Es war das Blut, Nicky.«

»Welches Blut?«, erkundigte er sich verwirrt.

»Mir wäre wohler, wenn ihr Mediziner nicht mit Dingen herumexperimentieren würdet, die einzig in Gottes Hand liegen.«

»Aber wir versuchen doch nur zu helfen, Mutter.«

»Sei jetzt still, Nicky«, sagte Adèle streng. »Zumindest weiß ich, dass du auf dem Weg der Besserung bist, sonst würdest du nicht so viel reden.« Sie drückte ihrem Sohn einen Kuss auf die feuchte Stirn.

Nicholas schlief ein. Im Traum befand er sich in einer gebirgigen Gegend und trug eine seltsame Uniform. Um ihn herum herrschte Krieg. Als alles verloren schien, tauchte plötzlich eine strahlende Erscheinung auf, erklärte, sie sei die Jungfrau Maria und würde den Erlöser der Welt gebären ...

»Joanne!« Nicholas schreckte auf.

Adèle saß am Fußende seinen Bettes und las.

»Mutter«, flüsterte der junge Arzt, »ich dachte, du bist in der Schweiz.«

»Diesen Gedanken hast du schon vor einigen Stunden ausgesprochen, mein Liebling, und ich habe dir darauf geantwortet, dass sich meine Planung ein wenig geändert hat. Aber solange du noch nicht ganz genesen bist, solltest du den Mund halten und zu schlafen versuchen.«

»Hast du Joanne gesehen?«

»Ja, natürlich.«

»Kürzlich erst?«

»Liebling, ich muss dir etwas sagen ...«

»Mutter, ich habe von ihr geträumt. Du weißt, dass ich sie liebe, nicht wahr?«

»Sagen wir, ich habe es mir gedacht.«

»Ich will sie bitten, meine Frau zu werden.«

»Natürlich, mein Junge. Trotzdem solltest du gut über einen solchen Schritt nachdenken und keinen voreiligen Entschluss fassen. Sie scheint nämlich in einen anderen verliebt zu sein.«

»Ich weiß. In den Grafen von Villacroix. Aber Mutter, das ist sicher nur eine Jungmädchenschwärmerei. Er ist ein gut aussehender Mann und trägt einen klangvollen Titel. Aber sobald sie zwischen Liebe und Verliebtheit unterscheiden kann, wird sie ihn schnell vergessen. Es macht mir nichts aus zu warten, bis sie älter und etwas reifer geworden ist.«

»Wie viel älter muss sie deiner Ansicht nach noch werden, Nicky?«

»Nun, irgendwann wird ihr sicher klar, dass er zwanzig

Jahre älter ist als sie, einen Ruf als Wüstling und Weiberheld hat und seine kleine Tochter und die alte Mutter unterstützen muss.«

»Weißt du was? Diese Grübelei über Joanne tut dir nicht gut. Versuche lieber, noch ein wenig zu schlafen.«

»Irgendwann ... irgendwann wird sie mein ...«, murmelte er, sank in seine Kissen zurück und schlief zur großen Erleichterung seiner Mutter wieder ein.

Mitten in der Nacht wachte er erneut auf. »Mutter? Ich habe einen Bärenhunger. Am liebsten äße ich jetzt eine deiner berühmten Fischpasteten.«

»Wo soll ich denn um diese Zeit Fisch herbekommen, Nicky?«

»Da hast du natürlich recht.«

»Ich habe Eiercreme da. Die ist gesund und tut dir gut.«

»Du weißt doch, dass ich die meisten Dinge, die gut für mich wären, nicht besonders mag.«

»Das ist mir im Lauf der Jahre nicht entgangen, mein Sohn.«

»Entschuldige.«

»Ach was! Was ist nun mit der Eiercreme?«

»Zunächst einmal hätte ich gern ein großes Glas Wasser. Ich fühle mich wie ausgetrocknet.«

Nachdem er getrunken hatte, schlief Nicky wieder ein. Am nächsten Morgen fühlte er sich deutlich kräftiger. Adèle wusste, dass sie ihm früher oder später reinen Wein einschenken musste. »Nicky, ich habe leider ein paar nicht sehr angenehme Neuigkeiten für dich.«

»Ach, *Maman*, ich weiß. Simon Gué! Ich war dabei, als er starb.«

»Es tut mir aufrichtig leid, mein Sohn. Aber da gibt es noch etwas anderes. In jener schrecklichen Nacht hat man verzweifelt nach dir gesucht. Du hättest Joannes Vater behandeln sollen.«

Er starrte sie entsetzt an.

»Ach, mein Liebling! Joanne kam in die Praxis, um dich zu holen, fand aber nur mich vor. Kurz darauf tauchte auch noch Jean-Paul auf, der wiederum nach Joanne suchte.«

»Mein Gott!«, schrie Nicholas auf. »Doch nicht etwa auch ... Joanne?«

»Nein, keine Sorge. Joanne geht es gut. Ich spreche von ihrem Vater. Er ist entweder gefallen oder hat einen Schlag auf den Kopf erhalten. Joanne hat überall nach dir gesucht. Später hat Jean-Paul seinen Leibarzt rufen lassen, der David schließlich behandelte. Tja, und dann wurdest du angeschossen, und ich beschloss, fürs Erste noch in der Stadt zu bleiben.«

»Danke, Mutter.« Er blickte geistesabwesend vor sich hin. Seine Gedanken drehten sich ausschließlich um Simon Gué. »Ich konnte ihn nicht retten ... Er hat so schrecklich geblutet ...«

»Ich weiß, dass du dein Bestes getan hast, Nicholas. Übrigens hat auch Barbiret diese schreckliche Nacht nicht überlebt.«

»Antoine? Was ist passiert?«

Adèle spielte auf Zeit. »Nicky, erinnerst du dich, dass du gestern unbedingt Fischpastete wolltest? Ich habe es fertiggebracht, über Hélènes Koch frischen Fisch zu besorgen. Hast du vielleicht Lust auf Forelle?«

»Sicher. Ich habe großen Hunger.«

Ein gutes Zeichen, dachte Adèle. Sie ließ die Zeitungen der letzten Woche auf dem Bett ihres Sohnes liegen und ging in die Küche. Kaum hatte sie das Zimmer verlassen, als Nicholas auch schon nach der Zeitung griff, auf der in großen Lettern die Titelzeile prangte:

»Bekannter Künstler wird Opfer eines Mordanschlags«. »Antoine Barbiret«, so berichtete das Blatt, *»der weit über die Grenzen der Stadt hinaus berühmte, von vielen als exzentrisch bezeichnete Künstler, wurde von einem bisher unbekannten Angreifer aus dem Fenster der Wohnung von Sir David Byngham in der Rue Royale gestoßen. Die Polizei hat die Ermittlungen aufgenommen. Vermutlich hat sich der Unbekannte mit Gewalt Zugang zu Sir Bynghams Wohnung verschafft und dabei dem Wohnungsinhaber einen tödlichen Stoß versetzt. Anschließend kam es offenbar zum Kampf um eine größere Geldsumme – möglicherweise die Bezahlung für ein Porträt der Tochter Sir Bynghams. Nachdem der noch unbekannte Verdächtige sich in den Besitz besagten Geldes gebracht hatte, stieß er den Künstler aus dem Fenster. Im Zusammenhang mit der Bluttat sucht die Polizei nach einem Mann mit einer auffälligen Gesichtsnarbe ...«*

Nicholas warf die Zeitung beiseite und zog sich an.

»Was hast du vor?«, erkundigte sich seine Mutter, die mit einem Glas Wasser das Zimmer betrat. »Nicht so vorschnell, mein Junge! Hier ist ein Brief für dich.«

Der Brief war erst am Morgen eingetroffen. Adèle Wainwright wusste, dass er von Joanne kam, und erahnte seinen Inhalt.

Nicholas setzte sich aufs Bett und riss den Umschlag auf.

»Lieber Doktor Wainwright,

ich werde in den nächsten Tagen nach England zurückkehren, um später auf unseren Landsitz in Irland weiterzureisen. Die politischen Verhältnisse in Frankreich gestatten es mir nicht länger, in diesem Land zu bleiben.

Nach dem brutalen Überfall auf unsere Wohnung in der Rue Royale hat mein Vater das Bewusstsein nicht wiedererlangt, ehe er zwei Tage später starb. Ich werde seine sterblichen

Überreste in sein geliebtes Irland überführen und dort begraben lassen.

Aus tiefstem Herzen möchte ich Ihnen für alles danken, was Sie während unseres Aufenthalts in Paris für uns getan haben.

Hochachtungsvoll

Josephine-Anne Byngham«

Um Nicholas herum schien die Welt stehen zu bleiben. Mit Tränen in den Augen saß er da und starrte den Brief an, bis die Zeilen vor seinen Augen verschwammen. Wie aus weiter Ferne drang die Stimme seiner Mutter an sein Ohr.

»Nicht den Kopf hängen lassen, Nicky. Zur Liebe gehört nun einmal viel Mut.«

»Ich weiß, Mutter.«

»Mir geht der Tod von Joannes Vater ebenfalls nahe. Er war ein wunderbarer Mann.«

»Warst du in ihn verliebt?«, fragte Nicky leise.

»Ich glaube schon.« Nachdenklich blickte sie aus dem Fenster. »Ja, ich bin sicher, ich habe mich wieder in ihn verliebt.«

»Wieso wieder?«

»Oh, das alles ist schon lange her.«

»Erzähl es mir trotzdem.«

»Damals war er schon mit Joannes Mutter Jacqui zusammen. Ich fand ihn ungeheuer attraktiv, aber er hatte nur Augen für Joannes Mutter. Wir waren jung und wussten noch nicht viel von den Sorgen des Lebens. Als dein Vater und ich herausfanden, dass wir nicht zueinanderpassten, drehte ich fast durch. Ich wollte, dass andere Männer das tun sollten, was dein Vater nicht konnte oder wollte.«

»Vielleicht kannst du mir die allzu intimen Details ersparen.«

»Ich wollte doch nur beachtet werden. Ich wollte als das gesehen werden, was ich damals war. Nicht als Muster ohne Wert, als etwas Schönes, aber Nutzloses, als Schmuck zur Uniform, aber auch als Last, als jemand, mit dem dein Vater seinen Sold teilen musste – so nämlich hat er mich damals wahrgenommen. Während der Zeit, die dein Vater in Afghanistan verbrachte, lernte ich weitaus galantere und liebenswertere Männer kennen. Trotzdem fürchtete ich jeden Tag, den er an dieser Front kämpfte, um sein Leben. Nicht zuletzt um meiner selbst willen. Seither ist viel Zeit vergangen. Sir David – damals hieß er einfach nur David – war mit Leib und Seele ein Gentleman. Ich war einsam und verzweifelt, wurde langsam älter und hatte Angst um meine Schönheit. Ich versuchte es bei ihm, allerdings ohne Erfolg. Erst nach dem Tod seiner Frau kamen wir uns wieder näher. Vielleicht hätten wir irgendwann geheiratet. Er war frei, und ich hätte nach der über fünfzehnjährigen Abwesenheit deines Vaters problemlos die Scheidung einreichen können. Aber jetzt ...« Adèle vergrub den Kopf in den Händen.

»Dann hattest du also eine ... eine Affäre mit Joannes Vater?«

Es dauerte eine Weile, bis sie nickte. »Aber erst nach Jacquis Tod. Wir wollten ...«

Nicholas hob eine Hand. »Entschuldige, dass ich gefragt habe.«

Noch nie hatte sie ihn so kalt, abweisend und pharisäerhaft erlebt. »Versuch doch, mich zu verstehen, Nicky. Ich war einsam und brauchte ...«

Wieder unterbrach er sie. »Nun fehlt bloß noch, dass Hélène Le Fèvre von der ganzen Geschichte wusste.«

»Niemand wusste etwas. Es war unser Geheimnis.«

»Bist du dessen ganz sicher?«

Adèle zögerte kurz. »Vielleicht gab es gewisse Vermutungen.«

»Wer?«, fragte Nicky kurz angebunden. »Nein, sag es nicht. Monsieur Clermont-Clary, nicht wahr?«

Sie nickte. Nicholas war entsetzt. Seine geliebte Mutter – sie hatte gelogen, betrogen und Ehebruch begangen. Er konnte es nicht fassen. Was würde dieser Tag noch alles bringen? Simon und Barbiret waren tot, Joanne ging fort, und seine Mutter, seine liebe *Maman* …

»David war nach Jacquis Tod so einsam!«

»Das ist keine Entschuldigung. Du bist nach wie vor mit meinem Vater verheiratet. Oder hast du mir in dieser Hinsicht etwas verheimlicht?«

»Bitte, Nicky, sei nicht so ärgerlich. Nein, natürlich sind wir nicht geschieden. Ich wollte keinen Anlass zu Klatsch und Tratsch bieten. Aber dein Vater hat sich nie bei uns blicken lassen.«

»Das ist beileibe keine Entschuldigung für ein derart unwürdiges Verhalten, Mutter! Und wenn Joanne es erfährt? Es würde sie am Boden zerstören.«

»Sie wird es nicht erfahren, wenn du es ihr nicht sagst.«

»Genug von alledem! Ich will nichts weiter über dein Doppelleben wissen, Mutter.« Nicholas' Stimme war kalt.

»Du solltest nicht leichtfertig über mich richten, Nicky. Manche Dinge geschehen eben einfach.«

Aber Nicky war so wütend, dass er sie verletzen wollte. Und zwar so tief wie möglich. »Bist du wenigstens sicher, dass ich wirklich der Sohn meines Vaters bin, liebste *Maman?*«, säuselte er. »Oder bin ich vielleicht Joannes Halbbruder?«

Im Blick seiner Mutter lag ein bodenloser Schmerz. »Aber Nicky! Ich habe dir doch gesagt, dass nichts zwischen uns vorgefallen ist, als Jacqui noch lebte.«

»Ehebruch findet auch im Kopf statt, Mutter. Und nun entschuldige mich, ich muss in meine Praxis. Der Appetit auf Fisch ist mir gründlich vergangen.«

»Du kannst nirgendwo hingehen, Nicky. Du bist noch nicht gesund.«

»Wer bist du, dass du mir etwas vorschreiben willst? Dieses Vorrecht hast du verwirkt. Leider warst du mir gegenüber zu ehrlich.«

Nicholas wandte sich ab und angelte nach dem Rest seiner Kleider.

Kapitel Fünfzehn

An der Endstation stieg Jean-Paul aus dem Eisenbahnwaggon. Die Fortbewegung in dem neuartigen Transportmittel unterschied sich stark von den gewohnten Reisen in behäbigen und bequemen Kutschen. Da die Strecke noch nicht weiter ausgebaut war, plante er, die Nacht in einem nahe gelegenen Gasthof zu verbringen, wo man ihn gut kannte, und sich am nächsten Morgen von seinem Stallburschen mit seinem Pferd abholen zu lassen. Gemächlich würden sie dann dem Fluss bis zum Schloss Villacroix folgen. Auf diesen Teil der Heimreise freute er sich am meisten. Er liebte es, durch die grünen Täler und saftigen Wiesen heimwärts zu reiten.

Es dämmerte bereits, als er den Innenhof des hübschen kleinen Gasthofs betrat. Der Wirtsfamilie Copier lag das Wohlbefinden ihrer Gäste sehr am Herzen. Gleich würde Jean-Paul nach der heißen, staubigen Fahrt den Luxus einer Wanne mit kühlem Lavendelwasser genießen.

Die Copiers waren an den Grafen von Villacroix und seinen manchmal recht eigenwilligen Zeitplan gewöhnt. Sie wussten, dass er in seiner Eigenschaft als landwirtschaftlicher Beauftragter und Magistrat zwischen Paris und Villacroix hin- und herzureisen pflegte, und freuten sich immer, ihn als Gast willkommen zu heißen.

Monsieur Copier stand im Hof und goss die großen Kübel, in denen bunte Blumen dufteten. Dass die neue Eisenbahnlinie von Paris im Niemandsland nahe ihrem Gasthof endete, erfüllte Monsieur und Madame Copier jeden Tag aufs Neue mit großer Genugtuung, und sie hofften, dass es noch lange so bleiben möge.

Copier ließ die Gießkanne fallen, lief auf den Grafen zu, so schnell ihn seine kurzen dicken Beine trugen, und riss ihm das Gepäck aus der Hand. »Wie schön, Sie zu sehen, *Monsieur le Comte*. Wir haben schreckliche Dinge aus Paris gehört.«

»Ist mein Zimmer bereit?«

»Wie können Sie nur eine solche Frage stellen, *Monsieur le Comte!*« Er schnalzte indigniert mit der Zunge. »Natürlich ist es bereit. Wir hatten schon gestern mit Ihnen gerechnet und sind froh, dass Ihnen nichts passiert ist. Da ist allerdings noch eine kleine Sache, *Monsieur le Comte*. Sie werden entschuldigen, aber meine Frau hat mich gebeten – es ist mir wirklich sehr unangenehm –, die noch ausstehende Rechnung vom letzten Mal zu begleichen. Die Zeiten sind für uns alle nicht leicht …«

»Ja natürlich«, sagte der Graf verärgert und wischte die fetten Finger des Wirts hastig von seinem Ärmel.

Er hasste es, über Geld zu reden. Seit seiner Kindheit war er gezwungen, jeden Sou doppelt und dreifach umzudrehen, ehe er ihn ausgab, und hatte es sich zur Gewohnheit gemacht, anfallende Rechnungen niemals sofort zu begleichen.

Im Augenblick aber sehnte er sich nur danach, endlich einmal das tun zu dürfen, was er selbst wollte. Er war daran gewöhnt, sein ganzes Leben nach den Bedürfnissen seiner alten Mutter und seiner kleinen Tochter auszurichten. Hier jedoch hatte er zumindest für einen Tag die Chance, seine eigenen Bedürfnisse auszuleben, und war nicht daran interessiert, offene Rechnungen zu diskutieren. Im frisch gewaschenen und gebügelten Bettzeug würde er endlich die Ereignisse der letzten Woche vergessen können. Er war nicht einmal hungrig, obwohl er sich vorstellen konnte, dass ihm zu späterer Stunde Madame Copiers mit Provencekräutern gewürzte Hasenpastete und ein guter Rotwein durchaus munden würden.

Mit Hingabe widmete er sich seinem lavendelduftenden Bad und dachte nach. Vor einer Woche um diese Zeit hatte er in den Straßen von Paris verzweifelt nach Joanne gesucht. Im Anschluss hatte er gemeinsam mit ihr darauf gewartet, dass Sir David aufwachen und sein Einverständnis zur geplanten Hochzeit geben würde. Joanne hätte sich nichts auf der Welt sehnlicher gewünscht, doch Gott hatte anders entschieden.

Adèle Wainwright war während der zwei Tage kaum von Sir Davids Lager gewichen, obwohl der Leibarzt des Grafen, der den Sterbenden betreute, ihr keine Hoffnungen auf Genesung machen konnte. Erst nach seinem Tod hatte sie ihren eigenen Sohn aus dem Krankenhaus zur Pflege zu sich nach Hause geholt.

Eigentlich eine schöne Art zu sterben, dachte Jean-Paul. Sir David war friedlich, sanft und offenbar ohne Schmerzen entschlafen. Doktor Wainwright war es nicht vergönnt gewesen, das von Joanne erhoffte Wunder zu vollbringen und Sir David noch einmal zu heilen; der junge Arzt lag selbst mit einer schweren Blutvergiftung darnieder.

Sir Davids Tod hatte alle tief berührt. Vor allem um Joanne hatte Jean-Paul sich große Sorgen gemacht. Schweigend, bleich und ganz in Schwarz gekleidet war sie wie ein Gespenst zwischen den Trauernden umhergeirrt. Nicht eine einzige Träne hatte sie vergossen – ebenso wenig wie Madame Hélène und Madame Adèle. Die drei Frauen, die wahrscheinlich am meisten um den Verstorbenen trauerten, hatten Haltung bewahrt und mit stoischem Gleichmut die Totenwache ertragen.

Auch Jean-Paul hatte an der Totenwache teilgenommen und Joanne danach versprochen, ihr nach England und später nach Irland zu folgen, wo ihr geliebter Vater in seiner Wahlheimat seine letzte Ruhestätte finden sollte.

Die Hochzeitsvorbereitungen mussten zunächst warten; Joanne war noch nicht volljährig, und ihr Vater hatte das Zeitliche gesegnet, ohne seine Einwilligung zu dem geplanten Schritt geben zu können. Jetzt würde Jean-Paul bei Sir Davids Schwester, Joannes Tante Hester Byngham, um ihre Hand anhalten müssen, was laut Joanne keine Probleme bereiten dürfte. Tante Hester würde ganz im Sinne ihres Bruders entscheiden.

Jean-Paul war sich dessen nicht ganz so sicher. Tante Hester erinnerte ihn nach Joannes Erzählungen in vieler Hinsicht an seine eigene Mutter. Aber wie man es auch drehte und wendete – die Beziehung stand unter einem unglücklichen Stern. Nach der Totenwache hatten er und Joanne sich mit dem Versprechen getrennt, sich so bald wie möglich entweder in England oder in Irland wiederzusehen. Joanne brauchte Zeit, um ihre Trauer zu bewältigen, und Jean-Paul musste seine Mutter und seine Tochter über seine Heiratspläne informieren.

Jean-Paul rekelte sich in seinem Lavendelbad und seufzte. Wie wohl es doch tat, Paris für einige Zeit den Rücken zu kehren und Natascha und Joanne mit Sir Davids Sarg auf dem Weg nach England zu wissen.

Während der Graf sein Bad genoss, bog eine Kutsche in voller Fahrt in den schmalen Innenhof des Gasthofs ein und riss einen Teil der gepflegten Bougainvilleen von der Mauer.

»He, was soll das?«, schimpfte Copier.

»Entschuldigen Sie, Kamerad, ich bin in Eile. Wir haben in Paris gerade vier Tage Revolution hinter uns. Ich habe hier jemanden für Sie.«

»Geht nicht! Ich bin ausgebucht und kann keine Gäste mehr aufnehmen.«

»Dann schicken Sie das Weib eben in den Stall. Sie erinnert mich ohnehin irgendwie an die Jungfrau Maria – eine Fremde ohne Mann und obendrein auch noch hochschwanger.« Er lachte abfällig und wies mit dem Daumen auf die Gestalt, die schwerfällig aus der Kutsche stieg.

Ehe Copier protestieren konnte, wendete der Kutscher sein Gefährt und verließ den Hof so schnell, wie er gekommen war.

Die Frau blieb einsam und verloren im dämmrigen Hof zurück. Sie war sehr jung, sehr bleich und wunderschön mit ihrem bronzefarbenen Haar und den Bernsteinaugen. Sie hatte nur ein Gepäckstück bei sich. Ihr Leib war hochgewölbt.

»Ich weiß, dass der Graf von Villacroix bei Ihnen abgestiegen ist«, sagte sie mit zitternder, aber befehlsgewohnter Stimme. »Ich möchte ihn umgehend sprechen.«

Monsieur Copiers moralische Bedenken schwanden ein wenig. Er musste an die Geschichte der Herbergssuche denken. Wer war er, dass er einer jungen, Hilfe suchenden Frau die christliche Nächstenliebe verwehrte? »Dürfte ich Ihren Namen erfahren, Mademoiselle?«

»Josephine-Anne Byngham. Ich bin die Verlobte des Grafen.«

Copier bemerkte zwar einen leichten Akzent, hätte jedoch nicht sagen können, woher die junge Frau stammte. Ohne sich mit Fragen aufzuhalten, stürmte er, so schnell es seine Körperfülle zuließ, die Treppe zum Zimmer des *Comte* hinauf und klopfte.

»Entschuldigen Sie die Störung, aber unten steht eine junge Frau ohne Begleitung, die nach Ihnen fragt. Ihr Name ist Byngham!«, rief er durch die geschlossene Tür.

Der Graf antwortete nicht sofort, sondern schien scharf einzuatmen. »Lassen Sie sie bitte herein, Monsieur Copier«, sagte er nach einer Weile.

»Unmöglich!«, entrüstete sich der Gastwirt. »Das kann ich nicht tun. Dieser Gasthof hat schließlich einen guten Ruf, den meine Frau und ich nicht verlieren wollen.«

»In den Gastraum natürlich, Sie Esel!«

»In den Gastraum natürlich – aber sicher, *Monsieur le Comte*«, murmelte Copier beflissen.

»Sagen Sie ihr, dass ich so schnell wie möglich hinunterkomme, und sorgen Sie dafür, dass sie es bequem hat. Und bringen Sie uns bitte zwei Portionen Ihrer köstlichen Hasenpastete und eine Flasche Rotwein.«

»Selbstverständlich, *Monsieur le Comte*.« Monsieur Copier buckelte rückwärts vor der verschlossenen Tür, während Jean-Paul drinnen aus dem Zuber stieg.

Obwohl der Tag sehr heiß gewesen war, fror Joanne und bat die Dienstmagd, im Gastraum den Kamin einzuheizen. Sobald sie allein war, zog sie die volle Geldbörse hervor, die sie unter ihren Röcken versteckt hatte. Dort war sie sicherer als im Gepäck, und außerdem hatte man ihr in der Kutsche als vermeintlich schwangerer Frau den besten Platz angeboten. Sie verstaute die Börse in ihrem Handkoffer und setzte sich vor den Kamin.

Es dauerte eine geschlagene Stunde, ehe Jean-Paul sich frisch, sauber und begehrenswerter denn je blicken ließ. Joannes Herz zog sich vor Freude zusammen.

Er küsste sie innig, doch seine ersten Worte kamen zögerlich. »Wie um alles in der Welt hast du mich hier gefunden, Joanne?«

»Sie haben mir seinen Leichnam weggenommen«, platzte Joanne hervor.

»Was?«

Joanne ließ sich wieder auf die Holzbank sinken und starrte mit trostlosem Blick ins Feuer. »Sie haben mir seinen Leichnam weggenommen«, wiederholte sie.

»Wer hat das getan?«

»Die Polizeipräfektur.«

»Und warum?«

»Weil mein Vater als Mordopfer gilt. Solange der Fall nicht vor Gericht gebracht ist, wird er im Leichenschauhaus in Eis konserviert, und Natascha und ich konnten nicht nach Calais reisen.«

»In Eis konserviert?«

»Angeblich verwest ein Leichnam nicht, wenn man ihn in Eis konserviert. Die Polizisten haben mir erklärt, dass in Frankreich jeder als schuldig angesehen wird, solange nicht das Gegenteil bewiesen ist.«

»Mein armer Schatz! Ich hatte ja keine Ahnung!« Jean-Paul stand am Fenster und starrte hinaus in das Blütenmeer des Innenhofs, das jetzt von chinesischen Lampions erleuchtet wurde. »Aber wie hast du mich gefunden?«, fügte er leise hinzu.

»Weißt du das wirklich nicht?« Sie lächelte leicht. »Du hast mir doch selbst erzählt, dass du aus Zeitgründen die neue Eisenbahn nehmen wolltest, um nach Villacroix zurückzukehren. Und du hast nicht vergessen zu erwähnen, dass die Linie noch nicht fertiggestellt ist und dass es in der Nähe der Endstation einen Gasthof namens *Auberge de la Gare* gibt. Es war also nicht schwierig. Glücklicherweise kannte der Kutscher, mit dem ich gekommen bin, diesen Gasthof ebenfalls. Aber dass du so vergesslich sein kannst! Du liebst mich eben nicht!«

Sie neckte ihn, und er wusste es. Dennoch war ihm klar, dass sie ihn jetzt in die Pflicht nehmen würde – nur, dass er auf diese Veränderung ihrer Beziehung noch nicht vorbereitet war. »Entschuldige, Liebste. Ich erinnere mich tatsächlich nicht. Zu viel ist in den letzten Tagen vorgefallen. Ich weiß nur, dass ich Paris so schnell wie möglich verlassen wollte, um umso schneller wieder zu dir zurückkehren zu können. Es war mir wichtig, Villacroix zu erreichen, ehe du auf dem Weg nach Calais warst. Schließlich sollten meine Mutter und meine Tochter erfahren, dass ich dir und dem Sarg deines Vaters folgen und dich sofort nach Ablauf der Trauerzeit heiraten wollte. Aber irgendwie hat sich in den letzten Tagen plötzlich alles gegen uns gestellt. Hinzu kommen die politischen Schwierigkeiten. Was geschieht mit uns, wenn es zu einem Krieg zwischen England und Frankreich kommen sollte?«

»Hältst du das für möglich?«, fragte Joanne erschrocken.

»Durchaus. Der abgedankte französische König befindet sich in England im politischen Asyl. England ist eine Großmacht, Frankreich hingegen befindet sich wieder einmal an der Schwelle zu einem blutigen Bürgerkrieg, wie damals, vor sechzig Jahren. Sollte es in Frankreich zum Äußersten kommen, wird Großbritannien mit Sicherheit intervenieren, und dann gibt es Krieg.«

»Und aus uns beiden werden feindliche Parteien«, sagte Joanne langsam.

»Ach, Joanne, du hättest nicht herkommen dürfen. Du hättest in England oder Irland auf mich warten sollen. Es hätte höchstens ein paar Wochen gedauert, bis ich meine Angelegenheiten geregelt hätte.«

»Ein paar Wochen sind schon zu viel, Jean-Paul. Für mich hätten sie eine schier endlose Trübsal bedeutet.«

»Ach, Liebste …« Er griff nach ihren kalten Händen und zog sie zärtlich an sich.

»Ich liebe dich, Jean-Paul.« Joanne streichelte sein Gesicht. »Es tut mir aufrichtig leid, wenn ich dich vor den Wirtsleuten in Verlegenheit gebracht habe. Bitte, hilf mir. Sag mir, was ich tun soll. Natascha wartet in Paris auf mich. Natürlich hat sie Angst, weil der Mob nicht gut auf Ausländer zu sprechen ist. Aber die Behörden haben die Freigabe des Leichnams verweigert, und mir blieb keine andere Wahl, als mich an dich zu wenden. Schließlich bist du mein zukünftiger Ehemann.«

»Konnte der Arzt deines Vaters nicht helfen?«

»Ich habe ihm eine Nachricht überbringen lassen, doch er hat nicht geantwortet. Möglicherweise hat er sie nie erhalten. Madame Le Fèvre hat erzählt, dass Nicholas bei den Unruhen an der Place de la Bastille von einem Streifschuss getroffen wurde. Wir wissen allerdings nicht, wie schwer er verletzt ist. Madame Wainwright scheint ihre Abreise in die Schweiz verschoben zu haben, um ihren Sohn pflegen zu können. Nachdem du Paris den Rücken gekehrt hattest, war mir wichtig, dass mein Vater nicht so allein zurückblieb. Deshalb habe ich Natascha in Paris gelassen ...«

»Mein armer Liebling ... *ma chérie* ...« Jean-Paul drückte die schlanke Gestalt fest an sich. Wie schrecklich musste es für die junge Frau sein, dass ihr Vater nicht einmal im Tod in Frieden ruhen durfte. »Natürlich helfe ich dir gern. Du musst mir nur sagen, wie.«

»Nimm mich mit nach Villacroix. Beschütze mich.«

Diesen Satz hatte er befürchtet. Er zog sich zurück und musterte sie mit kühlem Blick. »Mein kleines Mädchen ...«

»Ich bin nicht deine Tochter. Wir sind verlobt!«, erinnerte sie ihn.

»Joanne, du ahnst ja nicht, wie lange ich schon über dich und über uns beide nachdenke.« Jean-Paul lief im Gastraum auf und ab wie ein Tier im Käfig. »Was ist das Beste für uns?

Was sollten wir lieber unterlassen? Alle Möglichkeiten habe ich in Erwägung gezogen.«

»Aber jetzt gibt es nicht mehr viel nachzudenken. Du hast mich gefragt, ob ich dich heiraten will, und ich habe ja gesagt«, wandte Joanne leise ein.

»Aber ohne die Einwilligung deines Vaters ... entschuldige bitte, deiner Tante wäre eine Eheschließung unziemlich.«

»Das sind doch nur Formalitäten.«

»Ich wünschte, es wäre so. Wenn es aber tatsächlich Krieg geben sollte ...«

»Stünden wir auf verfeindeten Seiten. Das sagtest du bereits. Aber warum kannst du mich nicht einfach in der Kirche von Villacroix heiraten, ehe es dazu kommt?« Sie blickte ihn mit ihren bernsteinfarbenen Löwinnenaugen an, und er erlag ihrem Zauber mehr denn je.

»Aber du bist ...« Er brachte den Satz, dass sie noch nicht volljährig und obendrein britische Staatsangehörige war, nicht über die Lippen.

»Was bin ich, Jean-Paul? Ein unverschämtes Weib, dass ich einfach so hinter dir herreise? Du wolltest mich, denn sonst hättest du nicht um meine Hand angehalten. Ich liebe dich, wie ich außer Vater und Mutter noch nie zuvor jemanden geliebt habe. Und ich werde niemals wieder einen anderen lieben.«

Wie jung sie doch war, dachte Jean-Paul. Wie wenig sie doch von Liebe verstand! Sie hatte keine Ahnung, wie viele Pflichten eine Ehe mit sich brachte. Sie kannte nur den Gefühlsaufruhr, die Sehnsucht und das Begehren ihrer ersten Verliebtheit. Noch nie hatte sie die ungestillten Bedürfnisse, die Ernüchterung, den Schmerz und den Verrat kennengelernt, die häufig mit einer Liebe einhergehen.

»Vertrau mir, Joanne. Kehre zurück nach England. Bitte! Es geht um deine eigene Sicherheit. Ich flehe dich an!«

»Ich soll die sterbliche Hülle meines Vaters in Frankreich zurücklassen? Findest du nicht, dass er schon genug unter diesem Land gelitten hat?«

»Ein Grund mehr für dich, nach England zurückzukehren.«

»Du lässt mich also im Stich, Jean-Paul?« Joannes Blick war klar und direkt. Jean-Paul senkte die Augen. »Ich werde mich umgehend darum kümmern, dass der Leichnam freigegeben wird, Joanne.«

»Und wie willst du das anstellen?«

»Ich denke, dass meine Befugnisse dafür ausreichen.«

»Vielleicht wäre es möglich, ihn in Paris beisetzen zu lassen. Gleich anschließend könnten wir heiraten. Es gäbe keinen Grund mehr für mich, nach England zurückzukehren. Und was die Bürokratie angeht, so solltest du wissen, dass ich die doppelte Staatsangehörigkeit besitze. Ich habe einen englischen und einen französischen Pass. Ich will dich nicht verlieren, Jean-Paul! Lieber wäre ich tot! Willst du das etwa?«

»Aber, aber, *ma chérie!*« Er musste unwillkürlich lächeln. »Natürlich nicht, und das weißt du auch.«

»Dann nimm mich mit nach Villacroix.«

»Und wie soll ich meiner Mutter deine Anwesenheit erklären?«

»Heißt das etwa, sie weiß noch nichts von meiner Existenz?«

»Nun ja, ich hatte vor … komm her, mein Schatz. Nicht weglaufen! Komm in meine Arme!«

Joanne war zur Tür gelaufen, doch Jean-Paul setzte ihr mit einem Sprung nach und versperrte den Ausgang. Dieses junge Mädchen machte ihm tatsächlich mehr zu schaffen als alle anderen Damen, denen er zuvor seine Gunst geschenkt hatte.

»Keine Sorge«, erwiderte sie mit kühler Stimme. »Ich werde dir natürlich jede weitere Peinlichkeit ersparen. Es tut mir leid, dass ich gekommen bin. Mir tut ebenfalls leid, dass ich dich gezwungen habe, mir durch halb Paris nachzulaufen – in jener Nacht des Aufruhrs, als du mir schließlich in einer dunklen Gasse inmitten des Mordens ein Versprechen gabst. Ich scheine mich in deinen Absichten getäuscht zu haben. Du hast offenbar nach einer Dilettantin, einer unerfahrenen Gespielin gesucht, um dich wieder einmal jung zu fühlen. Mehr wird es wohl nicht gewesen sein …«

Oh ja, sie machte es ihm schwer. Sehr schwer sogar. Und tief in seinem Innern wurde ihm klar, dass er sie wirklich liebte. Obwohl sie so viel jünger war als er.

Und so erlag er der Versuchung. Während sie noch mit feindseligem Gesicht vor ihm stand, nahm er sie fest und für sie völlig unerwartet in die Arme, hob sie so hoch, dass ihre Füße den Boden nicht mehr berührten, und küsste sie lange und leidenschaftlich. Joanne wehrte sich nur kurz, ehe sie sich der Süße seiner Umarmung hingab. Seine Lippen waren überall. Er küsste ihre Augen, ihre Wangen, ihre Ohren und ihren Hals, hob sich Mund und Lippen für später auf, wollte sie Stück für Stück kosten und genießen. Er nestelte das Tuch aus ihrem Ausschnitt und berührte ihr zartes weißes Dekolleté. Die Schlange im Apfelbaum des Paradieses gewann die Oberhand. Zu lange hatte Jean-Paul sich zurückgehalten. Er begehrte die junge Frau so heftig, dass es ihn schmerzte. »Ich habe oben ein Zimmer«, flüsterte er heiser.

»Ich suche noch einen Schlafplatz für diese Nacht, *Monsieur le Comte*«, raunte Joanne zurück.

»Herzlich willkommen, Mademoiselle«, entgegnete er leise, ohne von ihrem schlanken Hals abzulassen.

»Und was wirst du deiner Mutter erzählen?«

»Dass ich ein wölfischer Liebhaber bin, der sich als Ehemann verkleidet hat.«

Sie mussten beide lachen. Jean-Paul setzte Joanne ab. Sie mussten sich eine List ausdenken, wie sie Joanne in Jean-Pauls Zimmer schmuggeln konnten, ohne dass die Copiers etwas bemerkten.

Zunächst jedoch wartete ein köstliches Abendbrot auf sie.

Kapitel Sechzehn

Charmaine knirschte vor Wut mit den Zähnen. Sie konnte vor Zorn kaum sprechen, geschweige denn ihr Frühstück genießen. »Bist du denn von allen guten Geistern verlassen, Jean-Paul? Wo ist deine Vernunft geblieben?«

»Keine Ahnung, Mutter.«

»Hörst du mir überhaupt zu?«

»Ja, Mutter.«

»Jean-Paul, du bist kein dummer Junge mehr. Du bist ein Mann mittleren Alters, der Verantwortung für seine kleine Tochter tragen sollte.«

»Ja, Mutter.«

»Mein Gott, Jean-Paul!«

Er blickte von seiner Zeitung auf.

»Diese Kleine, die du da angeschleppt hast, ist ein ganz durchtriebenes Luder! Im Gegensatz zu mir verstehst du leider gar nichts von englischen Frauen.«

»Ach ja?«

»Immerhin habe ich nach der Revolution viele Jahre in Großbritannien gelebt.«

»Ist mir bekannt.«

»Als Flüchtling.«

»Auch das ist mir bekannt.«

»Bis dein Vater mich aus diesem schrecklich vernebelten London herausholte. In England isst man Fleisch und Gemüse, die in einer Art flüssigem Schlamm schwimmen.«

»Dieses Zeug nennt man Bratensoße.«

»Ich habe wirklich sehr gelitten, ehe dein Vater mich zur Frau nahm.«

»Ich weiß, und es tut mir sehr leid für dich, Mutter.«

»Jean-Paul, wenn du nicht sofort diese Zeitung weglegst und mir zuhörst, kann ich für nichts garantieren.«

Verärgert faltete Jean-Paul die Zeitung zusammen, nahm sich einen Pfirsich aus der Obstschale und zerschnitt ihn wütend. »Mutter, wenn du Joanne nicht als meine künftige Ehefrau akzeptieren kannst, dann muss ich dich bitten, das Schloss zu verlassen und ins Verwaltergebäude zu ziehen.«

»Sie ist Engländerin!«

»Ja, das ist richtig.«

»Warum muss es ausgerechnet eine Engländerin sein?«

»Warum nicht?«

»Das ist doch keine Antwort! Sie ist zwanzig Jahre jünger als du. Warum suchst du dir nicht eine nette Französin, die vom Alter her besser zu dir passt – ein Mädchen wie Amélie ...«

»Ich warne dich, Mutter. Wenn du versuchst, Joanne aus meinem Leben zu ekeln, wie du es in der ersten Zeit auch mit Amélie getan hast, will ich nichts mehr mit dir zu tun haben. Ich werde dich aus dem Schloss ausquartieren und dir zeitlebens aus dem Weg gehen.«

»Und zwar je eher, desto besser, nicht wahr, mein Sohn? Du hast wirklich keinen Funken Respekt vor deiner alten Mutter im Leib.«

»Ich respektiere dich sehr wohl, und das weißt du auch, Mutter. Trotzdem werde ich Joanne heiraten, ob es dir nun passt oder nicht.« Er legte die Serviette neben seinen Teller und stand auf.

Eine Lerche schraubte sich hoch über der gleichförmigen Linie silbern schimmernder Sicheln im Ernteeinsatz in den Himmel empor. Ein sanfter Windhauch strich über Joannes erhitzte Wangen und spielte mit den Bändern ihrer Baumwollhaube, die ihr Gesicht vor der brennenden Sonne schützte. Niemals hätte Joanne auch nur im Traum daran gedacht, sich eines Tages unter solchen Umständen wiederzufinden. Doch so viel war geschehen. Wie lange war es her, seit sie Paris verlassen hatte? Wie lange, seit die Behörden dank Jean-Pauls Einschreiten den Leichnam ihres Vaters schließlich doch noch freigegeben hatten? Wie lange, seit sie ihren geliebten Papa auf dem Friedhof Père Lachaise zu Grabe getragen hatte, obwohl sie wusste, dass er in Irland begraben werden wollte?

Sie wandte ihre Bernsteinaugen in den wolkenlosen Himmel, wo ein einsamer Falke seine Runden drehte. Wer war gewitzter – die Lerche oder der Raubvogel? Flieg, kleiner Vogel, dachte sie. Lass dir den Tag nicht verderben! Sie dachte an ihren Vater und ihre Mutter, sandte ein Gebet für sie zum Himmel und dankte Gott für das Geschenk dieses Tages.

Auf dem Rückweg von der morgendlichen Heuernte lehnte Lise ihr Köpfchen an Joannes Schulter. »Ich bin so froh, dass Paps dich zu uns geholt hat, Joanne. Und ich freue mich, dass du meine nächste Mama wirst. Paps hat schon viele ziemlich schreckliche Frauen mitgebracht. Meine Großmutter hält gar nichts von seinem Geschmack. Aber mit dir hat er richtig Glück gehabt.«

Joanne legte den Arm um Lise und drückte das Mädchen an sich. »Ich bin diejenige, die Glück gehabt hat, Lise. Ich weiß, das klingt merkwürdig, weil doch mein eigener Papa noch gar nicht so lange tot ist. Aber es ist schön, dass du und dein Papa in der schrecklichsten Stunde meines Lebens bei mir wart und mir neuen Lebensmut gegeben habt.«

»Dein Vater hätte sich sicher gewünscht, dich glücklich zu sehen. Mein Vater wünscht sich das auch immer für mich.«

»Ach Lise, du bist süß! Und außerdem sehr klug«, fügte Joanne hinzu.

»Ich habe ein Gedicht für dich geschrieben.« Lise kramte in der Tasche ihrer Kittelschürze, schob den Zettel jedoch schnell wieder zurück, weil in diesem Augenblick Jean-Paul an ihnen vorbeiritt.

»Wie geht es meinen beiden Lieblingsschnitterinnen?«, rief er ihnen zu.

»Guten Tag, Monseigneur. Ein geradezu wunderschöner Tag, möchte ich sagen.« Joanne tippte sich scherzhaft an die Haube. Sie fühlte sich fast wie früher in Irland.

Jean-Paul ritt neben dem Karren her und lachte. »Meine Mutter wünscht, dass ihr zum Mittagessen nach Hause kommt und euch nicht etwa unter irgendeinem Heuhaufen verkriecht.«

»Du kannst Großmutter ausrichten, dass Joanne und ich lieber in einem Heuhaufen picknicken. Wir haben frische Pflaumen, Brot, Käse und sogar Wein. Die Landarbeiter waren richtig nett zu uns, Paps.« Sie streckte ihrem Vater frech die Zunge heraus.

»Wenn ich ihr eine solche Nachricht überbringe, röstet sie mich bestimmt bei lebendigem Leib!«

»Schade um dich, Paps! Ich wusste gar nicht, dass du so feige bist. Sag ihr einfach, dass Lise beschlossen hat, lieber ein Picknick zu veranstalten.«

Charmaine beharrte auf ihrer unfreundlichen Haltung Joanne gegenüber, obwohl Lise die Braut ihres Vaters ins Herz geschlossen zu haben schien.

»Wo wohnen Sie eigentlich, wenn Sie in London sind?«, horchte sie Joanne ungeniert aus.

»In Kensington Mansions im Westen der Stadt, Madame Charmaine«, antwortete Joanne höflich.

»Ist das eine gute Adresse?«

»Ich denke schon.«

»Mich interessiert nicht, was Sie denken. Was denken die anderen?«

»Wahrscheinlich das Gleiche.«

»Tatsächlich? Sind Sie dort auch geboren?«

»Ja, Madame.«

»Während meiner Flüchtlingszeit in London lebte ich in einem höchst ungesunden Viertel, das mindestens so schmutzig war wie die Themse. Es hieß Bayswater.«

»Aber das ist ebenfalls eine gute Adresse, Madame.«

»Und wo residieren Sie in Irland?«

»Entweder in Dublin oder auf dem Gut meines Vaters in der Nähe von Dublin.«

»Und in Frankreich?«

»In der Rue Royale in Paris.«

»Laut Jean-Paul ist Ihr Vater … war Ihr Vater Diplomat und eine Art Sondergesandter von Königin Viktoria. Ist das richtig?«

»Im Prinzip ja.«

»Und was meinen Sie damit genau?«

»Dass er neben seinen beruflichen Verpflichtungen ein ganz besonderer Mensch war, den ich immer noch schmerzlich vermisse. Auch meine Mutter vermisse ich, obwohl sie schon über vier Jahre tot ist. Ich kann Lise nachempfinden, wie es ist, ohne Mutter aufzuwachsen.«

Das große, düstere Esszimmer von Schloss Villacroix schüchterte Joanne ein. Kein Wunder, dass Jean-Paul nie wieder geheiratet hatte. Die Umgebung war angetan, jede Frau in die Flucht zu schlagen, ganz zu schweigen von der Angst einflößenden Mutter, die auf altmodische Weise am Kopf der Tafel thronte, anstatt ihrem Sohn den Ehrenplatz zu überlassen. Was für ein Mann war dieser Jean-Paul St-Clair de Villacroix, der sich von seiner grotesken alten Mutter derart herumkommandieren ließ?

Vor allem Lise tat Joanne leid. Das wirklich nette kleine Mädchen wuchs in einem herben, bizarren und antiquierten Umfeld inmitten von Spinnweben, Ritterrüstungen und von Motten zerfressenen Bannern auf, das nichts mit der modernen Zeit zu tun hatte; das Kind wusste nicht, was sich jenseits der schmiedeeisernen Tore in der Welt abspielte.

»Mit anderen Worten: Ihr Vater war kein wirklicher Politiker. Ist es richtig, dass Sie meinem Sohn zum ersten Mal im Haus von Madame Le Fèvre begegnet sind?«, bohrte Madame Charmaine weiter.

»Ja, Madame.«

Jean-Paul und Lise aßen ruhig weiter. Ihre schweigende Weigerung, Partei für sie zu ergreifen, bestärkte Joanne in dem unstillbaren Wunsch, vom Tisch aufzuspringen, dem alten Drachen den Teller vor die Füße zu knallen und so schnell wie möglich das Weite zu suchen. Sieh dich vor mit deinen Wünschen, warnte sie sich. Und so hielt sie sich weiterhin höflich zurück und stand der alten Schlossherrin ergeben Rede und Antwort, weil sie Jean-Paul nicht verlieren wollte.

»Und jetzt liegt Ihr Vater in Frankreich begraben?«

»Ja, Madame. Er fand seine letzte Ruhe auf dem Friedhof Père Lachaise.«

»Lag ihm nichts daran, in seinem Vaterland begraben zu werden?«

»Dazu kann ich nichts sagen, Madame. Als er tot war, hatten wir keine Möglichkeit mehr, ihn danach zu fragen.«

Lise prustete los, tat aber unter dem strengen Blick ihrer Großmutter hastig so, als hätte sie sich verschluckt.

»Ich habe nur das getan, was sinnvoll erschien«, fuhr Joanne fort. »In Zeiten der Revolution denkt man nicht lange nach, sondern reagiert auf Gegebenheiten.«

Die alte Frau verzog ihren runzeligen Mund zu einem Lächeln, obwohl Joanne nicht wusste, was an ihrer Antwort amüsant gewesen war. »Welch wahres Wort, Miss Byngham. Mit Revolution und Flucht kenne ich mich bestens aus. Wann planen Sie, nach England zurückzukehren?«

Mit dieser Frage hatte sie den Bogen überspannt. Geräuschvoll schob Jean-Paul seinen Stuhl zurück und stand auf. »Wenn du uns bitte entschuldigen möchtest, Mutter? Lise gehört längst ins Bett, und Joanne hat versprochen, ihr eine Gutenachtgeschichte vorzulesen.«

»Nicht, ehe die junge Dame meine Frage beantwortet hat. Wann fahren Sie endlich nach Hause, Miss Byngham?«

Joanne fixierte Madame Charmaine mit einem kühlen Blick aus ihren Raubtieraugen. »Ganz einfach, Madame. Ich kehre in meine Heimat zurück, sobald Ihr Sohn und Ihre Enkeltochter bereit sind, ihr Domizil gegen einen erheblich komfortableren Wohnsitz in England oder Irland einzutauschen, wo sie jederzeit herzlich willkommen sind.«

Im Esszimmer herrschte trotz der heißen Sommertemperaturen eine eisige Kälte. Es roch nach Schimmel, und in den Ecken löste sich die schwere Seidentapete, die an vergangenen Glanz erinnerte. Joanne hatte nach ihrer Ankunft mit anhören müssen, wie Jean-Paul mit seiner Mutter über ihre Unterbringung stritt. Charmaine hatte darauf bestanden, dass sie so weit wie möglich von der Familie entfernt einquartiert wurde.

»Auf keinen Fall wird sie im Westturm schlafen, Mutter. Da hat seit über hundert Jahren niemand mehr gewohnt!«

»Da sieht man wieder einmal, wie schlecht du dieses Schloss kennst, Jean-Paul. Wir haben den Turm noch kurz vor Vaters Tod vollständig renovieren lassen. Das Bett ist gelüftet, und die Fenster gewähren einen herrlichen Blick auf die untergehende Sonne.«

»Sonne oder nicht – sie wird nicht im Westturm wohnen! Schluss der Debatte!«

Man einigte sich darauf, Joanne in einem Zimmer unterzubringen, das neben Lises Kinderzimmer und dem Schulraum lag. Es war ebenso feucht, kalt und heruntergekommen wie das ganze übrige Schloss. Trotzdem war Joanne sicher, dass sie daran etwas ändern konnte, sobald sich die Gelegenheit bot. Der Tod ihres Vaters hatte ihr ein reiches Erbe beschert, von dem jedoch außer ihren Anwälten niemand etwas wusste. Jean-Paul würde es erfahren, sobald die Eheverträge aufgesetzt wurden.

»Du liebe Zeit«, kicherte Lise, nachdem sie sich in ihr Bett gekuschelt hatte und Joanne mit dem Märchenbuch neben ihr saß. »Hast du Großmutters Gesicht gesehen, als du gesagt hast, dass wir nach Irland kommen sollen?«

»Entschuldige, Lise. Ich wollte deine Großmutter nicht verärgern.«

»Aber es geschieht ihr recht, Joanne. Sie ist oft ziemlich hart und manchmal ziemlich aufgeblasen. Ich glaube, sie ist der Meinung, die ganze Welt müsse nach ihrer Pfeife tanzen.«

»Deine Großmutter ist in einer ganz anderen Zeit aufgewachsen, Lise. Sie gehört einer früheren Generation an. Wir dürfen sie nicht mit unseren modernen Maßstäben messen.«

»Aber sie behandelt unsere Landarbeiter mit sehr wenig Achtung. Paps ärgert sich immer darüber. Weißt du was,

Joanne? Ich würde schrecklich gern in Irland wohnen!« Lise legte ihren Kopf an Joannes Schulter, wie immer, wenn sie Zuneigung und Zärtlichkeit suchte.

»Es wäre mir eine Ehre«, sagte Joanne und streichelte Lises Haar. Plötzlich wünschte sie sich weit fort. Wie schön wäre es, wenn ihre Eltern noch lebten und Jean-Paul und seine kleine Tochter mit typisch irischer Gastfreundschaft erfreuen könnten.

Kapitel Siebzehn

Tage wurden zu Wochen, und der August kam mit glühender Hitze. In der letzten Augustwoche sollte die Weinlese beginnen.

Eines Morgens humpelte Charmaine St-Clair de Villacroix zum Frühstück ins Esszimmer hinunter. Ihr Sohn saß bereits am Tisch. Er stützte den Kopf in die Hände und schien über einer Tasse Kaffee zu brüten.

Madame Charmaine fühlte sich von seinem Anblick merkwürdig berührt. Schweigend setzte sie sich ihrem Sohn gegenüber und ließ den großen Sessel am Kopf der Tafel leer, in dem sie seit dem Tod ihres Mannes zu sitzen pflegte. Sie hängte ihren Gehstock über die Stuhllehne und tat, als bemerkte sie nicht, dass ihr Sohn hastig einen Brief in die Tasche steckte.

»Sitzt du heute nicht auf deinem angestammten Platz, *Maman?*«, erkundigte Jean-Paul sich spöttisch.

»Eigentlich finde ich, dass dieser Platz dir gebührt. Von heute an sollst du der Tafel vorsitzen, wie es deiner Position entspricht.«

Jean-Paul war überrascht. »Woher der Sinneswandel?«

»Ich glaube, ich bin allmählich zu alt, um noch Spielchen mit dir zu spielen.« Sie wechselte das Thema. »Über den diesjährigen Wein brauchen wir uns nicht zu beklagen. Das Wetter hat wunderbar mitgespielt.«

Sie ließ sich Kaffee einschenken.

»Hast du schon in die Zeitungen geschaut? In allen Blättern schreibt man über die anstehenden Präsidentenwahlen. Louis-

Napoleon gegen Cavaignac. Das ist vielleicht eine Auswahl! Ein abgehalfterter Prinz aus einer kleinen Nebenlinie gegen einen Soldaten ohne Stammbaum. Demnächst setzt man sicher noch durch, dass leichte Mädchen und Mörder Mitglieder der Wahlversammlung werden dürfen. Was macht eigentlich unser provisorischer Staatschef Lamartine? Schreibt er noch immer hübsche Gedichte über unser idyllisches Land?«

»Etwas in der Art«, gab Jean-Paul knapp zurück. »Weißt du, dass die Regierungspapiere drastisch gefallen sind?«

»Mich wundert gar nichts mehr. Wenn der freie Fall der Aktien so weitergeht, stehe ich eines Tages wahrscheinlich auch mit einer Bettlerschüssel auf der Straße herum wie die angeblich ach so armen Leute. Hast du hier in der Gegend je einen hungernden Tagelöhner gesehen? Was diese Leute nicht verdienen, stehlen sie. Denen ist es doch noch nie besser gegangen!«

»Wo wir gerade von Bauern sprechen, Mutter: Ich muss noch schnell ins Studierzimmer, mich von Lise verabschieden, ehe ich in die Weinberge gehe.« Er schob seinen Stuhl geräuschvoll zurück.

Madame Charmaine warf ihrem Sohn einen neugierigen Blick zu. »Wie geht es eigentlich unserem Gast Josephine-Anne? Seit sie nicht mehr mit uns speist, vermisse ich ihre aufschlussreiche Konversation.«

»Sie erteilt Lise Englischunterricht und versucht, über den Tod ihres Vaters hinwegzukommen.«

»Ist sie mir noch böse?«

»Ja.«

»Sie hat ihre Mutter verloren, als sie noch ein halbes Kind war, und ihren Vater, als sie gerade erst zur Frau wurde. Ich glaube kaum, dass die Zukunft allzu viel Gutes für sie bereithält. Es sei denn, sie ist sich ganz sicher, die richtige Wahl getroffen zu haben.«

»Ich denke, das ist sie.«

»Ich nehme an, ihr Vater hat darauf geachtet, dass sie sich zumindest keine finanziellen Sorgen machen muss.«

»Das hat er wohl.«

»Oh, dann bekommst du also eine Erbin! Wie schön für dich.«

»Ich muss jetzt los ...«

»Wenigstens schminkt sie sich nicht. Das gefällt mir. Wann willst du eigentlich das Datum für die Hochzeit festlegen?«

»Wenn wir die Ernte eingebracht haben und Joanne nicht mehr so traurig ist. Sie und ihr Vater standen sich sehr nah.«

»Wie wir beide auch. Das Band zwischen Eltern und Kindern zerreißt nie. Wenn man einen geliebten Menschen verloren hat, kann es sein, dass die Trauer niemals wirklich endet.«

»Wir reden später weiter.«

»Ich frage doch nur, weil ich den Westflügel vor der Hochzeit noch renovieren lassen möchte. Wenn ich Lise recht verstanden habe, bevorzugt deine künftige Gattin eine Hochzeit in aller Stille. Das verstehe ich sehr gut. Und nachdem sie sich noch in der Trauerzeit befindet, sollte sie vor Ablauf mindestens eines Jahres eigentlich nicht an eine Hochzeit denken.«

»Hast du mir nicht erst kürzlich erzählt, der Westflügel wäre unmittelbar vor Vaters Tod renoviert worden?«

»Damals haben wir nur ein Zimmer streichen lassen, und das ist jetzt auch schon wieder zehn Jahre her. Nein, der ganze Flügel muss saniert werden, wenn er uns nicht eines schönen Tages auf den Kopf fallen soll. Ich lege Wert darauf, dass für dich und deine neue Frau am Hochzeitstag alles perfekt ist. Nehmt ihr Lise eigentlich mit in die Flitterwochen nach Irland? Richtig, vorher steht Joanne ja auch noch die Exhumierung ihres Vaters bevor. Wie schrecklich! Aber wenn sie ihn unbedingt auf ihren Ländereien in Irland beerdigen will … Eine reiche Erbin! Ich glaube, hier wird sich sehr bald einiges zum Vorteil ändern.«

Jean-Paul hatte genug gehört. »Ich liebe Joanne, Mutter! Mir ist gleich, ob sie arm oder reich ist.«

»Das weiß ich doch, mein Junge. Es ist ja auch nicht so, dass ihr gleich morgen heiraten würdet, nicht wahr? Ich denke, dass ihr diesen Schritt frühestens in ein, zwei Jahren gehen solltet. Und welche Ernte hast du überhaupt gemeint? Die jetzt anstehende? Oder die im nächsten Jahr? Du hast dich nicht sehr genau ausgedrückt. Ich muss es aber wissen, wenn ich mich darum kümmern soll.«

»Ich weiß es beim besten Willen selbst nicht, Mutter. Wenn es nach mir ginge, würde ich am liebsten so bald wie möglich heiraten.«

Nachdem Jean-Paul sich von seiner Tochter verabschiedet hatte, ging er hinaus in die Felder. Die Schnitter standen in einer Reihe und schwangen die Sensen, Frauen in einfachen Baumwollhauben banden Garben zusammen, und Kinder klaubten verbliebene Ähren auf. Eine leichte Brise kühlte Jean-Pauls erhitzte Wangen.

»Guten Morgen, Herr Graf«, schreckte ihn eine Stimme aus seiner Träumerei.

»Guten Morgen, Odine.« Überrascht starrte er das Mädchen an, das ihn ein wenig an Joanne erinnerte. Allerdings war Odine älter als Joanne und auch deutlich blonder. Ihr strohgelbes Haar quoll unter ihrer Baumwollhaube hervor, und ihre Wangen waren vom schnellen Laufen gerötet. Eine wahre Augenweide, dachte der Graf. »Was hast du mir heute als Imbiss mitgebracht?«, fragte er lächelnd.

»Das Übliche: Brot, Käse und Wein«, sagte die junge Frau.

Jean-Paul lachte. Odine brachte ihn immer zum Lachen, auch wenn sie ihm und Lise nur die heiße Schokolade vor dem Zubettgehen servierte. Er wusste, dass seine Mutter es nicht gerne sah, wenn er mit den Bediensteten herumtändelte, doch manchmal tat es einfach gut, gewisse Regeln zu brechen. »Komm, setz dich zu mir. Hat Lise uns heute wieder ein Bild gemalt?«

»Ich kann mich nicht zu Ihnen setzen, Herr Graf. Wenn ich zu spät zum Schloss zurückkehre, denkt Madame Charmaine, ich hätte mit den jungen Schnittern geschäkert, und dann hält sie mir wieder eine schreckliche Standpauke. Wenn sie aber erführe, dass ich mich zu Ihnen gesetzt habe, dann bekämen vermutlich *Sie* einiges zu hören!«

»Aber wir schäkern doch nicht, Odine! Oder?«

»Aber selbstverständlich tun wir das. Nicht, dass es kein angenehmer Zeitvertreib wäre! Übrigens hat Mademoiselle Lise mir das hier für Sie mitgegeben.« Odine kramte in ihrer Schürzentasche. »Sie sagte, es sei ein Liebesgedicht, und ich dürfe keinesfalls vergessen, es Ihnen zu überreichen.«

Jean-Paul griff in den Picknickkorb, den Odine ihm jeden Tag auf das Feld brachte, biss herzhaft in ein Stück Brot, nahm das zerknitterte Blatt entgegen und musste schmunzeln. Lise hatte das Papier offenbar von seinem Schreibtisch stibitzt, denn es war die schwere Qualität, die er nur für wichtige Dokumente benutzte. Stolz betrachtete er die noch etwas ungelenke Kinderschrift.

Liebster Paps, ich bin so froh, dass du Joanne heiraten willst. Ich mag sie sehr und freue mich, wenn sie meine Stiefmut-

ter wird. Für euch beide habe ich ein Gedicht geschrieben …

Jean-Paul lag im weichen Gras am Flussufer, genoss seine Mahlzeit und las entzückt das Briefchen seiner Tochter. Sie ließ ihm oft kleine Gedichte oder ein paar freundliche Worte bringen, wenn er draußen im Feld arbeitete. Odine saß neben ihm. Immer noch fand er kleine Ähnlichkeiten mit Joanne in ihrem Äußeren. Fasziniert und mit einer leisen Sehnsucht betrachtete er die junge Magd. Plötzlich jedoch sprang er entsetzt auf.

Vom Schloss her stiegen dichte schwarze Rauchwolken in den Himmel. Das eilige Klappern von Pferdehufen kam näher. Jean-Pauls Bursche sprang außer Atem von einem schaumbedeckten Pferd. »*Monsieur le Comte* … sie haben im Weinberg Feuer gelegt!«

»Sie?«

»Die Leute vom *L'Épée Rouge*.«

»Woher weißt du das?« Er griff nach den Zügeln und beruhigte das zitternde Pferd.

»Weil sie an der Schlossmauer ihr Zeichen hinterlassen haben.«

Jean-Paul schwang sich in den Sattel und ritt zum Brandherd. Nach einem heißen Sommer und einem außergewöhnlich trockenen Frühherbst brannten die Rebstöcke wie Zunder. Schnell griffen die Flammen auch auf den Westflügel des Schlosses über. Waren wirklich die Aufständischen schuld an der Feuersbrunst? Konnte es nicht doch eine achtlos weggeworfene Zigarette oder ein außer Kontrolle geratenes Lagerfeuer gewesen sein? Doch solche Fragen waren jetzt müßig. Alle verfügbaren Hände mussten zusammengetrommelt,

Eimer bereitgestellt und Wasser geholt werden. Viel war nicht zu retten. Jean-Paul musste zusehen, wie die Arbeit eines ganzen Jahres, ein Teil seines Schlosses und die Hoffnung auf endlich sanierte Finanzen zu feiner grauer Asche verbrannten.

Es wäre ein hervorragender Jahrgang geworden.

Charmaine fuchtelte mit ihrem Gehstock in den rauchdunklen Himmel. »Die Guillotine wäre noch zu schade für dieses verfluchte Pack«, schimpfte sie. »Es ist genau wie damals, bei meinen Eltern und Großeltern ...«

»Bitte, Mutter, mir ist jetzt nicht nach Erinnerungen.« Jean-Paul stand fassungslos vor seinem verwüsteten Weinberg. Die letzten Rauchwolken schlängelten sich spiralförmig in den glühenden Himmel. Seine Faust ballte sich in der Tasche um das Briefchen seiner Tochter. »Simon«, fuhr er seinen Burschen an, »hole einen Eimer Kalk und streiche die Schlossmauer. Ich will hier nichts mehr sehen als weiße Farbe!«

»Sehr wohl, Herr Graf.«

Anarchie, dachte Jean-Paul. Verdammte, sinnlose Anarchie! So weit war es mit seinem Vaterland gekommen! Und mit dumpfer Stimme stieß er hervor: »Gaston Cabet, das hier wirst du mir büßen! Und wenn ich dich bis ans Ende der Welt verfolgen muss!«

Wütend riss er die Faust aus der Hosentasche und hob sie zum Himmel empor. Lises Gedicht flatterte zu Boden und verkohlte in der heißen Asche.

Kapitel Achtzehn

Joanne half auch weiterhin bei der Feldarbeit aus. Schon zu Hause in Irland war sie gern in die Felder hinausgefahren und den Bauern zur Hand gegangen. Sie liebte den Geruch von Erde und reifem Korn. Wenn sie sich selbst gegenüber ehrlich war, zog sie das Leben auf dem Land dem in der Stadt bei Weitem vor.

Da sie sich kleidete wie die anderen Landarbeiter auch, erkannte Jean-Paul sie zunächst nicht, als er an ihr vorüberritt. Sie rief seinen Namen. Verwirrt blickte er sich um. Es dauerte einen Augenblick, ehe er begriff, wer ihn da gerufen hatte. Er wendete sein Pferd und saß neben Joanne ab.

»Ach, Jean-Paul«, sagte sie und blickte ihn an, »es tut mir so leid, was mit deinem Weinberg geschehen ist.« Was sonst hätte sie sagen können? Wie hätte sie ihn trösten sollen? Vor den Landarbeitern konnte sie ihn natürlich nicht in die Arme nehmen, wie sie es nur zu gern getan hätte.

Auch sie hatte sich auf die Weinlese gefreut. Zum ersten Mal hätte sie miterlebt, wie Trauben zu Maische verarbeitet und zum Gären gebracht werden; sie hätte zuschauen dürfen, wie der junge Wein auf Fässer gezogen wurde, und sie hätte sich während der Reifung in Geduld üben und mit Vorfreude auf das Resultat warten müssen. Doch der Brand hatte sie nicht nur dieser Freuden beraubt, sondern Jean-Paul obendrein die wirtschaftliche Grundlage entzogen.

»Ich weiß«, murmelte der Graf. »Aber wer immer uns das angetan hat – ich werde ihn zur Rechenschaft ziehen.«

Sie standen eng zusammen neben seinem Pferd Mars. In diesem Augenblick erinnerte Jean-Paul Joanne an die Heldenfigur eines Buches, das sie zeitlebens geliebt hatte. Die Ähnlichkeit war so verblüffend und die Erinnerung an vergangene Zeiten so schmerzhaft, dass sie sich abwenden musste. Gerührt drückte sie ihre bebenden Lippen auf die glänzende Mähne des schönen Mars und war sich dabei voll Sehnsucht der schlanken, gebräunten Hände Jean-Pauls bewusst, die in unmittelbarer Nähe die Zügel hielten. Ihr Begehren wurde mächtiger als jede Diskretion. Sie war jung, sie liebte ihn, sie gehörten zusammen, und sie hatten sich die Ehe versprochen.

»Ich liebe dich, Jean-Paul«, sprudelte sie hervor und küsste die Hand, die den Zügel hielt.

Eine Locke ihres rotbraunen, von der Sonne mit goldenen Reflexen verzauberten Haars kringelte sich unter der Haube hervor und streifte seine Finger. Ihre wundervollen Dschungelaugen musterten ihn mit leisem Spott. »Mit meiner Hilfe kannst du das Schloss renovieren und den Weinberg wiederaufbauen«, flüsterte sie. »Hast du unsere Nacht im Gasthof schon vergessen? Das Versprechen, das wir uns gegenseitig gaben?«

»Nicht, Joanne! Hör auf!« Jean-Paul zog seine Hand weg.

»Womit soll ich aufhören?« Seine Ablehnung traf sie zutiefst. Sie hatte ihm doch nur sehr diskret ihre Zuneigung bewiesen! War nicht einmal das zwischen einer jungen Verlobten und ihrem künftigen Ehemann gestattet?

»Erinnerst du dich nicht mehr unserer Nacht? Du hast mir deine Liebe bewiesen, oder sollte ich das etwa nur geträumt haben? Seither habe ich noch oft von mehr geträumt und mich so unendlich nach dir gesehnt ...«

»Quäle mich nicht!«

»Jean-Paul?« Joanne verstand die Welt nicht mehr. »Wieso sagst du, dass ich dich quäle?«

»Weil du es tust. Allein schon deine Anwesenheit in meinem Haus – oder dem, was davon übrig ist«, fügte er mit bitterem Humor hinzu.

Er ließ den Blick zu den noch immer rauchenden Ruinen des Westflügels schweifen. Das Feuer lag zwar schon fünf Tage zurück, doch die Hitzeentwicklung war so groß gewesen, dass die Polizei den Gebäudeteil noch nicht hatte betreten und untersuchen können. Bisher gingen die zuständigen Stellen von einem Racheakt aus. Glücklicherweise hatte der Brand nur den Teil des Schlosses betroffen, der nicht von der Familie genutzt wurde.

Joanne wurde kalt ums Herz. Jean-Pauls Zurückweisung traf sie bis ins Mark. Sie atmete tief durch und dachte an jenen Abend, als sie im Hof der Copiers, umgeben von der herrlichsten Blütenpracht, ihre Liebe infrage stellen musste. Und das tat sie auch nun wieder. »Wenn ich dir so zuwider bin, reise ich morgen ab.«

»Bitte, Joanne, versteh mich nicht falsch.«

»Was willst du von mir, Jean-Paul? Ich bitte dich nur um eine ehrliche Antwort. Ich weiß nicht, was ich falsch gemacht habe.«

Jean-Paul antwortete nicht sofort. Stattdessen fragte er: »Lise hat mir erzählt, dass du von Charmaine aus dem Zimmer neben dem Schulraum verbannt worden bist. Stimmt das?«

»Was hat das mit unseren Problemen zu tun, Jean-Paul?«

»Alles!« Er blickte ihr gerade ins Gesicht.

»Nun gut. Ja, man hat mir das beste Zimmer im Haus angewiesen. Aber was soll das? Ich esse mein Brot und meinen Käse aus einem karierten Taschentuch, wie alle anderen auch. Ich lache mit den anderen. Stört dich das? Im Grunde bin ich ein Mädchen vom Land, genau wie Odine. Die mondäne Salondame war nur anerzogen.«

Er starrte sie weiter wortlos an. Mehr denn je wurde sich Joanne seiner attraktiven, ausgereiften Männlichkeit bewusst. Trotzdem steigerte sich bei jedem ihrer Treffen das ungute Gefühl, dass ihre Zuneigung vergänglich war, dass jemand zwischen sie treten und sie auseinanderbringen könnte, dass sie ihn zu verlieren drohte. Die Liebe, die wahre, vollendete Liebe – war sie wirklich nur Illusion?

Entschlossen streckte sie ihm ihre Hand hin. »Berühre mich, Jean-Paul. Fass meine Hand an. Halte sie nur einen Augenblick. Lass mich spüren, dass du wirklich du bist und nicht etwa ein Geist. Und gleichzeitig wirst du fühlen, dass sich an meinen Händen Hornhaut gebildet hat. Aber nicht nur an meinen Händen, sondern auch in meinem Herzen. Was ist geschehen? Wovor hast du Angst? Warum weichst du mir aus, als hätte ich die Pest? Weißt du eigentlich, dass heute mein Geburtstag ist? Heute werde ich achtzehn Jahre alt. Jetzt bin ich zwar volljährig, aber immer noch meilenweit von dem Mann entfernt, der mir gesagt hat, dass er mich liebt und mich heiraten will. Was ist aus diesen Versprechen geworden? Ich habe Angst davor, in die Einsamkeit abgeschoben zu werden.« Sie drückte ihr Gesicht an Mars' samtschwarzen Hals. Jean-Paul sollte die Tränen nicht sehen, die heiß an der glänzenden Flanke des Pferdes hinabliefen.

Als sie seine Hände auf ihren Schultern spürte, schüttelte sie sie ab. »Lass mich!«, schluchzte sie.

»Bitte, Joanne. Du musst mich verstehen ...«

»Was gibt es da noch zu verstehen?«

»Ich liebe dich. Du bist für mich alles auf der Welt. Aber ich leide darunter, dich jeden Tag zu sehen, ohne dich berühren zu dürfen. Ich möchte dich in die Arme nehmen. Ich möchte dich lieben. Ich begehre dich. Ich sehne mich danach, mein Bett mit dir zu teilen, dich Tag und Nacht in den Armen halten zu dürfen ...«

»Und was hält dich davon ab? Wir haben es schon einmal getan. Wir sind erwachsen, und wir sind uns einig. Warum hast du solche Angst, Verantwortung für dein Tun zu übernehmen, Jean-Paul? Sogar bei deiner eigenen Tochter fällt es dir schwer. Hast du solche Angst, verletzt zu werden?«

Jean-Paul schwieg lange, ehe er antwortete. »Ja, ich habe Angst. Vor allem, was dich angeht.«

»Aber das verstehe ich nicht! Du und deine Mutter, ihr habt doch schon unmittelbar nach dem Tod meines Vaters Pläne für eine richtig große Hochzeit geschmiedet. Ich sagte damals, dass ich nur eine kleine, bescheidene Zeremonie wünsche. Warum willst du plötzlich nicht mehr? Ich verstehe deine Motive nicht, Jean-Paul!«

»Ich weiß, Joanne. Ich weiß.«

»War alles nur ein dummer Scherz? Eine Finte, um mich zu besänftigen? War es das, Jean-Paul?«

Er fasste sie um die Schultern, drehte sie zu sich um und sagte: »Bitte, beruhige dich, Joanne.« Dann nahm er sie fest in seine Arme. *»Joanne, chérie, je t'adore«*, murmelte er dicht an ihrem Hals.

»Warum können wir dann nicht einfach in die Dorfkirche gehen? Dann könnte ich endlich erhobenen Hauptes als deine legitime Ehefrau im Schloss ein und aus gehen. Deine Tochter wäre meine Stieftochter und deine Mutter ein Ersatz für die Mutter, die ich schon so früh verloren habe. Ich hatte nie vor, ihr die Stellung als Hausherrin streitig zu machen.«

»Gut, lass uns gehen.«

Sie brauchte fast eine halbe Minute, um zu verstehen, was er da gesagt hatte. »Wie bitte?«

»Lass uns gehen und es tun.« Er griff nach ihrer Hand und zog sie ein Stück mit sich.

»Warte, Jean-Paul! Warte!«

»Ich will aber nicht mehr warten. Ich will dich, ich will deinen Körper, und zwar jetzt, in diesem Augenblick. Du hast völlig recht, genau wie damals im Gasthof. Mir war doch nur wichtig, dass du vor unserer Hochzeit nicht schwanger wirst.« Er brach ab und warf ihr einen besorgten Blick zu. »Du bist doch nicht schwanger, oder?«

»Nein. Zumindest glaube ich nicht, dass ich es bin.«

»Aber sicher bist du nicht?«

»Also …«

»Mon Dieu!« Jean-Paul fehlten die Worte. Er starrte in ihr hübsches, verführerisches Gesicht. »Ist dir klar, Joanne, dass du auch dann ein Kind empfangen kannst, wenn du zum allerersten Mal mit einem Mann zusammen bist?«

»Ein Kind von dir wäre mein größter Wunsch – ein wahr gewordener Traum!« Sie lachte entzückt.

»Nein, Joanne. Das wäre es sicher nicht. Ich denke, du solltest dich mit Odine unterhalten.«

»Warum mit ihr?«

»Würdest du bitte mit mir kommen. Wir müssen etwas klären.«

»Wo führst du mich hin?« Joanne lachte und weinte gleichzeitig. »Mach dich bitte nicht über mich lustig, Jean-Paul. Hör endlich auf damit! Du bist doch verrückt!«

»Oh ja, ich bin verrückt! Ich bin verrückt, seit du mir das erste Mal über den Weg gelaufen bist. So, und jetzt trockne deine Tränen. Wir müssen einiges klarstellen.« Er zerrte sie hinter sich her über eine Wiese, in der die letzten, blutroten Mohnblumen des Sommers zwischen hohen Gräsern verblühten. »Nicht weinen, Joanne. Ich bin dir nicht böse. Ich gehe dir vielleicht ein wenig aus dem Weg, aber das hat einen triftigen Grund.«

»Aber ich weine doch gar nicht. Ich weine nie.«

»Oh doch, das tust du. Und es ist meine Schuld. Aber ich verspreche dir, wir werden bald heiraten. Sehr bald sogar. Aber zunächst muss ich dir etwas erklären.«

»Aber nicht so!« Joanne befreite sich aus seinem harten Griff. Die Art, wie er sie behandelte, gefiel ihr absolut nicht.

»Stell dir einfach vor, du wärest Odine. Stell dir vor, du würdest unter freiem Himmel mit den jungen Männern aus dem Dorf schlafen. Deine Haut hätte Kratzer von den harten Stoppeln des Feldes ...« Jean-Paul zog sie hinter sich her auf einen Hügel, von dem aus sie die Felder, den ausgebrannten Weinberg und das Schloss überblicken konnten. Über der Landschaft lag ein leichter, schon herbstlicher Dunst.

Er löste die Bänder ihrer Haube und bettete sie ins kühle Gras.

Joanne lachte nervös auf. »Kann es sein, dass du eifersüchtig auf die jungen Dörfler bist, Jean-Paul?«

»Du weißt, dass ich eifersüchtig bin.«

Joanne lag auf dem Rücken. Er hielt ihre Arme fest auf dem Boden, und sie blickte tief in seine unergründlichen grünen Augen. Sein Zorn und seine Eifersucht verrauchten. Joanne wusste noch immer nicht, was er von ihr wollte.

»Glaubst du, es war leicht für mich, dich jeden Tag zu sehen, dich unter meinem Dach zu wissen, ohne dich berühren zu dürfen? Dich so sehr zu begehren, dass du es dir kaum vorstellen kannst, ohne dich in die Arme nehmen zu dürfen? Und warum? Wegen der Folgen!« Er streichelte ihre bronzefarbenen Locken. »Sag, dass ich keinen Grund habe, eifersüchtig zu sein, Joanne!«

Sie lächelte. »Aber das weißt du doch, Jean-Paul! Ich liebe

nur dich, und es gibt keinen anderen Mann in meinem Leben als nur dich allein.«

Er räusperte sich verlegen. »Es tut gut, das zu hören. Trotzdem, Joanne, du solltest dich mit Odine unterhalten. Sie weiß vieles über die Dinge des Lebens – Dinge, die du erfahren musst, wenn du meine Frau werden willst. Du weißt, dass ich dich liebe und respektiere. Deshalb wünsche ich, dass du meine rechtmäßige Gattin wirst, ehe wir uns das nächste Mal einander ganz hingeben.«

»Dann lass uns doch so schnell wie möglich heiraten«, flüsterte Joanne heiser. »Wir sind beide frei und erwachsen.«

»Wir müssen uns noch ein wenig gedulden. Den Grund kann ich dir jetzt noch nicht erklären, aber lange wird es nicht mehr dauern.«

»Es hat mit Lise zu tun, nicht wahr? Ich bin dir zu jung, um als Stiefmutter für deine Tochter infrage zu kommen.«

»Nein, um Lise geht es nicht.«

»Dann vielleicht um deine Mutter? Ich weiß, dass sie mich nicht leiden kann und mich für billig hält, weil ich dir ohne Begleitung gefolgt bin.«

»Das ist es auch nicht.«

»Dann sag mir den Grund.«

»Bald, mein Herz.«

»Nein, jetzt!«

»Es geht nicht, Joanne.«

»Hast du Schulden? Spielschulden vielleicht? Hast du Sorgen wegen des Geldes, das dir dein Schwiegervater geliehen hat? Mach dir darum keinen Kummer, Jean-Paul. Ich habe genug Geld für dich, mich, Lise und alle …«

Wie gut sie ihn doch kannte! Sogar seine finanziellen Nöte konnte sie erraten. Er verschloss ihre Lippen mit einem Kuss, wühlte die Hände in ihr Haar und ließ sich endlich von seinem

Verlangen hinreißen. Leidenschaftlich suchte sein Mund ihre weiche Haut, seine Zunge erkundete ihre geheimsten Körperstellen und seine Hände wanderten von ihren Locken über ihren jungen warmen Leib, bis sie aufstöhnte. »Jean-Paul!«

»Sei still«, raunte er. »Lass mich. Das ist es doch, was du von mir willst, nicht wahr? Du willst, dass ich dich behandle, wie ein Ehemann seine Frau oder wie ein Liebhaber seine Mätresse behandelt. So wie im Gasthof, als du dich aus deinem braven Mädchenzimmer geschlichen hast und zu mir gekommen bist …«

Alle Zärtlichkeit war plötzlich verschwunden. Mit harter Hand riss er ihr Leibchen auf und schob ihren Rock nach oben. Joannes Begehren erlosch. Sie wehrte sich. »Jean-Paul, lass mich in Ruhe. Du bist nicht du selbst.«

»Ach, eben wolltest du noch … Wer hat hier Angst vor wem?«

»Bitte, Jean-Paul!« Joanne versuchte, ihren Rock zu richten und ihr Leibchen wieder zu schnüren, doch Jean-Paul hielt sie mitleidlos fest.

»Was hast du erwartet, *ma chérie?* Du spielst mit dem Feuer, ohne dir darüber im Klaren zu sein, was du mir antust oder was ich dir antun könnte.«

Joanne begann, verzweifelt zu schluchzen. Der Graf zwang sie, ihm ins Gesicht zu sehen. »Du redest ständig von Liebe, aber du hast keine Ahnung, was Liebe zwischen Mann und Frau bedeutet. Wenn du hier die Schüchterne spielen willst, dann hättest du mir nicht nach Villacroix folgen dürfen.«

Joanne hielt sich die Ohren zu. »Hör auf! Bitte, hör auf! Warum sprichst du so mit mir? Ich liebe dich, Jean-Paul. Jeder Augenblick ohne dich ist wie ein körperlicher Schmerz. Ich liebe dich so sehr, dass ich mich dir hier und jetzt hingeben und voll Freude ein Kind von dir empfangen würde, wenn du es von mir verlangst. Aber behandle mich bitte nicht wie eine Dirne.«

Beschämt ließ Jean-Paul von ihr ab und schlug die Hände vor sein Gesicht. »Und du willst unerfahren sein? Du weißt sehr wohl, wie man einen Mann quält. Oh ja, ich leide. Und natürlich hast du recht: Ich gehe dir aus dem Weg. Ich bin nun einmal nicht aus Stein, aber dafür kann ich nichts. Ich hätte es nie so weit kommen lassen dürfen!«

»Warum sagst du so etwas, Jean-Paul?« Joannes Schluchzen beruhigte sich allmählich.

»Weil es stimmt. Ich hätte meine Gefühle für dich niemals aussprechen dürfen.« Er lächelte traurig. »Weißt du, ein paar Tage nach der Soiree bei Hélène Le Fèvre, jenem Tag, an dem unser König nach England floh, stand ich vor eurem Haus in der Rue Royale. Niemand schien zu Hause zu sein. Damals wusste ich noch nicht, dass dein Vater krank war und bei Hélène gepflegt wurde. Es regnete, doch ich spürte nichts. Ich wollte nichts anderes, als einen Blick auf dich zu erhaschen. Schon damals fragte ich mich, ob ich diese Gefühle für dich überhaupt zulassen durfte. Du warst so jung, so unverbraucht und so ganz anders als die Frauen, mit denen ich sonst zu tun hatte. Heute aber bin ich ganz sicher, dass uns das Schicksal zusammengeführt hat. Du sollst die Herrin meines Herzens und meines Schlosses sein, sobald es möglich ist.«

»Ich wäre lieber deine Ehefrau«, schniefte Joanne.

Er lächelte sie zärtlich an und nahm sie erneut in die Arme – nun aber sanft und ohne Drängen. »Aber sicher, mein Liebling.«

Kapitel Neunzehn

Den Rest ihres Geburtstages verbrachte Joanne in ihrem Zimmer. Immer noch fühlte sie sich zutiefst verwirrt. Wer war er, dieser Mann, den sie liebte, aber offenbar so wenig kannte? Sie wurde nicht schlau aus ihm; trotzdem wankten ihre Gefühle für ihn nicht.

Erschöpft schlief sie ein.

Als sie erwachte, herrschte ein merkwürdiges Zwielicht im Zimmer. Von fern hörte sie die Turmuhr siebenmal schlagen. Sie hatte das Abendessen verschlafen, das um sechs Uhr serviert wurde und die einzige Mahlzeit ausmachte, die sie zusammen einnahmen. Himmel – Madame Charmaine war sicher wütend. Und Jean-Paul? Lise hatte Joanne verraten, dass er einen Geburtstagskuchen mit achtzehn Kerzen für sie in Auftrag gegeben hatte. Wie enttäuscht musste er gewesen sein, als sie nicht erschienen war!

Joanne stand auf. Für eine ausgiebige Toilette war keine Zeit mehr, die musste sie auf später verschieben. Aber was sollte sie anziehen? Sie hatte kaum Kleider mitgebracht. Der größte Teil ihres Besitzes stand gut verpackt in ihrer Wohnung in Paris und wartete auf den Abtransport nach Irland. Im Schrank ihres neuen Zimmers fand sie ein hübsches, gelbes, schulterfreies Kleid. Wahrscheinlich hatte Natascha es schon vor Wochen in den kleinen Koffer gepackt, den Joanne mitgenommen hatte. Hastig zog Joanne sich an, steckte das Haar auf, schmückte sich mit einer Sonnenblume aus der Vase in ihrem Zimmer und stürmte die Treppe hinunter.

Jean-Paul war nicht anwesend. Man hatte auch offenbar kein Gedeck für ihn aufgelegt, es sei denn, dass es bereits abgeräumt worden war. Wie es aussah, hatte auch Lise bereits gespeist, denn neben ihrem Teller und einem halb geleerten Glas Wasser lag eine zusammengeknüllte Serviette. Lediglich das Gedeck der Gräfin schien noch unberührt zu sein.

»Setzen Sie sich, Miss Byngham.«

»Entschuldigen Sie, dass ich zu spät komme, Madame Charmaine. Ich bin eingeschlafen ...«

»Setzen Sie sich, habe ich gesagt!«

Mit pochendem Herzen rückte Joanne ihren Stuhl zurecht.

»Der Gong hat vor über einer Stunde geläutet, Miss Byngham.«

»Ich weiß. Aber ich habe versucht, Ihnen zu erklären ...«

»Es missfällt mir, warten zu müssen. Vor allem zu den Mahlzeiten hat absolute Pünktlichkeit zu herrschen. Auch mein Sohn wartet nicht gern. Er ist bereits aufgebrochen, um seinen Pflichten nachzugehen. Als Gast in diesem Hause sollten Sie darauf achten, sich unseren Sitten zu fügen.«

Joanne wurde wütend. Wieso war Jean-Paul nicht da, um sie zu verteidigen? Und wo war die versprochene Geburtstagstorte? Wer war diese alte Frau, dass sie es wagte, auf diese Weise mit ihr zu sprechen?

Um des lieben Friedens willen jedoch hielt Joanne ihre Zunge im Zaum. »Es tut mir wirklich leid, Madame Charmaine, aber ich hatte doch keine Ahnung ...«

»Von nichts haben Sie eine Ahnung, Miss Byngham. Und jetzt werden wir gemeinsam speisen und anschließend reden.«

»Ich bin ehrlich gesagt nicht sehr hungrig, Madame Charmaine. Wenn Sie mich also entschuldigen wollen ...«

»Ich entschuldige niemanden, und im Gegensatz zu Ihnen

bin ich sehr hungrig. Immerhin haben Sie mich über eine Stunde warten lassen. Sie werden also die Güte besitzen, gemeinsam mit mir die kalte Suppe auszulöffeln.«

»Sie hätten ohne mich anfangen sollen, Madame Charmaine.«

Die alte Gräfin schlug so hart mit der flachen Hand auf den Tisch, dass das Besteck klirrte. »Wollen Sie mir etwa vorschreiben, was ich zu tun habe, Miss Byngham? Ich erwarte, dass Sie darauf verzichten, das Wort an mich zu richten, bis wir unsere Mahlzeit beendet haben.« Sie breitete eine Serviette über ihren Schoß und ließ sich die Suppe servieren.

Das Mahl verlief in eisigem Schweigen. Joanne ließ alle Gänge fast unberührt zurückgehen. Es dauerte eine volle Stunde, ehe die alte Gräfin geruhte, ihre Serviette zu falten, Joanne anzusehen und das Wort zu ergreifen.

»Sie vollenden also heute Ihr achtzehntes Lebensjahr, Miss Byngham. Damit sind Sie ehemündig, und das wird Sie zweifellos freuen. Meinen Glückwunsch.«

»Vielen Dank, Madame Charmaine«, murmelte Joanne. Sie war den Tränen nahe und wünschte nichts mehr, als sich zurückziehen zu dürfen.

»Sie stehen am Beginn Ihres Lebens und sind jung und schön. Außerdem sind Sie reich. Wissen Sie eigentlich, wie beneidenswert dieser Zustand anderen Menschen erscheinen mag? Sie haben alles, was man sich nur wünschen kann – bis auf Eltern, die Ihnen den Weg weisen. Als Mutter Ihres Gastgebers – da Sie Jean-Paul nicht offiziell versprochen sind, möchte ich das Wort ›Verlobter‹ lieber nicht benutzen – nehme ich mir das Recht, Elternstelle an Ihnen zu vertreten. Und in dieser Eigenschaft muss ich Ihnen sagen, dass ich Ihr Verhalten zutiefst missbillige. Sind Sie denn nicht als gute Christin erzogen worden? Angesichts der Stellung Ihres verstorbenen Vaters hätte man eine angemessene Unterweisung sicherlich erwarten können. Sie platzen ohne Begleitung und mit kleinstem Gepäck einfach so hier herein ...«

»Jean-Paul ...«

»Sie halten den Mund, junge Dame! Sie werden genau zuhören, was ich zu sagen habe, ehe Sie in Ihr Zimmer gehen, Ihre Sachen zusammenpacken und morgen früh mein Haus verlassen.« Sie schlug mit der Hand auf den Tisch.

Joanne stand auf. Ihre Stimme klang sehr ruhig. »Nein, Gräfin. Ich gehe jetzt sofort in mein Zimmer. Wenn Sie mich entschuldigen möchten ...«

»Setzen Sie sich! Ich möchte Ihnen etwas sagen, was Sie aufgrund Ihrer behüteten Kindheit und Jugend bisher nicht wissen konnten: Männer sind von Natur aus Raubtiere. Sie halten sich nicht lang mit Rückfragen auf, wenn sich eine leichte Beute bietet. Sie nehmen, was sie bekommen können, weil es ihrem Ego schmeichelt, und zwar ungeachtet ihres Alters. Die Fragen stellen meist wir Frauen, und zwar dann, wenn wir mit einem Kind allein zurückgelassen werden. Um es ganz klar zu sagen, Miss Byngham: Sie haben sich meinem Sohn sehr ungeniert an den Hals geworfen. Er ist schließlich erst seit kurzer Zeit Witwer ...«

»Soweit ich weiß, starb seine Frau vor sechs Jahren«, widersprach Joanne tapfer. »So kurz ist das meines Erachtens nicht.«

»Er hat ein Kind, für das er verantwortlich ist«, fuhr Madame Charmaine ungeachtet des Einwurfs fort. »Glauben Sie eigentlich, ich wüsste nicht, warum Sie heute Abend dieses aufreizende Kleid tragen? Es hat seiner verstorbenen Frau gehört. Wahrscheinlich haben Sie in Amélies Schränken gewühlt, um Jean-Pauls Zuneigung zu erzwingen.«

Joanne war so schockiert, dass sie sich auf den nächsten

Stuhl fallen ließ. Wie in Trance ließ sie Madame Charmaines Wortschwall über sich hinwegrauschen.

»Vermutlich hat sich Jean-Paul von Ihrem Erbe blenden lassen, dass er nicht erkennt, wie durchtrieben Sie vorgehen, um an seinen Namen, seinen Besitz und seinen Stammbaum zu kommen. Ich verspreche Ihnen, er hat unüberlegt gehandelt. Aber als Witwer und gesunder Mann ist sein Benehmen entschuldbar.« Sie unterbrach sich und trank einen Schluck Wasser.

Joanne hörte kaum noch zu.

»Mein Sohn hat Sie hier aufgenommen, weil er sich Ihrem Vater, seinem Freund, verpflichtet fühlte. Er wollte Ihnen Schutz und Gastfreundschaft bieten. Aber Sie haben den Bogen überspannt, Miss Byngham. Gehen Sie. Lassen Sie Jean-Paul in Frieden. Er ist nicht der Richtige für Sie, und Ihre Anwesenheit hier im Schloss raubt ihm den Seelenfrieden. Gehen Sie nach England oder Irland – mir ist es gleich. Heiraten Sie einen Mann Ihres Alters, Ihrer Herkunft und Ihrer Staatsangehörigkeit. Jean-Paul führt ein Leben, das schon lange vor Ihrer Ankunft in ganz anderen Bahnen verlief. Und mit unseren Schwierigkeiten werden wir auch ohne Ihre Erbschaft fertig – mit Ihrem Geld können Sie nichts erpressen. Ehrlich gesagt glaube ich nicht, dass er überhaupt noch einmal heiratet. Natürlich wird er versuchen, Sie mit Versprechungen in seiner Nähe zu halten, weil es so schön bequem ist. Aber ich kenne seine Beteuerungen. Er hat sie bei allen seinen Frauengeschichten benutzt. Also gehen Sie lieber nach Hause. Sie tun sich und uns damit einen Gefallen, denn ich nehme nicht an, dass Sie in Frankreich eine Karriere als Kurtisane machen möchten – oder etwa doch, Miss Byngham? So, wie Sie heute Abend gekleidet sind, könnte man fast davon ausgehen.«

Wie betäubt blieb Joanne sitzen. Madame Charmaine stand

mühsam auf. Ihr Gehstock fiel zu Boden. Joanne rührte sich nicht. Ein Diener kam, hob die Stütze auf und geleitete die alte Gräfin aus dem Esszimmer. Joanne blieb allein in dem düsteren Raum zurück, aus dem selbst die vielen Kerzen die Finsternis nicht vertreiben konnten. Sie schlug die zitternden Hände vor ihr kreideweißes Gesicht. Nie zuvor hatte sie sich derart beschämt und verraten gefühlt.

Als sie einigermaßen sicher war, dass ihre Beine nicht unter ihr nachgeben würden, zog sie sich in ihr Zimmer zurück. Sie schlüpfte aus dem Kleid, von dem sie nicht gewusst hatte, dass es Jean-Pauls verstorbener Frau gehörte, hängte es zurück in den Schrank und packte ihre wenigen Sachen zusammen.

Wäre an diesem Abend noch eine Kutsche gefahren, hätte sie das Schloss sofort verlassen, so jedoch musste sie ihren Schmerz hinunterschlucken und bis zum nächsten Morgen warten.

Plötzlich klopfte es. Joanne hielt sich die Ohren zu. Auf keinen Fall wollte sie Jean-Paul jetzt sehen. Sollte er doch sehen, wo er blieb! Das Klopfen wurde lauter und war schließlich so nachhaltig, dass Joanne sich gezwungen fühlte zu reagieren. »Verschwinde!«, rief sie.

»Ich bin es doch, Joanne. Hier ist Lise!«

»Lise?« Sofort öffnete Joanne die Tür.

Auf der Schwelle stand das kleine Mädchen im Nachthemd, hatte die Hände hinter dem Rücken verborgen und sah aus wie ein kleiner Engel ohne Flügel. Schnell huschte sie in Joannes Zimmer.

»Du hast ja geweint!«, stellte sie fest. »Am Geburtstag sollte man aber nicht weinen, sonst hat man das ganze Jahr lang Pech, Joanne.« Die Kleine sah ihre große Freundin besorgt an.

»Oh, weißt du, ich hatte schon so viel Pech, dass es auf ein bisschen mehr kaum noch ankommt.«

»Wer hat dich zum Weinen gebracht? War es Papa oder Großmama?«

»Das spielt jetzt keine Rolle mehr.«

»Bestimmt war es unser alter Hausdrachen, denn Papa ist mit der Eisenbahn nach Paris gefahren.«

»Davon hat er mir gar nichts gesagt.«

»Er wollte es tun, aber du hast geschlafen, und er wollte dich nicht aufwecken. Schließlich hast du den ganzen Tag auf dem Feld gearbeitet. Bevor er fuhr, hat er mich gebeten, dir sein Geschenk zu überreichen.« Sie zog eine Hand hinter dem Rücken hervor und reichte Joanne ein kleines, in Geschenkpapier verpacktes Päckchen. »Er trug mir auf, dir zu sagen, dass es ihm sehr leidtut, aber dass er zu wichtigen Geschäften abberufen wurde. Morgen Nachmittag will er zurück sein und dich als verspätetes Geburtstagsgeschenk ganz fest herzen und küssen. Er hat dich wirklich sehr lieb, Joanne. Ich weiß es genau. Ich glaube, er ... na ja, ist ja egal, was ich glaube. Nur, dass wir dich beide sehr, sehr lieb haben.«

Warum musste dann alles so kommen?, dachte Joanne verzweifelt. »Komm, Lise, setz dich zu mir aufs Bett, dann öffnen wir das Geschenk gemeinsam.«

»Ich habe auch etwas für dich«, sagte Lise und zog auch die andere Hand hinter ihrem Rücken hervor. »Das hier ist von mir. Herzlichen Glückwunsch.«

»Danke schön, Lise. Aber du sollst doch dein Taschengeld nicht für mich ausgeben!«

»Habe ich auch nicht. Es ist ein selbst gemachtes Lavendelsäckchen für die Wäscheschublade. Meine Kinderfrau hat mir ein bisschen geholfen.«

»Dann muss ich mich auch bei ihr bedanken, findest du nicht?« Sie wickelte das Päckchen aus. Das Duftsäckchen hatte die Form eines Herzens und war hübsch bestickt. »Das ist aber hübsch! Und es riecht so gut! Danke schön, Lise. Ich werde es immer in Ehren halten.« Sie umarmte das kleine Mädchen und küsste es auf die Stirn.

»Ich habe dir auch ein Gedicht geschrieben«, sagte Lise ein wenig verlegen. »Du darfst es aber erst nach deinem Abendgebet lesen.« Sie schob ein zusammengefaltetes Blatt Papier unter Joannes Kopfkissen. »Willst du Papas Geschenk nicht öffnen?« Die Schachtel lag ungeöffnet auf der Decke.

»Aber natürlich«, lächelte Joanne.

»Ich weiß, was es ist. Ich habe Papa nämlich geholfen, es einzupacken. Es gefällt dir bestimmt.«

Als Joanne den Deckel des Kästchens hob, stockte ihr der Atem. Im Kerzenlicht schimmerte ein Armband aus Saphiren und Diamanten wie ein Wasserfall im Sternenlicht, und auf der zugehörigen Karte standen die Worte: *Herzlichen Glückwunsch zum Geburtstag, Joanne. Ich liebe dich für immer. Dein Jean-Paul.*

Doch Joanne konnte sich nicht wirklich freuen. Nach Madame Charmaines langer Predigt beim Abendessen fragte sie sich unwillkürlich, ob das Armband nicht ebenfalls Amélie gehört hatte. Vorsichtig legte sie es zurück in die Schachtel.

»Gefällt es dir nicht, Joanne?«, fragte Lise verzagt.

»Doch, es ist wunderschön und wirklich lieb von deinem Vater. Ich werde mich bei ihm bedanken ... wenn ich ihn das nächste Mal sehe.«

Lise war der geöffnete Koffer nicht entgangen. Nun konnte sie die Frage nicht länger unterdrücken, die ihr seit dem Betreten des Zimmers auf den Lippen gebrannt hatte: »Willst du etwa wegfahren, Joanne? Sag bitte, dass es nicht so ist.«

»Ich muss, Lise. Nur für kurze Zeit. Und du und dein Papa, ihr müsst recht bald nach Irland kommen. Wenn ...« Plötzlich wurde ihr übel. Sie stürzte an den Waschtisch, würgte und spritzte sich eine Hand voll kalten Wassers ins Gesicht, ehe sie sich wieder zu Lise umwandte. Das kleine Mädchen starrte sie erschrocken an. »... wenn dein Vater und ich heiraten, dann soll es in Irland geschehen. Wir müssen uns nur noch ein wenig gedulden. Ich habe eine Tante – Tante Hester –, die zunächst noch ihr Einverständnis zu meiner Hochzeit geben muss. Diese Tante Hester ist die Schwester meines Vaters und, na ja, ein ziemlicher Besen.«

Lise musste lachen und umarmte Joanne. »Du bist immer so witzig, Joanne. Wie oft sagst du Dinge, über die ich lachen muss! Zum Beispiel neulich, als Großmutter dich gefragt hat, ob dein Vater nicht in Irland begraben werden wollte, und du gesagt hast, dass du ihn nicht mehr fragen konntest, weil er schließlich schon tot war. Ich wäre beinahe erstickt! Später hat Großmutter dann erklärt, Engländer seien immer so unhöflich, weil sie Barbaren seien. ›Lass dich nicht von den Vorlieben deines Vaters beeinflussen, mein Kind‹«, imitierte Lise die tiefe Stimme ihrer Großmutter.

»Das hat sie gesagt?«

»Ehrlich und wahrhaftig!«

Joanne nahm das kleine Mädchen fest in die Arme. »Ach Süße, ich wollte, ich könnte noch bleiben. Aber ich muss nach Irland. Es gibt noch viel zu klären, ehe dein Papa und ich heiraten können, und zwar Dinge, an die ich leider vorher nicht gedacht hatte.«

»Was zum Beispiel?«

»Zum Beispiel gehören wir unterschiedlichen Religionsgemeinschaften an.«

»Was bist du?«

»Ich bin Protestantin.«

»Wir sind römisch-katholisch.«

»Ich weiß. Aber zwischen den beiden Religionen gibt es große Unterschiede.«

»Ich glaube nicht, dass das wichtig ist. Wenn Papa und du euch wirklich lieb habt – und Papa sagt, dass es so ist – dann musst du einfach bleiben, Joanne. Du gehst doch nicht fort, ohne ihm Bescheid zu sagen?«

»Ich fürchte, es muss sein, Lise. Die Kutsche nach Paris geht morgen früh um zehn Uhr, und du hast mir gesagt, dass er erst nachmittags zurückkommt. Aber ich werde ihm schreiben und ihm alles erklären.«

»Wenn du fortgehst, sehe ich dich vielleicht nie wieder«, schluchzte Lise auf und hängte sich an Joannes Hals.

»Aber natürlich sehen wir uns wieder, du Dummerchen. So, und jetzt marsch ins Bett. Es ist schon sehr spät. Was meinst du, wie deine Großmutter schimpfen würde, wenn sie wüsste, dass du hier bei mir bist.«

»Gute Nacht, Joanne. Und vergiss nicht, mein Gedicht zu lesen.«

»Ganz bestimmt nicht. Und nochmals ganz herzlichen Dank dafür. Gute Nacht, Lise.«

Teil 2

Der eiserne Käfig

Kapitel Zwanzig

Schon früh am folgenden Morgen ging Joanne in den Stall, um einen Ausritt auf Jean-Pauls Lieblingspferd zu machen und sich gleichzeitig von ihm zu verabschieden. Joanne kannte sich mit Pferden hervorragend aus, und Jean-Paul hatte ihr seit einigen Wochen gestattet, Mars zu reiten, wenn er selbst nicht abkömmlich war. »Ich habe ihn noch nie jemand anders anvertraut«, hatte er gesagt. »Sieh es als Beweis meiner großen Liebe zu dir. Außerdem bist du eine fantastische Reiterin und sitzt im Sattel, als wärest du hineingeboren. Du darfst ihn jederzeit reiten, wenn ich nicht da bin.«

Sobald sie in den Stall kam, begrüßte der große starke Mars sie mit einem fröhlichen Wiehern. Sie zäumte das Pferd und sattelte es mit einem Damensattel, der früher Charmaines Eigentum gewesen war.

Einige Äpfel, die Joanne in die Taschen ihres Reitkleides gesteckt hatte, fand Mars natürlich sofort. Das Obst war als Belohnung für das Pferd, aber auch als Frühstück für sie selbst gedacht, denn sie hatte nicht die geringste Lust, vor ihrer Abreise aus Villacroix noch einmal mit Madame Charmaine zusammenzutreffen. Auch wenn man ihr alles genommen hatte – ihre Würde wusste sie zu wahren.

Sie reichte Mars einen Apfel und biss auch selbst herzhaft in eine der frischen, säuerlichen Früchte. Dann öffnete sie die Stalltür. Der Bursche schlief noch tief und fest. Sie saß auf und ritt gemächlich durch das noch dunstige Flusstal. Die Sonne war eben erst aufgegangen und versprach einen weiteren wunderbaren Spätsommertag. Während sie den Rappen langsam trotten ließ, dachte sie über das Gespräch mit Madame Charmaine nach. Noch nie zuvor war sie derart beleidigt worden.

Vieles hatte sich verändert, seit Joanne in Villacroix eingetroffen war. Zu Beginn hatte sie sich ernsthaft bemüht, Jean-Pauls Mutter Geduld und Langmut entgegenzubringen, doch der Versuch war kläglich gescheitert. Inzwischen verspürte sie nur noch grenzenlosen Widerwillen gegen diese Frau. Ja, Madame Charmaine hatte gewonnen!

Joanne gab dem Pferd die Sporen und verfiel in einen raschen Galopp. Ihr war, als müsse sie die Spinnweben ihres Lebens in Villacroix zerreißen, um endlich wieder frei atmen zu können. Erst nach geraumer Zeit ließ sie Mars wieder traben. Das große Pferd war nicht einmal außer Atem.

Sie hätte nicht sagen können, wie lange sie so geritten war. Längst schon hatte sie Jean-Pauls Besitz hinter sich gelassen. Die ersten Bäume des königlichen Forstes waren bereits deutlich zu sehen. Die Sonne stand ein gutes Stück höher; die feuchten Wiesen dampften. Joanne ließ Mars bis zum Waldrand traben, wo sie anhielt und abstieg.

»Willst du noch einen Apfel, mein Freund?«, fragte sie und hielt Mars auf der flachen Hand eine Frucht hin. Doch das Tier schien nervös. Es schnaubte, legte die Ohren an, verdrehte die Augen, bis man das Weiße sehen konnte, und stieß den Apfel von ihrer Hand.

»Was ist denn mit dir los?«, fragte Joanne verblüfft und nahm die Zügel fester. Mars benahm sich normalerweise nicht so, doch irgendetwas schien ihn zu beunruhigen. Joanne blickte sich um. Als sie sah, was Mars nervös gemacht hatte, bekam sie es mit der Angst zu tun und drängte sich instinktiv an die warme Flanke des Pferdes.

Auf einer kleinen Erhebung saß ein bärtiger, wie ein mittelalterlicher König anmutender Mann unter den Bäumen und beobachtete sie und das Pferd. Im Gras vor seinen Füßen lag sein Bündel. Sofort setzte Joanne den Fuß in den Steigbügel. Sie musste verschwinden, und zwar schnell!

Mit einer Behändigkeit, die man ihm bei seiner Größe kaum zugetraut hätte, sprang der Mann mit einem Satz auf die Beine und war bei Joanne, ehe sie wusste, wie ihr geschah, und riss ihr die Zügel aus der Hand. Vor Angst brachte Joanne keinen Ton heraus. Ihr Herz klopfte zum Zerspringen.

Der Mann jedoch beachtete Joanne überhaupt nicht. Er tätschelte dem Pferd den Hals, streichelte seine Nüstern und sprach mit ihm in einer Sprache, die Joanne noch nie gehört hatte. Mars aber schien den Fremden zu verstehen. Er beruhigte sich sofort und nahm ihm den soeben verschmähten Apfel vorsichtig aus der Hand.

»Hast du noch mehr Äpfel?«, wollte er schließlich von Joanne wissen, ohne die Augen von Mars zu wenden. Joanne brachte keinen Ton heraus, sondern nickte hinter dem Rücken des Bärtigen. Mit zitternden Händen nestelte sie den letzten Apfel aus den Tiefen ihrer Tasche. Der Mann nahm ihn und biss hinein. »Steig auf«, forderte er sie auf und schubste sie auf das Pferd zu.

Dem Himmel sei Dank, dachte Joanne. Er lässt mich laufen. Der arme Kerl war bloß hungrig. Wie peinlich, so viel Angst vor einem Landstreicher zu haben!

Trotzdem zitterten ihre Beine so stark, dass sie kaum aufsitzen konnte. Der Mann versetzte ihr einen Stoß, der sie fast über den Sattel hinauskatapultierte. Als sie sich jedoch nach den Zügeln bückte, brachte der Fremde sie außer Reichweite.

»Damensättel sind nichts als Firlefanz«, knurrte er. »Ich bringe dir bei, wie man richtig reitet.« Er bückte sich nach seinem Bündel und warf es in Joannes Schoß. »Halt das mal fest. Ruhig, mein Junge, ganz ruhig«, wandte er sich wieder Mars zu, flüsterte ihm in der fremden Sprache etwas ins Ohr und blies sanft in seine Nüstern.

Endlich fand Joanne ihre Stimme wieder. Die Art, wie der Fremde das Pferd behandelte, tröstete sie ein wenig. »Wo reiten wir hin?«

»Das wirst du noch früh genug erfahren.«

»Lassen Sie mich bitte laufen. Ich muss zum Frühstück wieder im Schloss sein, sonst wird man nach mir suchen.«

»Na, so was!«

Joanne trat nach dem Fremden und versuchte, sich aus dem Sattel gleiten zu lassen. Der Mann zog ein Messer aus der Tasche und drückte die Klinge gegen ihren Knöchel. Joanne gab ihren Widerstand auf, schloss die Augen und wartete auf einen jähen Schmerz, doch der Druck der Klinge ließ nach, und sie hörte, wie das Messer zusammengeklappt wurde. Vorsichtig öffnete sie die Augen einen Spalt. Sie war ganz sicher, den Mann zu kennen, konnte sich aber nicht erinnern, woher.

»Arles«, sagte er leise. Plötzlich sprach er wie ein gebildeter Mensch. »Arles ist sehr weit fort von hier. Aber mit einem Pferd und einer Frau an der Seite wird der Weg leichter. Lass uns losreiten.« Er stieg hinter ihr auf das Pferd, gab aber die Zügel nicht aus der Hand.

Gehorsam trottete Mars den Waldweg entlang. Je weiter sie sich vom Schloss entfernten, desto größer wurde Joannes Angst. »Wer sind Sie?«, presste sie hervor.

»Frag nicht, dann bekommst du auch keine Lügen aufgetischt.«

»Ich hoffe, Sie wissen, dass Entführung strafbar ist. Pferdediebstahl übrigens ebenfalls. Wenn der Comte de Villacroix

Ihrer habhaft wird, verarbeitet er Sie zu Kleinholz, das verspreche ich Ihnen.«

»Weißt du, was mich bei Frauen immer am meisten beeindruckt? Wenn sie geistvoll sind! Affektierte Zicken, die dahinschmelzen, sobald ein Mann von Stand ihre Hand küsst, kann ich nicht leiden.«

»Woher wissen Sie das?« Joanne wagte es nicht, sich umzudrehen. Allzu nah spürte sie den heißen Atem des Mannes in ihrem Nacken.

»Was weiß ich?«

»Dass er meine Hand geküsst hat.«

»Ich habe keine Ahnung, worüber Sie reden, gnädiges Fräulein.«

Joanne war verwirrt. Erneut überkam sie das Gefühl, den Mann zu kennen. Trotz des Bartes, der einen Großteil des Gesichtes überwucherte, lag etwas Vertrautes in seinen Zügen, seinen Umgangsformen und vor allem in der tiefen, interessanten Stimme. Ein Landstreicher war er ganz sicher nicht – aber was war er dann? Und vor allem: Wer war er?

»Sind Sie auf der Flucht vor den Milizen? Haben Sie sich etwas zuschulden kommen lassen? Wieso lungern Sie im Wald des Grafen herum? Waren Sie etwa derjenige, der den Weinberg des Grafen in Brand gesteckt hat?«

»Wie schon einmal gesagt: Wer keine Fragen stellt, bekommt auch keine Lügen aufgetischt«, lautete die barsche Antwort.

Sie dachte kurz nach. »Aber Sie fliehen vor etwas. Warum würden Sie mich sonst als Geisel mitnehmen?« Wenn er tatsächlich etwas verbrochen hatte, konnte sie ihn vielleicht bestechen. »Hören Sie, ich weiß nicht, wer Sie sind, obwohl mir scheint, dass ich Sie schon einmal gesehen habe. Aber wie dem auch sei – wenn Sie vor der Polizei davonlaufen und nach

Arles wollen, dann nehmen Sie doch einfach das Pferd. Ich kann zum Schloss zurücklaufen und verspreche Ihnen, kein Sterbenswörtchen über die Sache zu verlieren. Ich sage einfach, dass Mars mich abgeworfen hat. Versuchen Sie einmal, die Sache vernünftig zu betrachten. Zwei Reiter ermüden das Pferd sehr stark, und die Reise nach Arles dauert auf diese Weise erheblich länger. Sie wollen mich doch eigentlich gar nicht mitnehmen. Ich ziehe viel zu viel Aufmerksamkeit auf mich und verlangsame Ihr Fortkommen. Lassen Sie mich gehen. Bitte! Lassen Sie mich laufen, und nehmen Sie das Pferd.«

Der Mann warf den Kopf in den Nacken und lachte so laut, dass die Vögel von den Zweigen aufflogen. »Was? Ich soll auf das Vergnügen deiner Anwesenheit verzichten? Ganz bestimmt nicht! Du hast einen recht merkwürdigen Humor, meine Kleine. Ich möchte dich noch ein bisschen besser kennenlernen, ehe ich dich laufen lasse. Mir ist absolut klar, dass du schnurstracks zur Polizei rennen und haarklein berichten würdest, wie ich dich vom Besitz des großen Jean-Paul St-Clair de Villacroix entführt habe.«

»Dann kennen Sie ihn also?«

»Aber sicher, Mademoiselle. Natürlich kenne ich ihn. Und wie ich ihn kenne!«

Wie erstarrt saß Joanne im Sattel. Sie bemerkte nicht einmal den Schmerz in ihren zur Unbeweglichkeit verurteilten Beinen und den Druck, den der Sattelknauf in ihrer Kniekehle ausübte. Der Mann hinter ihr spielte mit einer rötlichen Locke, die sich aus ihrem Haarknoten unter dem Hut gelöst hatte.

Und jetzt? Der Mann behauptete, Jean-Paul zu kennen. Er benutzte sie also offenbar als Geisel. Zumindest würde er sie vermutlich nicht heimlich im Wald verscharren, denn er schien sie für seine Zwecke zu brauchen. Aber er besaß ein Messer und würde aller Wahrscheinlichkeit nach nicht davor zurückschrecken, es einzusetzen. Somit war es angebracht, sehr vorsichtig und besonnen vorzugehen und es sich keinesfalls mit ihm zu verderben. Hinter seiner ungepflegten Fassade schien er ein gebildeter Mensch zu sein; möglicherweise war das ihre Rettung.

»Verstehen Sie doch, Monsieur! Wenn ich bis heute Abend nicht wieder im Schloss erscheine, wird man nach mir suchen. Und wenn die Jagdhunde erst einmal Ihre Fährte aufgenommen haben, werden Sie Arles niemals erreichen.«

»Heute Abend und morgen bewegen wir uns auf abgelegenen Waldwegen fort«, sagte er, ohne auf ihre Drohung einzugehen. »Dieser Wald ist sehr groß. Ab übermorgen ändern wir unsere Taktik. Ich habe mich in der letzten Zeit so viel in den Wäldern aufgehalten, dass mir daran gelegen ist, endlich wieder einmal stilvoll zu reisen. Du zum Beispiel machst dich wunderbar an der Seite eines Mannes«, fuhr er fort und berührte den Samtkragen ihres smaragdgrünen Reitkleides.

Joanne spürte seine körperliche Nähe und unterdrückte einen Schauder. Nur nicht zeigen, dass sie sich vor ihm fürchtete! »Würden Sie bitte Ihre Hände fortnehmen, Monsieur?«

»Wenn ich mich erst einmal gewaschen und rasiert habe, bin ich ganz präsentabel. Gibt es etwas Angenehmeres für einen Mann als ein deftiges Abendessen und ein sauberes, mit einer hübschen jungen Dame geteiltes Bett? Ich ziehe diese Aussicht jedenfalls jeder einsamen Nacht auf dem harten Waldboden vor.« Sein heißer Atem strich über ihren Nacken.

»Das wird wohl nicht gehen, Monsieur. Sobald ich eine Menschenseele zu Gesicht bekomme, werde ich natürlich sagen, dass ich gegen meinen Willen festgehalten werde. Der Unterschied zwischen Ihrem und meinem Aussehen fällt deutlich ins Auge.«

Ihre Drohungen schienen den Fremden nicht im Mindesten zu beeindrucken. Im Nachhinein wünschte sich Joanne, nicht so voreilig gewesen zu sein. Der Fremde wusste jetzt, was in ihr vorging, und würde sie keine Sekunde aus den Augen lassen.

»Nun gut, dann werden wir eben in den Wäldern bleiben, bis du gelernt hast, deinen vorlauten Mund zu halten.« Er bohrte einen kräftigen Finger schmerzhaft in ihren Nacken.

»Hören Sie auf! Sie tun mir weh!«, schrie Joanne auf. Plötzlich wurde ihr bewusst, welch grausames Spiel der Mann mit ihr spielte, wie er es darauf anlegte, sie zu unterdrücken und seinem Willen zu unterwerfen. Nur ihr Verstand würde sie davor retten, ihm zu unterliegen, und nur mit ihrem Verstand konnte sie sich auf das vorbereiten, was ihr möglicherweise noch bevorstand.

Joanne war müde und verwirrt. Schweigend ritten sie weiter über kleine Pfade durch den Wald, der kein Ende zu nehmen schien, ohne einer Menschenseele zu begegnen. Die Sonne stand schon tief am Himmel, als der Fremde sie plötzlich anschrie: »Steig ab! Runter vom Pferd!« Mit einer geschmeidigen Bewegung ließ er sich vom Rücken des Reittiers gleiten. Joanne blieb demonstrativ sitzen. Aufsässig warf sie lediglich seinen Bündel hinter ihm her.

»Du steigst ab, wenn ich es dir sage!«, knurrte er, zerrte sie vom Pferd und stieß sie ins Unterholz neben dem Waldweg. »Hol Holz!«

»Das werde ich bestimmt nicht tun. Machen Sie es doch selbst.« Mit verschränkten Armen ließ sie sich auf einem Baumstumpf nieder.

Das jedoch war ein Fehler. Er riss sie auf die Füße, griff nach ihrem Hut und warf ihn ins Gestrüpp. »Du holst jetzt Holz, oder ich verprügle dich mit der Reitpeitsche, dass dir Hören und Sehen vergeht!«

Ihre Entschlossenheit zerschmolz. »Warum tun Sie mir das an?«, stammelte sie. »Was habe ich Ihnen getan?«

Er hielt sie an den Armen und schüttelte sie wie eine Puppe. »Halt den Mund und gehorche. Wenn du dich einigermaßen benimmst, wird dir nichts passieren – solltest du aber nicht parieren, dann gnade dir Gott. Und jetzt holst du Feuerholz.« Mit diesen Worten stieß er sie in die entsprechende Richtung.

Joanne fügte sich in ihr Schicksal und gehorchte widerwillig. Als das Feuer schließlich brannte, öffnete der Fremde seinen Bündel und nahm einen blutdurchtränkten Klumpen Zeitungspapier heraus. Entsetzt starrte Joanne den Ballen an.

»Dieses Kaninchen ist heute zu früh aus dem Bau gekrochen«, erklärte der Mann, als er ihren Widerwillen bemerkte. »Ich habe es erst heute Morgen erlegt. Spar dir deinen Ekel, es ist noch taufrisch.« Mit dem gleichen Messer, mit dem er Joanne noch am Morgen bedroht hatte, begann er, das erlegte Tier auszuweiden und zu häuten. Joanne starrte auf das Messer und versuchte, nicht daran zu denken, was mit ihrem Fuß hätte geschehen können.

Irgendwann stieg ihr der Duft der bratenden Kaninchenteile in die Nase. Plötzlich wurde ihr bewusst, wie hungrig sie war. Den ganzen Tag über hatte sie nur einen Apfel gegessen. Konnte ein Mann, der solche Düfte zu produzieren in der Lage war, wirklich abgrundtief böse sein? Vielleicht würde er ihr ja morgen erlauben, wieder nach Villacroix zurückzukehren.

»Was ist mit Mars?«, erkundigte sie sich.

»Was soll mit ihm sein?«, grunzte der Mann.

»Er hat außer zwei Äpfeln den ganzen Tag noch nichts zu fressen gehabt!«

»Ist dir das Pferd tatsächlich wichtiger als du selbst?«

»Ich habe keinen Hunger.«

»Ich habe schon oft gehört, dass die Engländer ihre Tiere mehr lieben als sich selbst, aber ich glaube kaum, dass das Pferd des Grafen gern Kaninchenbraten frisst.«

»Ich denke auch eher an Hafer«, fauchte sie ihn an.

»Er wird mit Gras und wilden Beeren vorliebnehmen müssen, genau wie du dich mit Kaninchen und wilden Beeren begnügen wirst. Die Nahrungssuche ist ein langwieriges Geschäft, mein liebes Fräulein. Es wird Tage geben, an denen wir nicht einmal Beeren finden, mit denen wir unseren Hunger stillen können. Aber das wirst du schon noch lernen. Du wirst erfahren, wie sehr der Hunger einem Menschen zusetzen kann.«

Er biss herzhaft in ein Stück Fleisch und beobachtete sie mit spöttischen Augen.

Schon bald knurrte Joannes Magen vernehmlich. Sie begann zu bereuen, dass sie das Fleisch abgelehnt hatte. Trotzdem beschloss sie, lieber Hungers zu sterben, als dem Fremden die Genugtuung zu geben, um Essen zu betteln. Sie würde so lange jegliche Nahrung verweigern, bis sie so schwach wurde, dass er sich gezwungen sah, sie zu tragen.

»Mach uns ein Bett«, drang die Stimme des Mannes durch die Dunkelheit. »Wir brechen morgen bei Tagesanbruch auf, und ich brauche meinen Schlaf.«

»Wenn Sie Ihren Schlaf brauchen, dann machen Sie sich gefälligst selbst Ihr Bett. Ich bin doch nicht Ihre Sklavin!« Joanne stand von dem feuchten Baumstumpf auf, auf dem sie gesessen hatte, und entfernte sich vom Lagerfeuer. Er räumte sein Essgeschirr fort.

»Wo willst du hin?«, fragte er streng.

Sie wandte ihm ihr Gesicht zu und sah ihn mit ihren Tigerinnenaugen an. »Zufällig bin ich auch nur ein Mensch, Monsieur. Selbst eine Lady muss den Anforderungen der Natur ab und an Genüge tun. Das Pferd steht dort drüben. Ich gehe in die andere Richtung. Ich glaube kaum, dass ich ohne Pferd und mit Ihnen im Nacken sehr weit kommen würde – also seien Sie unbesorgt: Ich komme zurück.«

Der Fremde unterdrückte ein Lächeln.

Als Joanne zurückkehrte, lag er bereits neben dem Feuer in seinem Schlafsack. »Kriech zu mir rein«, forderte er sie auf.

Joanne blieb ganz ruhig. »Nein danke, Monsieur.«

»Ganz wie du willst, Kleine. Du kannst auch auf dem Boden schlafen, aber das wirst du hier gleich neben mir tun.«

»Ich werde auf der Pferdedecke schlafen. Allerdings auf der anderen Seite des Feuers.«

»Hol die Decke, aber ein bisschen plötzlich«, fuhr er sie an. »Und dann legst du dich neben mich!«

Alles in Joanne wehrte sich. Was wollte dieser Widerling nur? Dumpfer Hass kroch in ihr hoch. Nein, er würde sie nicht erniedrigen. Nie im Leben würde sie sich ihm unterwerfen. Ihren Körper würde er nicht bekommen. Sie gehörte mit Leib und Seele zu Jean-Paul.

Nachdem er sie gezwungen hatte, sich neben ihm niederzulassen, legte er seinen Arm über sie. »Ich habe einen sehr leichten Schlaf«, sagte er kühl. »Solltest du während der Nacht fliehen wollen, kannst du es getrost vergessen. Ich wache bei der geringsten Bewegung auf. Du wirst deine Lektionen schon lernen, kleines Fräulein, dessen bin ich sicher. Und jede Lektion wird schmerzhafter sein als die vorangehende. Und jetzt schlaf!«

Wenn er es auf einen Nervenkrieg anlegte, dachte Joanne, dann sollte er ihn haben. Immer noch besser, als vergewaltigt zu werden! Sie würde ihm Paroli bieten, auch wenn sie die ganze Nacht kein Auge zutun konnte.

Kapitel Einundzwanzig

Als Joanne die Augen aufschlug, schienen alle Vögel des Waldes ihr Morgenlied zu singen. Die Sonne war eben aufgegangen. Die noch kühle, leicht dunstige Luft versprach einen weiteren schönen Spätsommertag. Joanne rieb sich die Augen. Der Wald über ihr war längst erwacht. Schräge goldene Sonnenstrahlen tasteten sich zwischen den Baumstämmen hindurch.

Erschrocken setzte Joanne sich auf. Plötzlich fiel ihr ein, wo sie war. Die Erinnerung an den vergangenen Tag überfiel sie mit heftiger Abscheu. Zumindest hatte der Fremde sich nicht an ihr vergangen!

Der Schlafsack neben ihr war leer. Sofort dachte sie an Flucht, doch als sie sich bewegen wollte, stöhnte sie auf und fuhr mit der Hand an die Schulter, auf der sie die ganze Nacht gelegen hatte.

»Guten Morgen, Miss Byngham«, begrüßte sie die weiche, warme Stimme des Fremden – eine Stimme, die nicht recht zu seiner wilden Erscheinung passen wollte. »Sie werden sich schon bald daran gewöhnen, auf einem harten Untergrund zu schlafen. Es mag zunächst unbequem erscheinen, aber nach einer Weile werden Sie kaum noch in der Lage sein, sich in einem Federbett wohlzufühlen. Der menschliche Körper gewöhnt sich an fast alles, ebenso wie der Geist. Es ist die Seele, die mit den Unbilden des Lebens nicht fertig wird.«

Joanne wandte sich um und traute ihren Augen nicht. Ohne seinen wilden Bart schien der Fremde völlig verwandelt. Sein pockennarbiges, durchaus nicht unattraktives Gesicht weckte eine tief liegende Erinnerung in ihr, die jedoch sofort von einer entsetzlichen Angst überschattet wurde. »Woher kennen Sie meinen Namen?«, fragte sie mit zitternder Stimme.

Er blickte sie aus kalten blauen Augen spöttisch an. In der Hand hielt er ein Handtuch und ein blinkendes Rasiermesser. »Der Dorfklatsch, meine Liebe. Glaubst du wirklich, ein Mädchen wie du bleibt unbemerkt? Auf meinen Wanderungen kommt mir allerlei zu Ohren – von den Bediensteten der herrschaftlichen Häuser und von Reisenden, die von und nach Paris fahren.«

»Kommen Sie aus Paris?«, fragte Joanne, die spürte, dass sie nichts mehr zu verlieren hatte.

»Ich arbeite in Paris, sofern es gerade Arbeit gibt«, antwortete der Mann. »Geboren bin ich in der Camargue. Aber jeder in der Gegend weiß, dass der Comte de Villacroix eine zwanzig Jahre jüngere Engländerin zu heiraten gedenkt, deren Name Josephine-Anne Byngham ist. Und nachdem du mir auf dem wunderbaren Pferd des Grafen begegnet bist, wusste ich wen ich vor mir hatte.«

Der Mann stand genau zwischen Joanne und Mars. Wieder drehte Joanne ihren Kopf etwas zu schnell, und ein scharfer Schmerz fuhr ihr durch Nacken und Schulter.

»Mein Gott, jetzt weiß ich es!« Sie schlug die Hand vor den Mund und starrte ihr Gegenüber entsetzt an. »Sie sind der Mann, der meinen Vater und mich gerettet hat, als der aufständische Pöbel in Paris unsere Kutsche umzuwerfen drohte. Und Sie haben während des Juniaufstands meine Zofe Natascha in die Rue St-Germain gebracht. Sie sind der, der …«

»… euch von den Barrikaden weggeführt hat«, vervollständigte er den Satz.

»Nein«, widersprach sie in die Waldesstille, »der Mann, der meinen Vater ermordet hat.«

Sekunden verstrichen. »Gaston Cabet«, sagte der Mann schließlich. »Stets zu Diensten, Miss Byngham. Aber ich habe Ihren Vater nicht ermordet.«

Seine Stimme verhallte unter dem Blättergewölbe.

»Sie sprechen sehr gut Englisch, Monsieur Cabet«, stammelte Joanne irgendwann matt.

»Es geht so.«

»Wie sonst hätten Sie so lange hinter meinem Vater und mir herspionieren können?« Joanne wickelte sich aus der Pferdedecke und erhob sich. Der Tag, der sich ankündigte, schien noch schlimmer zu werden als die dunkle Nacht. Joanne fühlte sich Gaston Cabet und seinen finsteren Beweggründen hilflos ausgeliefert. »Würden Sie mir bitte mitteilen, wo ich Wasser finden kann?«

Er deutete auf eine Stelle zwischen den Baumstämmen und fragte mit spöttischem Lächeln: »Hast du vielleicht jetzt Hunger?«

»Nein!«, begehrte Joanne auf.

»Du lügst. Dein Magen hat die ganze Nacht hindurch vernehmlich geknurrt.«

Joanne wandte sich ab und machte sich auf die Suche nach dem Bach, um sich zu waschen. Als sie auf die Lichtung zurückkehrte, hielt Cabet ihr einen Kanten Brot und ein Stück auf die Messerspitze aufgespießten Käse hin. »Nicht mehr ganz frisch«, sagte er, »aber der Mensch muss schließlich essen.«

Joanne gab keine Antwort. Sie ignorierte Brot und Käse und begann, ihr feuchtes Haar aufzustecken.

»Lass das sein. Du brauchst dich nicht herauszuputzen«, fuhr er sie mit scharfer Stimme an.

»Ich putze mich nicht heraus, Monsieur Cabet. Ich richte mich, um auf der Reise einigermaßen anständig auszusehen. Aber Sie wissen vermutlich nicht, was Anstand ist, nicht wahr?« Wütend hantierte sie mit den Haarnadeln. Sie war so aufgebracht, dass sie sich versehentlich eine Nadel in die Kopfhaut stach. Tränen schossen ihr in die Augen.

»Wir haben keine Zeit zu verlieren«, drängte Cabet, zerkrümelte Brot und Käse und warf sie den Vögeln hin.

»Warum?«, fragte Joanne aufsässig. Ihr Magen sehnte sich nach dem, was Cabet soeben fortgeworfen hatte. Oh ja, Hunger tat weh! »Ist man Ihnen schon auf der Spur? Vermutlich ja. Hören Sie das Hundegebell? Ich höre es.«

»Rauf auf das Pferd!«

»Sie zuerst!«

Er packte sie um die Taille und setzte sie auf Mars' Rücken. Charmaines Ledersattel lag irgendwo im Unterholz. »So ist es viel bequemer«, erklärte er spöttisch.

Da vergaß Joanne ihre gute Kinderstube und trat zu. Der Absatz ihres Reitstiefels traf Cabet am Kinn. Er taumelte nach hinten. Joanne ließ sich vom Pferd gleiten, verkrallte sich mit allen Fingern in Cabets dunkellockigem, immer noch feuchtem Haar, zerkratzte ihm das Gesicht und trat um sich wie eine Furie.

Irgendwann bekam Cabet sie zu packen und schleuderte sie ins Unterholz, wo sie gleich neben dem alten Ledersattel landete. Er warf sich auf sie und hielt sie mit aller Macht fest. Schwer atmend lagen sie im feuchten Farn. Sein gesamtes Gewicht drückte sie nieder. Schließlich flüsterte er in ihr Ohr, ganz ähnlich, wie er am Tag zuvor Mars beruhigt hatte.

»So, das ist schon viel besser. Du glaubst doch nicht ernsthaft, dass du gegen mich ankommst, nicht wahr? Das haben schon ganz andere versucht und schwer bereut.«

»Ja, mein Vater zum Beispiel«, keuchte sie mit tief in stacheliges Farnkraut gepresstem Gesicht.

»Nein, nicht dein Vater. Mit seinem Tod habe ich nichts zu

tun. Der geht auf das Konto von Antoine Barbiret, diesem Verräter. Ich konnte nicht wissen, dass es dein Vater war, der dort hinter der Tür lag. Ich habe sein Gesicht nicht gesehen und wusste auch nicht, dass dein Vater so stark behindert war. Sein Tod ist nicht meine Schuld.«

»Dann waren Sie also doch an diesem Abend in unserer Wohnung!«

»Das habe ich nie geleugnet.«

»Sie haben meinen Vater und Barbiret auf dem Gewissen, Sie Mörder! Aber warum?«

»Noch einmal: Mit dem Tod deines Vaters habe ich nichts zu tun. Ich war nur hinter Barbiret her. Aber wir haben keine Zeit für alte Geschichten, gnädiges Fräulein.«

Unvermittelt griff er von hinten mit der Hand in Joannes herbstlaubfarbenes Haar, hob ihr Gesicht vom Waldboden, zückte sein Messer und fügte ihr völlig unerwartet unmittelbar oberhalb der rechten Augenbraue einen Schnitt zu. Blut tröpfelte in ihr Auge. Wie gelähmt vor Entsetzen ließ Joanne ihn gewähren. Unsanft drückte er ihren Kopf zurück in den weichen Boden. »Lektion Nummer zwei, kleine Lady. Das nächste Mal ist die andere Augenbraue an der Reihe und dann die Ohrläppchen, ehe ich dir die Nasenlöcher eines nach dem anderen aufschlitze – ich werde sehen, wie weit ich gehen muss, ehe du zur Vernunft kommst. Ich glaube, es wird recht amüsant, das herauszufinden.«

»Sie sind nicht bei Sinnen«, flüsterte Joanne, während sie ihr eigenes Blut auf ihren Lippen schmeckte.

»Oh ja, ich bin verrückt – und das solltest du dir gut merken.« Cabet wälzte sich von ihrem Körper, stand auf, griff nach ihr, stellte sie auf die Füße und drückte ihr den Schlafsack in die Arme. Dann bückte er sich nach seinem Bündel und ging zu dem Rappen, der geduldig auf der Lichtung wartete.

Diese kleine Hexe!, dachte er. Sie hatte weder gewinselt noch um Nachsicht gebettelt, sondern war bei ihrer herausfordernden Haltung geblieben. Irgendwie hatte er das Gefühl, nicht als Sieger aus diesem merkwürdig gewalttätigen Spiel hervorgegangen zu sein. Aber er würde ihr schon noch zeigen, wer hier die Hosen anhatte!

Sie ritten den ganzen Tag hindurch und viele weitere Tage. Ab und zu hielten sie an, um das Pferd zu füttern und auszuruhen. Mit jedem Schritt, der sie weiter von der Zivilisation, Villacroix und Jean-Paul entfernte, hatte Joanne das Gefühl, innerlich ein Stück mehr zu sterben.

Cabet fing Kaninchen und dann und wann einen Igel, den er in Lehm packte und im Lagerfeuer briet, bis sich die Stacheln lösten und nur das schiere Fleisch übrig blieb. Er pflückte Wildbeeren und stahl Obst aus fremden Gärten; er besorgte Futter für Mars und fischte in Flüssen, in denen es nicht gestattet war; er nahm sich alles, von dem er dachte, dass es ihm zustand. Immer war er den Wildhütern der herrschaftlichen Anwesen einen Schritt voraus, und Joanne lernte, alles zu essen – ganz gleich, wie grausig oder illegal es sein mochte.

Nachdem sie abends die einzige Mahlzeit des Tages eingenommen hatten, die diesen Namen verdiente, wiederholte sich der Vorgang des ersten Abends, der mit der Zeit zu einer Art Ritual geworden war: Cabet zwang Joanne, neben ihm zu schlafen, ohne dass es je zu einer weitergehenden Berührung kam. Sie fand ihn befremdlich, merkwürdig und grausam. Dass er sie nicht sexuell belästigte, bestärkte sie in ihrer Vermutung, er spiele ein schreckliches Spiel mit ihr und wolle am Ende nur hämisch über sie triumphieren.

Joannes einzige Hoffnung beruhte auf der Annahme, dass die Behörden früher oder später auf Cabet aufmerksam würden. Seit mehr als einer Woche war Joanne jetzt fort. Zumindest seinen wertvollen Rappen musste Jean-Paul doch vermissen! Wäre nur sie verschwunden, würde der Graf sich vielleicht nicht einmal Sorgen machen, zumal Charmaine ihm sicher von dem Streit am Abend ihres Geburtstags und dem Hausverweis berichtet und Lise ihm von der in Tränen aufgelösten, Koffer packenden Joanne erzählt hatte. Wahrscheinlich war er zunächst davon ausgegangen, dass sie das Schloss verlassen und die erste Kutsche nach Paris genommen hatte. Nachdem allerdings auch Mars fehlte, würde er sicher alle Hebel in Bewegung setzten, um das Pferd wiederzufinden. Nur – warum dauerte das so lange?

Allmählich machte sich in Joanne ein gewisser Zynismus breit, was Jean-Paul und seine Ehrlichkeit anging. Ihr Vertrauen zu dem Mann, der ihr die Ehe versprochen hatte, schwand von Tag zu Tag. Sie verfiel in tiefe Depressionen.

Fröstelnd spürte sie, wie Regentropfen an ihrem Hals hinunterliefen. Den ganzen Tag schon regnete es in Strömen.

»Ist dir kalt?«, fragte der Mann hinter ihr – dieser Mann, den sie mit jeder Faser ihres Herzens hasste und verabscheute.

»Wenn es so wäre, wäre es Ihnen doch ohnehin egal.«

»Ich habe lediglich eine höfliche Frage gestellt.«

»Und ich gebe Ihnen eine unhöfliche Antwort.«

Er kramte hinter ihrem Rücken herum, während Mars stoisch weitertrottete. Das Pferd war in einem Zustand, der Jean-Paul die Tränen in die Augen getrieben hätte. Cabet zog die Pferdedecke aus seinem Bündel und legte sie sanft über Joannes Kopf und Schulter.

Je länger sie mit ihm zusammen war, desto mehr verwirrte er sie. Was war er nur für ein Mann? Er benahm sich wie ein wildes Tier, sprach aber wie ein gebildeter Mensch. Er schlief neben ihr, ohne je einen Annäherungsversuch zu machen. Er brachte ihr einen blutenden Schnitt bei, hüllte sie aber in eine Decke ein, wenn ihr kalt war. Zum ersten Mal seit dem Beginn ihrer Entführung füllten sich ihre Augen mit Tränen echter Verzweiflung. Sie war nicht mehr wütend, sondern weinte sich leise ihren Schmerz von der Seele.

»Hör auf zu schniefen«, befahl Cabet. »Ich kann heulende Weiber nicht ertragen. Wir werden diese Nacht in einem Bauernhaus in der Nähe übernachten.«

Sofort hellte sich Joannes Laune ein wenig auf. Ein Bauernhaus! Das bedeutete Menschen, Schutz vor dem Regen, etwas zu essen, Wärme und vielleicht die Möglichkeit, von ihren Erlebnissen zu berichten und zu fliehen.

»Mit anderen Worten, Sie kennen diesen Weg?« Joanne war kaum in der Lage, den Triumph in ihrer Stimme zu verbergen, obwohl sich ihre Tränen noch immer mit dem Regen auf ihrem Gesicht mischten.

»Aber natürlich kenne ich die Strecke. Ich bin schon öfter nach Arles gereist. Wir sind hier in einem Gebiet, das von manchen Schriftstellern die ›traurige‹ Sologne genannt wird. Eine einsame Gegend voller weiter Wälder und Seen.«

»Wie poetisch Sie doch sein können!«

Sie passierten einige armselige, schiefergedeckte Holzhäuser. Gaston Cabet wusste genau, wo er die Nacht verbringen wollte. In dem Haus, das er ansteuerte, hatte er schon oft Rast eingelegt – allerdings noch nie mit einer Frau wie Joanne.

Irgendwann tauchte in der Ferne aus dem Nebel ein lang gestrecktes, niedriges Gebäude auf, von dem Cabet wusste, dass die Betten dort sauber und das Essen reichhaltig war. Er streifte sich etwas über den Kopf, beugte sich nach vorn und griff völlig unerwartet nach Joannes Hand.

»Was machen Sie da?«, fuhr Joanne ihn an.

»Steck den Ring an den Finger, und zwar sofort, sonst würge ich dich bewusstlos und binde dich auf dem Pferd fest. Du wirst schon sehen, wie es dir dann morgen früh geht. Steck den Ring an, und benimm dich wie eine anständige Ehefrau, sonst holst du dir heute Nacht hier draußen den Tod. Deine Entscheidung.«

Joanne begann, hysterisch zu lachen. »Sieh mal einer an – ein Ehering!«, kreischte sie. »Ich fühle mich sehr geehrt, Monsieur Cabet, dass Sie mich zur Frau begehren …« Sie lachte weiter, bis er sich gezwungen sah, sie vom Pferd zu zerren.

»Gib endlich Ruhe, und benimm dich«, knurrte er sie an.

»Und wenn nicht?«, rief sie mit schriller Stimme.

Erst eine heftige Ohrfeige brachte sie zur Besinnung. Sie stolperte und fiel auf die Erde, wo ein paar dürre Hühner nach Futter scharrten. Cabet zerrte sie hoch, schob sie zur Tür des kleinen Bauernhauses und klopfte mit der Stiefelspitze an. Nach einer Weile öffnete eine alte Frau mit Apfelbäckchen und mehligen Händen, die sie durch eine von der Küchenwärme beschlagene Brille freundlich anblinzelte.

»Ich bin es, Madame Maurice«, sagte Cabet. »Gaston Cabet aus Paris. Mein Vater hat früher die Möbel für die Familie Ihres Mannes gemacht.«

»Du liebe Zeit, Gaston! Das ist aber wirklich kein Wetter, um über Land zu reiten. Und wen hast du da mitgebracht?«

»Das ist meine Frau. Sie fühlt sich nicht wohl. Erinnern Sie sich, als ich das letzte Mal bei Ihnen war? Es muss mindestens sechs Jahre her sein! Damals erzählte ich Ihnen, dass ich heiraten wolle. Und jetzt ist meine Frau mit unserem dritten Kind schwanger …«

»Aber ja, natürlich erinnere ich mich. Kommt schnell rein. Drinnen ist es schön warm.«

Gaston wusste sehr wohl, dass die alte Frau sich nicht erinnerte; sie litt schon lange an Altersdemenz, hörte nur noch schlecht und sah auch nicht mehr gut.

»Kommt rein, ihr beiden. Maurice ist irgendwo draußen und kümmert sich um eine kranke Ziege. Außerdem ist das Hühnerhaus nicht dicht, und unsere Hennen legen ihre Eier, wo es ihnen gerade einfällt. Könntest du vielleicht das Dach flicken, wenn du schon einmal hier bist, Sebastian?«

»Aber gerne.« Gaston geleitete Joanne zu einer Bank neben dem Küchenherd. Auf der anderen Seite des Herdes stand der Schaukelstuhl von Madame Maurice, den Gaston während seines letzten Aufenthalts in der Sologne als Gegenleistung für Kost und Unterkunft für die alte Dame gemacht hatte. Über der Stuhllehne hing eine bunte Häkeldecke.

Natürlich entsprach es nicht der Realität, dass sich Monsieur Maurice um eine kranke Ziege kümmerte. Der alte Mann war vor vielen Jahren gestorben; seither lebte Madame Maurice alleine.

»Du und deine Frau, ihr seid uns herzlich willkommen. Alles, was wir haben, teilen Maurice und ich gerne mit euch. Ich habe gerade einen Apfelkuchen für ihn gebacken.« Madame Maurice lächelte Gaston an. »Vielleicht kannst du dich bei Gelegenheit mit ein paar Reparaturen revanchieren.«

In der Vorratskammer schimmelten allerlei Kuchen vor sich hin, die seit Jahren darauf warteten, dass der alte Maurice endlich von draußen hereinkam und sich an den Produkten der Kochkünste seiner Frau gütlich tat.

Allmählich erwachte Joanne aus ihrer Erstarrung. Der bullernde Küchenherd wärmte sie und besserte ihre Laune. Die alte Frau, die ihre einsamen Tage in ständig derselben, immer wiederkehrenden Routine verbrachte, während sie auf die Rückkehr ihres toten Ehemannes wartete, setzte ihre merkwürdige Unterhaltung mit Gaston fort.

»Könntest du vielleicht ein wenig Holz für mich hacken, Sebastian? Maurice hat zu viel mit der Ziege zu tun. Und würde es dir etwas ausmachen, nach den Kartoffeln draußen zu sehen? Sie müssten bald so weit sein. Fühlt deine liebe Frau sich jetzt besser? Leider habe ich ihren Namen vergessen.«

»Josephine-Anne Byngham«, sagte Joanne rasch, ehe Gaston der alten Frau weitere Lügen auftischen konnte. Ihr schweres nasses Reitkleid hatte auf Madame Maurice' blitzblank geschrubbtem Küchenboden eine Wasserpfütze hinterlassen, doch das schien der heiteren alten Frau nichts auszumachen. Joanne hätte nicht einmal sagen können, ob sie die Pfütze überhaupt bemerkt hatte – von Joannes Zustand ganz zu schweigen. »Und ich bin nicht seine Frau, Madame Maurice. Ich bin seine Geisel«, fügte sie grimmig hinzu.

»*Eh bien* … deine Frau spricht mit einem merkwürdigen Akzent, Sebastian. Was hat sie gesagt?« Madame Maurice hielt sich eine mehlige Hand hinter das Ohr, schüttelte verständnislos den Kopf und fuhr schließlich fort, ihren Teig zu kneten.

»Ach, nichts«, sagte Gaston. »Sie ist schwanger und nicht ganz sie selbst. Am besten, Sie beachten Sie gar nicht, Madame Maurice.« Er nahm sich eine noch warme Pastete und biss herzhaft hinein. Nie hätte er gewagt, in diesem Haus etwas anderes als frisch hergestellte Nahrungsmittel zu essen. Er fragte auch lieber nicht, mit welcher Art von Fleisch die Pastete gefüllt war, sondern hielt sich an der Hoffnung fest, dass es sich lediglich um Wurzelgemüse handelte, das in der Küche reichlich in leicht angetrocknetem Zustand herumlag. Sein Hunger jedoch war stärker als alle Befürchtungen.

»Gib ihr ein bisschen Suppe, Sebastian. Der Topf steht auf dem Herd. Deine Frau ist sehr dünn und sieht aus, als müsse man sie ein wenig aufpäppeln. Kaum zu glauben, dass sie ein Kind bekommt. Ihr Bauch ist viel zu flach. Pass bloß auf, dass sie das Baby nicht verliert, weil sie nicht genug isst. Ich wünschte, Maurice käme endlich herein, aber er kümmert sich noch um die kranke Ziege.«

Gaston setzte Joanne eine Schüssel köstlich duftender, heißer Suppe vor. Als die alte Frau sich bückte, um ein weiteres Blech mit Pasteten in den Ofen zu schieben, lehnte Joanne sich nach vorn und flüsterte ihr zu: »Bitte, Madame, ich brauche Ihre Hilfe. Dieser Mann dort ist nicht mein Ehemann. Er hat mich aus meiner Familie entführt.«

Doch entweder hörte Madame Maurice nichts, oder sie wollte nichts hören. Sie hatte ausschließlich Augen für Gaston, den Gott ihr gesandt zu haben schien, um ihr bei den häuslichen Arbeiten zu helfen.

Nachdem Joanne ihre Suppe und einen Kanten frisch gebackenen Brotes gegessen hatte, sagte Gaston zu der alten Frau: »Wir würden jetzt gern zu Bett gehen, Madame Maurice. Hinter uns liegt ein langer Reisetag, und auch der morgige Tag wird anstrengend. Bis in die Camargue ist es noch weit. Wir wollen am Mithrasschrein opfern und darum beten, dass wir nach zwei Töchtern dieses Mal endlich einen Sohn bekommen, der meinen Namen fortführt.«

»Oh mein Gott!« Joanne sprang von der Bank auf. Plötzlich ahnte sie, was Cabet im Schilde führte.

Gaston aber griff nach ihren Handgelenken. »Sie kann nichts für dich tun«, zischte er ihr zu. »Sie ist viel zu verwirrt, und wir sind meilenweit von jeglicher Zivilisation entfernt. Entweder du benimmst dich, und ich begegne dir dafür mit Respekt, oder ich behandle dich, wie du es verdienst. Du hast die Wahl.« Er hob die Stimme in Richtung der alten Frau, die mit dem schmutzigen Geschirr herumhantierte. »Joanne ist sehr müde, Madame Maurice. Sollen wir das große Schlafzimmer benutzen?«

»Gerne, Albert«, antwortete Madame Maurice und sah Gaston treuherzig an. »Schließ aber die Haustüre nicht ab. Maurice will sicher gleich sein Abendessen haben, wenn er der kranken Ziege geholfen hat.«

»Zieh dich aus, und gib mir deine nassen Kleider«, befahl Gaston im Schlafzimmer und begann, sich selbst auszuziehen. »Nackt kannst du mir wenigstens nicht entkommen.«

Joanne wandte die Augen ab. »Sie sind ein Schwein! Ein brutales Monster. Ein primitiver Wilder. Ein ...«

Cabet lachte. »Ich musste schon schlimmere Bezeichnungen ertragen.«

»Kein Wunder. Für das hier wird man Sie auf die Guillotine schicken, das schwöre ich!«

Er lachte ihr offen ins Gesicht, breitete aber ein Betttuch über sie, um ihre Scham zu bedecken.

»Das ist doch ihr Schlafzimmer«, stellte Joanne fest. »Und das ihres toten Mannes. Wo wird sie diese Nacht schlafen?«

»Oh, du sorgst dich also mehr um eine verrückte alte Witwe als um dich selbst? Gut! Mir hat auch gefallen, dass du dich mehr um das Wohlergehen des Pferdes als um dein eigenes gekümmert hast.«

»Und was soll das heißen?«

»Die alte Frau wird da schlafen, wo sie es immer tut. Ebenso wie das Pferd sich ernährt, wie es sich immer ernährt hat.«

»Hoffentlich nicht hier bei uns«, fauchte Joanne wütend.

»Keine Sorge. Sie schläft in ihrem Schaukelstuhl, wie jede Nacht seit Maurice' Tod, und wartet darauf, dass er zurückkommt.«

»Sie scheinen ja eine Menge über die beiden zu wissen.«

»Warum auch nicht? Madame Maurice ist die Schwester

meiner Mutter, die übrigens ebenfalls nicht mehr lebt, falls du vorhattest, weiter dumme Fragen zu stellen.«

Gaston hatte sich inzwischen vollständig ausgezogen. Völlig nackt griff er nach ihren Kleidern und brachte sie zusammen mit seinen eigenen nach draußen, um sie vor dem Herd aufzuhängen. Joanne, die immer noch in ihr Betttuch gewickelt war, hörte, wie er mit seiner Tante sprach. Als er schließlich das Schlafzimmer wieder betrat, trug er zu Joannes Verwunderung trockene, saubere Kleider.

»Wessen Sachen sind das?«, fragte sie. »Sebastians, Alberts oder Maurice'?«

»Sie gehörten Albert. Er hatte etwa meine Größe.«

»Sind das ebenfalls Verwandte von Ihnen?«

»Sebastian und Albert waren meine Vettern. Sie starben beide beim Goldwaschen in Mexiko. Und jetzt hör endlich auf zu schnattern, und versuche zu schlafen. Wir haben morgen einen langen Tag vor uns.«

»Ich brauche ein Nachthemd.«

»Du hast doch das Tuch.«

»Aber Sie sind völlig bekleidet.«

Er lächelte, doch in seinem Lächeln lag keine Bosheit. »Im Garten wartet noch viel Arbeit auf mich.«

»Arbeit?«, fragte sie, doch im Grunde kannte sie die Antwort bereits. Gaston würde in dieser Nacht die Dinge erledigen, die normalerweise Madame Maurice' Söhne und ihr Mann für sie erledigt hätten.

Cabet steckte wahrhaftig voller Überraschungen, dachte Joanne, als sie sich schläfrig in das große Ehebett der Maurice' kuschelte. Wie gut würde sie diese Nacht schlafen – endlich einmal ohne ihren Reisegefährten!

Kapitel Zweiundzwanzig

Nachdem sie am folgenden Morgen das Haus der alten Frau mitsamt seinen makabren Erinnerungen hinter sich gelassen hatten, dachte Joanne über Nahrungsmittel nach.

Cabet hatte sämtliche verfügbaren Taschen mit Vorräten vollgestopft, von denen er einigermaßen sicher sein konnte, dass sie nicht verdorben waren. Irgendwann hatte Joanne ihm die Frage gestellt, woher seine Tante ihr frisches Fleisch bekam. Nirgends in der Umgebung gab es Geschäfte oder Bauernhöfe mit Viehzucht, und abgesehen von ein paar mageren Hühnern hielt Madame Maurice keine eigenen Tiere.

Mit Rücksicht auf ihren empfindlichen Magen war Cabet ihr die Antwort schuldig geblieben. Joanne brauchte nicht zu erfahren, dass Madame Maurice in ihren Pasteten Ratten, Mäuse und Igel verarbeitete. Doch Joanne dachte sich ihr Teil. Immerhin hatte sie sich nicht übergeben müssen, und letztendlich war es egal, was man aß – Hauptsache, man wurde satt.

An diesem Tag sprach Joanne kaum. Immer wieder ging ihr durch den Kopf, was Cabet über den Mithrasschrein gesagt hatte. Als gebildeter junger Dame war ihr der heidnische Gott Mithras natürlich geläufig. Im Persischen Reich galt Mithras, dessen Name so viel wie »Freund« bedeutete, nicht nur als Gott des Rechtes und des Bündnisses, sondern seit der Zeit der *Parther* auch als Sonnen- oder Lichtgott. Er pflegte die Tugend der Gerechtigkeit, schützte die Gläubigen, strafte die Ungläubigen, und seine Keule war eine Waffe gegen den Geist des Bösen.

Joanne streifte den Ehering ab und gab ihn Cabet. »Der gehört Ihnen. Vielleicht will Ihre richtige Frau ihn zurückhaben, sobald Sie wieder in Arles sind. Bei zwei Kindern und einem Ungeborenen könnte ich mir das durchaus vorstellen ...«

»Es war der Ehering meiner Mutter.«

»Entschuldigung. Tut mir leid.«

Joanne sah zu, wie Cabet den Ring an einer Goldkette um seinen Hals befestigte, die durchaus nicht billig wirkte. War seine Familie einmal reich gewesen? Seine gute Bildung jedenfalls sprach dafür.

»Sind Sie verheiratet, Monsieur Cabet?«, erkundigte sie sich.

»Warum interessiert dich das?«, begehrte er auf.

Die sanfte Stimmung war vorüber, und sofort igelte Joanne sich wieder ein. »Es interessiert mich überhaupt nicht. Für wen halten Sie sich?«

Cabet lachte. Überhaupt lachte er in den letzten Tagen häufiger – allerdings meist über Joanne, seltener mit ihr.

Wenn es regnete, suchte Gaston Cabet Zuflucht in möglichst entlegenen Gebäuden; bei gutem Wetter schliefen sie unter freiem Himmel. Tage wurden zu Wochen. Joanne zählte längst nicht mehr mit. Sie hatte alle Hoffnung aufgegeben, Jean-Paul je wiederzusehen. Selbst ihre Fluchtgedanken wurden seltener, bis sie eines stürmischen und kalten Abends im Bourbonnais Station machten.

Sie hatten sich in einen Gasthof gewagt, eine schmutzige Herberge weitab jeder Zivilisation. Außer dem schmierigen Wirt und seiner verhuschten Frau wohnten ein geistig behinderter Sohn, zwei heiratsfähige Töchter und als einziger Gast ein aalglatter Priester in dem heruntergekommenen Haus. Zum Zeitvertreib veranstaltete man Hahnenkämpfe.

Als Joanne und Gaston Cabet Einlass begehrten, musterte man sie argwöhnisch. Unfreundliche Blicke folgten ihnen, als sie die Herberge betraten und die Tür sofort wieder hinter sich zuschlugen. Die beiden Hähne, die auf dem mit Sägemehl bestreuten Boden miteinander kämpften, waren für kurze Zeit vergessen.

»Versteck dein Geld«, witzelte Cabet, während er die Pferdedecke und eine Gummimatte aufhängte, unter der sie sich vor dem Regen geschützt hatten.

»Ich habe keines«, gab Joanne arglos zurück.

»Ich auch nicht.«

»Aber womit bezahlen wir dann hier?«

»Nun, ich verkaufe dich an den Priester oder den Wirt – hängt davon ab, wer mehr bietet.«

Joanne war nicht einmal verwundert. Sie wunderte sich über gar nichts mehr, sie traute Cabet inzwischen vieles zu. Sie setzten sich auf eine Bank an einem langen Tisch.

»Zwei Pastis«, bestellte Cabet.

Zwei schmutzige Gläser mit einer nach Anis duftenden Flüssigkeit wurden vor ihnen auf den Tisch geknallt.

»Ich glaube nicht ...«

»Trink!«, sagte Cabet streng.

Sofort bestellte er noch zwei Gläser. Der starke Alkohol in den schmalen, schlecht gespülten Gläsern nahm Joanne fast den Atem, verursachte jedoch schon bald ein wohliges Gefühl in ihrem Kopf. Die übel riechende Wärme der Gaststube kroch in ihren Körper. Plötzlich fühlte sie sich wunderbar. Als ein lauter Jubelschrei das Ende des Hahnenkampfes verkündete, fiel sie begeistert in den Applaus ein, ohne überhaupt zu wissen, worum es ging.

»Mein Hahn hat gewonnen!«, schrie der Priester. »Wirt, eine Runde Absinth!«

»Was gibt es zu essen?«, erkundigte sich Cabet bei der Frau des Gastwirts.

»Hund, Katze oder Pferd.« Der Priester setzte sich zu Cabet und Joanne an den Tisch. In der Hand hielt er eine Flasche mit einer hellgrünen Flüssigkeit.

»Nun bring den Leuten schon Suppe und Käse, du faules Luder«, herrschte er eine der Haustöchter an. »Sie haben Hunger, siehst du das nicht? Und wie Steuereintreiber oder Leibeigene sehen sie auch nicht gerade aus, oder? Vielleicht ist er ein verkleideter Priester und sie eine Nonne?«

Er lachte laut über seine eigenen Witze und schenkte Gaston ein wenig von der grünen Flüssigkeit ein.

»Ja, wen haben wir denn da?«, grinste er und wies mit einem langen, schmutzigen Fingernagel auf Joanne.

»Das ist meine Frau«, antwortete Cabet kurz angebunden.

»Die beiden da drüben sind meine zwei Frauen«, flüsterte der Priester und nickte in Richtung der beiden heiratsfähigen Töchter, die sich neben ihrem schwachsinnigen Bruder auf den Tresen stützten. »He, Fremder, ganz gleich, ob sie es ist oder nicht – sie ist ein herrliches Geschöpf, und ich vermute, dass sie unter ihren von der Reise schmutzigen Kleidern noch schöner ist. Würdest du sie mir verkaufen?« Der Priester griff mit seinen schmuddeligen Händen nach Joannes Brust. Joanne wich zurück, so weit es ging.

»Lass sie in Frieden«, sagte Cabet gefährlich leise zum Inhalt seines Glases. »Wenn du sie noch ein einziges Mal berührst, wirst du es bitterlich bereuen.«

»Aber, aber, mein Freund! Wer wird denn gleich so unfreundlich sein. Komm, trink noch ein Glas mit mir.«

Joanne brachte keinen Bissen hinunter und rührte auch ihr Glas nicht mehr an. Cabet hingegen aß gierig, was man ihm vorsetzte, und wurde dabei von der Gastwirtsfamilie genau beobachtet.

Man leerte die erste Flasche Absinth, danach eine weitere. Cabet und der Priester begannen ein Kartenspiel um die Töchter des Schankwirts, während die Wirtsfrau in der Küche den besiegten Hahn für den Kochtopf vorbereitete.

Im Lauf des Abends betranken sich der Priester und Gaston Cabet immer mehr.

Irgendwann wachte Joanne von einem stechenden Schmerz in Kopf und Augen auf. Es tat so weh, dass sie sich gezwungen sah, sich aufzurichten. Der Schankwirt schlief auf dem Tresen, seine Frau war nirgends zu sehen. Die Töchter und der Schwachsinnige sahen Cabet und dem Priester zu, die um hohe Einsätze spielten.

»So, so, dann hast du dich also auch mit Theologie beschäftigt«, sagte der Priester gerade. »Aber sag mal ganz ehrlich: Ist das herrliche Geschöpf dort neben dir wirklich deine Frau? Ehrlich gesagt traue ich dir ein solches Kaliber einfach nicht zu ... Entschuldige!«

Die Karten wurden gemischt und neu gegeben.

»Spaß muss sein! Lass uns jetzt um deine angebliche Gattin spielen.«

Cabet ließ die Faust auf den Tisch donnern. »Zum Teufel, sie ist meine Frau!«

»Umso mehr musst du dich anstrengen.«

»Fahr zur Hölle, Pfaffe!«

»Da bin ich doch schon längst, mein Sohn.« Der Priester legte eine Karte auf den Tisch. »Frauen sind merkwürdige Geschöpfe, und was Männer angeht, so sind sie unberechenbar. Die beiden da drüben, die uns so fasziniert zuschauen, sind längst nicht so dumm, wie es den Anschein hat. Wie könnten sie auch? Immerhin sind sie bereit, für ein paar

Ave-Maria mit mir zu schlafen. Und siehst du den Jungen? Das ist meiner. Ich habe ihn mit der Wirtsfrau gezeugt. Zwischen uns allen herrscht eine gewisse Übereinkunft, falls du verstehst, was ich meine. Die Leutchen würden alles tun, was ich von ihnen verlange. Sie würden mir bis ans Ende der Welt folgen, um ihre unwissenden Seelen zu erlösen, wenn ich sie glauben mache, dass ich das von ihnen erwarte. Wir sind auf der Welt, um zu leiden und zu leben, mein Sohn. Mehr nicht. Wenn du willst, nehme ich dir morgen die Beichte ab. Ich helfe dir aus deiner Misere, wie ich es schon für viele andere getan habe.«

»Bleib in der Hölle, Pfaffe.«

Während des Gesprächs hatte sich Joanne unbemerkt auf den Weg zur Tür gemacht. Die beiden Schwestern und ihr schwachsinniger Halbbruder standen johlend und lachend um den schmierigen Priester und Cabet herum, achteten nicht auf Joanne und benahmen sich, wie sich in Joannes Vorstellung nur Säufer und Huren zu benehmen pflegten.

Ohne Zwischenfall erreichte sie die Tür. Noch nicht einmal der Riegel knarrte. Mit angehaltenem Atem schlich sie in den Garten, dann rannte sie, so schnell sie konnte, zum Stall, wo Mars untergestellt war.

Lieber, lieber Gott, bitte sei dieses eine Mal auf meiner Seite, betete sie. Sie stieg auf den ungesattelten Rücken von Mars, ihrem wunderbaren, treuen Gefährten, ihrer letzten Verbindung mit Jean-Paul, und machte sich auf den Weg in die Freiheit.

Die Wachhunde aber, die nachmittags eingesperrt gewesen waren, weil man keine Gäste erwartete, liefen jetzt frei auf dem Gelände herum. Es waren zwei große schwarze Hunde mit wilden Augen. Man gab ihnen kaum zu fressen und schlug sie regelmäßig. Wie der Teufel hinter der armen Seele hetzten sie hinter Mars her. In heller Panik bäumte das Pferd sich auf. Da Joanne weder über einen Sattel noch über Zügel verfügte, wurde sie abgeworfen.

Mars rannte um sein Leben. Er war schnell und brachte rasch einen komfortablen Abstand zwischen sich und die Hunde. Die beiden Köter folgten ihm zunächst, gaben aber bald auf und kehrten mit eingekniffenem Schwanz zurück, weil sie wieder einmal Schläge erwarteten.

Als Joanne die Augen wieder aufschlug, starrte sie in mehrere Augenpaare hinauf. Jeder Knochen in ihrem Körper schmerzte qualvoll. Die beiden heiratsfähigen Töchter und der schwachsinnige Sohn schrien Zeter und Mordio, während der Priester, der sich als Vater Ischariot vorgestellt hatte, ein Kreuzzeichen über Joanne schlug.

»Absit omen«, murmelte er. »Möge die Vorahnung niemals Wirklichkeit werden. Für jede Sünde gibt es eine Buße; manchmal erst an der Himmelspforte, möglicherweise aber auch gleich hier vor dem Gasthof. Lasst uns für diese sündige Ehefrau beten, die ihrem angetrauten Gatten zu entkommen versuchte, auf dass sie erneut in die gnädigen Arme ihres Herrn und Meisters zurückkehre.«

Die ganze Nacht hindurch suchten sie im kümmerlichen Licht rußender Fackeln nach Mars, der spurlos verschwunden war. Joanne sandte ein erleichtertes Dankgebet zum Himmel, dass dem Pferd nichts geschehen war. Wenn ein so edles Pferd herrenlos aufgefunden wurde, würde man sich sicher Gedanken über seinen Besitzer oder denjenigen machen, der es geritten hatte. Vielleicht würde man dann endlich nach ihr und Cabet suchen.

Nun waren sie gezwungen, ihre Reise zu Fuß fortzusetzen. Gaston Cabet war Joanne alles andere als dankbar. Zur Strafe gab er den umgänglichen Ton auf, den er in den letzten Tagen angeschlagen hatte, und behandelte sie wieder so unfreundlich wie zuvor.

Geh weiter! Nicht hinterherhinken. Du hast das Pferd verloren, da musst du jetzt durch. Glaub ja nicht, dass dein Süßer uns folgt. Niemand wird uns je finden. Was glaubst du wohl, warum ich den schicken Damensattel und das Zaumzeug weggeworfen habe? Weil sie das Wappen deines Herzallerliebsten trugen. Und warum, denkst du, habe ich dir das Reiten ohne Zaumzeug und Sattel beigebracht? Wieso habe ich dir wohl gezeigt, wie man das Pferd mit leisen Berührungen von Händen und Füßen führt? Geh, hol Feuerholz. Besorge uns etwas zu essen. Hol dies, hol das, beeile dich, trödle nicht, geh weiter, geh weiter, geh weiter …

Nach wie vor rührte er ihren Körper nicht an. Obwohl er alles daransetzte, ihren Willen zu brechen und über ihren Verstand zu befehlen, spürte Joanne, dass es etwas gab, wofür sie ihm dankbar sein musste. Ihr zerbrechlicher Frauenkörper war immer noch ihr alleiniges Eigentum. Lediglich ihre Stimmung sank von Tag zu Tag.

Kapitel Dreiundzwanzig

Nachdem sie die endlosen Ebenen des Bourbonnais hinter sich gelassen hatten, erreichten sie das vulkanische Bergland der Auvergne. Gaston erzählte, dass hier im Sommer unzählige Schafe grasten. Man baute Mais an, und in der fruchtbaren Lavaerde gediehen Maronen, Maulbeeren, Walnüsse. In den Tälern zwischen den schwarz emporstrebenden Bergen wuchsen Olivenbäume.

Sie rasteten auf einer Wiese zwischen Vulkangestein. Lavablöcke türmten sich ringsum auf. Mildes Herbstlicht lag über der Landschaft. Joanne genoss die herrliche, geradezu magisch wirkende Umgebung in vollen Zügen. Ihr war, als wäre hier alles rein und unverdorben und als könne hier niemals etwas Böses gedeihen, obwohl die Berge schwarz waren.

Im Lauf der langen Reise hatte sich zwischen Joanne und Gaston Cabet eine Art gegenseitiger Respekt aufgebaut. Sie hatten begonnen, sich zu vertragen. Doch wie und wann war das geschehen?

Bis zum Äußersten hatten sie sich gegenseitig bekämpft. Irgendwann jedoch waren die letzten Grenzen erreicht, und sie begannen, die positiven Seiten ihres Gegenübers zu erkennen. Gaston Cabet gefielen Joannes Belastbarkeit, ihre tapfere Art und ihr starker Charakter. Joanne hingegen bewunderte Gastons Geschicklichkeit, seine gediegene Bildung und seine handwerklichen Fähigkeiten, mit denen er es immer wieder fertigbrachte, unkomfortable Umstände doch noch in eine gewisse Bequemlichkeit zu verwandeln. Womit sie sich nach wie vor nicht anfreunden konnte, war die Zwiespältigkeit seines Charakters. In seiner Haut steckten sowohl ein wildes Tier als auch ein zivilisierter Mensch.

»Komm und nimm ein Bad!«, rief er. Er saß in einer heißen Quelle auf halber Höhe des Berges. Das Weideland unter ihnen nahm allmählich die gelbliche Färbung des bevorstehenden Winters an.

»Die Luft ist mir viel zu kalt dazu, Gaston!«, rief sie zurück.

Wann hatte sie angefangen, ihn beim Vornamen zu nennen und zu duzen?

Sie fuhr fort, ihre Bluse und Unterwäsche in einem eiskalten Gebirgsbach zu waschen, und genoss dabei die großartige Landschaft. Etwas Schöneres hatte sie selten gesehen, und vieles erinnerte sie an das Irland ihrer Kindheit.

Ihre Bluse und das Leibchen hatten bessere Tage gesehen, und auch Unterwäsche und Unterröcke waren kaum noch präsentabel. Nur dank der Tatsache, dass alles aus gutem irischen Leinen bestand, lief Joanne noch nicht vollends in Lumpen herum.

Während sie schrubbte und scheuerte, wanderten ihre Gedanken in die Vergangenheit.

Herbst in Irland, das bedeutete Erntezeit. Genau wie in St-Clair. Nach der Ernte kam der Erntedank, die Feier zum Dank für die Güte der fruchtbaren Erde, und man zündete Erntefeuer an. Den Dezember schließlich hatte sie schon in Dublin, London und Paris erlebt. Mit etwas Glück schneite es zu den Feiertagen. In Paris stand vor ihrem Fenster oft ein gütiger alter Mann mit einer Drehorgel und einem Äffchen. Er spielte feierliche Weisen, während die Leute sich auf ihre Weihnachtseinkäufe vorbereiteten. In England hatten Königin Viktoria und ihr deutschstämmiger Ehemann Prinz Albert den großen, königlichen Christbaum mit Kugeln, Kerzen und anderem Schmuck eingeführt …

Wie weit war sie von der Wirklichkeit entfernt? Wie weit fort von Irlands schrecklicher Hungersnot, dem Massensterben und der Emigration von Millionen Menschen? Wie weit aber auch von jenen kalten grauen Weihnachtstagen, die sie in der Gesellschaft einer alten Kinderfrau verbringen musste, weil sich Vater und Mutter irgendwo im Ausland aufhielten? Andere Kinder, mit denen sie hätte spielen können, gab es nicht. Sie war ganz allein in ihrem Kinderzimmer …

»Stopp!«

All das hat vielleicht nur in deiner Einbildung stattgefunden … Schau aus dem Fenster, Joanne. Siehst du sie? Siehst du all diese irischen Tagelöhner? Sie sind bettelarm, gehen barfuß und werden von der englischen Regierung ausgehungert – einer Regierung, für die dein Vater arbeitet …

Mama, lass mich nicht allein!

Es geht nicht anders, Joanne. Ich muss es tun. Deine Kinderfrau wird gut auf dich aufpassen. Diese Leute brauchen mich dringender als du. Sie brauchen etwas zu essen, ein Dach über dem Kopf, Decken und Hoffnung. Ich werde es ihnen geben. Als Französin habe ich mit der britischen Politik nichts zu tun. Ich werde den irischen Menschen auf dem Besitz deines Vaters zeigen, dass wir nicht alle nur brutale Politiker sind …

»Was ist los mit dir? Ich habe dir schon ein paarmal gesagt, du sollst aufhören. Du gebärdest dich wie eine Verrückte.«

Joanne hatte ihre Bluse mit einer Wucht gegen die Felsen geschlagen, als wolle sie alle Erinnerungen totprügeln. Erst Gaston holte sie in die Realität zurück.

»Nichts ist los. Gar nichts. Bis auf die Tatsache, dass ich heute Abend nichts anzuziehen habe.«

Er lachte. Sie blickte an den kümmerlichen Resten ihrer einstmals hübschen Kleidung hinunter. »Da gibt es nichts zu lachen, Gaston. Ich habe tatsächlich nichts mehr anzuziehen.«

»Dann geh doch einfach nackt. Du hast einen sehr schönen Körper – soweit ich ihn gesehen habe.«

Sie beachtete seinen Scherz nicht, legte die Überreste ihrer Bluse zum Trocknen auf einen Felsen, wischte sich die Hände an ihrem schmutzigen grünen Reitkleid ab und ließ sich unter einen skurril geformten Baum fallen.

Welch merkwürdige Landschaft! Einerseits schroffes Vulkangestein, andererseits friedliche grüne Täler, die sie immer wieder an Irland erinnerten.

Irland suchte sie heim.

Ihre toten Eltern suchten sie heim.

Villacroix, Jean-Paul und Lise suchten sie heim.

Und natürlich suchte Cabet sie heim. Er würde sie auch in Zukunft nicht in Frieden lassen, denn er war schuld am Tod ihres Vaters, am Tod Barbirets und an ihrer Entführung an jenem friedlichen Augustmorgen am Tag nach ihrem achtzehnten Geburtstag – dem Morgen nach dem Tag, an dem Jean-Paul sie auf zärtlich-brutale Weise erniedrigt hatte …

Nur die alte Gräfin ließ ihr Ruhe.

Und Gaston Cabet war für ihr Unglück verantwortlich.

Um nicht laut hinauszuweinen, hielt Joanne sich eine zitternde Hand vor den Mund und zwang sich, nicht weiter an die Vergangenheit zu denken. Sie hatte alles verloren, was sie je geliebt hatte: Mutter, Vater, Heimat, ihren Verlobten, ihre Freunde. Nichts spielte mehr eine Rolle. Sie musste der Gegenwart ins Gesicht blicken.

Seit zwei Monaten reiste sie nun mit Gaston Cabet als seine Geisel über Land. Am Anfang hatte sie noch um ihr Leben gefürchtet und mit ihrem Schicksal gehadert, allmählich jedoch machte sich eine Art Gleichgültigkeit in ihr breit. Als er sie nun fragte, ob sie mit ihm nackt in der heißen Quelle baden wolle, regte sie sich nicht einmal mehr auf.

»Ich habe keine Lust, Gaston. Außerdem muss ich waschen. Deine Kleider sind wirklich sehr schmutzig.«

»Hast du immer noch nicht begriffen, dass ich nicht hinter deinem hübschen Körper her bin, sondern dass mich hauptsächlich deine bizarre Art interessiert?«

»Hör auf, Gaston. Fang nicht schon wieder damit an.«

Nackt und ohne jede Scham stieg er aus der heißen Quelle. Sein Bart stand wild von seinem Gesicht ab. »Rasiere mich.«

Joanne berührte ihn nicht gern. Sein muskulöser nackter Körper verunsicherte sie, und sie scheute sich davor, seinen Atem zu spüren und seinen spöttischen Augen ausgeliefert zu sein. »Mach es lieber selbst. Beim letzten Mal ist es dir auch ganz gut gelungen.«

»Ich will aber, dass du es tust.« Er ließ das scharfe Rasiermesser in der Sonne aufblitzen.

Sie hatte gelernt, es nicht auf einen Streit ankommen zu lassen, und griff nach dem Rasiermesser. Um ihn richtig rasieren zu können, musste er vor ihr niederknien, was sie mit einer gewissen Befriedigung erfüllte.

Das Messer war tödlich scharf. Wie leicht wäre es jetzt, ihm einfach die Kehle durchzuschneiden. Doch Gaston schien ihre Gedanken zu erraten und grinste zu ihr hinauf.

»Du würdest es vielleicht gern tun, aber du wirst es nicht tun, kleines Fräulein.«

»Halt endlich still.« Joannes Hand zitterte. Sie konzentrierte sich auf ihre Arbeit, während er sich über ihre mangelnde Selbstkontrolle lustig machte. Endlich sah er wieder halbwegs aus wie ein zivilisierter Mensch. Er lächelte sein Spiegelbild im Wasser an.

»Jetzt ist es nicht mehr weit«, murmelte er. »Nicht mehr weit bis Arles.«

Dem Himmel sei Dank, dachte Joanne.

Sie brauchten noch zwei Wochen, ehe sie in Avignon ankamen; von dort aus erreichten sie in wenigen Tagen die Außenbezirke der alten Römerstadt Arles.

Arles war die Stadt der schwarzen Stiere und weißen Pferde, der Arenen und Amphitheater, zusammengedrängter Häuser mit roten Ziegeldächern und enger gewundener Gässchen, die Stadt der Matadore, Herdenbesitzer und Viehhüter. Joanne wäre am liebsten niedergekniet und hätte die alten Pflastersteine geküsst. Zwar wusste sie nicht, warum, aber sie spürte, dass sie am Ort ihrer Erlösung angekommen war. In einer großen, pulsierenden Stadt wie Arles würde Jean-Paul sie sicher finden.

Da Joanne kaum noch laufen konnte, legten sie den letzten Teil des Weges in den unterschiedlichsten Zigeunerwagen zurück. Nach der langen Zeit allein mit Gaston Cabet genoss Joanne den Anblick lachender Menschen. Sie fühlte sich wohl zwischen roten Rüschenröcken, dunklen Gesichtern, Messingohrringen und blitzend weißen Zähnen, sie liebte den Duft von Leder, Anis und Schweiß, den Rhythmus der Gitarren und die bewundernden Blicke schwarz gelockter Männer. Nie zuvor hatte sie etwas Ähnliches gesehen oder erlebt.

Mit ihrer gebräunten Haut, dem unter ihrem Kopftuch gebleichten Haar und ihrem Bündel Lumpen wirkte sie fast wie eine von ihnen. Ihre früheren Freunde und Bekannten würden sie sicher nicht wiedererkennen, wie sie sich vorbehaltlos von der heiteren Menge mitreißen ließ.

Das fahrende Volk – das Volk, bei dem Legenden lebendig blieben.

Zweimal im Jahr, im Oktober und im Mai, kamen die Zigeuner nach Südfrankreich und stellten sogar die farbenprächtigen Flamingos der Camargue in den Schatten. Sie kamen, um in Saintes-Maries-de-la-Mer am Schrein der Schwarzen Sara zu beten und zu feiern.

Der Legende nach war Sara die Dienerin der drei heiligen Frauen Maria Magdalena, Maria Salome von Galiläa und Maria Jakobäa. Nach einer Christenverfolgung kamen die Frauen mit einem Schiff nach Südfrankreich. Hier gründeten sie eine christliche Gemeinde und missionierten die Camargue und die Provence. Sara sorgte durch Betteln um Almosen für den Lebensunterhalt der Gruppe. Die Zigeuner verehrten die Schwarze Sara, die bescheidene Dienerin der heiligen Frauen, als ihre Schutzpatronin. Viele trugen ihr Porträt als Medaillon.

Gaston stieß Joanne unsanft durch die brodelnde Menschenmenge und suchte nach einer Frau namens Doña Theresa. Seine Fragen wurden immer drängender. »Ist sie bei euch? Wo kann ich sie finden? Ist sie schon wieder abgereist? Wo befindet sich ihr Lagerplatz? Geht es ihr gut?«

Irgendwann fand er jemanden, der seine Fragen beantworten konnte. Eine uralte Frau mit tausend Falten lugte aus ihrem Wohnwagen. Joanne fühlte sich an eine Schildkröte erinnert, die ihren Kopf aus dem Panzer streckt. *»Mas Laurent«*, sagte die Alte. »Sie ist immer noch dort, Gaston.«

»Danke, Mutter.«

Er zerrte Joanne hinter sich her, die nach wie vor über diese merkwürdige Welt, die er nach zweimonatiger Isolation für sie geöffnet hatte, vor Neugier fast platzte. »War das deine Mutter? Warum hast du mich ihr nicht vorgestellt?«

»Weil sie nicht meine Mutter ist.«

»Warum nennst du sie dann so?«

»Weil es sich bei uns so gehört.«

»Was soll das heißen: bei uns?«

»Das wirst du bald erfahren.«

Von Arles aus gab es eine sandige Straße nach Saintes-Maries-de-la-Mer. Sie führte fast vierzig Kilometer durch ein flaches Sumpfland, das von den beiden Mündungsarmen der Rhône gebildet wurde. In diesem Delta lag ein Land ohne Grenzen, wo der stürmische Mistral an den fedrigen Zweigen der Tamarisken, an Meerfenchel und Portulak zerrte. Unter einem weiten, durchsichtigen Himmel trieben Viehhüter auf weißen Pferden schwarze Stiere vor sich her. Es war ein wildes, einsames Land, in dessen spiegelnden, von keiner Menschenseele gestörten Teichen Reiher, Ibisse und rosa Flamingos stakten. Selbst die wilden Tamarisken, die an den Rändern der salzigen Weiher wuchsen, verströmten eine trostlose Mutlosigkeit, die auf Joanne abfärbte. Von der Hoffnung in die Verzweiflung, dachte sie traurig.

Die Zigeuner hatten an der zweimal im Jahr stattfindenden Wallfahrt zu Ehren der Schwarzen Sara teilgenommen. Die Pilgerzeit jedoch war vorbei, und bald würde das fahrende Volk der Camargue den Rücken kehren und die Landschaft wieder den Kräften der Natur überlassen.

Gaston, der schon befürchtet hatte, die gesuchte Person nicht mehr zu finden, weil bereits viele Zigeuner die Stadt verlassen hatten, ging hastig auf das in Holunderbüsche eingebettete, lang gestreckte, weiße Gebäude mit dem roten Ziegeldach zu. Und endlich, in einem Feld hinter dem provenzalischen Bauernhaus, fanden sie Doña Theresa.

Auf den Stufen eines Zigeunerwagens saß eine umfangreiche Dame. Sie war in der prallen Sonne eingeschlafen; ihre Hände hielten ein Kartenspiel und ruhten friedlich in ihrem ausladenden Schoß. Goldene Ringe und Armreifen funkelten im mittäglichen Sonnenlicht. Ihr bunter Rock war hochgerutscht und ließ massige braune Oberschenkel sehen. In den Ohren trug sie große glitzernde Ohrringe. Die ganze Frau war ein Ereignis.

Auf einer schwärzlichen Warze oberhalb ihrer Oberlippe saß eine Fliege. Ihre vollen roten Lippen unter dem fast männlichen dunklen Haarflaum bewegten sich sanft im Rhythmus ihres Atems. Auch auf dem Kinn hatte sie eine Warze, aus der lange schwarze Haare hervorsprießten. Sie schlief den Schlaf der Gerechten. Mit einem Mal bewegte sie sich und schloss den Mund. Die Fliege summte davon. Joanne starrte die Frau gebannt an.

Die Matrone schien die fremde Anwesenheit zu spüren und öffnete die Augen. Ihre gewitzten, noch etwas schlaftrunkenen Augen beobachteten Gaston Cabet und die löwenartige Frau neben ihm. Sie schwieg. Die schlanke, bildschöne Frau mit dem Bronzehaar und den Katzenaugen verunsicherte sie. Schließlich räusperte sie sich und spuckte genau vor Gastons Füße ins Gras.

»Ach! Der *gadjo*, der meine Tochter und meine Enkel auf dem Gewissen hat, ist also endlich zurückgekommen.«

Joanne entzog sich der Hand, die nach ihr griff. Gaston bohrte seinen Finger in ihren Oberarm und hielt sie unbeirrbar fest.

»Was führt dich zu uns, *gadjo?*«

»Ich brauche den Schutz des Stammes, Mutter.«

Zum ersten Mal erkannte Joanne eine Art von Flehen in seiner Stimme.

»Du hast meine Tochter getötet und bittest mich um Schutz, *gadjo?*«

»Auch wenn du mich *gadjo* nennst, bin ich ein rechtmäßig

anerkanntes Mitglied deines Stammes, Mutter. Die *Kristinitori* haben mich aufgenommen und mich auch von dem Verbrechen freigesprochen, dessen du mich noch immer beschuldigst.«

»Du bist wirklich kühn, Gaston. Du hast die Gesetze der *gitanos* zweimal gebrochen.«

»Es war nicht meine Schuld, Mutter. In tiefster Seele weißt du genau, dass Rana und die Kinder durch die Hand anderer starben.«

»Aber du hast sie uns fortgenommen, *gadjo*. Du hast sie mir weggenommen. Du hast sie in ein Leben gezwungen, das nicht das ihre war.«

»Rana hat mich aus freien Stücken begleitet, Mutter.«

»Das Leben in der Stadt war nicht ihr Leben. Du hast meine Tochter zum Tode verurteilt, *gadjo*.«

Die Anschuldigungen der alten Zigeunerin wurden mit so viel Wut hervorgestoßen, dass Joanne und Gaston unwillkürlich einige Schritte zurückwichen.

»Du kannst mir nicht vorwerfen, sie missbraucht zu haben, Mutter. Ich habe sie bis zu ihrem Tod innig geliebt. Politiker und Stadtverordnete sind schuld an ihrem Tod und am Tod meiner Kinder. Du kannst mir ihr Schicksal nicht vorwerfen. Ich habe Tag und Nacht dafür gearbeitet, sie am Leben zu erhalten. Trotzdem konnte ich die Steuern nicht bezahlen. Und ich hatte auch nicht genügend Geld, um ihre Medizin zu bezahlen, als sie sie brauchten.«

»Dann hättest du sie zu ihrem Volk zurückbringen müssen, ehe sie für die Reise zu krank war. Es waren ihre Kinder und meine Enkel, *gadjo*.«

»Vergib mir Mutter, ich flehe dich an. Und ich gebe dir mein Wort, dass ich ihren Tod gerächt habe.«

»Wie hast du es getan?«

»Ich habe in Paris einen Mann in den Tod getrieben. Er

sprang vor Angst aus dem Fenster, als er das Messer in meiner Hand sah. Ich habe das Messer nie benutzen müssen. Trotzdem war er es, der unsere Freiheit, Gleichheit und Brüderlichkeit verraten hat – nicht etwa ich.«

»Pah! Deine Stadtpolitik interessiert mich nicht, *gadjo*.« Doña Theresas dunkle Augen wanderten zu Joanne. »Und wer ist diese *gadji*, die du aus der Stadt mitgebracht hast? Ist sie deine nächste Frau? Die Nachfolgerin von Rana?«

»Wenn du uns deinen Segen gibst, Mutter, wird sie es bald sein.«

»Wozu brauchst du meinen Segen, wenn sie Ranas Stelle einnehmen soll?«

»Um ein Zeichen für den Tod Ranas und deiner Enkel – meiner Frau und meiner Kinder – zu setzen.«

»Wie?«

»Ich habe sie ihren Leuten weggenommen, wie diese Leute uns unsere Angehörigen weggenommen haben.«

»Du hast sie entführt, *gadjo*? Das war äußerst unvernünftig. Trotzdem verstehe ich deine Beweggründe. Ich bin ebenfalls noch wütend. Der Verlust schmerzt mich auch heute noch, und ich versichere dir, ich fühle mindestens ebenso tief wie du. Trotzdem ist es nicht die Schuld dieser Frau, dass Rana und die Kinder in Paris der Tuberkulose und dem Hunger zum Opfer fielen.«

»Oh doch, das ist es, Mutter.«

»Wieso?«

»Ihr verstorbener Vater war englischer Diplomat und hat gegen die Belange der französischen Arbeiterklasse gearbeitet. Die englische Regierung hatte Angst vor einer neuerlichen Revolution in Frankreich und hat all ihr militärisches Wissen eingesetzt, dagegen anzukämpfen. Diese Frau hier ist eine typische Britin – das ewig unzufriedene, reiche Exemplar einer

Rasse, die auf die restliche Welt hinabblickt, als wäre sie nichts als ein Fußabtreter.«

»Hör auf, *gadjo*. Du hörst dich schon selbst an wie ein Politiker.«

Doch Gaston war nicht mehr zu bremsen. »Sie ist genau wie ihr Freund, der große Jean-Paul St-Clair de Villacroix. Er hat so viel Angst davor, sein wertvolles Schloss zu verlieren, dass er politische Intrigen schmiedet, die in Paris Hunderte von Menschen das Leben gekostet haben. Er und sie sind reiche und einflussreiche Parasiten, die die Welt verschandeln.« Er schüttelte Joanne. »Diese Leute hier sind Blutsauger. Sie leben vom Blut der Armen.«

Jetzt, wo sie diese Dinge über ihn wusste, tat Gaston Joanne tatsächlich ein wenig leid. Dass er Frau und Kinder verloren hatte, schmerzte sie. Jetzt endlich verstand sie, warum Gaston so schlecht auf Leute wie Jean-Paul und sie zu sprechen war, und begriff, was ihn dazu getrieben hatte, sie zu entführen. Trotzdem war sie daran ebenso wenig schuld wie ihre Eltern an der Hungersnot in Irland.

Doña Theresa richtete das Wort an Joanne. *»Gadji«*, sagte sie mit rauer Stimme, »ich schäme mich für diesen Mann, der meinem Volk angehört. Man muss ihm zugutehalten, dass er noch immer um seine Familie trauert. Trotzdem bitte ich Sie, keine negativen Gefühle für uns Zigeuner zu hegen. Gaston ist nicht unser Blutsverwandter; er wurde erst von uns adoptiert, als er meine Tochter heiratete. Unser Ältestenrat wird entscheiden, wie wir gegen ihn vorgehen.«

»Was Ihnen und Ihrem Schwiegersohn geschehen ist, tut mir aufrichtig leid, Doña Theresa«, antwortete Joanne. »Richtig ist, dass Gaston mich als Geisel benutzt hat – wie lange, das weiß ich schon gar nicht mehr. Aber er hat mich nie missbraucht. Es gab sogar Zeiten, da hat mir unsere Reise fast

Freude gemacht. Unterwegs habe ich neue Seiten an ihm entdeckt, wie auch er wahrscheinlich neue Seiten an mir entdeckt haben dürfte. Ich hasse ihn nicht für das, was er getan hat. Manchmal entscheiden eben die Umstände. Im Grunde ist er ein ehrenwerter Mann; er ist der Erinnerung an Rana und Ihre Enkel offenbar immer treu geblieben. Natürlich hat er mir Angst eingejagt und mich mehr als einmal zur Verzweiflung getrieben. Aber er hat mich auch die ganze Zeit über beschützt. Bis heute wusste ich nicht, warum er das getan hat.«

Doña Theresa wandte sich an Gaston. »Die *gadji* spricht sehr beredt für dich.« Sie erhob sich. Ehe sie aber ihren Wohnwagen betrat, warf sie Gaston einen anklagenden Blick zu.

»Der verängstigte Stier in der Arena sucht den Schutz der *›querencia‹*. Du bist der *›anouble‹*, der einjährige Stier. Du wirst mit heißer Flamme gebrandmarkt und vom Todesstoß in die Knie gezwungen. Die *›estocade‹* ist dir sicher, so sagen es die Karten. Solltest du den *›escoussuro‹* dennoch wollen, dann soll es so sein. Ich werde dieser jungen Dame meine Gastfreundschaft schenken.«

Joanne verstand kein Wort. Und auch auf das, was dann kam, war sie alles andere als vorbereitet.

»Bring sie in meinen Wagen. Sie wird die Nacht mit mir verbringen. Und der Teufel soll dich holen, *gadjo*, für deine Art der Rache. Sie bringt nichts als Scham und Schande über unser Volk.«

Kapitel Vierundzwanzig

Gaston kannte die Rituale und wusste genau, was geschehen würde.

Doña Theresa verbrachte zunächst eine lange Zeit mit der *phuri dai*, der weisen Frau des Stammes, die Joanne in Arles an eine Schildkröte erinnert hatte und die sich nach Gastons Auftauchen ebenfalls sofort auf den Weg gemacht hatte.

Zwei Stunden später sagte die weise Frau: »Dann soll es so sein. Das, was er getan hat, ist schändlich; wir können nicht zulassen, dass unser Stamm derart in Verruf gebracht wird. Wenn wir die Beziehung als legitime Eheschließung bei den Behörden eintragen lassen wollen, muss die *gadji* allerdings ihr volles Einverständnis erklären.«

»Das wird sie nie und nimmer tun.«

»In diesem Fall wird es nicht geschehen.«

»Es muss aber sein – zum Wohl des Stammes.«

Die beiden alten Frauen steckten erneut die Köpfe zusammen.

»Sie muss einverstanden sein«, beharrte die *phuri dai.*

»Dann soll es geschehen«, nickte Doña Theresa.

In der festungsartigen Kirche in Saintes-Maries-de-la-Mer überwog die Anzahl der Zigeuner bei Weitem die der anderen Gläubigen. Alle waren gekommen, um die Predigt des Erzbischofs zu hören. Die Luft in dem düsteren Kirchenschiff war stickig. Nach der Predigt wurden die von Hunderten von Kerzen erleuchteten Schreine der Maria Salome und der Maria Jakobäa in die Kirche hinuntergelassen.

Die Kirchenbesucher brachten ihre Kranken und Lahmen nach vorn. Doña Theresa, die ihre glänzend schwarzen Zöpfe wie eine Krone hoch auf dem Kopf festgesteckt hatte, drängte sich durch die Menschenmenge ganz nach vorn, presste ihre vollen Lippen mit glühendem Eifer gegen die Behältnisse der heiligen Reliquien und betete inbrünstig.

Nun wurde auch die Statue der Schwarzen Sara aus der Krypta geholt und für alle sichtbar durch die Kirche hinausgetragen. Angeführt von den Viehhütern auf ihren weißen Pferden pilgerten die Gläubigen zum Meeresufer, wo das Wasser gesegnet wurde. Nach der Segnung durch den Erzbischof gingen viele Teilnehmer des bunten Festzugs zu einer symbolischen Taufe ein Stück in das sanft plätschernde Mittelmeer hinein.

Nach dem Ende der Feierlichkeiten und nachdem man die Schwarze Sara wieder in die Krypta unter der Kirche begleitet hatte, bereitete sich Doña Theresa auf ihre nächste Aufgabe vor.

Joanne und Gaston wurden dem Ältestenrat des Stammes vorgeführt. Zunächst hörte man sie an, dann lauschte man dem, was Gaston zu sagen hatte, ehe man sich zur Beratung zurückzog.

Schließlich wandte sich eine große Zigeunerin an Joanne: »Überlege dir genau, was du als Nächstes sagst. Ich weiß, dass du dich nach Gerechtigkeit sehnst, aber du musst dir darüber im Klaren sein, dass du ihn damit auf die Guillotine bringen kannst.«

»Für das, was er mir angetan hat, gehört er aufgehängt. Meinetwegen auch durch die Guillotine geköpft!«, trumpfte

Joanne auf. Inzwischen hatte sie begriffen, dass der Ältestenrat versuchte, sie zu einer Ehe mit Cabet zu überreden. Nur über ihre Leiche!

Am Abend vor der geplanten Hochzeit sollte Joanne untersucht werden und versuchte, der Prozedur zu entgehen, indem sie unablässig tobte.

»Es ist einfach unerhört! Ihr habt kein Recht, mir das anzutun!«, schrie sie Doña Theresa und die *phuri dai* an, als sie versuchten, ihre Röcke hochzuheben. »Wenn ihr mir auch nur ein Härchen krümmt, werde ich euch bei der Polizei anzeigen. Ich schreie!«

Die beiden Frauen verabreichten dem Mädchen einen Trank; danach wurde Joanne ruhiger. Stumm ließ sie die Untersuchung über sich ergehen. Nach einiger Zeit trat die weise, alte Frau vor die Tür ihres Wohnwagens und verkündete mit einer Stimme, die über jeden Zweifel erhaben war: »Sie ist noch Jungfrau.«

»Gut«, nickte Gaston. »Dann sieh zu, dass sie bei der Zeremonie morgen auch ruhig ist.«

Joanne fühlte sich ganz leicht. Ihr war, als schwebe sie neben ihrem Körper und sähe zu, wie sie in das traditionelle Brautgewand des Stammes von Doña Theresa gekleidet wurde. Sie ließ sogar zu, dass man ihr die Ohrläppchen durchbohrte und als Symbol für den Sklavenstatus der Ehefrau mit großen, goldenen Ohrringen schmückte. Zum ersten Mal seit vielen Stunden sah sie den Mann an, der sie auf den Status einer zerbrochenen Puppe herabgewürdigt hatte.

»Was ist los, Joanne?«, fragte er und hielt ihre rudernden Arme fest.

»Wage es nicht, mich Joanne zu nennen! Du hast dazu kein Recht. Du bist nichts als ein brutaler Mörder und nicht wert, dass man dich eines Blickes würdigt.«

Aber er ließ nicht locker. Und als ihre Gesichter ganz nah beieinander waren, küsste er sie sanft auf die Lippen und legte ihr zärtlich einen Finger auf den Mund.

»Für dich würde ich sterben«, flüsterte er. »Seit ich dich das erste Mal in der Rue Royale gesehen habe, wusste ich, dass ich frohen Herzens für dich sterben würde.«

Später am Tag des bunten Festzugs zu Ehren der heiligen Maria Salome nahmen die Zigeuner an der Hochzeit von Gaston Cabet, einem adoptierten Stammesmitglied, und der fremden *gadji* mit dem flammenden Haar teil, ehe sie sich bis zum nächsten Frühjahr wieder in alle Winde verstreuten. Die Hochzeit war nicht ganz standesgemäß, doch hatten der Anführer und der Ältestenrat beschlossen, dass sie stattfinden müsse, um Schande von ihrem Stamm abzuwenden.

Und so, wie die Stiere beim Ritus des *›escoussuro‹* von ihren Besitzern gekennzeichnet werden, wurden Joanne und Gaston ebenfalls in einer Art *›escoussuro‹* zusammengegeben: Nach Art der Zigeuner ritzte man ihre Handgelenke, um ihr Blut miteinander zu vermischen. Sie knieten zu Füßen des Ältesten und wurden mit Brot und Salz gesegnet. Anschließend fand ein Festgelage mit Reis und Ziegenbraten, Maiskuchen, allerlei einheimischen Leckerbissen und viel Wein statt. Sie tanzte Flamenco und Csardas, ohne die Schritte zu kennen. Der sinnliche Rhythmus von Gitarren, Geigen, Tambourins und Kastagnetten, der Gesang und das Lachen der Gäste schlugen über Joanne zusammen wie eine Welle des Frohsinns. Das Fest kam ihr vor wie eine warmherzige Taufe, die sie von jeder Sorge und jeglichem Leid reinwusch. Die von den Kräuterweibern gemischten und von Doña Theresa verabreichten Liebestränke hatten ihre magische Wirkung entfaltet. Von nun an gehörte die adoptierte *gadji* zum Stamm.

Die *phuri dai* drückte Joanne ein Steingutgefäß in die Hand. »Was soll ich damit tun?«, fragte Joanne mit schwerer Zunge.

»Wirf es deinem Ehemann vor die Füße«, antwortete die alte Frau, und ihr Gesicht legte sich lächelnd in tausend Falten.

»Meinem Ehemann!« Joanne lachte entzückt auf und hängte sich an den Hals des Bräutigams. »Ach, Jean-Paul, ich dachte schon, dieser Tag würde niemals kommen.« Zärtlich schmiegte sie sich an ihn. »Aber ich wusste es! Ich wusste seit jenem Nachmittag auf dem Hügel, als du mich mit so viel Geduld und Liebe genommen hast, dass wir zusammengehören ... Ups!« Rückwärts fiel sie in Cabets Arme. Er fing sie auf.

»Vor die Füße, nicht an den Kopf«, schimpfte er, als sie das Gefäß warf.

Das Gefäß fiel ihm vor die Füße und zerbrach in zwei gleich große Hälften, als habe man es mit einem unsichtbaren Messer zerteilt. Plötzlich wurde es ganz still. Niemand tanzte oder trank mehr. Alle schienen den Atem anzuhalten – alle außer Joanne, die immer noch kicherte. »Was ist denn? Habe ich etwas falsch gemacht?«

Mit unstetem Blick betrachtete sie den Mann, von dem alle behaupteten, er sei ihr Ehemann. Merkwürdig, er sah ganz anders aus als ihr geliebter Jean-Paul!

»Aber nein«, brummte Cabet. »Es hat nichts zu bedeuten.« Er nahm sie in die Arme und trug sie in den geschmückten Wagen, der ihnen in dieser Nacht als Brautlager dienen sollte.

Joanne seufzte und legte ihren Kopf an seine breite Schulter. In seinen traditionellen Hochzeitskleidern sah er so gut aus, dass ihr nicht mehr einfallen wollte, warum er ihr unsympathisch war.

»Aber es muss doch etwas zu bedeuten haben, Jean-Paul …«

»Mein Name ist Gaston Cabet, Gnädigste. Ich bin dein Ehemann, und es wäre besser, wenn du dich bald daran gewöhnst.«

»Schon gut, dann hast du also deinen Namen geändert. Trotzdem muss es etwas bedeuten, oder warum haben alle plötzlich den Atem angehalten?«

»Nein, es ist wirklich nichts. Diese Leute sind einfach nur abergläubische Narren.« Er ließ sie recht unfeierlich auf das mit Tamariskenzweigen geschmückte Ehebett fallen.

»Gut, dann hat es also nichts zu bedeuten. Aber sag mal, warum sind all die alten Weiber mit in unseren Wagen gekommen?«

»Sie warten darauf, dass du dein *dichlo* verlierst. Danach verschwinden sie und feiern weiter.«

Joanne kicherte. »Und was genau ist mein *dichlo?*« Doch dann rührte sich etwas im Hintergrund ihres konfusen Bewusstseins. »Ich glaube, ich kann es mir denken …« Auf eine schläfrige Weise war sie glücklich und hoffte, es könne immer so bleiben: im Brautbett an der Seite von Jean-Paul.

Doch jeglicher Schlaf und alle Glücksgefühle wichen mit einem Mal von ihr, als sie sah, was Gaston Cabet tat. Sie schrie laut auf. Auf der anderen Seite des dünnen Vorhangs, den man um das Bett gespannt hatte, hörte sie die alten Frauen kichern. Cabet warf ihnen sein blutbeflecktes Taschentuch zu. Die Frauen berieten sich. Nachdem die *phuri dai* zufrieden festgestellt hatte, dass die Ehe vollzogen war, verließen die alten Frauen des Stammes den Wohnwagen.

»Warum hast du dieses arme kleine Tier getötet, du Bösewicht?« Mit einem Schlag war Joanne nüchtern geworden und zog sich mit untergeschlagenen Beinen in die äußerste Ecke des Bettes zurück.

»Um deine und meine Ehre nicht aufs Spiel zu setzen und die alten Weiber loszuwerden.« Er warf den toten Igel aus dem Fenster in die Dunkelheit. Er hatte ihm mit seinem Rasiermesser die Kehle durchgeschnitten.

»Was redest du da?«

Gaston wischte die Messerklinge ab. Er hatte den Igel gewiss nicht gern getötet, zumal er den Geruch und Anblick von Blut nur schwer ertragen konnte. Auch jetzt kämpfte er gegen die Übelkeit an. Bereits die Blutvermischung bei der Hochzeitszeremonie hatte ihn große Überwindung gekostet.

»Der ganze Ritus war sehr heidnisch und primitiv«, stellte Joanne fest. »Und das weißt du auch. Immerhin bist du recht gebildet. Dir muss klar sein, dass es sich nicht um eine Hochzeit im legalen Sinn gehandelt hat.«

Doch das interessierte Gaston nicht im Mindesten. Er wusste nur, dass endlich die Zeit gekommen war, diese hübsche junge Frau zu besitzen. Monatelang hatte er sein Begehren gezügelt, und zwar aus gutem Grund. Jetzt aber wollte er sich schadlos halten, ehe er sie wieder zu ihren eigenen Leuten zurückschickte. Und die Rache würde süß sein!

»Wage es nicht, mich anzufassen!« Joanne wich vor ihm zurück.

»Du bist meine Frau und wirst dich mir unterwerfen. Ich habe weiß Gott lange genug darauf gewartet.« Hitzig stürzte er sich auf sie.

Oh ja, die Rache würde süß sein. Eine so exquisite junge Dame wie Miss Josephine-Anne Byngham zu deflorieren würde ihm die höchste Erregung seines Lebens bescheren.

Dass die Kräuterweiber der jungen Frau Zaubertränke eingeflößt hatten, würde ihre Kapitulation umso begehrenswerter machen. Und morgen, wenn ihr bewusst wurde, dass er die Ehe vollzogen hatte, würden sie nach Arles gehen und Joanne als seine legitime Ehefrau bei den Behörden eintragen lassen. Sollte sie ein Kind bekommen, hätte sie es zumindest ehelich empfangen. Anschließend würde er ihr den Laufpass geben – schließlich durfte sich ein Zigeuner jederzeit ohne Angabe von Gründen von einer *gadji* trennen – und damit wäre seine Rache an ihrem Stand vollendet.

Doña Theresa saß auf den Stufen vor ihrem Wohnwagen und rauchte ihre Pfeife. Es hätte ihr Spaß gemacht, dem leidenschaftlichen Ringen der beiden jungen Leute zu lauschen, die in dieser Nacht ihr Bett benutzten. Sie stellte sich vor, wie er sie auszog, wie sie ihn anfauchte, weil sie sich nicht von ihrem Brautkleid trennen wollte, wie er ihren Kopfputz abnahm, die Haare löste, ihre Unterwäsche abstreifte und sie schließlich ganz in Besitz nahm. Dann erst würde er wissen, wie süß Rache wirklich schmeckte.

Mit einem Lächeln auf den vollen Lippen stand Doña Theresa auf und ging zu den anderen alten Frauen. Mit ihren eckigen braunen Händen mischte sie die Tarotkarten.

Sieh an! Der gadjo *hatte ja einen Makel! Einen entscheidenden Makel, der ihn in zwei Hälften spalten würde – genau wie das Hochzeitsgefäß seines Schicksals.*

Kapitel Fünfundzwanzig

Joanne stählte sich innerlich gegen den Ansturm auf ihren Körper. Gaston spielte mit ihr wie die Katze mit der Maus – immer kurz davor, sie zu töten, ehe er dann doch wieder von ihr abließ. Er wollte sie unterwerfen und einschüchtern, doch er schaffte es nie, sie wirklich zu überwinden. Kaum, dass er sich die Mühe machte, ihre Brüste zu küssen und zu liebkosen. Sie gefielen ihm nicht, waren ihm zu fest und zu klein; stattdessen suchte er seine Befriedigung darin, in Joanne einzudringen und sie zur Frau zu machen.

Hatte er jedoch erwartet, auf Widerstand zu treffen, so sah er sich enttäuscht. Er, der so stolz darauf gewesen wäre, die Frau zu dominieren und zu unterdrücken, traf lediglich auf spöttische Passivität und einen Anflug von Lachlust in ihren wilden Augen. Joanne sah ihm ins Gesicht, beobachtete seine Überraschung und sein Schuldbewusstsein, freute sich über seine Reaktion und zeigte weder Furcht noch Scham darüber, was er ihr antun wollte.

Mit einem Fluch glitt er aus ihr heraus. Jetzt war er nicht mehr der harte, unbesiegbare Mann, der er so gern gewesen wäre. Wütend darüber, dass seine Männlichkeit vor ihren Augen versagt hatte, betrachtete er den dunklen Hof ihrer Brustwarzen, ihren weiblich geformten Körper und die weiße, samtweiche Haut; ständig war er sich der spöttischen Herausforderung ihrer Augen bewusst.

Oh ja, er kannte die Anzeichen, er wusste, wann zarte Rosenknospen die dunklere Färbung von Hagebutten annahmen. Auch bei Rana hatte er es gesehen, als sie schwanger war.

Gaston war nicht der erste Mann, der das Bett der hübschen englischen Lady geteilt hatte; sie hatte ihr *dichlo* bereits früher verloren.

Wütend schlug er auf sie ein. »Miststück! Nutte!«

Mordlust blitzte in seinen Augen auf.

»Ich bring dich um, und Doña Theresa gleich dazu!« Er legte Joanne die Hände so fest um den Hals, dass sie röchelte. »Kein Wunder, dass du plötzlich so brav geworden bist. Während der letzten Tage unserer Reise habe ich mich schon gefragt, warum du keinem meiner Wünsche mehr widersprochen hast, warum du plötzlich zuzunehmen schienst und warum du dich geweigert hast, in der heißen Quelle in der Auvergne zu baden. Du wusstest längst, dass du schwanger bist! Dein feiner Verlobter hat dich geschwängert! Und weil du wusstest, dass du sein Kind trägst, hast du dir nichts daraus gemacht, was ich mit dir anstellen könnte. Verlogene Schlampe!« Er drosch auf sie ein, vergewaltigte sie und schüttelte sie wie eine Strohpuppe, ehe er schließlich von ihr abließ, als wäre sie unsauber. »Und dabei dachte ich die ganze Zeit, du wärst ein nettes, gutes Mädchen, das sich versehentlich in einen Weiberhelden verliebt hat. Er hat mit dir genau das getrieben, was er schon mit meiner Schwester gemacht hat. Ich dachte, dein hervortretender Leib hätte mit dem Hunger zu tun, oder ... oder ...«

Angeekelt wich er vor ihr zurück, ohne den Satz zu vollenden. Er zog sich an und wollte den Wohnwagen gerade verlassen, als er sich noch einmal umdrehte. »Sprich, verdammt noch mal! Sag seinen Namen! Ich werde den Kerl jedenfalls umbringen!«

»Er ist ein Gentleman. Ein Gentleman, dessen Stiefel zu lecken du nicht wert bist.«

Er schlug ihr mitten ins Gesicht. Ihre Lippe platzte auf. Sie hatte Blut auf den Wangen und Blut auf der Stirn. Auch auf Gastons Händen war Blut, doch er zwang sich, die aufsteigende Übelkeit nicht zu beachten.

»Mach ruhig weiter. Schlag mich, solange du Lust hast. Etwas anderes, als hilflose Frauen zu schlagen, kannst du offenbar nicht. Wäre ich ein Mann, hätte ich dich schon längst überwältigt.«

»Oh, du ...« Gaston zog sein Messer aus der Tasche und fing an, ihr büschelweise das Haar abzuschneiden. »So machen es die Zigeuner mit ihren untreuen Frauen. Dein kahler Kopf wird jedem zeigen, dass du eine Hure bist.«

Joanne hatte ihn vor dem gesamten Stamm zum Narren gemacht. Er schäumte vor Wut. Beinahe hätte er ihr das Messer in den Bauch gestoßen, als Doña Theresas Stimme von der Tür her ertönte.

»Töte lieber mich, Gaston. Ich bin diejenige, die euch beide betrogen hat. Töte mich, wie du Rana getötet hast. Du hast deinen Tribut für das Leben dieser unschuldigen Frau gefordert, die nicht einmal unserer Rasse und Kultur angehört. Ich wusste, dass sie schwanger ist, doch ich konnte nicht sicher sein, ob das Kind von dir war. Nachdem wir nun wissen, dass ein anderer Mann sie geschwängert hat, darfst du keinesfalls dadurch Schande über uns bringen, dass du sie tötest oder ihr ein Leid zufügst. Schon einmal hat dich eine Frau zu Fall gebracht; du solltest nicht den gleichen Fehler noch einmal machen. Indem du meine Tochter und die Kinder aus ihrer Umgebung gerissen und nach Paris gebracht hast, wo sie wie Hunde in der Gosse krepieren mussten, hast du nicht nur mein Herz gebrochen, sondern dich auch gegen die Kultur unseres Stammes versündigt. Jetzt bist du nach unseren Stammesgesetzen rechtmäßig mit dieser *gadji* verheiratet. Du wirst sie also mit Freundlichkeit und Respekt behandeln, und wenn du keine Schande über uns bringen willst, wirst du die Eheschließung von der Behörde in Arles bestätigen lassen. Das Kind, das sie trägt, wirst du wie dein eigenes behandeln und erziehen. So hat es der Ältestenrat beschlossen. Du hast uns Rana und ihre Kinder fortgenommen und gibst uns jetzt eine neue Rana und ein neues Kind. Wir alle waren wütend auf dich, doch die Rache gehört allein Gott, nicht dir. Du wirst den Richterspruch des Ältestenrates befolgen. Wenn nicht, wird es dir zum Schaden gereichen.«

Mit diesen Worten drehte sich Doña Theresa um und ging. Ihr Ultimatum hing wie ein Damoklesschwert in der kalten Nachtluft.

Gaston knallte die Tür des Wohnwagens hinter sich zu und ging ebenfalls in die Nacht hinaus.

Erst jetzt verbarg Joanne ihr Gesicht in den Händen und weinte, wie nur eine Frau mit einem gebrochenen Herzen weinen kann.

Die Tür des Wohnwagens blieb eine Woche lang verschlossen. Jeden Tag kam Doña Theresa, die selbst sehr mitgenommen aussah, brachte Joanne Lebensmittel und Wasser, leerte den Nachttopf, kümmerte sich um ihre Verletzungen, betastete ihren Bauch nach Lebenszeichen des Kindes, reinigte den Wohnwagen und überließ Joanne dann wieder sich selbst.

Anschließend suchte sie die Gesellschaft der weisen Frau und der Kräuterfrau. Alle drei rauchten ihre Pfeifen und warteten auf die Rückkehr des *gadjo*, der so viel Unglück über sie gebracht hatte.

Gaston verbrachte eine Woche in Arles. Er ritt Rodeos auf

den weißen, ungezähmten Pferden der Camargue und versuchte, seinem Leben auf diese Weise ein Ende zu setzen. Als das fehlschlug, versuchte er es mit Stierkampf. In den Nächten, in denen sein verletzter Mannesstolz ihm zu schaffen machte, umgab er sich mit Wein, Absinth und willigen Frauen.

Nach einer Woche des Lotterlebens, des Getändels mit dem Tod und der Trunksucht ließ er sich die Haare schneiden, rasierte seinen Bart ab und kehrte nach Saintes-Maries zurück.

Er öffnete die Tür zu Doña Theresas Wohnwagen mit einem Tritt.

Joanne sah seinen Umriss gegen den grauen, regenverhangenen Himmel und begann zu zittern. Sie lag auf dem Bett, starrte an die Decke und betete, dass Jean-Pauls Baby nichts geschehen war, wie sie es eine Woche lang jeden Tag getan hatte. Nachdem sie Cabet erkannt hatte, rollte sie sich zu einer Kugel zusammen und drehte sich zur Wand. Sie wollte das vernarbte Gesicht, vor dem sie so viel Angst hatte, möglichst nicht sehen.

Gaston trat gegen die Tür, die ins Schloss fiel, und setzte sich ans Fußende des großen Bettes. Mit Genugtuung registrierte er, dass Joannes Verletzungen dank der Mischungen der Kräuterfrau fast verschwunden waren.

»Ich bin nicht gekommen, um dir wehzutun«, sagte er.

Joanne reagierte nicht.

»Ich wollte dir etwas erzählen und erklären, ehe du zu deinen eigenen Leuten zurückkehrst.«

Sie antwortete nicht.

Sanft zog er ihre Hände von den Ohren. »Hörst du mir überhaupt zu, Joanne?«

»Du bist bösartig und ein Mörder. Lass mich los!«, flüsterte sie. Seine bloße Anwesenheit verursachte ihr Übelkeit.

»Hör mich bitte erst einmal an. Danach darfst du über mich richten.«

»Gott ist dein Richter, nicht ich.«

»Ich schwöre dir, dass ich deinen Vater nicht getötet habe. Ich wusste nicht, dass es dein Vater war, der hinter der Tür der Wohnung in der Rue Royale lag, und ich habe auch nicht nachgeschaut, als ich über ihn hinwegstieg. Ich dachte, Barbiret hätte ihn erschlagen. Meine ganze Wut galt ihm. Er hatte unsere Gewerkschaft verraten, mit der wir nichts anderes erreichen wollten, als unseren hungernden Familien endlich wieder Hoffnung zu geben. Blind vor Wut rannte ich hinter Barbiret her. Ich sah und hörte nichts. Alles war mir gleich, außer dass ich dieses Schmiergeld an mich nahm, das den Bürgern von Paris gehörte. Man munkelt, dein Vater hätte ihm das Geld gegeben, für ein Gemälde als Hochzeitsüberraschung für dich und den Comte de Villacroix. Hattest du nicht im Haus dieser glühenden Royalistin Madame Le Fèvre Modell gesessen? Doch das Geld war nicht für das Porträt gedacht, sondern für den Verrat an *L'Épée Rouge*, unserer Gewerkschaft.«

Wider besseres Wissen hörte Joanne ihm zu, obwohl sie sich nach wie vor eng zusammengerollt und ihr Gesicht gegen die Wand gedreht hatte.

»Ich möchte dir einiges über mich erzählen. Ich weiß, du willst nichts davon hören, aber ich tue es trotzdem. Ich wuchs in einer guten, katholischen Familie in christlicher Umgebung auf. Meine Mutter und mein Vater waren die besten Menschen der Welt. Ich habe ihren guten Namen ruiniert, weil ich an andere Dinge glaubte als sie. Meiner Ansicht nach sollte man den Großen dieser Welt nicht noch einen Mantel über die Pfützen legen, damit sie trockenen Fußes weitergehen können. Meine Eltern hatten ihren Platz in der Gesellschaft immer akzeptiert. Sie waren ehrliche Bürger, die von unserem Steuersystem, den hohen Preisen und der allgemeinen Ausnutzung nach und nach in den Ruin getrieben wurden. Ich wurde erzogen, jede Art von Gewalt zu verachten. Doch eines Tages brach die Gewalt in unser Leben ein, und zwar für Dinge, die wir nicht verschuldet hatten.«

Cabet atmete tief ein und hoffte, dass Joanne ihm noch zuhörte.

»Es tut mir leid, dass ich dich als Geisel genommen und geschlagen habe. Ich wollte, dass du zu deinen Freunden und Verwandten, zu den Aristokraten und Politikern zurückkehrst und ihnen erklärst, dass die Welt uns allen gehört – nicht nur den Reichen und Privilegierten. Heute weiß ich, dass Gewalt nur weitere Gewalt nach sich zieht, und möchte mich für das Leid entschuldigen, das ich dir angetan habe. Übrigens auch für die Sorge, die ich meinem Stamm bereitet habe. Nach Barbiret war es dein schicker Verlobter, an dem ich mich rächen wollte, und nachdem ich seiner nicht habhaft werden konnte, warst du an der Reihe. Die Frau, die er liebte und mit der er verlobt war.«

»Jean-Paul und ich waren nie offiziell verlobt«, flüsterte Joanne zaghaft. »Warum also wolltest du ihm etwas antun?«

»Als Rache für das, was er meiner Schwester angetan hat.«

»Und was war das?« Sie wandte sich zu ihm um und hörte ihm endlich aufmerksam zu.

»Es gab einst eine Zeit, da hatte ich einen Bruder, drei Schwestern, eine Ehefrau und zwei kleine Kinder. Ich hatte eine richtige Familie. Mein jüngerer Bruder und ich waren Schreinermeister. Nach dem Tod unseres Vaters übernahmen wir seine erfolgreiche Möbeltischlerei in Paris. Der Vater des derzeitigen Comte de Villacroix war einer unserer meistgeschätzten Kunden. Ich fuhr oft hinaus zum Schloss Villacroix, um für das Grafenpaar zu arbeiten. Die Geschäftsbeziehung setzte sich auch nach dem Tod des alten Grafen mit seiner Witwe fort. Damals war Jean-Paul ein junger Mann, dem man viele Frauengeschichten nachsagte. Wir alle waren damals noch jung und hübsch – vor allem aber meine älteste Schwester. Mein Bruder und ich führten die Werkstatt, bis wir eines Tages von den Behörden beschuldigt wurden, subversive Schriften gegen König und Vaterland zu drucken und zu verbreiten. Man bezichtigte uns des Verrats, die Möbeltischlerei meines Vaters wurde geplündert und in Brand gesetzt. Mein Bruder wurde von der Nationalgarde getötet, die später eingestand, dass sein Tod ein Versehen war. Beim Brand unserer Werkstatt starben meine zwei kleinen Schwestern.«

Cabet holte tief Luft. Der Rückblick in die Vergangenheit fiel ihm sehr schwer, doch er musste darüber reden, um der Hölle in seinem Kopf zu entkommen.

»Meine beiden Schwestern starben an Rauchvergiftung. Ich hatte keine Arbeit mehr, konnte den Rest der Familie nicht mehr ernähren und wurde für ein Verbrechen, das ich nicht begangen hatte, zu zehn Jahren Kerker in Lyon verurteilt. Wie man mir erklärte, wollte man mich so weit wie möglich von Paris und seinen Aufwieglern entfernen. Meine älteste Schwester überlebte den Brand und wurde zunächst von Gräfin Charmaine und später dann von Jean-Pauls Frau Amélie als Weißnäherin im Schloss Villacroix eingestellt. Jean-Paul machte Gebrauch von seinem *Droit de Seigneur.* Er schlief mit meiner Schwester. Als er erfuhr, dass sie schwanger war, verließ er sie für eine andere.«

»Lügner!«, schrie Joanne und ballte die Fäuste, als wolle sie ihn schlagen. »Abscheulicher Lügner! Wie soll ich dir überhaupt jemals noch etwas glauben?«

»Glaub es oder glaub es nicht – es ist und bleibt die Wahrheit. Und es ist noch längst nicht alles.«

Joanne hielt sich die Ohren zu. »Ich will nichts mehr davon hören.«

Doch Cabet sprach weiter. »Während ich im Gefängnis war, erfuhr ich, dass meine Schwester bei der Geburt ihres Kindes gestorben war und dass man meine Frau und die beiden Mädchen auf die Straße gesetzt hatte, weil sie Zigeuner waren. Ich musste nicht meine gesamte Strafe absitzen und wurde bereits nach fünf Jahren entlassen. Doch ich konnte meine Frau und meine beiden Töchter nicht mehr retten. Sie litten an Tuberkulose, und ich hatte kein Geld, um ihnen die nötigen Arzneien zu kaufen. Und so kam es, dass ich Mitglied des *L'Épée Rouge* wurde. Ich wollte das herrschende System in Frankreich bekämpfen und möglichst stürzen. Meiner Meinung nach sollte jeder Mensch die Möglichkeit haben, von der Arbeit seiner Hände zu leben, ohne dass der Staat ihm den letzten Blutstropfen auspresst.«

Langsam nahm Joanne die Hände von den Ohren. »Warum verbreitest du diese Lügen über den Grafen von Villacroix? Du bist nicht einmal würdig, ihm die Stiefel zu putzen.«

»Ich könnte dir zum Beispiel von der Rolle erzählen, die dein Vater in alledem gespielt hat. Oder vielleicht möchtest du ja lieber Odine fragen, wie die alte Gräfin die Affären ihres geliebten Sohnes vor der Ehefrau vertuschte. Meine Schwester war nicht die Erste und bestimmt nicht die Letzte. Aber Odine Pinchot weiß da sicherlich besser Bescheid.«

»Du lügst!«, schrie Joanne. Der Name Odine wirkte auf sie wie ein rotes Tuch.

»Aha, du kennst sie also? Das Mädchen aus den Feldern. Manchmal frage ich mich, wie viele uneheliche Kinder sie ihm wohl geboren haben mag. Ganz gleich! Aber meine älteste Schwester Arlene ist den süßen Versprechungen unseres Weiberhelden erlegen und zum Glück für ihn bei der Geburt seines Kindes gestorben. Auch das Baby hat nicht überlebt. Hier hätte die Geschichte enden können, aber leider scheint sich alles zu wiederholen. Schade, dass auch du ihm nicht entkommen bist. Zumindest hoffe ich für dich, dass die Entbindung glücklicher vonstattengeht als bei Arlene.«

»Komm auf den Punkt, Cabet. Was hat mein Vater damit zu tun?«

»Am Abend des 24. Juni wurden sechs Arbeiter erschossen, die für ein einigermaßen menschliches Leben ihrer Familien kämpften. Verantwortlich dafür war Antoine Barbiret. Die Männer hatten keine Chance. Barbiret war derjenige, der alle Informationen an deinen Vater weitergegeben hatte. Dein Vater, der offiziell als britischer Diplomat in Paris lebte, arbeitete als Spion für die englische Regierung. Barbirets Zusammenarbeit mit den Briten hat in unserer Bruderschaft viele Opfer gefordert.«

»Und als Rache brannte sie unter deinem Befehl den Besitz des Comte de Villacroix nieder?«

»Richtig.«

»Und als Rache für das, was er angeblich deiner Schwester angetan hat?«

»Nicht angeblich! Es ist die Wahrheit!«

»Ich glaube dir nicht. Du wusstest, dass ich mich auf Schloss Villacroix aufhielt, ebenso, wie du immer über alle Bewegungen meines Vaters in Paris Bescheid wusstest. Du kanntest die Lage des gräflichen Besitzes. Du hast den Weinberg aus freien Stücken niedergebrannt und später im Wald auf mich gewartet, weil dir bekannt war, dass ich morgens gerne auf dem Pferd des Grafen ausritt. *Das* ist doch die Wahrheit!«

»Ja.«

»Du bist ein rücksichtsloser Mörder, ein abgefeimter Entführer und ein tief gestörter, gewalttätiger Mann. Warum also sollte ich Mitleid mit dir haben?«

»Mir ging es nicht um deine Sympathie, Joanne.«

»Nenn mich nicht Joanne. Dazu hast du kein Recht!«

»Schön, gnädiges Fräulein, aber du bist jetzt meine Ehefrau.« Er lächelte durchtrieben.

»Ich glaube kaum, dass eine heidnische Zeremonie, die weder von der Kirche noch vom Staat anerkannt ist, als echte Ehe gilt, Gaston Cabet. Niemand wird uns als legitimes Ehepaar betrachten, vor allem, wenn herauskommt, dass ich die Mätresse des Grafen von Villacroix war und sein Kind unter dem Herzen trage. Damit wäre sicher alles gesagt.«

Endlich hatte sie ihren Mut und ihre Stimme wiedergefunden, denn jetzt wusste sie, dass auch Gaston Cabet seine verwundbaren Seiten hatte.

»Vielleicht bin ich wirklich alles das, was du sagst. Mörder, Entführer, Verräter – was du willst.«

»Schön, dass du es zugibst.«

»Dein Vater glaubte es auch. Deswegen war er hinter mir her, ebenso wie dein feiner Verlobter und die ganze adelige Clique.«

»Was hast du gegen den Adel?«

»Alles! Wir wollen endlich eine Republik. Louis-Philippe kam als Bürger auf den Thron und endete als Diktator. Es ist immer das gleiche Spiel. Die Macht steigt ihnen zu Kopf. Louis-Philippe kann noch froh sein, dass er nach England flüchten konnte und nicht auf der Guillotine endete wie sein Vorgänger.«

»Das interessiert mich nicht. Für mich bist du einfach nur ein Mörder. Du hast Barbiret und meinen Vater umgebracht, mich entführt, mich gequält, mich in einer lachhaften Zeremonie geheiratet, und vielleicht hast du sogar mein ungeborenes Kind auf dem Gewissen. Es ist mir unmöglich, dir auch nur einen Funken Sympathie entgegenzubringen.«

»Ich habe dich nie um Sympathie gebeten. Dass ich dich als

Geisel genommen habe, hat nur mit den Dingen zu tun, die ich dir zu erklären versucht habe. Ich wollte dir zeigen, wie es ist, gedemütigt, unterdrückt und eingesperrt zu werden, wie weh Hunger tun kann, was es bedeutet, ständig auf der Flucht zu sein, wie es sich anfühlt, nicht frei zu sein, und was es mit einem Menschen anstellt, wenn er ständig ausgebeutet wird. Aber gleichzeitig habe auch ich etwas gelernt. Mir ist klar geworden, dass das System nicht auf meine Weise funktioniert, sondern nur nach der Art der Herrschenden. Meine Rache an deiner gesellschaftlichen Klasse war ein verlustreicher Sieg. Dein Reichtum, dein Ansehen und der Zufall deiner Geburt in eine höhere soziale Klasse haben dich dazu gebracht, von vorneherein auf mich hinabzublicken. Mein Wunsch nach Rache hat nichts, aber auch gar nichts verändert, und es war dumm von mir, davon auszugehen. Nie, in keinem Augenblick habe ich es geschafft, dich zu mir hinunterzuziehen.«

Er stand abrupt auf und betrachtete sie einen Moment länger als notwendig. »Zieh dich an und geh deiner Wege. Ich hatte es darauf angelegt, dich zu beschämen und zu blamieren, aber das hat jemand bereits vor mir erledigt. Du kannst gehen, wohin du willst. Geh zu deinen Leuten. Ich halte dich nicht länger gegen deinen Willen fest. Geh zur Präfektur in Arles und berichte, dass Gaston Cabet dich entführt hat. Meinetwegen kannst du sogar erzählen, ich hätte dich vergewaltigt, dann hast du eine Ausrede für deine Schwangerschaft. Sag ihnen, ich warte in Saintes-Maries-de-la-Mer auf sie.«

Mit leichten Schritten verließ er Doña Theresas Wohnwagen. Die Tür ließ er offen.

Als alle schliefen und sie keine Angst haben musste, beobachtet zu werden, schlüpfte Joanne aus dem bunt bemalten Wohnwagen. Sie fühlte sich immer noch schwach und ein wenig schwindelig. Mitten in der Nacht machte sie sich auf den Weg nach Arles. Während des langen Weges hatte sie eine Menge Zeit zum Nachdenken. Vieles ging ihr durch den Kopf.

Vor dem Rathaus in Arles angekommen hielt sie inne und überlegte erneut.

Sie war farbenfroh nach Zigeunerart gekleidet und trug einen dicken Schal über den Schultern. Mit ihren kurzen hellen Locken und den von ihrem langen, anstrengenden Marsch geröteten Wangen und Lippen sah sie aus wie ein hübscher Junge.

Joanne kostete die Freiheit mit einer gewissen Beklommenheit. Ihre blauen Flecken waren verblasst, die aufgeplatzte Lippe geheilt. Wenn sie jetzt zur Polizei ging – würde man ihr glauben? Sie konnte nichts als ihr Wort geben.

Immer wieder lief sie vor dem Rathaus auf und ab. Schließlich wandte sie sich dem römischen Amphitheater zu; sie brauchte mehr Zeit, ihre Gedanken zu ordnen, und Cabet brauchte Zeit, um zu verschwinden.

Sie ließ sich auf den kühlen Steinen des alten Theaters nieder, wo viele verflossene Generationen gesessen, geträumt und gelacht hatten, und beobachtete einen kleinen Jungen, der in der Nähe spielte. Das Kind schlug einen Reifen.

Ein Junge. Ein Sohn. Vielleicht eine Spiegelung der Zukunft? Ihrer Zukunft in Villacroix? Jean-Pauls Sohn, der einen Reifen durch die Alleen des Parks von Villacroix schlug?

Der Gedanke tat so weh, dass sie es nicht ertrug und hastig aufsprang. »Weißt du vielleicht, was ›*querencia*‹ ist?«, rief sie dem dunkelhaarigen Kind zu.

Der Junge nickte.

»Dann komm und erkläre es mir.«

Scheu kam er näher. »Es ist der Ort in der Arena, wo der Stier Zuflucht sucht.«

»Und was ist eine ›*estocade*‹?«

»Das ist der tödliche Streich, Mademoiselle. In einem Stierkampf stirbt der Stier häufig in der ›*querencia*‹, nachdem er die ›*estocade*‹ empfangen hat.«

»Danke, Kleiner.« Sie löste das Konfirmationsgeschenk ihrer Eltern, eine Silberkette mit einem Kreuz, von ihrem Hals und gab es dem Jungen. Er nahm es, biss hinein, um zu sehen, ob es echt war, und verschwand in Windeseile.

Joanne verließ das Amphitheater und machte sich auf den langen Rückweg nach Saintes-Maries-de-la-Mer.

Gaston Cabet kniete vor dem Altar der festungsartigen Kirche von Saintes-Maries-de-la-Mer, deren Wehrturm über die flachen Salzmarschen der Camargue hinausragte. Er betete nicht, sondern dachte angestrengt nach, als sich eine Hand auf seine Schulter legte.

Es war nicht die Hand, die er erwartet hatte.

»Eine Ehefrau darf an ihrem Mann keinen Verrat begehen«, sagte Joanne. Es zerriss ihr fast das Herz, doch ihr war klar, dass das Leben, das sie in sich trug, eine Entscheidung von ihr forderte, gegen die alle anderen Überlegungen nichtig wurden.

Kapitel Sechsundzwanzig

Die weißen Pferde der Camargue, deren Ursprünge sich in der Geschichte der Mauren und Sarazenen verlieren, lebten halb wild und waren nur schwer zu zähmen, wie Gaston mühsam feststellen musste.

»Sei vorsichtig! Tu dem Pferd nicht weh!«, rief Joanne.

Das Pferd wich zurück, während das Lasso langsam seinen prächtigen Hals einschnürte. Doch der Mann war stark, sicher in seinen Bewegungen, und das Seil – eine Brüskierung für jedes Camarguepferd – hielt stand.

Joanne hatte einen Augenblick des Triumphs erlebt. Als sie in der Kirche der Heiligen Marien hinter ihm stand und ihm die Hand auf die Schulter legte, besiegte Gaston seine Dämonen. Demütig ging er mit ihr zum Rathaus der Stadt Arles und ließ ihre Eheschließung legitimieren. Freiwillig und mit viel Anmut und Würde ließ sie sich zum zweiten Mal den Ehering an den Finger stecken, den schon Gastons Mutter getragen hatte; als Gegenleistung erhielt sie ein sehr offiziell aussehendes Dokument mit vielen Unterschriften – unter anderem der des Bürgermeisters, des Polizeipräfekten und der Stammesführer der Zigeuner. Joanne fragte nicht, ob alles wirklich legal war. Gaston hatte viel Geld für die Urkunde bezahlt. Das Kind, das in Joanne heranwuchs, würde nach Zigeunerart getauft werden. Es würde einen Vater haben und Cabet heißen.

Gaston fragte nie nach dem Grund, warum Joanne die angebotene Freiheit abgelehnt hatte. Vermutlich wusste er, dass es ihr unmöglich war, selbstbewusst nach Villacroix zurückzukehren, nachdem sie für eine Weile mit den Zigeunern gelebt hatte. Jean-Paul und der Rest der Gesellschaft würden sich immer fragen, wer wirklich der Vater von Joannes Kind war. Es würde sein ganzes Leben lang als illegitim gelten, als Bastard und Paria. Jetzt aber konnte Joanne dem Stamm und vor allem Doña Theresa eines der Kinder zurückgeben, die Gaston ihnen genommen hatte. Die Frage aber blieb: War es eine großzügige Geste von Joanne gegenüber Gaston oder ihr ureigenes Bedürfnis?

Im Grunde war es vermutlich beides. Und es war das einzig Richtige, was sie unter diesen Umständen hatte tun können. Sie waren beide gefangen und wussten es. Doch sie sprachen niemals darüber.

Nach zweistündigem Ringen zwischen Mensch und Tier stand das kleine, aber widerstandsfähige, weiße Pferd mit bebenden Flanken auf dem Reitplatz, mit seinem Bezwinger auf dem Rücken. Gaston hatte den Sieg davongetragen. Vorsichtig befestigte er die Trense und bestieg das gefügige Tier.

Joanne klatschte begeistert in die Hände. »Gut gemacht, Gaston! Jetzt weiß er, wer sein Meister ist.«

In diesem Augenblick buckelte das Pferd, schlug mit den Hinterläufen aus und warf Gaston ab. Völlig verdattert fand sich Cabet auf dem Boden wieder.

»Na toll! Da siehst du, was du mit deinem Klatschen angerichtet hast, Weib!« Er rollte gerade noch rechtzeitig beiseite, um dem kleinen Pferd auszuweichen, sprang gewandt auf die Füße und griff unsanft nach dem Halfter des Tieres.

»Lass ihn, Gaston«, bat Joanne. »Für heute sollte es genug sein.«

»Noch nicht.« Er saß erneut auf, und dieses Mal rührte sich das kleine Camarguepferd nicht von der Stelle. Gaston drückte dem endlich folgsamen Tier die Absätze in die Flanken, und zum ersten Mal seit zwei Wochen gehorchte das Pferd und trottete eine Runde um den Reitplatz hinter der Hütte.

»Ich wusste, dass ich es heute schaffen würde«, freute sich Gaston, als das Pferd in schöner Gangart an Joanne vorbeitrabte, die sich an den Zaun gelehnt hatte.

Sie hatte den kleinen Zwischenfall offensichtlich vergessen und klatschte erneut in die Hände. »Bravo, Gaston! Du bist wirklich unschlagbar!«

Und zum zweiten Mal fand sich Gaston auf dem Boden wieder. Joanne lachte schallend. »Das geschieht dir recht, Gaston«, gluckste sie. »Er rächt sich jetzt, weil du ihn zu hart rangenommen hast.«

Wortlos stand Gaston auf und sprang mit der Grazie eines Tänzers auf den ungesattelten Pferderücken. Während er versuchte, nach dem Seil zu greifen, tobte das kapriziöse, junge Pferd über den Reitplatz, und wenn Pferde lächeln könnten, dann hätte Joanne Stein und Bein geschworen, dass dieses es gerade tat.

Gaston blieb, wo er war, und während der nächsten zwanzig Minuten bekam Joanne eine fast zirkusreife Vorstellung geboten, wobei ihre Sympathie eindeutig auf der Seite des kleinen Pferdes lag. Als er das Tier endgültig unter Kontrolle hatte, hielt er es an und stieg ab. Joanne führte es in den Stall.

Gastons Hände waren blutig und zerschunden. Joanne betupfte sie mit einer Kräutertinktur, deren Rezept ihr die Kräuterfrau des Stammes überlassen hatte. Gaston brüstete sich stolz, dass das Pferd im Mai, wenn die Zigeuner zurückkehrten, ein fantastisches Reitpferd und bereit für ein Rodeo wäre.

Der Stamm war längst wieder auf große Fahrt gegangen. Joanne und Gaston lebten in einer kleinen Viehhüterhütte am Ufer eines Weihers, des Etang du Roseau. Joannes Kind sollte im Frühling zur Welt kommen. Manchmal stimmte sie die Einsamkeit der Landschaft traurig. Die Marsch war endlos weit und weiß. Nur die schwarzen Stiere und flammende Sonnenuntergänge unterbrachen das Einerlei. Außerdem gab es die weißen Pferde und eine Vielzahl wilder Vögel, deren Namen Gaston ihr beizubringen versuchte, die sie jedoch immer wieder vergaß. Vögel interessierten sie weit weniger als Pferde.

Gaston liebte die Einsamkeit und fühlte sich wohl. Ab und an jedoch überkamen ihn quälende Erinnerungen und eine schier unerträgliche Unruhe. Dann verschwand er tagelang, ritt zum Fischen, zur Jagd oder nach Arles, um sich zu betrinken. Nach wie vor genoss er es, das Gesetz herauszufordern. Ab und zu kam er an einem zerfetzten Plakat vorbei, mit dem man ihn nach dem Juniaufstand gesucht hatte und auf dem sein Konterfei abgebildet war. Er riss es dann immer ab und brachte es mit nach Hause, um es Joanne zu zeigen und anschließend vom Wind über die weite Ebene forttragen zu lassen.

Auch wenn Joanne die Atempausen von seiner phasenweisen Verdrießlichkeit und schlechten Laune genoss, blieb sie in der einsamen Wildnis nicht gern allein. Der Gedanke, das Kind könne früher kommen, ohne dass jemand anwesend war, um ihr zu helfen, ließ sie vor Angst erstarren. Gaston lachte über ihre Befürchtungen und machte sich darüber lustig, er nannte sie ein feines Fräulein und ließ sie schon bald wieder allein.

Sie ernährten sich von Eiern, Vögeln und Fisch. Manchmal brachte Gaston von seinen sogenannten Jagdausflügen einen Igel mit. Als Joanne zum ersten Mal Möweneier sammelte, bekam sie ein schlechtes Gewissen und fragte Gaston, ob sie die Eier nicht lieber wieder zurücklegen solle.

»Sei nicht blöd! Die Vögel würden die Eier nie wieder bebrüten, wenn ein Mensch sie einmal berührt hat.«

Und so sammelte sie weiterhin Eier, Wildkräuter und essbare Pflanzen. Sie lernte sogar zu kochen.

»Wie hättest du die Eier heute Abend gern, Gaston?«

Gaston lag am Seeufer und ließ seine Gedanken schweifen.

»Ich habe dich gefragt, was du zu Abend essen möchtest.«

»Ich habe es gehört.«

»Warum antwortest du nicht?«

»Warum sollte ich? Es gibt doch ohnehin immer nur Eier.«

»Also, ein echter Zigeuner bist du wirklich nicht, *gadjo!*«

»Wieso sagst du das, *gadji?*«

»Weil du dich gern am und im Wasser aufhältst. Ich habe gehört, dass die meisten männlichen Zigeuner das Wasser scheuen, weil sie glauben, dass es ihre Männlichkeit abwäscht. Bei dir ist es ganz anders.«

»Du denkst zu viel nach«, knurrte er und zog sie am Saum ihres Kleides zu sich.

»Weißt du, was mir noch aufgefallen ist? Während unserer gemeinsamen Reise hast du oft wie ein Stinktier ausgesehen und dich auch so benommen. Aber du hast nie so gerochen.« Sie zeigte ihm ihren Korb voller Eier. »Wenn ich Butter, Zucker und Mehl hätte, könnte ich jetzt einen Kuchen backen. Unsere Köchin in Irland hat mir gezeigt, wie es geht, als ich ein kleines Mädchen war.«

»Wie angenehm«, frotzelte er.

»Was?«

»Eine Köchin zu haben.«

»Na, du hast doch eine, *gadjo*. Mich!«

Er streckte die Arme aus und umfasste ihren Leib. Beinahe hätte sie die wertvollen Eier fallen lassen. »Hör auf! Lass mich in Frieden.«

Gaston nahm ihr den Korb aus den Händen, setzte ihn vorsichtig ab und zog Joanne zu sich hinunter. »Die deflorierte Blume«, stichelte er. »Das Wort ›defloriert‹ ist allerdings sehr poetisch. Sollte es nicht besser ...« Er raunte ihr etwas ins Ohr, worüber er laut lachen musste, während sie in seinen Armen zusammenzuckte.

»Lass mich in Ruhe, Gaston Cabet. Ich bewundere zwar deine lyrischen Künste, aber deine Wortwahl lässt ausgesprochen zu wünschen übrig. Lass mich los! Du zerquetschst dem Baby ja die Nase!«

»Und das darf ich natürlich nicht, weil es eine Aristokratennase werden soll«, konterte er. »Meinst du, der Kerl will dich zurückhaben, nachdem er sein Mütchen an dir gekühlt hat? Meine Schwester hat er auch missbraucht und abgeschoben. Ich halte ihn für eine Art Jungfrauenvernichter!«

»Ich weiß es nicht, Gaston. Ich hatte nicht die Möglichkeit, ihn zu fragen, ehe ich von einem Verrückten entführt wurde. Würdest du mich jetzt bitte in Frieden lassen, damit ich meine Arbeit tun kann?«

»Du bist mir schon eine merkwürdige Ehefrau.«

»Und du ein merkwürdiger Ehemann. Mit anderen Worten, wir passen ganz gut zusammen.«

»Abgesehen davon, dass ich dich nicht deflorieren durfte, bin ich tatsächlich dein Ehemann. Vergiss das bitte nicht. Man sagt übrigens, dass es in den mittleren Schwangerschaftsmonaten relativ sicher ist, zu ...« Erneut flüsterte er ihr das unanständige Wort ins Ohr, und erneut zuckte sie zusammen. »Schätzchen, du bist eine Hure – also kannst du dich durchaus auch an den Sprachgebrauch dieser Damen gewöhnen.«

Sie ignorierte seinen Köder und fragte noch einmal: »Magst du heute vielleicht gefüllte Eier? Wie hättest du sie denn gern? Wie wäre es mit Arsen?«

»Armut ist wirklich ein Verbrechen, wenn man mit einer Frau wie dir endet.« Er stieß sie von sich und setzte sich auf. »Hat man dir wirklich nichts anderes beigebracht, als den ganzen Tag lang hübsch auszusehen, sogar mit einem dicken Bauch?«

»Leider war meine Erziehung in den grundlegenden Dingen ziemlich unzureichend.«

»Ein Grund mehr, dem Comte de Villacroix den Kopf abzureißen. Er hat deine Unwissenheit ausgenutzt und dir die Jungfernschaft genommen.«

»Wie deiner Schwester, ich weiß. Du führst zwar mutige Worte, Gaston, aber trotzdem beneidest du ihn und möchtest am liebsten so sein wie er. Du hegst einen tiefen Hass auf alle Menschen, und das vergiftet deine Seele.«

»Woher willst ausgerechnet du das wissen?«

»Glaub mir, ich weiß es. Während der großen Hungersnot in Irland habe ich viel gesehen. Ich habe gesehen, wie Hungernde zu Kannibalen wurden. Du hast mir von deinem schweren Leben erzählt, und ich fühle mit dir. Aber du musst zunächst dir selbst verzeihen; erst dann kannst du vielleicht die guten Seiten erkennen, die auch reiche und privilegierte Menschen haben, anstatt dich innerlich zu verzehren, weil du nicht das haben kannst, was sie haben.«

Gaston griff nach dem Korb und warf die Eier in den See. »So, und jetzt sag mir, dass du mich nicht hasst, edles Fräulein. Puh, du ekelst mich an. Du hast keine Ahnung, was in der Welt vorgeht. Du bist eine Perle in der wohlgepolsterten Schale der Apathie und zu nichts anderem gut, als möglichst luxuriöse Orte zu schmücken und dich von einem reichen Dandy aufs Kreuz legen zu lassen. Du und deinesgleichen, ihr seid Parasiten. Du hast nie mit ansehen müssen, wie Kinder in einem feuchten Kellerloch an Hunger und Krankheit sterben.« Beim bloßen Gedanken an das ausgehustete Blut wurde ihm übel.

»Es tut mir leid.« Joanne hatte keine Lust, sich wieder einmal Geschichten über Gastons schreckliche Vergangenheit anzuhören und seinen Zorn auf die Gesellschaft zu ertragen, die seiner Meinung nach für den Tod seiner Liebsten verantwortlich war. »Heute Abend sollten wir einmal Fisch essen. Vielleicht gelingt es mir, einen oder zwei zu fangen.«

Gaston sprang auf. Seine breiten Schultern zeichneten sich vor dem azurblauen Himmel ab. Im Wasser schwammen silbriggrüne Tamariskensamen. Der eisige Mistral trieb sie auseinander und dann wieder zusammen gegen das Ufer. Wie Menschen, dachte er. Starke Kräfte trieben sie auseinander und wieder zusammen, doch nur die stärksten überlebten, schlugen Wurzeln und trugen neue Frucht.

Er folgte Joanne ins Innere der Hütte. Joanne wünschte sich für einen Moment, aller Angst um eine Frühgeburt zum Trotz, er würde möglichst bald zu einer seiner Reisen aufbrechen und sie in Ruhe lassen.

Auf einem Teller lagen ein paar verschrumpelte Aprikosen. Gaston nahm eine, biss hinein und spuckte den Bissen sofort wieder aus. Sie war so bitter wie seine Stimmung. »Ich habe dir die Freiheit angeboten, Joanne. Du hättest sie nehmen sollen, als sie greifbar war.«

»Nicht schon wieder, Gaston«, flehte sie. Er beobachtete, wie sie verzweifelt einen Zipfel ihres Kleides knetete.

»Hör auf damit!«, fuhr er sie an. »Ich kann es nicht leiden, wenn du dich aufführst wie eine geschlagene Hündin, weil ich genau weiß, dass du nichts dergleichen bist. Du bist ein intrigantes Luder, ein reiches, verzogenes Gör. Du warst sofort bereit, dein Höschen auszuziehen, als dich ein Mann darum bat.«

Ihre Augen wurden schmal. »Und du bist ein vulgärer, ekelhafter Kerl mit schmutziger Fantasie, der sich daran aufreizt, Frauen zu vergewaltigen.«

»Nicht alle Frauen. Nur ganz bestimmte.«

»Eines wüsste ich wirklich gern, Gaston Cabet: Wieso akzeptierst du mit solcher Gleichgültigkeit dieses Kind, das nicht von dir ist? Warum gewährst du mir trotz deiner offenkundigen Härte eine sanfte Seite, die längst nicht so verdreht ist, wie ich ursprünglich angenommen hatte? Wenn du wirklich durch und durch böse wärst, würdest du nicht wegen eines ungeborenen Kindes bei mir bleiben. Ich weiß, dass du in deinem Leben schon schlimme Dinge getan hast – du hast aus Überzeugung und aus Rache Menschen getötet –, trotzdem will mir scheinen, dass du in der Tiefe deiner Seele sehr anständig bist. Unter deiner barschen Art und deinem schlechten Benehmen bist du ernsthaft um mein Wohlergehen besorgt. Du kannst es nur nicht sagen, weil du fürchtest, das Gesicht zu verlieren.«

»Wie oft soll ich es dir noch sagen?«, knurrte er. »Ich ertrage dich, weil du mich amüsierst. Außerdem lerne ich gewisse Dinge von dir, zum Beispiel, wie die feinen Damen mit ihrer weichen, in Samt und Seide gehüllten Haut leben. Aber der Zigeunerin Rana kannst du das Wasser nicht reichen.«

»Letzten Februar in der Rue Royale, als du meinen Vater und mich fast über den Haufen gerannt hast, schienst du aber nicht so zu denken«, höhnte Joanne.

»Ach nein? Woher willst du wissen, was ich in diesem kurzen Augenblick dachte?«

»Ich spürte dein Interesse an mir. Ich bin eine Frau, falls du vergessen haben solltest, wie so etwas aussieht.«

»Genau das habe ich an jenem Nachmittag in der Rue Royale auch gesehen. Eine Frau, die keine Kleider anhatte.«

Joanne hob die Hand und versetzte ihm einen Schlag ins Gesicht.

Er lächelte auf sie hinab. »Das ist wieder die Joanne, die ich kenne, temperamentvoll, willensstark und kapriziös. Vermutlich auch ganz gut im Bett, obwohl ich im Gegensatz zu gewissen Herren nie so richtig das Vergnügen hatte.«

Sie hob die Hand ein zweites Mal, doch er packte ihr Handgelenk mit einem Griff, den sie längst zu fürchten gelernt hatte. Sie stöhnte, und er lachte. Ihre Gesichter waren einander ganz nah. »Provoziere mich nicht, kleine Engländerin«, raunte er.

»Warum nicht, Gaston? Hat die Engländerin deinen Charakter so sehr verändert, dass du es nicht über dich bringst, zurückzuschlagen? Du hast mir die dritte Lektion bisher noch nicht ins Gesicht geschnitten, sondern nur in die Seele. Bestimmt hast du nicht vergessen, wie man ein Messer an unschuldigen Frauen und Igeln benutzt.«

Er schleuderte sie beiseite. »Selbst ein wildes Camarguepferd weiß, wann es besiegt ist. Auch deinen Willen werde ich eines Tages brechen.«

»Das gilt auch für dich, Gaston Cabet.«

Er ließ die geballte Faust auf den Tisch krachen, dass die Aprikosen auf ihrem Teller hüpften. »Verdammt, Weib, hör endlich mit dem Unsinn auf! Ich will essen, und zwar sofort.«

»Ich habe dir bereits gesagt, dass nichts zu essen im Haus ist.«

Gaston stürmte in den Stall und zäumte das Pferd, das er eben erst mühsam gezähmt hatte. Joanne folgte ihm, blieb auf der Schwelle stehen und wrang verzweifelt ihren Rocksaum. »Reite nicht nach Arles, Gaston. Lass mich nicht allein. Und wenn es unbedingt sein muss, dann lass mich wenigstens mitkommen.«

»Hör auf zu plärren! Du kannst in deinem Zustand nicht mehr reiten.«

Doch Joanne war wütend und hatte Angst. Sie ließ alle Vorsicht fahren. »Ich habe keine Ahnung, wo du das Geld für deine zwielichtigen Vergnügungen hernimmst, Gaston Cabet. Ich hoffe wenigstens, dass es nicht das Geld ist, von dem du behauptest, es sei Blutgeld von meinem Vater an Barbiret gewesen.«

»Kümmere dich um deinen eigenen Kram, Weib. Sobald dein Kind auf der Welt ist, wird es den Zigeunern übergeben. Dann bist du frei, hinzugehen, wo immer du willst. Ich habe dich mehr als satt.«

»Mein Kind den Zigeunern? Nur über meine Leiche!«

»Mag sein, dass es so geschieht – über deine Leiche.«

»Und deine!«, schrie sie hinter ihm her.

N'a Cap Marca – das Land ohne Grenzen. Im Sommer wurde es von Mücken heimgesucht, im Herbst heulte der Mistral, im Winter schlossen sich Land und Wasser zu einem frostigen, endlosen Schweigen zusammen.

In diesem Winter war Joannes Welt so weiß wie der Tod. Ein außergewöhnliches Licht lag über der Landschaft. Die salzigen Weiher wurden kalt, froren aber nie zu. Reif verzauberte die Umgebung, als wäre alles in eine Spitzendecke eingehüllt. Sonnenuntergänge in allen erdenklichen Rottönen erfreuten das Auge und tauchten die makellos reine Landschaft in die Rosatöne der Flamingos im Sommer. Joanne pflegte in einen dicken Schal eingehüllt am Eingang ihrer Hütte zu sitzen und über Jean-Paul und Villacroix nachzudenken, Dinge, die sie für immer verloren hatte. Die einsame Welt der Camargue war zu ihrer Zuflucht und zu ihrer Buße geworden.

Im Frühjahr jedoch erwachte die Camargue wieder zum Leben. Die Weiher irisierten wie Opale unter einem rosenfarbenen Hauch, und dunkelgrüner Wacholder wetteiferte mit grünlich-grauem Schilf, das dicht an den Ufern sprießte. In den Sanddünen wiegten sich anmutige Tamarisken, deren rosafedrige Blüten wunderbar mit dem Strandflieder und dem Meersenf harmonierten, der wiederum seine purpurnen Nuancen an die Lagunen weitergab. Sonne und Wasser spiegelten sich in gelber Iris.

Schon Ende März kehrten die ersten Zigeuner zurück, um dann im Mai der Schwarzen Sara zu huldigen.

Als Joanne die Wohnwagenkarawane sah, die sich langsam auf der sandigen Straße von Arles nach Saintes-Maries-de-la-Mer voranarbeitete, überkam sie ein ganz besonderes Gefühl. Bereits im Oktober, als sie den Zigeunern zum ersten Mal begegnet war, hatte sie eine Art Zugehörigkeit empfunden. Erst in diesem Moment wurde ihr klar, wie einsam sie gewesen war. Während der Wintermonate war Gaston ihre einzige Gesellschaft gewesen, und obwohl er seit der Hochzeitszeremonie ein wenig sanfter geworden war, bot er nicht die schillernde Abwechslung, die sie gerne wieder erleben würde. Vielleicht bin ich tief in meiner Seele wirklich eine Zigeunerin, dachte sie. Sie stand neben Gaston, um die zurückkehrende Stammesfamilie willkommen zu heißen.

Gaston rückte seine Pfeife in den Mundwinkel und fragte: »Hättest du Lust, nächste Woche in Arles den Stierkampf zu sehen?« Joanne war erstaunt. So viel Freundlichkeit hatte er ihr seit langer Zeit nicht zukommen lassen.

»Wirklich gern. Danke, Gaston.« Joanne musste lächeln. Sie wusste, dass nichts Gaston davon abbringen würde, den berühmten Matador del Fuego in der Arena zu bewundern. »Ich fürchte allerdings, dass es nicht geht. Das Baby kommt bald, und ich habe keine Lust, vor lauter Aufregung auf den Rängen niederzukommen. Ich glaube, das würde dem Stier überhaupt nicht gefallen.«

»Dein Termin ist doch erst in zwei Wochen.«

»Schon, aber alles ist möglich. Geh ruhig hin. Du wirst viel mehr Spaß daran haben, wenn du dir um mich keine Sorgen machen musst.«

»Ich mache mir nie Sorgen um dich.«

»Oh doch, das tust du.«

Er führte sie zurück in die Hütte. Ihre Bewegungen waren langsam und schwerfällig geworden. Mit einem Seufzer der Erleichterung ließ sie sich in den Schaukelstuhl fallen, den er für sie gemacht hatte. Inzwischen war die Zeit gekommen, dass sie sich sehnsüchtig wünschte, alles wäre vorbei und ihr Körper gehörte wieder ihr selbst. Sie griff nach ihren Stricknadeln und arbeitete weiter an einer einfachen Babyausstattung.

Wie anders wäre doch alles gekommen, wäre sie Jean-Pauls Ehefrau geworden! Sie hätte die besten Ärzte und Hebammen gehabt, und natürlich die süßeste Ausstattung der ganzen Welt für ihr Baby – ihres und seines.

Nicht weiter darüber nachdenken, mahnte sie sich. Es ist eine Sackgasse. Sie biss sich auf die Lippen, drehte sich um und sah zu, wie Gaston letzte Hand an die Wiege legte. Sie war aus Treibholz hergestellt und ein wahres Meisterwerk seiner Handwerkskunst. Joanne war sich in letzter Zeit nicht mehr sicher, ob sie Gaston noch mit der gleichen Intensität hasste wie zuvor; auch er schien zufriedener mit seinem Los zu sein und wirkte manchmal sogar häuslich, auch wenn er diese Rolle zum größten Teil nur dem Stamm zuliebe spielte.

Gaston hob den Kopf und schob die Pfeife in den Mundwinkel. »Wieso siehst du mich so an? Mit deinem offenen Mund wirkst du wie eine läufige Hündin.«

Hastig beugte sie sich über ihr Strickzeug. Seine Geschmacklosigkeit verursachte ihr eine Gänsehaut.

Doch so war es durchaus nicht immer. Den ganzen Winter über und bis in den Frühling hinein hatten sie viele Gemeinsamkeiten geteilt. Joanne als gebildete, viel gereiste Frau und Gaston als ebenfalls gebildeter Mann hatten über Plato, Homer und Shakespeare diskutiert, ihre Lieblingsgedichte rezitiert und über die jeweiligen Dichter gesprochen; sie hatten in klaren Nächten Sterne und Planeten beobachtet, und Gaston hatte Joanne die Namen der Sternbilder gelehrt, was ihr deutlich mehr Spaß machte, als eine Vielzahl unterschiedlicher Vogelarten zu memorieren. Gaston war ein Mann der Natur; er liebte Felder und Wälder, das Meer und den Himmel. Längst wusste Joanne, dass eine Stadt für ihn die Hölle war. Es gab lediglich zwei Themen, die sie zu umgehen versuchte, weil es dabei regelmäßig zu Auseinandersetzungen und manchmal sogar zu Wutanfällen kam: Politik und Religion.

Gaston legte den Hammer beiseite. Die Wiege war fertig. Er wischte sich die Hände mit einem Lappen ab, klopfte seine Pfeife aus und sagte: »Ich bin müde. Ich gehe zu Bett.«

»Aber es ist erst fünf Uhr nachmittags«, wandte Joanne ein.

»Trotzdem gehe ich zu Bett.«

Klar, damit du heute Abend zu den Feierlichkeiten nach Arles reiten kannst, dachte Joanne. Schließlich sind die Zigeuner wieder in der Stadt.

In dieser Nacht lag sie allein in dem Bett, das sie normalerweise teilten. Joanne hatte längst gelernt, die Eigenarten ihrer merkwürdigen, platonischen Zigeunerehe zu akzeptieren. Manchmal, wenn Gaston den Arm um sie schlang, wenn er sich an sie schmiegte oder seine Zehen die ihren berührten, verstand sie sein Bedürfnis nach Wärme und Nähe. Trotzdem wusste sie, dass er nach Arles reiten musste, um bei einer anderen, willigen Frau die Erlösung zu suchen, nach der er sich sehnte, aber die sie ihm nicht schenken konnte. Längst schlug er sie nicht mehr. Er benutzte nur noch selten die rohen Worte, mit denen er sie früher so häufig aus der Reserve zu locken versucht hatte.

Allmählich wurde es dunkel. Die Öllampe erlosch, und die Geistergeschichten der Zigeuner spukten durch Joannes Kopf. Natürlich wusste sie, dass es kein Gespenst war, das die Lampe gelöscht hatte, sondern dass das Öl zur Neige ging; trotzdem lag sie starr vor Furcht im Bett und ängstigte sich, ihr Baby könne in der tiefsten Dunkelheit geboren werden.

Sie lauschte den Lauten der Stiere, die sich geräuschvoll mit ihren Kühen paarten. Ja, der Frühling war da!

Am folgenden Tag kehrte Gaston gegen Mittag aus der Stadt zurück. Joanne lag starr und weiß und in Schweiß gebadet in ihrem Bett. Gaston zog die Decke fort. Auf dem Laken war ein großer blutiger Fleck.

»Ich sterbe, Gaston«, flüsterte Joanne. »Ich sterbe, und das Baby auch.«

Gaston drehte sich auf dem Absatz um und floh aus der Hütte. Die altbekannte Übelkeit übermannte ihn. Er stürmte zu dem kleinen Camarguepferd mit dem eigenen Willen, den zu brechen er so lange gebraucht hatte.

Doña Theresa ritt neben Gaston und lachte ihr raues Lachen. »Was ist los mit dir, *gadjo*? Wieso reitest du wie der Teufel, um an das Bett der *gadji* zu kommen, die nicht einmal dein eigenes Kind gebiert?«

»Halt den Mund, Weib! Hast du die Kräuter dabei?«

»Wozu? Genüge ich dir nicht? Ach, weißt du, Gaston, in letzter Zeit reite ich nicht mehr so oft. Ich werde allmählich zu alt dazu.«

»Dann nutze dein Alter und deine Weisheit zum Wohl des Mädchens. Ich glaube, sie stirbt.«

Er stieg ab, half Doña Theresa vom Pferd und schob sie in die Hütte. »Sei ihr eine gute Hebamme.« Mit diesen Worten überließ er die Sterbende und ihr ungeborenes Kind den Händen der weisen Frau und ritt wieder nach Arles. Er brauchte jetzt Absinth.

Zwanzig Stunden später kehrte er zurück.

Doña Theresa schlief friedlich in der warmen Maisonne vor der Hütte. Er tippte sie mit der Stiefelspitze an.

»Wach auf, Mutter. Was ist los? Sind die beiden tot?«

Sie schlug die Augen auf und spuckte ihm vor die Füße. »Das hättest du wohl gern, was? Aber der Teufel hat andere Pläne mit dir, Gaston. Die *gadji* hat ihre Qualen überlebt. Das Kind kam zwei Wochen zu früh auf die Welt und ...«

»Was, Mutter?«

»Es schläft.«

»Es schläft?«

»Ja, es schläft.«

»Meinst du damit, dass es tot ist?«

»Ja, das meine ich.«

»Du lügst!« Er hob die Faust.

»Nicht, Gaston. Wenn du mich schlägst, wird alles nur noch schlimmer.«

»Dann sag mir die Wahrheit, Mutter. Du weißt, dass ich nicht da hineingehen kann, ehe alles gereinigt ist. Wie geht es Joanne, und wie geht es dem Baby?«

»Du hast vor dem Ältestenrat geschworen, dass du dich seinem Urteil fügen wirst. Außerdem weißt du sehr genau, dass wir dich, die *gadji* und ihr Kind nur auf diese Weise schützen konnten.«

»Das ist richtig.«

»Du hast auch geschworen, dass das Kind mir gehört, wenn es überlebt.«

»Auch das stimmt, allerdings weiß Joanne nichts davon. Sie würde es nie hergeben, nur über ihre Leiche.«

»Mir ist klar, dass sie es nicht weiß. Wir redeten in unserer Sprache, die sie nicht versteht.«

»Mich interessiert nur eines: Lebt das Kind, oder ist es tot?«

»Es ist tot. Zumindest sagen wir ihr das. So ist es das Beste für alle Beteiligten.«

Gaston blickte Doña Theresa lange an. »Ist Joanne ... hat Joanne die Geburt bewusst miterlebt?«

»Nicht alles. Sie hat sehr gelitten und oft das Bewusstsein verloren. Die Kräuterfrau hat mir Tinkturen gebracht, die ihre Milch zum Versiegen bringen und dafür sorgen, dass sie sich schnell wieder erholt. Sie wird sich nicht an vieles erinnern und die Trauer um das verlorene Kind gut bewältigen.«

Gaston wippte auf seinen Absätzen, verschränkte die Arme und betrachtete die einzige Frau in seinem Leben, von der er wusste, dass er sich voll und ganz auf sie verlassen konnte.

»Gut, Mutter. Ich sehe, du hast alles unter Kontrolle und brauchst mich in der nächsten Zeit nicht.« Dankbar für die Auszeit, die er sich jetzt nehmen konnte, kehrte er zu seinem Pferd zurück.

»Gaston, hör mir zu. Ehe du wieder fortreitest, sollst du wissen, dass du die *gadji* zu ihren eigenen Leuten zurückschicken musst, sobald sie dazu fähig und in der Lage ist. Wir können sie nicht bei uns behalten. Sie ist keine von uns, und eines Tages wird man uns auf die Schliche kommen. Du musst sie zurückgeben, Gaston. So gebietet es unsere Zigeunerehre, und nur so können wir unseren Kopf aus der Schlinge ziehen.«

»Ich glaube, du hängst zu sehr an der Vergangenheit, Mutter. Wir leben doch nicht mehr im Mittelalter.«

»Natürlich nicht. Trotzdem müssen wir vorsichtig sein. Früher oder später musst du dein glitzerndes englisches Juwel aufgeben, Gaston. Sie passt nicht zu uns.«

»Ich werde darüber nachdenken.« Er stieg auf das kleine Pferd. »Ach, übrigens: War es ein Junge oder ein Mädchen?«

»Warum willst du das wissen? Das Kleine ist nicht dein Kind.«

»Verdammt! War es ein Junge oder ein Mädchen?«

»Ein Mädchen, Gaston. Ein bildhübsches kleines Zigeunermädchen. Und jetzt darfst du ruhig vor Neid sterben. Denn sie gehört mir, mir ganz allein. Sie ist der Ersatz für Rana, die Tochter, die du mir genommen hast.«

Kapitel Siebenundzwanzig

Joanne träumte.

Sie war in Arles bei einem Stierkampf, der Torero war Gaston. Als der Stier die *mise à mort* erhalten sollte, zitterte sie und weinte laut auf. »Nicht, Gaston! Tu es nicht! Du kannst doch kein Blut sehen. Und außerdem bist du kein Torero!«

Doch Gaston hörte nicht auf sie. Wie im richtigen Leben wollte er seine Stärke beweisen.

Im Traum war sie mit Gaston zum Stierkampf gegangen, nachdem sie ihr Kind verloren hatte. War sie nicht in der Nacht der Niederkunft allein gewesen, weil Gaston nach Arles geritten war? Hatte nicht die ganze Nacht hindurch ein Käuzchen gerufen? Galten Käuzchen nicht als Vögel des Todes?

Und der Stierkampf? Man hatte Gaston bei der *mise à mort* verhaftet. Doña Theresa und ihr Stamm hatten der Polizei einen Tipp gegeben. »Der dort. Er ist ein Mörder. Er hat unseren Stamm und unsere Familie verraten. Und er hat eine blonde Ausländerin entführt und für seine Zwecke missbraucht …«

Langsam öffnete Joanne die Augen. Sie wusste nicht, wo sie sich befand, doch an ihrem Bett saß eine vertraute Gestalt.

»Madame Adèle? Was machen Sie hier?«

»Das Gleiche könnte ich dich fragen, mein Kind. Was machst du hier?«

»Ich habe keine Ahnung.«

»Also ebenso wenig wie wir.«

»Wer ist wir?«

»Nun, Nicholas und ich.«

»Wer ist Nicholas?«

Madame Adèle musste lächeln. »Sag einmal, Joanne, weißt du überhaupt, wo du bist?«

»Ja, natürlich! Irgendwo in Südfrankreich.«

»Bist du dir da ganz sicher?«

»Selbstverständlich! Gaston hat mich zu einem Stierkampf mitgenommen, und dann ... und dann ...«

»Was war dann, Joanne?«

»Irgendetwas ist passiert. Aber was tun Sie hier im Süden von Frankreich, Madame Wainwright?« Joanne versuchte, sich in dem großen, weiß bezogenen Bett aufzusetzen.

»Ich bin gekommen, um sicherzugehen, dass du dich nach deinen sehr traumatischen Erfahrungen in Südfrankreich gut erholst. Nachdem du so Hals über Kopf aus Schloss Villacroix verschwunden warst, waren wir natürlich außer uns vor Sorge. Wir fanden, aller Bemühungen zum Trotz, nichts über deinen Verbleib heraus, bis wir vor etwa zwei Wochen einen Brief erhielten, in dem stand, dass du dich in einem Kloster in Les-Saintes-Maries-de-la-Mer aufhältst. Die Nonnen wollten übrigens nicht einmal Geld, was ich äußerst verwunderlich finde.«

Joanne starrte Madame Adèle an. »Les-Saintes-Maries? Der Name ist mir geläufig.«

»Aber natürlich ist er das, liebes Kind. Die Zigeuner, die dich entführt haben, ließen dich in einem sehr bedenklichen Zustand vor dem Schrein der Schwarzen Sara zurück. Neben dir lag eine Botschaft an die Polizeipräfektur und die schriftliche Bitte an die Nonnen, deine Verwandtschaft zu benachrichtigen. Die ganze Geschichte klingt mehr als merkwürdig. Wenn du dich besser fühlst, musst du uns unbedingt erzählen, was genau geschehen ist.« Adèle drückte Joannes Hand.

»Wo ist mein Baby?«

»Welches Baby?«

»Ich habe ein Kind bekommen.«

»Bist du sicher?«

Joanne dachte einen Moment nach. »Ja. Ich kann mich nicht erinnern, ob man es mir wegnahm, weil es gestorben war, oder ob es andere Gründe gab.«

Madame Adèle schluckte schwer. »Ich weiß nicht, ob du dir das nicht nur einbildest, Joanne. Die Nonnen haben jedenfalls nichts davon gesagt.« Sie tätschelte Joannes Hand. »Irgendwann gehen wir der Sache auf den Grund, Liebes. Aber jetzt musst du erst einmal ganz gesund werden.«

Draußen auf dem Flur der teuren Privatklinik in der Schweiz, in die sie Joanne hatte bringen lassen, sagte sie verblüfft zur Oberschwester: »Sie glaubt, dass sie ein Baby bekommen hat. Ihr Krankenblatt erwähnt jedoch nichts dergleichen. Wurde sie etwa von ihrem Entführer vergewaltigt? Wenn das der Fall wäre, ginge es dem Zigeuner, den man bei dem Stierkampf verhaftet hat, ganz bestimmt an den Kragen.«

In ihrem durch Medikamente hervorgerufenen Dämmerzustand wurde Joanne immer wieder von Bildern eines Stierkampfs heimgesucht, den sie mit Gaston schließlich besucht hatte. Sie erinnerte sich, dass sie sich zu einem winzigen Platz in der ersten Reihe hindurchgedrängelt hatten, von dem aus sie die gesamte Arena überblicken konnten. Es roch nach ungewaschenen Menschen und tierischen Ausdünstungen. Irgendwann hatte sie den Kopf an Gastons Schulter gelehnt und geseufzt: »Ich fühle mich nicht wohl, Gaston.«

»Reiß dich zusammen, edles Fräulein.«

»Warum nennst du mich immer edles Fräulein? Ich bin deine Frau und eine vom Stamm adoptierte Zigeunerin.«

»Fang nicht schon wieder damit an.«

In der Arena machten sich die *picadores* daran, dem Stier die Lanzen in den Nacken zu stechen, ohne von dem Tier durchbohrt zu werden. Mit gespanntem Entsetzen sah Joanne zu, ehe sie Gaston anflehte: »Bring mich hier weg. Ich kann diesen Anblick nicht ertragen.«

»Nein.«

Nachdem Gastons Idol Del Fuego als nächste Attraktion ankündigt worden war, wollte er sich natürlich um keinen Preis von der Stelle zu rühren.

»Bitte, Gaston. Bring mich hier weg. Ich halte es nicht mehr aus.«

»Nein.«

»Ich denke, du kannst kein Blut sehen! Du bist keinen Deut besser als alle anderen.«

»Olé!«, schrie Gaston, als sein Idol die Arena betrat, und klatschte. »Bravo! Bravo!« Joanne hielt fast während des gesamten folgenden Kampfes die Hände vors Gesicht. Ihr Unwohlsein wuchs mit jeder Sekunde an.

Die Menge schrie auf, als der bereits getroffene Stier noch einmal die Kraft fand, sich aufzurichten, und plötzlich rechts von Del Fuego auftauchte.

Joanne hielt es nicht mehr an ihrem Platz. So schnell es ihr möglich war, überkletterte sie die hölzerne Abtrennung. Del Fuego wurde von der zierlichen Gestalt in ihrer bunten Kleidung so sehr abgelenkt, dass er nicht mehr auf den Stier achtete und zum ersten Mal in seiner Karriere als Matador verletzt wurde. Die Wunde war so tief, dass man ihn vom Platz tragen und medizinisch versorgen musste.

Die Menschenmenge in der Arena drehte durch. Joanne

erinnerte sich, mit Gaston im Nacken über die weite Sandfläche gehetzt zu sein; dann fielen Schüsse.

Die Ärzte der teuren Privatklinik in der Nähe von Genf, von der Joanne nicht wusste, wie sie dorthin gekommen war, versuchten, die verwirrten Gedanken ihrer Patientin zu einer sinnvollen Geschichte zusammenzusetzen, und bohrten immer wieder nach. »Ich kann mich nicht erinnern«, erklärte sie ihnen. »Lassen Sie mich endlich in Ruhe.«

Man entsprach ihrer Bitte für eine Weile, ehe man erneut nachfragte.

»Was geschah, nachdem Sie durch die Arena gelaufen waren, Joanne?«

»Ich kann mich nicht erinnern.«

»Versuchen Sie es wenigstens.«

»Wir wurden von der Polizei überwältigt …«

»Wen meinen Sie mit ›wir‹?«

»Gaston und mich.«

Und wieder kamen Teile des Erlebten in ihr Gedächtnis. Erschrocken starrten die Menschen auf Del Fuego, der stöhnend im blutigen Sand der Arena lag.

»Was zum Teufel ist mit dir los?«, schrie Gaston, während er hinter ihr herrannte. Schließlich bekam er ihren Ärmel zu fassen. Ein Raunen ging durch die Arena. Doña Theresa schritt majestätisch auf sie zu, gefolgt von zwei Polizisten.

»Der dort ist es. Er ist ein mörderischer *gadjo*, der in Paris einen gewissen Barbiret und einen gewissen Byngham getötet hat. Die Pariser Behörden haben ein Kopfgeld auf ihn ausgesetzt.«

»Lauf, Joanne!«, zischte Gaston ihr zu. »Lauf um dein Leben …«

»Ich kann nicht, Gaston. Ich kann nicht mehr rennen.«

»Und dann?«

»Dann haben sie ihn getötet.«

»Wie?«

»Er wurde erschossen.«

»Von wem?«

»Von der Polizei. Ohne Gerichtsverfahren, einfach so. Er starb in meinen Armen. Ein schöner Tod, jedenfalls besser als auf der Guillotine.«

»Und Sie? Hat man Sie verhaftet?«

»Ja.«

»Und dann?«

»Wurde ich ins Gefängnis gebracht.«

»In welches?«

»Das weiß ich nicht.«

»Könnte es in Arles gewesen sein?«

»Schon möglich. Aber sicher bin ich nicht.«

»Und danach?«

»Danach kamen ein paar Nonnen und holten mich raus.«

»Was hatten diese Nonnen mit Ihnen zu tun?«

»Sie kamen aus dem Kloster in Les-Saintes-Maries. Sie wussten von den Zigeunern. Die Kirche wurde an der Stelle gegründet, wo die drei Marien mit ihrer Dienerin Sara an Land gingen. Just an diesem Ort entsprang eine Quelle, die man noch heute im Haus sehen kann.«

Die Fragesteller blickten einander an. »Was zum Teufel redet das Mädchen?«

»Manchmal sind Gaston und ich dorthin gegangen – an die Stelle, wo die Quelle in Saras Haus entsprang.«

»Ach, tatsächlich? Erzählen Sie uns mehr davon.«

»Gaston und ich gingen eigentlich nicht an die Quelle, um zu beten, sondern eher, um für Vergebung für unsere Sünden zu bitten.«

»Haben Sie Sünden begangen?«

»Aber natürlich. Ich war zum Beispiel ungehorsam und wollte immer meinen Kopf durchsetzen. Ich habe mich nie mit dem zufriedengegeben, was ich besaß, bis es mir genommen wurde. Und ich habe meinem Vater das Leben ziemlich schwer gemacht. An seinem frühen Tod war ich vermutlich nicht ganz unschuldig.«

»Und was geschah dann?«

»Das weiß ich wirklich nicht mehr. Wahrscheinlich haben die Nonnen herausgefunden, wer ich bin. Mir ist völlig rätselhaft, wie sie es angestellt haben, denn ich habe hier in Frankreich keinerlei Verwandtschaft.«

»Aber die Schwester Ihres Vaters lebt doch noch, oder?«

»Soweit ich weiß, ja. Ach ja, die gute Tante Hester Byngham in Cheltenham! Sie ist ganz verrückt nach ihren Katzen.«

Zwischenspiel

England und Schweiz

Kapitel Achtundzwanzig

Im Jahr 1850 wütete in Europa die Cholera. Hester Bynghams Haus in Cheltenham jedoch war und blieb ein ruhiges, heiteres Refugium vor den Schrecken der Außenwelt. Es lag unter Bäumen am Montague Square, wo ehemalige Soldaten der Indischen Armee ihren Ruhestand angesichts gepflegter Blumenrabatten auf Holzbänken verbrachten.

Hinter den Mauern von Montague Mansions Nummer zehn lebte eine Unmenge Katzen. Auf den Fensterbrettern gediehen Schusterpalmen, und auf jedem Sitzmöbel lag ein Schonbezug, obwohl Besucher hier so selten waren wie Sonnenstrahlen in einer Kohlegrube. Grüne, immerwährend halb geschlossene Rollos tauchten das Innere der Wohnung in einen Halbschatten, der an ein Aquarium erinnerte. Im gesamten Haus roch es nach Katze und gekochtem Fisch.

Joanne hasste ihre neue Bleibe so sehr, dass sie nicht nur vereinsamte, sondern die Welt auch zunehmend verbittert betrachtete. Sie hatte keinen Appetit und wurde immer dünner. Obwohl Joanne sich redlich bemühte, die unliebsamen Kapitel ihres Lebens so schnell wie möglich zu vergessen, war ihr klar, dass man hinter vorgehaltener Hand über ihre Entführung redete. Sie wusste, dass ihre Tante sich Sorgen machte.

Tante Hester bombardierte Adèle Wainwright, die sich nach wie vor in der Schweiz aufhielt, mit Briefen, in denen sie ihrem Kummer über Joannes Gesundheit Ausdruck verlieh. Sie schrieb auch, dass ihre Nichte sich immer noch nach dem französischen Grafen verzehre und kaum etwas esse.

Joanne vertraute ihre Trauer nur ihrem Tagebuch an.

Ein ganzes Jahr ist vergangen, seit ich mit Gaston und den Zigeunern in der Camargue lebte und dort die ungewöhnlichsten Erfahrungen machte. Gaston und die Zigeuner waren meine Familie – die einzige wirkliche Familie, die ich als erwachsener Mensch besaß. Schon aus diesem Grund kann ich ihnen nicht böse sein für das, was sie mir angetan haben. Trotzdem fühle ich mich dumpf und leer und weiß weder, was ich tun soll, noch wie ich mir mein Leben vorstelle. Der Gedanke an die Zukunft macht mir Angst. Mir ist, als litte ich an einer unheilbaren Krankheit. Tante Byngham hat gesagt, dass dieses Gefühl eine Folge des Schocks ist; man schottet seine Vernunft ab, um sich davor zu schützen, verrückt zu werden.

Madame Adèle schreibt mir ab und zu aus der Schweiz. Auch Madame Hélène ist um mein Wohlergehen besorgt. Die beiden denken jedoch nur daran, dass ich als junge, nicht unvermögende Vollwaise darauf achten muss, nicht an den falschen Ehemann zu geraten. Ach, wenn die beiden wüssten!

Mir will scheinen, es war erst gestern, dass ich als dreizehnjähriges Mädchen mit Vater und Mutter zusammenlebte. Und plötzlich bin ich eine junge Erwachsene, die nirgends mehr wirklich hingehört. Nichts in der Welt hat mich auf dieses Gefühl von Unsicherheit und die Unfähigkeit vorbereitet, mich in die Gesellschaft zu integrieren. Teilweise liegt es natürlich daran, dass ich als Kind von Ort zu Ort verpflanzt wurde und eine doppelte Staatsbürgerschaft besitze, dass ich heute weder Stabilität im Leben noch enge Freunde besitze.

Manchmal habe ich den Eindruck, Papa hat gewusst, dass er

bald sterben würde, und Jean-Paul aller Bedenken zum Trotz nur aus diesem Grund so schnell als Schwiegersohn akzeptiert, auch wenn er sein Einverständnis nicht mehr geben konnte. Vielleicht machte er sich Sorgen darüber, was aus mir werden sollte, und wollte mich deshalb in sicheren Händen wissen. Aber waren es sichere Hände? Waren es überhaupt die richtigen Hände?

Ich habe nie aufgehört, Jean-Paul zu lieben; trotzdem habe ich große Angst davor, ihn je wiederzusehen. Die Erfahrungen, die ich auf Schloss Villacroix gemacht habe, erfüllen mich nach wie vor mit tiefer Furcht. Heute hätte ich sogar Angst davor, Lises Stiefmutter zu werden. Wie hätte ich mich verhalten sollen? Ich habe keine Erfahrung mit Mutterschaft, und die Erziehung zu adeligem Verhalten ist mir völlig fremd …

Hastig strich Joanne den letzten Satz durch. Natürlich wusste sie sehr wohl, wie sich Mutterschaft anfühlte und wie es war, ein winziges Lebewesen monatelang in seinem Körper zu beherbergen, ehe Gott es in seinem weisen Ratschluss wieder zu sich nahm.

Heute würde ich mich auch davor fürchten, in die Fußstapfen von Jean-Pauls verstorbener Frau Amélie zu treten. Und allein der Gedanke, ich müsse Madame Charmaine noch einmal gegenübertreten, erfüllt mich mit namenlosem Entsetzen. War nicht letztlich sie es, die mich von Jean-Pauls Seite vertrieben hat?

Schon während Papas Krankheit spürte ich immer, dass er bezüglich Jean-Paul seine Bedenken hatte. Er war sich vermutlich nie wirklich sicher, ob der Graf tatsächlich der richtige

Ehemann für mich wäre. Nicht nur wegen der Altersdifferenz, sondern auch wegen vieler anderer Dinge. Aber alles, was Papa für mich ersehnte, war abgesehen von Sicherheit vor allem mein Glück. Und nur deshalb signalisierte er sein Einverständnis zu meiner Wahl.

Jean-Paul hat ihm seine Absichten natürlich deutlich gemacht, da bin ich mir sicher. Vermutlich hat er Papa versprochen, mich für den Rest unseres Lebens unter seine Fittiche zu nehmen. Ich glaube, Papa akzeptierte das Angebot, weil Jean-Paul nicht nur von guter Herkunft war, sondern weil man auch davon ausgehen musste, dass der Graf in sicheren finanziellen Verhältnissen lebte. Außerdem kannte mein Vater mich gut genug, um zu wissen, wie sehr ich Jean-Paul liebte.

Trotzdem gab es niemals eine offizielle Verlobung. Noch nicht einmal einen Ring bekam ich von Jean-Paul. Wir mussten uns auf sein Ehrenwort verlassen. Leider starb Vater, ehe das Eheversprechen öffentlich gemacht werden konnte, und ich wurde in ein Trauerjahr gezwungen.

Obwohl ich mich nach wie vor für eine halbe Französin halte, hat Tante Byngham mir versichert, dass ich durch und durch englisch bin. Ich war auch immer davon ausgegangen, dass ich fließend Französisch spreche; trotzdem scheine ich häufig die Artikel zu vertauschen. Aber zurück zum Thema – zur großen Liebe.

Ich habe mir viele Gedanken darüber gemacht. Jemanden wirklich zu lieben bedeutet, ihn vorbehaltlos zu lieben. Altersunterschied, Kultur sowie ethnische oder religiöse Gründe dürfen die Liebe nicht beeinflussen. Liebe kommt ohne Analyse aus. Liebe ist konstant. Ich liebe Jean-Paul St-Clair von ganzem Herzen und würde für sein Glück das meine opfern. Genau genommen habe ich dies bereits getan. Wenn er wüsste, was mir im vergangenen Jahr widerfahren ist, würde er mich dann noch zur Ehefrau begehren? Ich bezweifle es.

Wenn ich aber nicht seine Frau sein darf, und er würde mich zu seiner Mätresse machen, wie er es im Grunde ja bereits getan hat, dann, ja dann …

Nein, diesen Gedanken möchte ich nicht weiterverfolgen, denn ich weiß beim besten Willen nicht, ob ich bereit wäre, in Jean-Pauls Leben nur an zweiter Stelle zu stehen.

Tante Byngham und die anderen würden sicher in Ohnmacht fallen, aber schließlich ist es mein Leben und nicht ihres.

Die Ländereien meines Vaters in Irland habe ich behalten. Ich könnte mir vorstellen, dass Jean-Paul, der ja selbst viel Land besitzt, eines Tages daran interessiert sein könnte, falls er mich zur Mätresse nimmt. Er braucht Land, ich brauche ihn als Liebhaber. Eine Hand wäscht die andere.

PS: Ich glaube, ich werde allmählich verrückt. Ich sehne mich noch immer nach dem Vater meines toten Kindes, aber wird er je erfahren oder überhaupt wissen wollen, was ich im vergangenen Jahr erlitten habe? Jedenfalls habe ich ihm geschrieben, er solle niemals wieder Kontakt mit mir aufnehmen. Ob das richtig war?

»Ich weigere mich, eine derart empörende Annahme zu akzeptieren, Joanne. Vom kulturellen Standpunkt aus gesehen bist du nicht einmal eine halbe Französin.« Tante Hester Byngham konnte das Thema einfach nicht fallen lassen. »Nicht einmal ein Viertel.«

»Dürfte ich vielleicht feststellen …«

»Genau genommen bist du eine hundertprozentige Engländerin, ebenso, wie dein lieber, verstorbener Vater Engländer war.«

»Darf ich …«

»Seine Liebe zu Irland war das Resultat häufiger Diplomatenbesuche, aber er war nie ein echter Ire. Seine Liebe zu Frankreich entsprang seinem Eifer, dem Land Gutes zu tun.«

»Könnte ich …«

»Dein Vater war ein waschechter Engländer; seine Bindung an Irland lag eher an einer gewissen Zuneigung. Und deinen Hang zu allem Französischen halte ich schlicht für ein bisschen verrückt.«

Joanne verzweifelte fast. Eine vernünftige Unterhaltung mit Tante Byngham war so gut wie unmöglich. Entrüstet gab sie auf, allerdings nicht, ohne noch einmal nachzusetzen. »Meine Mutter war Französin. Und ich wurde auf den Namen Josephine-Anne getauft. Also, wenn das nicht französisch ist!«

»Bleib vernünftig, Kind. Es steht dir nicht an, die *Route Napoléon* einzuschlagen.«

»Ich bin schon dort gewesen, Tante. Und zwar mit Gaston Cabet, einem Mann, der durch und durch Revolutionär und Nihilist war.«

Hester Byngham hob entsetzt die Hände. »Ich verbiete dir, in meinem Haus jemals wieder diesen Namen auszusprechen. Und auch das, was in der Camargue geschah, solltest du vor anständigen Leuten nie erwähnen. Sie würden es, ganz abgesehen von der Schande, nicht verstehen. Hör zu, Joanne. Unser Herr und Heiland wurde in einem Stall geboren, aber das macht ihn noch lange nicht zu einem Nazarener Esel. Du bist keine Französin, und damit möchte ich dieses dumme Gespräch beenden. Es ist ohnehin recht spät für unsere Ausfahrt. Hole bitte deinen Mantel.«

Sie schob drei Katzen von ihrem Schoß und stand mithilfe ihres Gehstocks schwerfällig auf.

Aber während der gewohnheitsmäßigen nachmittäglichen

Ausfahrt in der Kutsche griff die Tante das Thema dann doch erneut auf.

»Wenn dieser französische Graf dich wirklich so liebt, wie du sagst, warum ist er dann nicht hier, nimmt dich in seine Arme und bringt dich zurück nach Frankreich?«

»Haben Sie je geliebt, Tante Hester?«

»Sehr oft, mein Mädchen.«

»Und was ist passiert?«

»Der Duke of Marlborough zog in den Krieg. Ich habe ihn nie wiedergesehen. Was die restliche Liste meiner Verehrer angeht, so würde es zu lange dauern, sie dir aufzuzählen.«

Hester Byngham war zeitlebens unverheiratet geblieben.

»Sie haben doch keine Ahnung von der Liebe, Tante Hester!«

»Liebe ist flatterhaft. Nur der Tod ist von Dauer. Ich bin jetzt fünfundfünfzig. In meinem Alter ist es vorbei mit der Liebe und den romantischen Gefühlen. Mir bleibt nur noch der Tod. Du aber bist eine schöne, junge Frau in der Mitte des Lebens. Allerdings gehen Jugend und Schönheit schnell vorbei. Ich wollte diese Dinge nicht wahrhaben und habe so die Gelegenheit, einen passenden Ehemann zu finden, verstreichen lassen. Gott schenkt dir die Gegenwart, aber die Gegenwart ist morgen vorbei, liebste Nichte. Sieh dich nach einem anderen Mann um. Er muss keinen Titel haben und kann ruhig ein wenig langweilig sein – Hauptsache, er ist ehrlich.«

»Jean-Paul musste sich mit einer Menge unschöner Dinge herumschlagen, Tante Hester. Man hat seinen Weinberg in Brand gesteckt und ihn so nicht nur seines Einkommens beraubt, sondern tief in die Schulden gestürzt. Das Leben seiner Mutter und seiner Tochter ist ständig in Gefahr. Frankreich befindet sich mitten in einem Umsturz.«

»Ein Grund mehr, ihn und sein Land so schnell wie möglich zu vergessen, liebes Kind.«

»Ich habe ihm bereits geschrieben, dass er keinen Kontakt mehr aufnehmen soll. Ich will ihn nicht mehr wiedersehen.«

»Sehr vernünftig. Jetzt müssen wir nur noch einen passenden Kandidaten für dich finden. Einen netten, verständigen jungen Mann, der …«

»Bitte nicht, Tante Hester.«

»Du darfst auf keinen Fall zur alten Jungfer werden. Dein Vater würde mir das nie verzeihen.«

Joanne erwiderte darauf nichts. Es hatte keinen Sinn, mit der Tante zu streiten.

»Könnten wir vielleicht umkehren, Tante Hester? Ich habe furchtbare Kopfschmerzen und vom Holpern der Kutsche wird mir übel.«

»Oje, Kleine, ich habe völlig vergessen, dass du noch längst nicht wieder gesund bist. Harold«, wandte sie sich an ihren Kutscher, »leider müssen wir auf das Marschmusikkonzert verzichten. Meine Nichte ist indisponiert. Wir fahren nach Hause.«

Eines Nachmittags, als Joanne sich mit ihrem Tagebuch in ihr Zimmer eingeschlossen hatte, polterte Tante Hester mit ihrem Gehstock gegen die Tür.

»Joanne? Verbringst du deine Zeit schon wieder mit Lesen und Schreiben? Weißt du nicht, wie schädlich das für ein junges Mädchen ist? Du solltest dich nicht ständig zurückziehen.«

»Was ist denn nun schon wieder, Tante Hester?«

»Hier ist ein Gentleman, der Miss Josephine-Anne Byngham sprechen möchte. Ist sie zu Hause oder nicht?«

Joannes Herz schlug Purzelbäume. Er war also doch gekommen! Jean-Paul war endlich da und holte sie heim nach

Frankreich! Sie würde seine Frau werden, und alles Gewesene würde verblassen wie ein böser Traum.

»Ich komme! Ich muss mich nur noch ein wenig zurechtmachen, aber es dauert nicht lang!«

Zehn Minuten später stürmte sie leicht wie eine Feder die Treppe hinunter und stieß die Wohnzimmertür auf. Tante Hester saß mit dem Gast am Tisch und trank Tee.

»Guten Tag, Joanne. Ich hoffe, ich störe nicht.« Er stand auf.

»Guten Tag, Doktor Wainwright.« Es fiel ihr schwer, sich die Enttäuschung nicht anmerken zu lassen. Sie streckte ihm die Hand entgegen.

Nicholas war ebenfalls enttäuscht. Immer noch diese förmliche Anrede! »Ich wollte mich erkundigen, wie es Ihnen geht, nachdem ...«, fuhr er fort.

»Nachdem mein Vater gestorben ist und nach meinen Erfahrungen in Südfrankreich?«

»Richtig. Meine Mutter erzählte mir von einigen unliebsamen Vorfällen mit Zigeunern. Wie fühlen Sie sich inzwischen?«

»Immer noch nicht ganz wiederhergestellt, Doktor Wainwright.«

»Tut mir leid, das zu hören. Ich war vor zwei Monaten schon einmal hier, aber Ihre Tante sagte damals, dass Sie noch nicht in der Lage seien, Besucher zu empfangen.«

»Ihre Mutter war sehr freundlich zu mir. Ihr letzter Brief kam aus der Schweiz, ich nehme an, sie ist noch nicht nach Paris zurückgekehrt?«

»Sie ist noch in der Schweiz. Das Leben in Paris sagt ihr augenblicklich nicht zu.«

Tante Byngham erhob sich von ihrem Stuhl und verscheuchte einige Katzen. »Wenn die jungen Leute mich jetzt entschuldigen möchten – aber mein Nachmittagsausflug wartet. Das Wetter ist heute wirklich schön. Joanne, kümmere dich bitte darum, dass es unserem Gast an nichts fehlt. Du brauchst nur nach Celeste zu klingeln.« Mit diesen Worten verließ sie das Zimmer.

Joanne setzte sich. Sie war kaum in der Lage, ihre Enttäuschung zu verbergen. Nach einer unbehaglichen Pause begannen plötzlich beide gleichzeitig zu sprechen.

»Möchten Sie noch eine Tasse Tee, Doktor Wainwright?«, fragte Joanne, sprang auf und läutete. »Was bringt Sie nach England?«

»Für meine Anwesenheit hier gibt es zwei Gründe. Erstens arbeite ich inzwischen in London, und zweitens möchte ich Ihnen einen Vorschlag machen.«

»Oh!« Joanne neigte den Kopf so tief, dass er ihr Gesicht nicht sehen konnte. Nervös fingerte sie an ihrem Rock herum.

»Achten Sie wirklich ausreichend auf Ihre Gesundheit?«, fragte der junge Arzt freundlich.

»Aber natürlich! Wieso?«

»Sie wirken so zerbrechlich und so … abwesend. Ich muss mich entschuldigen – ich weiß, dass man nicht über das Aussehen einer Lady sprechen sollte, aber wenn ich Ihnen in irgendeiner Weise helfen kann, dann sagen Sie es ruhig.«

Joannes Kopf flog nach oben wie der einer Marionette. »Hat meine Tante hinter meinem Rücken über mich geredet?«

»Nein, nicht wirklich.«

»Was heißt ›nicht wirklich‹?«

»Sie ist sehr besorgt über Ihren Zustand und dass Sie nicht ausreichend Nahrung zu sich nehmen. Sie hat Angst, Sie dahinwelken zu sehen.«

»Hat sie Ihnen das alles erzählt?«

»Nein, aber meiner Mutter. Als Ihre Tante eben die Tür öffnete, schien sie sehr erleichtert, mich zu sehen.«

»Mein Gesundheitszustand ist ausgezeichnet, Doktor Wainwright. Weder Sie noch Ihre Mutter oder meine Tante haben irgendetwas zu befürchten. Ich möchte nicht unhöflich erscheinen, aber ich habe nicht den Wunsch, diese Unterhaltung fortzusetzen. Mein Kopf schmerzt, und ich möchte mich gern ein wenig hinlegen. Sicher kommt Tante Byngham bald zurück ...«

»Bitte, Joanne, hören Sie mich wenigstens an, ehe Sie davonlaufen.«

»Nein! Und wenn Sie mich jetzt bitte entschuldigen möchten ...« Sie riss die Wohnzimmertür auf.

Nicholas sprang auf, schloss die Tür wieder und lehnte sich dagegen.

»Ich möchte Sie nochmals bitten, mir Ihr Ohr zu leihen, Joanne. Ich brauche Ihre Hilfe. Meiner Mutter geht es in letzter Zeit nicht sehr gut. Sie braucht Gesellschaft. Sie hat leider eine ziemliche Dummheit begangen, nachdem sie Sie aus der Schweiz nach England zurückgebracht hatte, damit Sie sich endgültig von Ihrer Tortur in den Händen dieses Gaston Cabet erholen konnten, und ...«

»Ich möchte nicht darüber reden. Schon gar nicht mit Ihnen.«

»Das verstehe ich. Aber meine Mutter fragte mich, ob Sie vielleicht inzwischen in der Lage wären, ihr zur Seite zu stehen. Lassen Sie mich erklären: Vor drei Monaten hat sie versucht, die jungen Leute nachzuahmen, und ist mit ihren Enkeln Ski gefahren ...«

»Mir ist völlig neu, dass Sie verheiratet sind. Ihre Mutter hat diesen Umstand nie erwähnt.«

»Aber nein!« Er musste lachen. »Ich habe eine Schwester,

einen Schwager, eine Nichte und einen Neffen. Sophie und Stephan sind Zwillinge.«

»Wie niedlich! Das wusste ich nicht.«

»Wie sollten Sie auch?«

»Sie haben recht. Wie sollte ich? Weder mein Vater noch Ihre Mutter oder Madame Le Fèvre haben mir gegenüber je erwähnt, dass Madame Adèle nicht nur einen Sohn, sondern auch eine Tochter hat. Auch Sie nicht. Natürlich geht es mich nichts an. Aber ich freue mich für Sie, dass Ihre Mutter Enkel und Sie einen Neffen und eine Nichte haben.«

Nicholas bemühte sich, Joannes leicht gereizten Ton zu überhören.

»Jedenfalls ist meine Mutter schwer gestürzt und hat sich den Knöchel gebrochen. Der Bruch war so kompliziert, dass ihr Bein noch eingegipst ist. Natürlich fällt ihr längst die Decke auf den Kopf, weil sie, abgesehen von ein paar sehr seriösen ältlichen Schweizer Damen, viel zu wenig Gesellschaft hat. Sie braucht junge Leute um sich. Sie braucht jemanden, der Französisch und Englisch spricht, jemanden, auf den sie sich verlassen kann, jemanden, den sie gut kennt und dem sie vertrauen kann, und vor allem jemanden, der mit ihr Voltaire oder Shakespeare liest und mit ihr über alles Mögliche lacht. Sie wissen schon, all das Schöne, was wir früher in Paris hatten.«

Joanne schien wie zu Stein erstarrt, doch Nicholas sprach unbeirrt weiter.

»Meine Mutter ist eigentlich ein recht umgänglicher Mensch, allerdings habe selbst ich in letzter Zeit Probleme, an sie heranzukommen. Es scheint ihr an Lebensmut zu fehlen. Der Tod Ihres Vaters, an dem sie sehr hing, hat sie völlig aus der Bahn geworfen. Ich habe gerade eine Stelle als Facharzt in einer Frauenklinik im Londoner East End angenommen und bin jetzt völlig verzweifelt. Könnten Sie mir den Gefallen tun und sich um meine Mutter kümmern? Als Arzt möchte ich hinzufügen, dass Ihnen die frische Alpenluft sicher gut bekommen würde.«

»Ich will ja nicht undankbar erscheinen, Doktor Wainwright, aber ich bin noch gar nicht so lang aus dieser frischen Alpenluft zurück. Ich wurde in einer Klinik in der Schweiz behandelt.«

»Das Haus Ihrer Tante ist doch nur eine Art Zwischenstation für Sie. Ich weiß sehr wohl, dass Ihre Tante Sie sehr schätzt und um Ihr Wohlergehen besorgt ist. Aber gerade deshalb wird sie sich sicher nicht widersetzen, Sie für einige Monate in die Schweiz fahren zu lassen. Ich kann Ihnen Ihr früheres Leben nicht zurückgeben, Joanne, aber ich kann Ihnen anbieten, sich aus der Langeweile zu befreien, in der Sie hier vor sich hin dümpeln.«

Das also war sein Vorschlag! Sie sollte seiner Mutter Gesellschaft leisten – von einer Hochzeit, wie Joanne insgeheim befürchtet hatte, war nie die Rede gewesen! Wie peinlich! Joanne errötete bis in die Haarspitzen. Jetzt musste sie das Gesagte erst einmal verdauen. Dass Nicholas selbst ein wenig nervös war, machte ihr die Sache leichter.

Sie sahen sich an, und wider Willen begann Joanne zu kichern. »Sie haben also bemerkt, dass mein Leben hier nicht gerade prickelnd verläuft, Doktor Wainwright?«

»Sie und Adèle werden sich wunderbar verstehen. Genau wie früher in Paris.«

Wieso nannte er sie Adèle und nicht Mutter? Handelte es sich bei dem Angebot um ein Komplott, sie von Jean-Paul wegzulocken? Hatten Mutter und Sohn sich zusammengetan, um aus Joanne eine Mrs Nicholas Wainwright zu machen und ihre Hoffnung auf den Titel der Comtesse St-Clair de Villacroix zu untergraben?

»Es tut mir wirklich leid, aber …«

»Denken Sie nach, Joanne, ehe Sie mir eine endgültige Antwort geben. Sie haben in letzter Zeit sehr viel durchmachen müssen; trotzdem ist es Ihnen gelungen, den Kopf immer oben zu behalten. Ich glaube, dass Sie eine sehr mutige, starke und intelligente Frau sind, und bin der Meinung, dass meine Mutter und Sie vom Temperament her ausgezeichnet zueinanderpassen. Ihre Aufgabe wird Ihnen sicherlich nicht schwerfallen, das verspreche ich Ihnen. Für die Hausarbeit gibt es Angestellte, und meine Mutter wird Ihnen natürlich eine angemessene Entlohnung zukommen lassen. Ich bin so kühn, zu behaupten, dass Ihre gediegene Bildung und Ihre Umgangsformen hier in der Isolation geradezu verschwendet wären. Diese Umgebung ist für Sie zu ... zu ...«

»Altmodisch?«, half sie aus.

Er nickte und lächelte ausgesprochen charmant.

»Aber warum kann sich Ihre Schwester nicht um Ihre Mutter kümmern?«

»Meine Schwester lebt in Amerika. In Boston. Ihr Ehemann Zach ist Anwalt. Sie besuchen meine Mutter nur einmal im Jahr, weil Zach, ebenso wie ich, Schiffsreisen nicht gut verträgt. Aber sie fahren alle gern Ski.«

Joanne atmete auf. Sie hatte von Nicholas tatsächlich nichts zu befürchten. Er war nicht gekommen, um sie zu beschämen; peinlich war allenfalls ihre eigene Reaktion gewesen.

Joanne setzte sich wieder. Nicholas folgte ihrem Beispiel.

»Wünschen Sie noch eine Tasse Tee, Doktor Wainwright? Und erzählen Sie doch bitte mehr von Ihrer Familie. Und natürlich von Ihrer neuen Arbeit in der Frauenklinik in London.«

»Aber gern.«

Tante Hester Byngham machte keinen Hehl aus ihrer Freude, dass ihre Nichte in die Schweizer Alpen fahren wollte, um Adèle Wainwright Gesellschaft zu leisten.

Nicholas Wainwright kümmerte sich um alle Formalitäten und begleitete Joanne bis nach Paris, wo er sie in den richtigen Zug nach Genf setzte. In Genf sollte die junge Frau von Madame Wainwrights Faktotum mit einem Ponygespann abgeholt werden. Am Bahnhof verabschiedete er sich mit einem brüderlich herzhaften Kuss auf ihre Wangen. »Passen Sie auf sich auf, Joanne. Und wenn Sie meine Mutter nicht mehr sehen können, lassen Sie es mich wissen. Ich bringe Sie dann schnellstens wieder nach Hause.«

»Ich glaube nicht, dass ich Ihrer Mutter je müde werde. Noch nicht einmal mit einem gebrochenen Bein.«

»Das wage ich zu bezweifeln. Adèle hat, genau wie wir alle, durchaus ihre unangenehmen Seiten.«

»Nun gut. Aber geben Sie auch auf sich acht. Stecken Sie sich nicht mit irgendwelchen schrecklichen Krankheiten an.«

»Wohl kaum. Ich werde den lieben langen Tag Babys auf die Welt holen und kann nur hoffen, dass nicht zu viele Kaiserschnitte dabei sind. Obwohl natürlich auch Kaiserschnitte ihren Vorteil haben, weil ich auf diese Weise immer mehr Übung darin bekomme.«

»Ich wünsche Ihnen, dass die See auf der Rückfahrt ein wenig ruhiger ist. Sie waren ganz schön seekrank«, sagte Joanne und winkte ihm zum Abschied zu.

Nicholas drehte sich noch einmal um, blieb stehen und grinste. »Leider komme ich da nach meinem Vater. Der blieb auch lieber an Land.« Mit diesen Worten verschwand er im Lärm und Dampf des großen neuen Pariser Bahnhofs.

Es war ein herrlicher Junitag. Das Pony trabte durch das grüne Weideland, das den Genfer See umgab. Hoch in den Bergen glitzerten Gletscher wie strahlend weiße Juwele. Rechts und links des Weges wuchsen Edelweiß, Alpenrosen und tellergroße Pilze. Je mehr der kleine zweirädrige Wagen an Höhe gewann, desto berauschter fühlte sich Joanne. Sie freute sich an steilen Felsen, grünen Matten und sprühenden Wasserfällen, an duftenden Wäldern, Ziegen mit bunten, glockengeschmückten Halsbändern und samtigen, hellbraunen Kühen, die ebenfalls Glocken um den Hals trugen.

Das kleine Gefährt ratterte in den Weiler mit dem hübschen Namen Kirschbach. Ein weiterer, steiler Anstieg folgte, ehe sie schließlich ein großes, ganz aus Holz erbautes Chalet erreichten, das in einer atemberaubenden Umgebung lag. Joanne blickte sich wie gebannt um.

Viele Hundert Meter unter ihr blinkte der See, umringt von mächtigen, wunderschönen Bergen. Grüne Wiesen wechselten sich mit dunklen Wäldern ab, und hier und da in der Ferne erkannte man einen Kirchturm. Und alles war friedlich und still und wunderschön. Joanne wusste ihr Glück kaum zu fassen.

Auf der Wiese vor ihrem Chalet saß Adèle in einem Rollstuhl. Sie hatte einen Schal um die Schultern geschlungen und wartete. Hätten die Bremsen ihres Rollstuhls versagt, wäre sie geradenwegs aus ihrem Garten auf die viel tiefer liegende Dorfstraße gerollt. Ihr verletztes Bein ruhte auf einem Schemel. Eine Limonadenflasche und ein Glas standen auf einem Tisch neben ihr, auf dem auch ein aufgeschlagenes Buch lag.

»Herzlich willkommen, Joanne. Du hast sicher Verständnis, dass ich zur Begrüßung nicht aufstehe.«

Das letzte Mal hatten sie sich vor einer scheinbaren Ewigkeit im Hospital in der Schweiz gesehen. Überwältigt von

Erinnerungen nahmen die beiden Frauen einander in die Arme und verharrten eine lange Zeit stumm und eng umschlungen.

Nachdem Adèle einen weiteren Stuhl und eine Erfrischung für Joanne hatte bringen lassen und sie sich eine Weile unterhalten hatten, sagte Madame Wainwright plötzlich: »Entschuldige, Joanne, du weißt ja, ich kann nicht allein ins Haus gehen. Ich müsste aber aus gewissen Gründen einmal hinein. Außerdem wird mir allmählich kühl.«

Joanne schob den Stuhl ins Innere des Hauses. Nachdem sie es sich schließlich vor dem Kamin gemütlich gemacht hatten, begann Adèle, von ihrem Unfall zu erzählen.

»Dieser Gips um meinen Knöchel sitzt viel zu fest. Ich habe Nicky von Anfang an gesagt, dass er mir das Blut abschnürt, aber mein lieber Sohn wollte nichts davon hören. Ich hoffe nur, dass er nicht ebenso rücksichtslos mit den Babys verfährt, die er auf die Welt holen soll.«

Schnell war das erste Eis gebrochen, und die beiden Frauen lachten herzlich bei der Vorstellung, wie Nicholas sich als Geburtshelfer anstellen mochte. Adèle servierte kleine Kokosküchlein, die sie »Nonnennippel« nannte. »Der Name Kirschbach ist in dieser Gegend eigentlich ungewöhnlich«, erklärte sie, »weil wir uns hier im französischsprachigen Teil der Schweiz befinden. Das Rezept für diese kleinen Kuchen, die mit Kirschwasser hergestellt werden, stammt aus der deutschen Schweiz und wurde auf diese Seite des Sees exportiert. Seither heißt der Ort sehr unfranzösisch ›Kirschbach‹.«

»Die Teilchen schmecken zwar ziemlich alkoholisch, sind aber köstlich. Kirsch schmeckt mir offenbar besser als Absinth.«

»Absinth?«

»Ja, warum?«

»Hast du das Zeug etwa probiert?«

»Oh ja, aber das ist eine lange Geschichte.«

»Wem sagst du das? Genau wie mein Knöchelbruch. Wusstest du, dass Knöchel erheblich langsamer heilen als andere Knochen? Deswegen auch dieser abscheuliche Gips. Diese Mediziner glauben, sie wüssten alles besser. Die Welt wird viel zu sehr von Männern bestimmt. Als ob Frauen nichts mit ihrem Leben anfangen könnten! Aber es ist schwierig, das Richtige herauszufinden. Als ich mich von Nickys Vater trennte, haben alle gedacht, mit mir wäre es vorbei. So ein Quatsch! Ich habe mir in Paris und hier in Kirschbach ein neues Leben aufgebaut. Allerdings kommt es mir jetzt gerade zum ersten Mal in meinem Leben so vor, als wäre ich zu alt, um weiterzumachen. Mein Bein macht mich fast verrückt. Es juckt ununterbrochen, und ich kann mich beim besten Willen nicht kratzen.«

Wieder lachten die beiden Frauen so vertraut miteinander, als wären sie Mutter und Tochter.

»Schneiden Sie ihn doch einfach ab, Madame Adèle.«

»Was abschneiden? Mein Bein?«

»Nein, den Gips.«

»Ach, Mädchen, wie schön, dass du endlich da bist!«

»Wie lange stecken Sie schon in diesem Gips?«

»Drei Monate.«

»Dann ist es Zeit, dass er entfernt wird. Wo finde ich eine Schere?«

Adèle grinste verschmitzt. »In der Küchenschublade.«

Während Joanne mühsam den harten Gips durchsäbelte, fragte sie: »Glauben Sie, Madame Adèle, dass Ihr Sohn noch immer mit dem Leben anderer Leute herumexperimentiert?«

»Ich weiß, dass er es tut.«

»Das hatte ich befürchtet.«

Joanne hatte kaum noch Zeit, sich ihrem Tagebuch zu widmen. Es musste zurückstehen, weil seine Besitzerin viel zu sehr damit beschäftigt war, auf endlosen, einsamen Spaziergängen Pilze zu sammeln oder Blumen zu pflücken, die sie anschließend presste und trocknete.

Madame Adèles Knöchel war zwar noch zu schwach für lange Spaziergänge, heilte aber zusehends. Joanne berichtete Nicholas in Briefen über die Fortschritte seiner Mutter.

Lieber Doktor Wainwright, Ihrer Mutter geht es täglich besser, nachdem ich ihr gerade noch rechtzeitig geraten habe, den einengenden Gips zu entfernen. Meiner Meinung nach wäre es besser gewesen, den Knöchel lediglich fest zu bandagieren und ruhigzustellen. Die Haut unter dem Gips war in einem äußerst schlechten Zustand und wies teilweise offene Stellen auf. Die Kräuterfrau der Zigeuner hat mir glücklicherweise einige heilende Rezepturen verraten, und ich habe die notwendigen Kräuter hier in den Bergen finden können. Gut, dass Sie mich rechtzeitig in die Schweiz geholt haben! Noch ein wenig länger, und der Fuß Ihrer Mutter wäre nicht zu retten gewesen. Herzliche Grüße, Ihre J.-A. Byngham

Einige Wochen später machten Joanne und Madame Adèle einen langen Spaziergang in den Bergen, als Adèle sich plötzlich zu ihrer jungen Gefährtin umdrehte. »Stimmt es, dass du heimlich medizinische Fachbücher liest?«

»Sollte ich das nicht tun?«

»Hör zu, Joanne. Du bist ein intelligentes Mädchen, hast viele Talente und bist an allem Möglichen interessiert. Es wäre eine Schande, wenn du nichts daraus machen würdest. Versprich mir, dass du nicht einfach nur dasitzt und wartest, dass irgendein Mann um deine Hand anhält.«

»Wie meinen Sie das, Madame Adèle?«

»Vergiss endlich diesen Jean-Paul!«

»Um frei für Ihren Sohn zu sein?«

Schweigend starrten die beiden Frauen einander an. Adèle fiel auf, um wie viel reifer Joanne seit dem Tod ihres Vaters geworden war und wie sie sich seit ihrer Zeit in der Camargue weiterentwickelt hatte. Sie brach das Schweigen als Erste.

»Weißt du, Joanne, als Nickys Mutter würde ich mich natürlich darüber freuen. Trotzdem darfst du niemals glauben, dass uns lediglich derart niedrige Beweggründe am Herzen liegen. Wir sind deine Freunde und wollen dich schützen und dir helfen. Wir lieben dich beide und möchten die Familie sein, die du nicht mehr hast. Aber natürlich bist und bleibst du dein eigener Herr. Würdest du meinen Sohn heiraten, ohne ihn zu lieben, wäre das ein Verbrechen. Niemand kann Liebe erzwingen. Irgendwann trifft sie einen, wenn man es am wenigsten erwartet. Wahre Liebe reift, wächst und meistert alle Schwierigkeiten. Oberflächliche Gefühle welken und sterben.«

Joanne dachte nach. Ihre Liebe zu Jean-Paul war nicht erzwungen worden. Sie war eingeschlagen wie ein Blitz, als ihre Augen sich trafen. Sie war in den Wirren der Revolte wie eine schöne Blume in einem Garten aus Freude, Hoffnung und jugendlichem Überschwang zwar zunächst gewachsen, aber als sie das Gießen vergaßen, war sie gewelkt und gestorben.

»*Enchanté, Mademoiselle.*«

Wie hohl der Satz doch heute klang!

Der Sommer ging vorüber, ein neuer Winter kam. Adèle fuhr nicht mehr Ski. Sie wagte es nicht, und ihr Sohn hätte es ihr auch nicht mehr gestattet.

Nicholas kam zu Besuch, konnte aber nicht lange bleiben. Er hatte seine Ausbildung zum Gynäkologen und Geburtshelfer erfolgreich beendet, und Adèle war sehr stolz auf ihn. Joanne trat ihm mit der üblichen Zwiespältigkeit entgegen.

»Gut gemacht, Doktor Wainwright! Ihre Mutter freut sich ungeheuer über Ihre Erfolge.«

Am liebsten wäre er ihr um den Hals gefallen, wie er es mit seiner Mutter getan hatte. Er wünschte sich, nächtelang mit Joanne zu reden, und insgeheim wünschte er sich noch immer, eines Tages sein Leben mit ihr teilen zu dürfen, doch er spürte, dass sie ihn mied und nicht an sich heranließ. Am meisten aber schmerzte ihn die Nachricht, die er ihr zu überbringen hatte.

»Setzen Sie sich bitte, Joanne. Ich muss Ihnen etwas mitteilen.«

»Ich glaube, schlechte Nachrichten nehme ich lieber im Stehen entgegen. Ist etwas mit meiner Tante?«

»Ihrer Tante geht es bestens, und sie lässt Sie schön grüßen.«

»Etwa Jean-Paul?«

»Nein, es geht um Gaston Cabet.«

»Cabet? Aber der ist doch längst tot. Er wurde in der Arena von Arles erschossen.«

»Nein ... also ...« Diese Angelegenheit wird verflixt schwierig werden, dachte Nicholas. »Setzen Sie sich doch bitte, Joanne. Ich kann nicht vernünftig mit Ihnen reden, wenn Sie dauernd im Zimmer herumlaufen.«

»Ich laufe nicht herum. Jetzt sagen Sie schon, was passiert ist.«

»Gaston Cabet hat den Schuss in der Arena in Arles überlebt, Joanne.«

»Aber ich war doch dabei! Er starb in meinen Armen. Ich war über und über mit seinem Blut bedeckt. Seine Schwiegermutter Doña Theresa hat ihn an die Polizei verraten. Alle Leute in der Arena haben zugesehen, wie er starb ...« Sie setzte sich auf die Armlehne eines Sessels. »Wie kommen Sie darauf?«

Nicholas wählte seine Worte so schonend wie möglich. »Gaston Cabet wurde zwar von mehreren Kugeln getroffen und schwer verletzt, aber er starb nicht an diesen Verletzungen, Joanne. Als er so weit genesen war, dass er eine Reise überstehen konnte, wurde er in ein Pariser Gefängnis verlegt und später vor Gericht gestellt.«

»Warum hat mir niemand etwas davon gesagt?« Joanne blickte Madame Adèle vorwurfsvoll an.

»Weil Ihr Allgemeinzustand sehr schlecht war, Joanne.«

»Aber wenn ich gewusst hätte, dass Gaston Cabet noch lebt, hätte ich für ihn gebürgt. Ich muss unbedingt eine Zeugenaussage machen.«

»Das ist nicht mehr nötig.«

»Nicht nötig? Aber sicher ist es nötig! Ich werde aussagen, dass er kein schlechter Mensch ist und mich nur entführt hat, weil seiner Familie Schreckliches angetan wurde. Seine Schwester wurde missbraucht, und er hat sich um mich gekümmert, als ich ...«

Adèle sprang auf und unterbrach Joanne. »Es reicht, Nicky! Joanne verdient es nicht, derart aufgewühlt zu werden.«

»Bitte, Mutter. Sie hat ein Recht darauf, zu erfahren, dass dem Mann, der sie von Jean-Pauls Gut entführt hat, endlich seine gerechte Strafe zuteilgeworden ist.«

»Was meinen Sie mit ›gerechter Strafe‹, Doktor Wainwright?« Joanne wandte ihm ein kreidebleiches Gesicht zu.

»Gestern Morgen wurde Gaston Cabet in die Conciergerie

überführt und kurz vor Mitternacht auf der Guillotine exekutiert.«

Joannes Schrei fuhr Mutter und Sohn durch Mark und Bein. »Mein Gott, warum? Er hat es nicht verdient, wie ein Tier abgeschlachtet zu werden!«, rief sie, ehe sie in Ohnmacht fiel.

»Da siehst du, was du angerichtet hast«, sagte Madame Adèle vorwurfsvoll zu ihrem Sohn, der Joanne aufgefangen hatte.

»Sie wird schon wieder«, beruhigte er sie. »Wenn sie wieder zu sich kommt, solltest du ihr einen Cognac einflößen. Sie musste es erfahren, Mutter.«

Verständnislos blickte Madame Adèle ihren normalerweise so sanftmütigen Sohn an. »Aber warum auf eine derart brutale Weise, Nicky?«

»Das Leben ist nun einmal brutal, Mutter. Du und ich, wir wissen es. Joanne aber muss es erst noch lernen. Sie kann nur stärker werden, wenn sie lernt, ihren Dämonen ins Gesicht zu schauen.«

»Es sei denn, die Dämonen bringen sie um, Nicky.«

Leise betrat Madame Adèle Joannes Schlafzimmer. Die junge Frau lag zusammengerollt mit dem Gesicht zur Wand in ihrem Bett. Ihre schrecklichen Albträume waren zurückgekehrt.

»Er hat es nicht getan«, presste sie zwischen zwei Schluchzern hervor. »Er hat es nicht getan.«

»Was hat er nicht getan, Joanne?«

»Er hat es nicht getan, Madame Adèle. Er hat es nicht getan!«

»Ich weiß, Liebes, ich weiß.« Sie nahm das weinende Mädchen fest in die Arme. »Trotzdem solltest du mir sagen, was er nicht getan hat.«

»Er hat mich nie verführt. Noch nicht einmal, als wir monatelang zusammengelebt haben, hat er mich berührt. Alles war meine Schuld. Ich habe sie beide in Versuchung geführt, wie Eva im Paradies.«

»Pst, ganz ruhig.« Adèle fuhr fort, Joanne tröstend zu streicheln. Sie ärgerte sich über Nickys Vorgehensweise just zu einem Zeitpunkt, als sie Joanne einigermaßen freundlich auf ihn eingestimmt hatte. »Sag mal, wer war eigentlich der Vater deines totgeborenen Kindes?«

»Wissen Sie das wirklich nicht, Madame Adèle?« Joanne blickte ihre mütterliche Freundin aus rot geränderten Augen an und musste wider Willen lächeln.

»Nein, Joanne, ich habe keine Ahnung. Ich bin ehrlich gesagt ein wenig verwirrt. Du erzählst jedem, dass du ein Kind bekommen hast, das bei der Geburt in Südfrankreich gestorben ist. Warum hast du dieses Geheimnis nicht für dich behalten? Es gab nicht den geringsten Beweis dafür. Warum sprichst du offen über einen – entschuldige bitte, wenn ich so deutlich werde – für eine unverheiratete Frau sehr unvorteilhaften und peinlichen Vorfall? Niemand hätte es erfahren müssen. Die Nonnen in Les-Saintes-Maries wussten lediglich, dass du auf dem Gut des Grafen von Villacroix zu Besuch warst und entführt wurdest.«

»Wie kommt es dann, dass Sie informiert wurden, Madame Adèle?«

»Charmaine de Villacroix hat mir geschrieben. Sie hatte einen Brief des Klosters geöffnet, weil sich ihr Sohn, an den das Schreiben adressiert war, mit seinem Regiment in Afrika aufhielt.«

»Deshalb hat er keinen meiner Briefe beantwortet«, murmelte Joanne.

»Es tut mir leid, Joanne.«

»Mir auch, Madame Adèle. Mir auch.«

»Ich verstehe nicht recht.«

»Er ist wieder einmal vor mir davongelaufen. Immer hat er irgendwelche Angelegenheiten vorgeschützt. Müssen wir dieses Gespräch fortsetzen? Ich habe schreckliche Kopf...«

»Joanne, ich weiß nicht, was zwischen dir und diesem Villacroix oder Gaston Cabet vorgefallen ist. Charmaine hat mich gebeten, mich um dich zu kümmern, weil ihr Sohn im Ausland war. Und das habe ich getan. Ich habe dich nach Genf bringen lassen und bin dir nicht von der Seite gewichen. Du hattest hohes Fieber, hast deliriert und wärest um Haaresbreite an einer Blutvergiftung gestorben.«

»Dann verdanke ich Ihnen also mein Leben.«

»Du verdankst mir überhaupt nichts, Joanne. Im Delirium hast du zwar viel geredet, aber ich war nicht sicher, ob du wirklich ein Kind bekommen hattest oder ob alles nur deiner Fantasie entsprang. Ich habe mich kundig gemacht und erfahren, dass es auch Zustände wie Scheinschwangerschaft gibt, vor allem, wenn eine Frau sich sehnlich ein Kind wünscht.«

Joanne lächelte unter Tränen. Natürlich wusste sie genau, bei wem Madame Adèle sich kundig gemacht hatte. »Sie wissen ja wirklich so gut wie alles über mich, Madame Adèle. Daher wundert mich, dass Ihnen nicht klar ist, wer der Vater meines Babys war.«

»Nein, ich weiß es wirklich nicht. War es Cabet?«

»Sie sind der einzige Mensch, der alles über mich herausgefunden hat. Sie kennen meine Herkunft, mein Leben und das Leben meines Vaters. Sie haben es sogar fertiggebracht, mich im tiefsten Südfrankreich ausfindig zu machen. Sicher gibt es einen Grund, weshalb Sie mich so eng an sich und Ihren geliebten Nicky binden wollen, nicht wahr?«

»Es tut mir aufrichtig leid, Joanne, aber ich fürchte, du missverstehst meine Beweggründe.«

»Ach, wirklich? Ich erzähle Ihnen gern die ganze Geschichte, wenn Sie sie ertragen können. Vielleicht sehen Sie mich anschließend nicht mehr als so gute Partie für Ihren wundervollen Sohn. Jedenfalls hat Gaston Cabet bestimmt nicht meinetwegen den Tod auf der Guillotine verdient. Er hat für mich gesorgt und mich beschützt – nicht unbedingt immer wie ein Gentleman, aber das war auch nicht nötig. Der Mann war ein gestandener Realist.«

»Hör zu, Joanne! Cabets Exekution hat nichts mit dir zu tun. Er wurde verurteilt, weil er einer der führenden Köpfe beim Juniaufstand war, weil er als Aufwiegler galt und weil er des Mordes an Barbiret und deinem Vater für schuldig befunden wurde. Glaubst du nicht, dass das genügend Gründe für die Guillotine sind? Der Kerl war ein Verbrecher!«

»Nein, das war er nicht. Ich muss es schließlich wissen. Er war wirklich nicht so schlimm, wie alle annehmen. Seine eigenen Leute haben ihn verraten. Und wenn es Ihnen nichts ausmacht, Madame Adèle, möchte ich jetzt gern allein sein.«

Leise schloss Adèle die Schlafzimmertür hinter sich.

»Glaubst du, sie braucht ein Schlafmittel?«, fragte Nicholas.

»Ich glaube nicht. Ich hoffe, sie beginnt langsam umzudenken.«

In dieser Nacht schlafwandelte Joanne das erste Mal seit vielen Monaten wieder. Sie taumelte aus dem Haus und den ganzen steilen Hang hinunter bis zur Dorfstraße, ehe Madame Adèles Faktotum sie einfangen und nach Hause bringen konnte. Adèle und ihr Hausmädchen steckten sie wieder ins Bett, und Madame Adèle blieb bei ihr, bis sie keine Gefahr mehr für sich selbst und andere war.

Wenige Tage später stieß Joanne in einer von Madame Adèles Zeitschriften auf eine Anzeige.

Junge Frauen protestantischen Glaubens gesucht, die bereit sind, sich in der Diakonie Kaiserswerth, Deutschland, zur Krankenschwester ausbilden zu lassen …

Madame Adèle brauchte keine Gesellschaftsdame mehr. Ohne zu wissen, worauf sie sich einließ, antwortete Joanne auf die Anzeige.

Teil 3

Der Weg in die Freiheit
Krim 1853–1856

Kapitel Neunundzwanzig

Am 30. November 1853 wurden vor der nordtürkischen Hafenstadt Sinope die dort vor Anker liegenden osmanischen Schiffe von der Flotte des Russischen Reiches vernichtet. Die *Times* berichtete über den Zwischenfall mit allen grausigen Details. Sechzehn Schiffe wurden versenkt; dreitausend türkische Seeleute starben in den brennenden Wracks. Diejenigen, die dem Inferno entkommen konnten, wurden von den Russen mit Kartätschen und Büchsen beschossen, um sie am Erreichen der rettenden Küste zu hindern.

Das Massaker von Sinope rief sowohl in der französischen als auch in der britischen Presse Proteststürme hervor. Dies wiederum bewog den französischen Kaiser Napoleon III., der sich nach nur dreijähriger Dauer der Zweiten Republik an die Macht geputscht hatte, die britische Regierung um Unterstützung zu bitten und gemeinsam Zar Nikolaus I. ein Ultimatum zu stellen: Sollte er nicht umgehend seine Flotte an ihren Stützpunkt Sewastopol zurückbeordern, würde jede weitere Aggression gegenüber der Türkei mit Waffengewalt beantwortet.

Russland ignorierte das Ultimatum und besetzte die Dobrudscha.

Am 28. März 1854 erklärten Frankreich und England Russland den Krieg.

Joanne hatte eine fast dreijährige Ausbildung in der Diakonie Kaiserswerth absolviert, wo sie nicht nur umfassend in der Krankenpflege ausgebildet wurde, sondern auch fließend Deutsch lernte.

Eines Morgens wurde sie zur Vorsteherin gerufen. Zögernd und ihr Gewissen erforschend klopfte sie an die massive Eichentür.

»Herein!« Ein letztes Mal strich Joanne ihre gestärkte Uniform glatt, ehe sie mit zitternden Händen den Raum betrat.

Das kühle weiße Gesicht und die grauen Augen unter dem gestärkten Häubchen hatten bereits Generationen von Schwesternschülerinnen Furcht eingeflößt. Die deutsche Vorsteherin war keine Frau vieler Worte. Sie kam sofort auf den Punkt.

»Schwester Byngham, Großbritannien und Frankreich haben Russland wegen der Ereignisse in Sinope den Krieg erklärt. Eine unserer früheren Schwesternschülerinnen, eine gewisse Miss Florence Nightingale, hat mir aus London geschrieben. Sie braucht einwandfrei ausgebildete Schwestern aus gutem Haus, die bereit sind, auf der Krim zu arbeiten. Es geht also um wirklich gediegene Arbeit. Wichtig ist ihr, dass die jungen Frauen Französisch, Russisch, Griechisch oder Türkisch sprechen, und natürlich Englisch. Nach Deutsch wurde in diesem Fall nicht gefragt. Wie dem auch sei, die Stellenbeschreibung klingt wie für Sie gemacht. Ich biete Ihnen daher eine Unterbrechung Ihrer weiteren Ausbildung an. Nach dem Krieg können Sie zurückkehren und Ihre Ausbildung vervollständigen. Sie haben die Wahl. Um die Reiseformalitäten kümmern wir uns. Miss Nightingale sucht achtunddreißig Schwestern. Geeignete Kandidatinnen werden in London ein Einstellungsgespräch führen und, sofern sie ausgewählt werden, auf die Krim reisen. Sollten Sie nicht ausgewählt werden, können Sie nach Kaiserswerth zurückkommen und weiterstudieren. Ich möchte von Ihnen wissen, ob Sie interessiert sind. Falls nicht, kehren Sie bitte zu Ihren Aufgaben zurück.«

Obwohl Joanne keine Zeit zum Nachdenken gelassen wurde, sagte sie das Erste, was ihre impulsive Natur ihr eingab: »Ja gern.«

»Ja, Sie möchten nach London fahren, oder ja, Sie möchten hierbleiben?«

»Ich möchte gern an der Auswahl teilnehmen, Frau Vorsteherin.«

»Sehr schön. Hiermit entbinde ich Sie von Ihren Pflichten. Sobald ich Weiteres erfahre, setze ich Sie in Kenntnis. Packen Sie, und halten Sie sich bereit. Gleich morgen früh reisen Sie nach Antwerpen. Von dort aus geht es mit dem Schiff nach Dover und dann weiter nach London. Ich warne Sie: Die Reise wird lang und anstrengend. Noch länger und anstrengender allerdings dürfte die Fahrt auf die Krim werden.«

»Jawohl, Frau Vorsteherin.«

»Und noch etwas, Schwester Byngham.«

»Ja, Frau Vorsteherin?«

»Ich halte Sie für eine sehr mutige Frau.«

»Vielen Dank.«

Erst im frühen Morgenlicht des folgenden Tages, als Joanne mit zwei weiteren Schwestern in einer Kutsche auf dem Weg zur belgischen Küste saß, begann sie darüber nachzudenken, auf was sie sich da so schnell eingelassen hatte.

Joanne hatte sich entschieden, während ihres Aufenthalts in London im Stadthaus der Bynghams abzusteigen und nicht in einem Hotel zu wohnen. Zwar zeigten sich die Bediensteten alles andere als erfreut über die plötzliche Mehrarbeit, doch das kümmerte Joanne nicht.

In London angekommen stellte sie sich in Florence Nightingales Büro vor, wurde jedoch informiert, dass Miss Nightingale bereits auf die Krim abgereist war. Die Rekrutierung geeigneter Krankenschwestern wurde von ihrer Beauftragten, einer gewissen Mrs Elizabeth Herbert, im Kriegsministerium weitergeführt. Und so machte sich Joanne mit ihrem Empfehlungsschreiben aus Kaiserswerth auf den Weg zum Kriegsministerium.

Geduldig wartete sie in einem kleinen, schäbigen Aufenthaltsraum, dessen Spitzengardinen auch noch den letzten Rest Sonne aussperrten und der sie an das Haus ihrer Tante Hester in Cheltenham erinnerte. Während der letzten beiden Jahre hatte sie fast vergessen, wie es sich anfühlte, in einer Stadt zu leben. Sie war in einem ausschließlich von Frauen geführten Institut mehr oder weniger eingesperrt gewesen, wo das Leben durch das Läuten einer Glocke geregelt wurde und wo sie allen Mut zusammennehmen musste, um über den Verlust ihres Vaters, den Treuebruch eines nicht offiziell Verlobten und ihre merkwürdige Beziehung zu einer Zigeunerfamilie hinwegzukommen – Schicksalsschläge, deren tatsächliche Auswirkungen auf ihre Existenz nur Adèle Wainwright zu ermessen wusste.

Einige Vorstellungsgespräche verliefen ausgesprochen kurz. Kaum hatte die entsprechende Dame den Fuß über die Schwelle gesetzt, als sie auch schon wieder herauskam. Joanne vertrieb sich die Zeit damit, im Voraus zu erraten, wer angenommen würde und wer nicht.

Es war eine bunt gemischte Truppe, die vor der Anmeldung wartete. Einige Damen wären viel zu alt für die Aufgabe, andere wiederum sahen aus wie halbe Kinder. Joanne sah schlecht gekleidete Prostituierte, Frauen, die eindeutig betrunken waren, säuerliche alte Jungfern und Kandidatinnen, die dem Krankenschwesternberuf sicher keine Ehre gemacht hätten. Die einzig vertretbaren Anwärterinnen auf den Job waren die ordentlich gekleideten, ausgebildeten Krankenschwestern aus den Londoner Krankenhäusern oder konfessionell gebundenen Orden wie sie selbst.

Joanne war stolz darauf, dass sie sich nach ihren Schicksalsschlägen wieder gefangen und ein neues Leben begonnen hatte. Sie war nie mehr wirklich von Herzen glücklich gewesen, konnte sich aber zugutehalten, dass sie einer nützlichen Tätigkeit nachging, die ihr eine gewisse innere Befriedigung verschaffte.

Neben Joanne saß eine dicke, schwarze, lebhaft bunt gekleidete Frau mit einer rot bebänderten Haube, die ohne Punkt und Komma auf ihre Nachbarin einredete.

Während der gemeinsamen Wartezeit erfuhr Joanne nicht nur, dass die umfangreiche Dame aus Jamaika stammte und Mrs Seacole hieß, sondern wurde auch darüber unterrichtet, dass Mrs Seacole in ihrem Land als Heilkundige arbeitete, sich hervorragend in der Behandlung tropischer Krankheiten auskannte und dass ihre Familie viele Jahre lang das zweitbeste Hotel von Kingston Town bewirtschaftet hatte.

Joanne fiel auf, dass man Mrs Seacole, die Ende vierzig oder Anfang fünfzig sein mochte, länger warten ließ als die anderen Kandidatinnen. Viele Frauen, die später gekommen waren – unter anderem auch Joanne selbst –, wurden früher eingelassen, während Mrs Seacole wartete und wartete.

Als Joanne aufgerufen wurde, konnte sie ihre aufsteigende Beklommenheit dank der gediegenen Ausbildung in Kaiserswerth gut verbergen. Sie hatte gelernt, dass eine Krankenschwester niemals Gefühlsregungen zeigen darf, immer ruhig bleiben muss und niemals rennen sollte, es sei denn, ein Feuer bräche aus oder ein Patient hätte schwere Blutungen.

Mrs Herbert schien eine praktische, sehr offene Frau zu sein, die den am Tisch sitzenden Herren durchaus klarzumachen verstand, was Miss Nightingale wünschte. Der horrende Blutzoll, den der Krimkrieg bislang gefordert hatte, verlangte nach einem gut eingespielten, unparteiischen Team hoch qualifizierter Frauen.

Die durchweg nicht mehr jungen und recht verbohrten Herren von der Armee waren der Meinung, dass Frauen auf dem Schlachtfeld nichts zu suchen hatten, und äußerten ihren Unmut nun zum wiederholten Male, als Joanne eintrat. Die einzigen Frauen, die Männern in den Krieg folgten, waren ihrer Meinung nach Marketenderinnen und Prostituierte; ansonsten hielt man den Krieg für eine reine Männerdomäne.

Mrs Herbert jedoch rückte ihnen den Kopf freundlich, aber bestimmt zurecht.

»Aber natürlich, Herr General. Wir Frauen verstehen sehr wohl, dass hier Männer anderen Männern geradezu Unmenschliches antun. Miss Nightingale aber möchte etwas dagegen tun und ist deshalb bereits aufgebrochen. Einige handverlesene Krankenschwestern werden ihr so bald wie möglich folgen ... Wie heißen Sie, Schwester?«

»Mein Name ist Josephine-Anne Byngham, Mrs Herbert.«

»Sind Sie alleinstehend, verheiratet oder verwitwet?«

»Alleinstehend.«

»Ich hoffe, Ihre Anreise von Kaiserswerth war nicht zu anstrengend.«

Die alten Männer, die mit Mrs Herbert am Tisch saßen, glotzten Joanne an.

»Nicht der Rede wert, Mrs Herbert. Ich bin lange Reisen gewohnt.«

Die alten Männer klatschten in die Hände. »Perfekt!«, rief ein grauhaariger Soldat. »Nehmen Sie sie, Mrs Herbert. Sie ist eine Augenweide.«

Mrs Herbert ignorierte ihn. »Gut. Sie wissen ja sicher, dass die Reise ans Schwarze Meer ziemlich lange dauern wird. Außerdem haben Sie ein Empfehlungsschreiben aus Kaiserswerth, und Miss Nightingale nimmt jede Krankenschwester, die uns von dort empfohlen wird.«

Als Joanne den Raum verließ, sprach Mrs Seacole sie von ihrem Platz im Wartezimmer an. »Sind Sie dabei oder nicht?«, erkundigte sie sich eifrig.

»Ich bin dabei«, lächelte Joanne.

»Das wundert mich überhaupt nicht«, strahlte die Jamaikanerin, die sich neidlos für Joanne freute. »Schließlich haben Sie und Miss Nightingale die Ausbildung bei der gleichen Institution absolviert.«

Joanne war erleichtert. Während sie darüber nachdachte, ob sie noch ein wenig durch die Stadt spazieren solle, wurde Mrs Seacole als Letzte zur Vorstellung aufgerufen. Joanne beschloss, auf die freundliche Schwarze zu warten.

Das Gespräch war von sehr kurzer Dauer.

»Sind Sie dabei oder nicht?«

»Nicht dabei, Schätzchen! Absolut nicht dabei. Mein Gesicht hat denen da drinnen nicht gepasst, ganz zu schweigen von der Hautfarbe. Und dabei bin ich doch höchstens braun, nicht etwa schwarz. Aber ehrlich gesagt habe ich auch nie wirklich damit gerechnet, angenommen zu werden.«

Mrs Seacole schien sich tatsächlich nicht daran zu stören, dass sie den ganzen Tag umsonst gewartet hatte, um schließlich doch ausgemustert zu werden.

»Mrs Herbert war sehr nett und hat mir angeboten, sich für mich bei Miss Nightingale zu verwenden, falls ich wirklich auf die Krim will. Für heute allerdings sei das Kontingent erschöpft. Aber ich weiß schon, was ich mache. Immerhin bin ich eine erfahrene Heilerin und werde mit allen Widrigkeiten fertig.«

Joanne war erstaunt. »Hätten Sie Lust, eine Tasse Tee mit mir zu trinken, Mrs Seacole? Sie könnten mir von Ihren Plänen erzählen.«

»Sind Sie sicher, dass es Ihnen nichts ausmacht, mit einer Farbigen gesehen zu werden, Schwester Byngham?«

Mrs Seacole mochte so erfahren sein, wie sie wollte: Der wahre Grund, warum sie nicht als Krankenschwester auf der Krim zugelassen wurde, lag an ihrer Hautfarbe. Farbige und schwarze Frauen genossen nun einmal kein Ansehen, erklärte Mrs Seacole, ohne auch nur im Mindesten bitter oder resigniert zu klingen. Sie akzeptierte ihr Schicksal, wie es gerade kam.

»Wissen Sie, ich werde auf jeden Fall auf die Krim fahren, und zwar mit meinem Geschäftspartner Mr Day. Er war schon mein Partner, als wir während des Goldrauschs in Panama ein kleines Hotel und einen Gemischtwarenladen für die Goldsucher unterhielten«, erzählte Mrs Seacole, während sie sich Kuchen und unzählige Tassen Tee zu Gemüte führte. »Köstlich«, meinte sie. »Den englischen Kaffee mag ich nicht, aber der Tee hier ist unvergleichlich, Schwester Byngham.«

»Joanne, wenn ich bitten darf.«

»Dann müssen Sie aber auch Mary zu mir sagen.«

Joanne fand Mary richtig sympathisch. Die Jamaikanerin berichtete von ihrer Zugehörigkeit zur kreolischen Rasse und von einer jüngeren Schwester namens Louisa Grant, die sich während ihrer Abwesenheit um das Hotel Blundell Hall Nummer zwei kümmerte.

»Wieso Nummer 2?«, unterbrach Joanne.

»Weil das erste Haus abgebrannt ist, Schätzchen.«

»Wie dumm von mir. Es gibt auch ein Byngham-Haus Nummer 2 in Irland. Nummer 1 steht hier in London.«

»Sehr vernünftig. Ich glaube, Kingston Town würde Ihnen gefallen. Die Stadt ist sehr englisch. Lord Nelson war einige Zeit da, allerdings litt er unter schwerem Fieber.«

»Haben Sie ihn gepflegt?«

»Eher nicht. Lord Nelson war vor meiner Zeit. Vielleicht haben sich meine Vorfahren um ihn gekümmert.«

»Tut mir leid. Ehrlich gesagt finde ich es auch schade, dass Sie nicht mit auf die Krim reisen.«

»Ach was, so ist es nun einmal. Viele britische Seeleute machen in der Karibik Station. Früher waren es Landbesitzer, die Plantagen besaßen und afrikanische Sklaven ins Land brachten, um Zuckerrohr, Kaffee oder Tabak zu kultivieren. Auf den Plantagen arbeiteten schwarze Frauen, die in jeder Hinsicht Unterlegene ihrer weißen Herren waren, bis vor ungefähr fünfzig Jahren die Sklaverei abgeschafft wurde.«

»Wie skandalös!«, entrüstete sich Joanne.

»Wussten Sie das etwa nicht?«

»Nein, darüber wurde nie geredet. Das erste Mal, dass ich je etwas über Sklavenhandel erfuhr, war in Frankreich.«

»Die Franzosen haben es am allerschlimmsten getrieben, Schätzchen. Aber auch die Briten waren keine Unschuldslämmer. Viele schwarze Frauen hatten mehrere Kinder von verschiedenen Grundbesitzern, die natürlich immer weiße Europäer waren. Auf den Inseln machte es schließlich keinen großen Unterschied mehr. Die weißen Väter waren verpflichtet, sich um ihre Mischlingskinder zu kümmern und ihnen eine gewisse Bildung zu ermöglichen, die schwarzen Mütter hatten keinerlei Rechte.«

»Wie schrecklich!«

»Für manche war es sicher schrecklich; ich selbst habe es nie so empfunden, obwohl ich auch Kreolin bin. Ich habe gutes schottisches Blut in mir. Mein Vater war schottischer Soldat im 60. Infanterieregiment. Er war zunächst Hauptmann, später dann Major und hieß James Grant. Er lernte meine Mutter 1802 kennen. Drei Jahre später wurde ich geboren – zwei Jahre vor Abschaffung der Sklaverei.«

»Trete ich Ihnen zu nah, wenn ich wissen möchte, warum Sie Seacole heißen? Ihre restliche Familie führt doch den Namen Grant.«

»Weil die hier anwesende Mary Jane Grant am 10. November 1836 einen guten und aufrechten Mann namens Edwin Horatio Hamilton Seacole geheiratet hat. Es war eine sehr ungewöhnliche Ehe mit einem sehr ungewöhnlichen Menschen. Normalerweise heiraten weiße Männer keine farbigen Frauen, Joanne. Aber mein verstorbener Mann war ein ganz besonderer Mensch. Wie sollte es auch anders sein? Schließlich war der Held von Trafalgar, Lord Horatio Nelson, sein Taufpate.«

»Entschuldigen Sie, Mary. Ich wollte wirklich nicht ...«

»Ich weiß, Schätzchen, ich weiß. Aber ich übertreibe wirklich nicht. Edwin Seacole war so außergewöhnlich, dass es kaum zu glauben ist. Wie schon gesagt, er war ein Mann, der seinesgleichen suchen musste. Er ist jetzt schon zehn Jahre tot, und ich bin immer noch nicht darüber hinweg, Schwester Byngham.«

Joanne wusste nicht, was sie sagen sollte. »Ich habe ebenfalls einen geliebten Menschen verloren«, murmelte sie. »Genau genommen sogar mehrere. Und ich bin auch noch nicht darüber hinweg, Mary.«

Mary Seacole legte eine mitfühlende und sehr tröstliche Hand auf Joannes Schulter. Ihre Mütterlichkeit war genau das, was Joanne brauchte.

»Dann haben wir ja etwas gemeinsam, Schätzchen. Ich habe

es schon in Ihren Augen erkannt. Wenn Sie reden möchten, dürfen Sie das jederzeit tun. Sie wissen ja, wenn Sie Ihre Sorgen mit jemandem teilen, der das Gleiche durchgemacht hat, halbieren Sie Ihren Schmerz.«

Gebannt sah Joanne zu, wie Mary Jane Seacole ihr sechstes Teilchen verspeiste.

»Mary«, sagte sie nach einer Weile zögernd, »wie wollen Sie denn ohne die Unterstützung der britischen Regierung auf die Krim kommen?«

»Oh, zunächst werde ich das Londoner Büro meines guten Freundes und Geschäftspartners Mr Day aufsuchen. Im Anschluss besuche ich jeden, den ich hier in London kenne – einschließlich meiner Freunde im Kriegsministerium. Die gute alte Mutter Seacole hat in Kingston viele Soldaten gesundgepflegt, die heute hohe Posten innehaben und mir noch den einen oder anderen Gefallen schuldig sind. Ich habe genügend Mittel und bin längst nicht so pleite, wie meine Leute zu Hause glauben. Anschließend buche ich eine Schiffspassage auf die Krim und nehme meine Kisten mit Leckereien mit.«

»Leckereien?«, fragte Joanne verwundert.

»Na, eben alles, was gut ist. Chutneys, Konfitüren, Konserven, Patés – Dinge, die sich fast endlos halten. Außerdem natürlich die Kräuter, Pulver und Tinkturen, mit denen ich im Rahmen meiner Möglichkeiten Menschenleben retten kann. Ich habe alles, was ein kranker, müder, verängstigter oder sterbender Mann braucht, ehe er seinem Schöpfer gegenübertritt. Zum Beispiel auch die sanfte Stimme und Berührung einer Frau.«

»Darf ich mit Ihnen gehen?«

Mrs Seacole war so verblüfft, dass sie das Kauen vergaß. Sie starrte Joanne an.

»Ich kann meine Schiffspassage selbst bezahlen«, sagte

Joanne schüchtern. »Ich bin nicht arm. Aber das, was Sie vorschlagen, klingt in meinen Ohren viel realistischer als der Plan von Miss Nightingale. Sie haben langjährige Erfahrungen in der Pflege kranker Soldaten und Seeleute gesammelt und kennen sich mit Tropenkrankheiten aus, von denen wir noch nie gehört haben. Ich persönlich würde viel lieber mit Ihnen gehen als mit Mrs Herbert und den anderen Krankenschwestern. Zwei von ihnen stammen übrigens ebenfalls aus Kaiserswerth, wie ich. Leider kenne ich sie kaum. Sie sind deutlich älter als ich und bereits fertig ausgebildete Schwestern. Ich wurde weniger wegen meiner fachlichen Qualifikation als vielmehr deswegen ausgesucht, weil ich mehrere Sprachen spreche. Eigentlich fahre ich unter falschen Voraussetzungen auf die Krim, nämlich eher als Übersetzerin denn als Krankenschwester.«

Mrs Seacole leerte zum wiederholten Male ihre Tasse und drohte Joanne scherzhaft mit ihrem hellbraunen Zeigefinger. »Nein, nein, nein! Joanne, Schätzchen, es tut mir unendlich leid, aber Miss Nightingale ist eine durch und durch bewundernswerte Frau. Sie tritt mit einer unendlichen Energie und viel Begeisterung für ihre Projekte ein. Für sie ist es gut, dass sie nicht weiß, worauf sie sich einlässt, denn sie wird nichts gewinnen. Aber ich kann es mir nicht leisten, die Babysitterin zu spielen – wie alt sind Sie überhaupt? Dem Alter nach könnte ich vermutlich Ihre Großmutter sein, also gestatten Sie mir diese Frage?«

»Vierundzwanzig.«

»Na ja, dann sind Sie ja gar nicht mehr so jung. Trotzdem bleibt es bei meinem Nein. Es tut mir leid, Schwester Byngham, aber Sie würden mich nur aufhalten. Gehen Sie lieber mit Mrs Herbert und den Krankenschwestern, anstatt mir zur Last zu fallen. Sollten wir uns irgendwann auf den Schlachtfeldern im Osten wiedersehen, so ist es Gottes Wille.« Sie war sich der Wirkung ihrer Worte durchaus bewusst, sah aber keine Möglichkeit, ihre Entscheidung zu ändern. »Ich muss jetzt gehen. Ich bin sehr stolz, Sie kennengelernt zu haben, junge Dame.« Sie hielt Joanne die Hand hin.

Joanne ignorierte die Hand. Sie wäre dieser warmherzigen Frau trotz der Absage viel lieber um den Hals gefallen, traute sich jedoch nicht, den ersten Schritt zu tun. Mary hingegen missverstand ihre Geste, die sie als kühlen, aber höflichen Rückzug einer weißen Frau interpretierte. Die beiden Frauen standen einander gegenüber.

»Wo sind Sie untergebracht, Mary?«, erkundigte sich Joanne schließlich.

»Bei meiner Verwandtschaft. Ich bin nicht zum ersten Mal in London.«

»Auf Wiedersehen, Mary. Passen Sie gut auf sich auf. Es war ein Genuss, Sie kennenzulernen. Schade, dass Sie nicht mit uns fahren.«

»Mit Miss Nightingales Engelsbrigade?« Mary kicherte, dass ihr Bauch wackelte. »Ich bin gewohnt, auf mich selbst aufzupassen, Schätzchen. Aber können Sie es auch? Ich kenne mich mit den Schlechtigkeiten der Welt aus. Wenn Ihnen die Arbeit mit den Verwundeten zu hart oder zu viel wird oder wenn Sie nicht mehr weiterwissen, dann kommen Sie einfach zu mir, Schwester Joanne Byngham. Und sollten wir uns jemals wiedersehen, dann umarme ich Sie so fest, wie Sie Ihr ganzes Leben noch nie umarmt worden sind.«

Kapitel Dreißig

Während Joanne in Kaiserswerth in die Geheimnisse der Krankenpflege eingeweiht wurde, beendete Nicholas Wainwright seine Facharztausbildung zum Gynäkologen und Geburtshelfer, um sich gleich im Anschluss der Orthopädie zu widmen. In dieser Situation erreichte ihn der Aufruf, sich der Sanitätstruppe der britischen Armee anzuschließen. Sofort meldete er sich freiwillig und reiste mit der englischen Flotte nach Varna an der Westküste des Schwarzen Meeres.

Das Krankenhaus von Varna bestand aus einer Ansammlung von Armeebaracken, die alt, schmutzig und hoffnungslos schlecht ausgestattet waren. Sollte es eines Tages notwendig werden, die vorhandenen Mittel tatsächlich einzusetzen, dann wären – so befürchtete Nicholas – die britischen Streitkräfte nicht in der Lage, ihre Verwundeten ausreichend zu behandeln.

Dennoch war er dankbar für jeden kleinen Lichtblick. Das Schlimmste, mit dem Nicholas' Team bisher fertig werden musste, waren Parasiten, Hitzschläge, Hautausschläge und Trunkenheit aufgrund von Langeweile. Britische Armeezelte, die man von überall sehen konnte, wuchsen wie Pilze aus der hügeligen Landschaft rings um Varna. Die Temperaturen überstiegen dreißig Grad.

»Das ist heute schon die elfte«, prahlte der Sanitätsgefreite Waghorn, hielt eine fette Ratte am Schwanz hoch und ließ sie vor der Nase eines Kollegen baumeln.

Die ständigen Vorträge von Stabsarzt Wainwright über die Massenvernichtung von Ratten als Vorbeugung gegen alle möglichen Krankheiten hatten bei den Sanitätsgefreiten für große Heiterkeit gesorgt. Glaubte der Mann etwa mehr zu wissen als alle anderen?

Ratten übertrugen die Pest, hatte Nicholas ihnen gepredigt, und wenn sie diese Krankheit verbreiten konnten, dann galt das Gleiche auch für andere tödliche Krankheiten.

»Noch ein paar von den Pestviechern«, grinste Waghorn und fuhr fort, die Ratte am Schwanz pendeln zu lassen, »und ich wette, die Bulgaren fangen an, sie zu Eintopf zu verarbeiten.«

»Wer sagt denn, dass sie es nicht schon längst tun?«, frotzelte einer der Rattenfänger.

»Pfui Teufel!« Einer der Sanitätsgefreiten warf den Sack mit den toten Ratten nach seinem Kollegen.

»Achtung, er kommt!«, raunte dieser. Die fünf Männer gaben vor, aufmerksam zu suchen, während Waghorn gerade noch Zeit hatte, seinen Fang in den Sack zu entsorgen.

»Verbrennen Sie die Kadaver und waschen Sie sich anschließend gründlich die Hände!«, ordnete Nicholas Wainwright an.

»Aber womit, Sir? Wasser ist kostbar.«

»Dann nutzen Sie eben Ihre Alkoholration, Waghorn. Alkohol vernichtet jeden Keim.«

»Aber das wäre ein Sakrileg, Sir. Das Zeug ist zum Trinken da und nicht, um unsere verdammten Hände damit zu waschen – entschuldigen Sie, Sir.«

»Sie waschen sich jetzt die Hände, und zwar ein bisschen plötzlich! Kochen Sie Meerwasser ab! Tun Sie es einfach. Sie haben doch sicher keine Lust, morgen selbst auf der Nase zu liegen, oder?«

»Ehrlich gesagt ist mir der Zusammenhang nicht ganz klar, Sir.« Waghorn ließ nicht locker.

»Wieso sollten wir selbst auf der Nase liegen?«, hakte der Sanitätsgefreite Thomas nach.

»Warum wollen Sie mir nicht glauben? Während meiner Ausbildung in Frankreich hatte ich einen Professor …«

»Nicht schon wieder dieser Sauberkeitsfanatiker!« Die Sanitätertruppe stöhnte unisono auf.

»Und doch hat der Mann recht!«, trumpfte Nicholas auf, ehe er sich an Korporal Lewis wandte, seinen Adjutanten, der sich bisher zurückgehalten hatte: »Konnten Sie uns ein Boot besorgen, Lewis?«

»Jawohl, Sir.«

»Sehr gut.«

»Die Bulgaren sind sehr entgegenkommend, Sir. Wir können über das Boot verfügen, sobald wir es brauchen.«

Nicholas verbrachte gute drei Stunden auf dem Wasser. Die magere Ausbeute seines Fischzugs bestand aus gerade einmal zwei Rochen, die er trübselig musterte.

»Es ist zu heiß zum Fischen, Sir.«

»Ich fürchte, Sie haben recht.«

»Herrje, ich freue mich unglaublich auf einen schönen gebratenen Fisch mit einem ordentlichen Klacks Kartoffelbrei oder Bratkartoffeln. So, wie Charles Dickens es in *Oliver Twist* beschreibt.«

»Sie sind ja richtig belesen, Lewis.«

»Wissen Sie, ich verfolge die Fortsetzungen in den Zeitschriften. Mir gefällt es.«

»Mir auch.«

»Am schönsten fand ich die Stelle, als sich herausstellt, dass der böse Monks Olivers Halbbruder und hinter dem Erbe des Vaters her ist. Wenn ich an die Beschreibung der Backfischhalle denke, läuft mir das Wasser im Mund zusammen, Sir.«

»Ich liebe es, wenn der Fisch in Zeitungspapier eingewickelt wird.«

»Entschuldigen Sie, aber ich hätte nie geglaubt, dass auch Sie Backfisch aus der Zeitung mögen. Ich hätte Sie eher für einen Menschen gehalten, der grundsätzlich von Tellern isst.«

»Sie würden sich wundern, wenn Sie wüssten, was ich schon alles von den unterschiedlichsten Unterlagen gegessen habe.«

»Und ich habe gedacht, Sie machen sich über mich lustig. Aber schlimmer als Rattenfleisch, das die Bulgaren uns als Hühnchen anzudrehen versuchen, kann es sicher nicht gewesen sein, oder?«

»Ich habe zum Beispiel Schnecken gegessen, Lewis. Und Froschschenkel.«

»Jetzt machen Sie sich aber doch über mich lustig.«

»Absolut nicht. Ich habe Schnecken in Knoblauchsoße gegessen, in Knoblauch eingelegte Froschschenkel und Singvögel, ebenfalls mit Knoblauch.«

»Was ist Knoblauch, Sir?«

»Ein sehr starkes Gewürz – ein bisschen wie eine Zwiebel, nur viel kräftiger. Wenn Sie Knoblauch gegessen haben, riecht Ihr Atem noch stundenlang danach. Ihre Freundin würde sich nie und nimmer von Ihnen küssen lassen.«

»Himmel, wo haben Sie denn dieses schreckliche Zeug gegessen?«

»In Frankreich.«

»Blöde Frage. Die Franzosen essen schließlich alles. Sogar Pferde. Sie werden in diesem Krieg sicher keinen Hunger leiden.« Lewis begann, auf die Küste zuzurudern. »Meiner Ansicht nach haben die Franzosen uns einen Riesengefallen getan, diesen Krieg mit den Russen anzufangen. Ich habe noch nie im Leben so tolle Ferien gehabt. Da, wo ich herkomme, gibt es nur Kohlebergwerke. Wir leben in ständiger Finsternis. Ich glaube, wenn man blind geboren wird, könnte es auch nicht schlimmer sein. Jedenfalls bin ich mit zwölf von zu Hause abgehauen und habe auf einem Schiff angeheuert, weil ich nicht so leben wollte wie mein Vater und mein Bruder. Nachdem ich mich aber ständig übergeben musste, dachte ich, dass die Seefahrt vielleicht doch nichts für mich ist, und bin zur Armee gegangen. Mit sechzehn trat ich in das Musikkorps ein und habe es nie bereut. Bei Bedarf mache ich entweder Musik, oder ich pflege Kranke, ganz, wie es gerade gebraucht wird. Ich finde es gut, so wie es ist. Blut zu sehen macht mir nichts aus. Aber das, was wir jetzt hier in Varna haben, ist wirklich das Sahnehäubchen auf dem Kuchen meines Lebens. Die Bulgarinnen sind nicht zimperlich, und wir werden für das alles auch noch bezahlt.«

»In der Tat«, sagte Nicholas, der seinem walisischen Adjutanten nur oberflächlich zuhörte. Mit den Gedanken war er in einer teuer eingerichteten Wohnung in Paris, zusammen mit einem bildhübschen Mädchen. Beide beugten sich über ihren kranken Vater. Er setzte sein gesamtes ärztliches Wissen ein, den Mann am Leben zu erhalten, während sie nur Augen für einen französischen Grafen namens Jean-Paul St-Clair de Villacroix hatte. Nicholas fragte sich, wo Joanne jetzt sein mochte. Er vermutete sie nach wie vor in Kaiserswerth, wo sie ihre Ausbildung zur Krankenschwester machte.

Er hoffte und betete, dass sie zur Vernunft käme, ehe es zu spät war. Wann würde sie endlich der Tatsache ins Auge sehen, dass der Graf, so reich und glamourös er ihr auch erscheinen mochte, nicht der Richtige für sie war? Jean-Paul de Villacroix würde Joanne bezüglich seines Privatlebens eine Menge zu erklären haben ...

Plötzlich rammte das Boot einen schwimmenden Gegenstand. Der Schlag riss Nicholas aus seiner Träumerei.

»Das war ein verdammt großer Hai, Sir«, sagte Lewis und bemühte sich, das Boot ruhig zu halten.

»Das kann kein Hai sein. Nicht hier im Schwarzen Meer. Geben Sie mir ein Tau, oder lieber doch nicht. Rudern Sie ein bisschen näher heran. Vielleicht kann ich das Ding so packen.«

»Passen Sie bloß auf Ihre Hände auf, Sir. Schließlich sind Sie Chirurg.«

»Das ist kein verdammter Hai, das ist ein Toter. Helfen Sie mir, ihn ins Boot zu hieven.«

Kurz darauf bestätigten sich Nicholas' schlimmste Befürchtungen. Er schrubbte sich die Hände mit Alkaliseife, bis sie fast bluteten.

Die Leiche des türkischen Soldaten hatte schon lange im Wasser gelegen. Was aber noch viel beunruhigender war: Er war an der Cholera gestorben. Mit einem Mal erschien die Aussicht auf eine Fischmahlzeit alles andere als appetitlich.

Eine Woche später kamen bedrohliche Nachrichten aus dem französischen Feldlager. In der Truppe wütete die Cholera. Drei Tage später stand Nicholas hilflos vor dem schwärzlich angelaufenen, dehydrierten Leichnam seines persönlichen Adjutanten Lewis.

»Verbrennen Sie ihn«, befahl er dem Sanitätsgefreiten Waghorn.

»Entschuldigung?«

»Verbrennen Sie ihn«, wiederholte Nicholas.

»Unmöglich, Sir«, erwiderte Waghorn. »Wir können ihn beerdigen, aber nicht verbrennen. Die Armee gestattet ein solches Vorgehen ausschließlich bei Anhängern des hinduistischen Glaubens.«

»Scheiß auf die Armee, Waghorn. Verbrennen Sie diese Leiche, wenn Sie nicht selbst morgen so aussehen wollen wie er.«

Die folgenden Monate prägten sich für immer als entsetzlicher Albtraum in Nicholas' Gedächtnis. Als die Cholera zuschlug, verloren sie gleich in der ersten Nacht zehn Männer.

Die Zahl der Toten stieg täglich. An der Cholera starben mehr Männer als auf dem Schlachtfeld. Jeden Morgen fürchtete Nicholas, noch mehr junge Soldaten mit den ersten Anzeichen der schrecklichen Krankheit behandeln zu müssen, wenn sie mit Durchfall, Magenkrämpfen, Austrocknungserscheinungen, Schwächeanfällen und Erbrechen zu ihm kamen; er wusste, dass sie nur durch den Tod erlöst werden würden.

Aus den Außenlagern wurden Rekruten mit Wagen ins Krankenhaus gebracht, wo sie in ihren eigenen Exkrementen auf bereits vom Vorgänger besudelten Matratzen lagen. Das medizinische Personal starb Seite an Seite mit Soldaten, die nicht einen einzigen Schuss auf dem Schlachtfeld abgefeuert hatten. Männer, deren ausgemergelte Körper schwarz vor Fliegen waren, lagen apathisch auf dem Boden und hatten nicht einmal mehr die Kraft, die Fliegen zu verscheuchen. Das Krankenhauspersonal wurde immer weniger, aber die Arbeit derer, die selbst kaum noch aufrecht stehen konnten, nahm im gleichen Maß zu. Die wenigen noch gesunden Pfleger waren zum Umfallen müde und erledigten ihre Aufgaben hastig und mit großer Angst, weil sie ständig daran denken mussten, wann wohl sie selbst an der Reihe waren.

Trunksucht griff in erschreckendem Maß um sich. Selbst gebrannter Schnaps wurde zur wirksamsten Methode, schnell zu vergessen, warum man eigentlich hier war und wofür zum

Teufel man kämpfte. Das Krankenhaus von Varna erwarb sich den zweifelhaften Ruf, zum Leichenschauhaus der Soldaten geworden zu sein.

Der Sanitätsgefreite Waghorn hatte Lewis' Platz als Doktor Wainwrights Adjutant eingenommen. Eines Tages taumelte er durch den Hof und zählte die bewegungslos daliegenden Gestalten.

»Tot … tot … betrunken … betrunken … betrunken … tot … tot … Her mit der Trage, hier lebt noch einer. Wenigstens ein bisschen.«

Nicholas ging jeden Tag im Meer schwimmen. Auch seine Männer nutzten so oft wie möglich die Gelegenheit, sich mit Salzwasser zu reinigen.

Zu allem Überfluss ging auch noch das Versorgungslager in Flammen auf. Mehrere Tausend Paar Stiefel und hundertfünfzig Tonnen Biskuit verbrannten. Der Quartiermeister tobte: »Wenn ich die Brandstifter erwische, hänge ich sie eigenhändig an ihren verdammten Eiern auf!«

Die Mühe wurde ihm erspart. Eine Abteilung französischer Soldaten erwischte die Schurken und exekutierte sie auf der Stelle, was den britischen Kavalleriegeneral Paget zu der Bemerkung veranlasste, dass er den Eindruck habe, die Franzosen machten alles besser als die Briten.

Eines Tages flatterte ein Marschbefehl auf Nicholas' Schreibtisch. Sein Team sollte Varna verlassen, sich auf die Krim begeben, sich bei der Ankunft in Jewpatorija im Hafenkrankenhaus melden und auf weitere Anweisungen warten. Die Verbündeten hatten vor, Sewastopol noch vor dem Winter einzunehmen; danach sollten die Männer in ihr Winterquartier übersiedeln.

Eine Atempause – Gott sei Dank! Die Männer waren am Ende ihrer Kräfte. Sofort setzte sich Nicholas hin und teilte seiner Mutter, die sich endgültig in der Schweiz niedergelassen hatte, die Nachricht mit.

Im Hafenkrankenhaus von Jewpatorija fanden Doktor Wainwright und sein Stab die gleichen chaotischen Verhältnisse vor wie in Varna. Niemand war über ihre Ankunft informiert worden. Nicholas' erste Aufgabe bestand darin, Leute loszuschicken, um Unterkünfte zu suchen. Er selbst blieb im Hospital und half den völlig überarbeiteten Ärzten. Als er gerade einmal zwei Stunden nach der Ankunft das Gesicht eines Toten unter dessen schmutziger, durchnässter Decke verbarg, fragte er sich, ob es überhaupt noch genügend Soldaten gab, um Sewastopol vor dem Winter einzunehmen.

Der nächste Marschbefehl erreichte ihn drei Tage später. Sein Stab sollte in der Nähe des jeweiligen Standorts des Gardegrenadierregiments ein Feldlazarett einrichten.

In jener Nacht starben dreihundertfünfzig Soldaten an der Cholera. Niemand würde ihrer je als Helden gedenken.

Am folgenden, glutheißen Septembertag gingen viele kleine, verlassene Dörfer, Plantagen und Bauernhöfe hinter einer planlos vorrückenden, geschwächten Armee in Flammen auf. Die alliierten Kommandanten hatten keine Ahnung, welche Strategie sie anwenden sollten.

Die Schlacht an der Alma war seit Waterloo die erste große Schlacht, die zwischen europäischen Streitkräften ausgetragen wurde. Die Russen hatten auf der Nordseite des Flusses auf einem Bergplateau eine gut ausgebaute Stellung bezogen.

Nach Schwierigkeiten bei der Koordination des Angriffs der Alliierten zwischen den Oberbefehlshabern der Franzosen und der Engländer konnte die französische Division das Plateau erreichen. Die Briten sollten gegen den rechten gegnerischen Flügel einen ähnlichen Angriff unternehmen. Dieser war jedoch schlecht koordiniert und führte nur aufgrund der Zähigkeit der britischen Soldaten nicht zur Katastrophe. Den Franzosen gelang es in der Zwischenzeit, eine zweite Division und Artillerie auf das Plateau zu schaffen und dadurch die Schlacht zu entscheiden.

Die Engländer verloren zweitausend Mann, die russischen Verluste beliefen sich auf fünftausend Soldaten. Als der britische Oberbefehlshaber Lord Raglan dies hörte, ritt er, wie ein englischer Landedelmann in Gehrock und Krawatte gekleidet, zwischen pfeifenden Kugeln hindurch auf den Hügel und erklärte seinen Offizieren: »Der Feldzug hat gut angefangen. Ich bin stolz auf meine Männer.« Mit diesen Worten wendete er sein Pferd und ritt zurück ins Hauptquartier, wo ihn ein köstliches Mahl und erlesene Weine erwarteten.

Der Grasboden des Feldlazaretts klebte vor Blut, das unter Nicholas' Stiefeln langsam zu schwarzen Krusten gerann. Der junge Arzt operierte seit Stunden. Im Zwei-Minuten-Takt amputierte er Gliedmaßen. Zum ersten Mal in seinem Leben befielen ihn Zweifel, den richtigen Beruf gewählt zu haben.

Seine Gedanken wanderten zurück in die Nacht des 24. Juni 1848, als er neben dem leblosen Körper des jungen Theologen kniete, der sein Freund gewesen war, und die Worte gemurmelt hatte: *»Vater, vergib ihnen, denn sie wissen nicht, was sie tun.«*

Jetzt, mehr als sechs Jahre später, wiederholte er das Gebet mit lauter Stimme. Nicholas bat um Vergebung, für das, was er tat. Vor dem Zelt häuften sich die amputierten Gliedmaßen, doch er bemühte sich, nicht darüber nachzudenken. Er durfte auch nicht auf die schrecklichen Schreie der Verwundeten hören. Er musste weiterarbeiten, musste retten, was zu retten war ...

»Gib mir wenigstens die Socke zurück, Doc«, sagte ein hübscher junger Ire, dessen Bein er soeben abgesägt hatte. »Mein Bein kannst du behalten, aber den Stiefel und die Socke will ich haben. Wer weiß, wann wir in diesem Scheißkrieg wieder Nachschub bekommen.«

Das Bein wurde wieder ins Zelt geholt und vor den Augen des Mannes von Stiefel und Socke entkleidet. Derweil beobachtete Nicholas, wie sich tödliche Blässe über das Gesicht des mutigen jungen Iren breitete. Er biss die Zähne zusammen. Die Oberschenkelarterie war so zerfetzt gewesen, dass der Patient zu viel Blut verloren hatte. Nicholas hatte sein Bestes getan; jetzt konnte er nur noch auf das Unausweichliche warten.

»Bringen Sie ihn weg, Waghorn.«

»Ist er tot, Sir?«

»Verdammt, haben Sie immer noch nicht gelernt, wann ein Mann tot ist?«

Wütend stürmte Nicholas aus dem Zelt. Warum zum Teufel gestattete die Armee nicht endlich den Chloroform-Inhalator? Man könnte viel mehr Leben retten, und die armen Kerle müssten nicht mehr zusehen, wie die Chirurgen wie Metzger an ihnen arbeiteten.

Der unbekannte irische Soldat war nur ein Opfer mehr, an dem Nicholas' Können und Zeit verschwendet worden war. Ohne Anästhesie und Schmerzmittel würde die Liste der Toten länger und länger werden; dabei war es nicht nötig, dass verwundete Soldaten am Schock starben, denn schließlich gab es längst Produkte wie Äther, Chloroform und Morphine. Die Zahl der Opfer könnte halbiert werden.

Die schreiende Ungerechtigkeit brachte Doktor Wainwrights Blut vor Wut fast zum Kochen. Doch ihm waren die Hände gebunden.

Kapitel Einunddreißig

Nachdem Mary Seacoles Schiff in Konstantinopel angelegt hatte, holte sie zunächst Mr Days postlagernde Briefe ab, ehe sie versuchen wollte, einen persönlichen Kontakt zu Florence Nightingale zu knüpfen. Miss Nightingale war dabei, in der Selimiye-Kaserne im Stadtteil Üsküdar ein Lazarett einzurichten, in dem Überlebende der Schlacht an der Alma weiterbetreut wurden.

Mr Day beklagte in seinen Briefen den Ausgang der Schlacht von Balaklawa und bemühte sich, Mutter Seacole zu überzeugen, den Plan, auf der Krim einen Gemischtwarenladen für die alliierten Streitkräfte aufzubauen, fallen zu lassen.

»Ohne mich«, schimpfte Mary leise vor sich hin. »Nachdem ich so lange gebraucht habe, um endlich die Türkei zu erreichen!«

Doch der letzte Brief klang ganz anders. Erleichtert las Mary Mr Days Vorschlagsliste für Dinge, die in einem Gemischtwarenladen unentbehrlich waren. Mary lächelte, steckte die Liste ein und machte sich auf die Suche nach einem Bootseigner, der sie nach Üsküdar bringen konnte.

In ihrem lebhaft gelben Kleid und dem breitkrempigen Strohhut, dessen rote Bänder sich in der warmen Luft kaum bewegten, erregte die farbige Frau am Hafen großes Aufsehen. In kürzester Zeit fand sie jemanden, der bereit war, sie zum Hospital überzusetzen.

Sie hatte noch keinen Fuß auf den Landungssteg gesetzt, als sie bereits den Gestank der Krankenbaracke wahrnahm. In

London hatte sie Berichte über Verwundete gelesen, die darum bettelten, nicht nach Üsküdar verlegt zu werden; der Ruf des Lazaretts war katastrophal. Mary zog ein Taschentuch aus dem Ärmel und presste es auf dem Weg zur Klinik fest über Mund und Nase.

Langsam wanderte sie durch die Flure. Überall lagen Verwundete, der Geruch nach Wundbrand lag in der Luft. Schon nach wenigen Minuten traf sie einen Soldaten, den sie vor vielen Jahren auf Jamaika gesund gepflegt hatte.

Sergeant O'Neal erholte sich langsam von einer schweren Amöbenruhr und machte sich zwischenzeitlich als ehrenamtlicher Hilfspfleger nützlich. Er war hoch erfreut, Mutter Seacole so unerwartet wiederzusehen, und sandte ein stummes Stoßgebet zum Himmel, dass sie bleiben möge. Sie konnten hier in Üsküdar weiß Gott jedes Paar helfender Hände gebrauchen.

Nach und nach traf Mary noch weitere ehemalige Patienten, die sich dankbar ihrer erinnerten und die Hände nach ihr ausstreckten, um auf sich aufmerksam zu machen. Mary setzte sich zu ihnen, lockerte zu enge Verbände, gab ihnen zu trinken und hatte für jeden von ihnen ein freundliches Wort. Sogar einige der Ärzte und Pfleger waren ihr aus früheren Zeiten bekannt.

Die Zeit verging schnell, und Mary hatte keine Lust, in der Dunkelheit über die Meerenge zu ihrem Schiff zurückzukehren, war aber ihrer ursprünglichen Absicht, Florence Nightingale persönlich kennenzulernen, noch keinen Schritt näher gekommen.

Doktor Samuels, ein alter Freund aus der Zeit in Jamaika, drängte sie: »Sie sollten sie möglichst sofort aufsuchen und Ihr Empfehlungsschreiben überreichen. Gott allein weiß, wie nötig wir Frauen wie Sie brauchen, Mutter Seacole.«

»Das habe ich bereits in London getan, Doktor Samuels. Bis zum Umfallen habe ich meine Empfehlungsschreiben allen möglichen Leuten präsentiert. Gebracht hat es überhaupt nichts.«

»Haben Sie mit Miss Nightingale persönlich gesprochen?«

»Nein, ich wurde von einer gewissen Mrs Herbert angehört.«

»Sie müssen sie unbedingt persönlich sprechen. Sie ist eine wunderbare Frau und wird Sie sicher sofort nehmen. Wir brauchen dringend Krankenschwestern wie Sie hier in Üsküdar.«

Mary hatte Doktor Samuels assistiert, als dieser die zerrissene Halsarterie eines jungen Soldaten wieder zusammenflickte. Der frisch Operierte schlief jetzt, und Mary freute sich, dass er weiterleben durfte.

Sie wusch sich die Hände gründlich mit Alkaliseife, legte die blutbefleckte Schürze ab, die sie sich von einem Sanitäter geliehen hatte, machte sich ein wenig zurecht und ließ sich von O'Neal zu Florence Nightingales Büro führen. Auf dem Weg durch die schmutzigen, überfüllten Flure wurde Mary bewusst, dass sie noch nie im Leben ein derartiges Elend gesehen hatte – und sie hatte wirklich einiges erlebt!

Dieses Mal würde Miss Nightingale sie sicher empfangen und angesichts der bitter notwendigen Hilfe anhören.

Vor dem Büro wurden Mary und O'Neal von Miss Nightingales Sekretärin abgefangen, die Mary neugierig musterte.

»Miss Nightingales Zeit ist sehr kostbar, Mrs Seacole.«

»Ich weiß, und es tut mir auch wirklich leid, dass ich Sie zu dieser abendlichen Stunde noch störe. Aber ich möchte Ihnen meine Dienste als erfahrene Krankenschwester anbieten. Ich bin sicher, dass Sie mich gut gebrauchen können, und bin auch gern bereit, untergeordnete Tätigkeiten auszuführen. Natürlich ohne Bezahlung.«

»Die Leitung des gesamten Krankenhauses ruht auf Miss Nightingales Schultern.«

»Ich weiß, Madam.«

»Sie wird in Kürze auf die Krim abreisen.«

»Dann lassen Sie mich zu ihr. Ich werde ihr erklären, warum ich gekommen bin und dass ich ihr an der Front behilflich sein kann.«

»Ich glaube nicht, dass wir noch freie Stellen zu vergeben haben, Mrs Seacole. Aber wenn es Ihnen nichts ausmacht, einen Moment in der Schwesternküche zu warten, werde ich nachschauen, ob Miss Nightingale bereit ist, Sie zu empfangen.«

Marys Empfehlungsschreiben nahm sie mit.

Man brachte Mrs Seacole in eine Art Feldküche. Auf den einfachen Öfen köchelten Suppen vor sich hin. Schwestern gingen auf leisen Sohlen ein und aus. Mary wartete über eine halbe Stunde. Sie spähte in Töpfe und wünschte, man würde sie nur machen lassen: Sie hätte bestimmt für Abwechslung im Speiseplan gesorgt!

Plötzlich eilte eine junge Krankenschwester in die Küche. Ihr Häubchen war verrutscht, was ihr bereits einen Rüffel von höchster Stelle eingetragen hatte, doch sie war nicht an die Nightingale'schen Kopfbedeckungen gewöhnt, sondern an die steif gestärkte Uniform der Laiendiakonissen von Kaiserswerth. Ihr langes rotblondes Haar quoll ihr über den Rücken. Sie hielt kurz inne, fingerte nach den Haarnadeln und steckte hastig ihren Knoten wieder fest, ehe sich jemand beschweren konnte.

Als Mary Joanne Byngham zum letzten Mal gesehen hatte, war ihr Haar völlig unter ihrem Schwesternhäubchen verschwunden. Jetzt erschien ihr die junge Frau wie ein Engel mit einem Kupferheiligenschein, über deren Lippen allerdings ein nicht gerade himmlisches »Verdammter Mist!« kam. Wahrscheinlich hatte sie den Ausdruck von irgendeinem Soldaten aufgeschnappt.

Mary zuckte zunächst zusammen, dann musste sie lächeln. »Schwester Joanne Byngham aus Kaiserswerth! Ich fasse es nicht! Kommen Sie in meine Arme, Schätzchen.«

Joanne wirbelte herum. »Wer …? Nein! Mary!«

Sie ließ das widerspenstige Häubchen fallen und warf sich mit einem entzückten Ausruf an Marys Brust, als wäre die Jamaikanerin ihre lange vermisste Mutter. »Du liebe Zeit, was machen Sie denn hier? Sind Sie endlich doch noch zugelassen worden? Na, Gott sei Dank! Wir können ein Paar Hände mehr wirklich gebrauchen! Ach, Mary, ich freue mich so, Sie zu sehen!«

Mary hielt Joanne ein Stück von sich ab und betrachtete sie genauer. »Sie sind ja noch dünner als früher, Süße. Behandelt man Sie etwa nicht gut?«

»Wird denn hier überhaupt jemand gut behandelt? Ganz bestimmt nicht die armen Soldaten, die da draußen um ihr Leben kämpfen. Um ein Land geht es schon gar nicht mehr. Vielleicht um Freiheit, aber im Grunde schert sich niemand auch nur die Bohne um ihr Leid und ihre Opfer.«

»Na, na, Ihre Ausdrucksweise hat ganz schön gelitten! Aber ich kann Sie durchaus verstehen, Schwester Byngham. Ich weiß, wie hart das Leben manchmal mit uns umspringt, und deftige Ausdrücke bringen manchmal Linderung. Die Soldaten da draußen beherrschen auf jeden Fall die Kunst, Schmerz mit Flüchen zu bekämpfen. Trotzdem ist es nicht schön, wenn eine Frau – zumal eine junge Frau – so nachlässig daherredet. Wie dem auch sei, ich dachte, Miss Nightingales handverlesene Engelschar wäre hier, um leidenden Seelen in Form englischer Soldaten das Heil zu bringen. Was ist schiefgelaufen?«

»Wir können nicht viel ausrichten, Mary. Unsere Hilfe ist wie ein Tropfen auf einen heißen Stein. Mindestens tausend Männer waren schon tot, ehe wir herkamen und ohne dass eine einzige russische Kugel flog. Sie starben an Cholera, Ruhr und Blutvergiftungen. Ich glaube, diese Fieberattacken sind ein schlimmerer Feind als alle Russen zusammen.«

»Erzählen Sie mir davon.«

»Ach, Mary, ich bin so froh, dass Sie endlich hier sind!« Wie schön war es doch, im Albtraum des Krieges ein vertrautes Gesicht zu sehen. Ihre Arbeit ließ ihr nicht viel Zeit zum Innehalten, aber in den wenigen freien Momenten erlebte sie nicht selten ein Gefühl von Einsamkeit. Dann setzte sie sich hin und schrieb Briefe in die Heimat, vor allem an Lise und Adèle, manchmal auch wider alle Vernunft an Jean-Paul.

Die Sekretärin kehrte in die Küche zurück. Als Erstes entdeckte sie, dass Schwester Byngham keine Haube trug, und schrieb sich diesen Umstand sofort auf, um gleich am nächsten Tag Miss Nightingale zu informieren. Erst dann wandte sie Mrs Seacole ihre Aufmerksamkeit zu. »Miss Nightingale erwartet Sie, Mrs Seacole.«

Kurze Zeit später fand Mary sich angesichts einer schmalen Frau in einem dunkel gestreiften Kleid mit Spitzenkragen wieder. Das dunkle Haar unter dem Häubchen war straff gescheitelt, und ihr Gesicht wirkte mit seiner scharfen Nase und dem spitzen Kinn ein wenig streng. Sie war nicht schön, aber eindrucksvoll. Sie stützte ihr Kinn auf eine weiße schmale Hand; mit der anderen klopfte sie auf einen Brief, der auf ihrem Schreibtisch lag. Beide Hände wirkten, als habe ihre Besitzerin niemals hart arbeiten müssen – es waren nicht die Hände einer Krankenschwester, sondern die einer Dame.

Florence Nightingale fühlte sich zwar unendlich müde, doch sie nahm sich die Zeit, zum Wohle der Soldaten eine weitere Frau anzuhören, die sich der Sache der Krim verschrieben zu haben schien.

»Willkommen in Üsküdar, Mrs Seacole. Ich habe gehört, dass Sie einen weiten Weg zurückgelegt haben, um mich zu treffen.«

»Oh ja, Madame, das ist der Fall.«

»Was führt Sie nach Üsküdar, Mrs Seacole?«

»Ich bin eine erfahrene Krankenschwester und möchte Ihnen gerne bei der Pflege der Verletzten beistehen.«

»Richtig, Mrs Seacole. Ich habe Ihre Empfehlungsschreiben mit großem Interesse gelesen – vor allem das von Doktor Farquearhar. Ich bin mir Ihrer Qualifikationen durchaus bewusst, sehe aber im Moment keine Möglichkeit, Sie zu beschäftigen.« Sie hielt kurz inne, bevor sie Mary in die Augen sah und mit ruhiger Stimme fragte: »Können wir sonst noch irgendetwas für Sie tun? Ich würde mich aufrichtig freuen, wenn ich Ihren Wunsch erfüllen könnte.«

»Vielen Dank, Madam. Im Augenblick sehe ich keine Möglichkeit, die Meerenge im Boot zu überqueren und im Dunkeln nach meinem Schiff zu suchen. Ich würde gern heute Nacht hierbleiben und mich um die Kranken kümmern. Selbstverständlich ohne Bezahlung.«

»Ich glaube, ein solches Opfer benötigen wir nicht.« Sie klingelte, und ihre Sekretärin trat ein. »Wie sieht die Bettensituation in den Unterkünften der Schwestern aus?«

»Lediglich bei den Wäscherinnen ist noch Platz.«

Miss Nightingale hob die Augenbrauen. Nein, schön war sie wirklich nicht, dachte Mary. Doch wenn sie lächelte, schien der ganze Raum zu leuchten.

»Das genügt mir«, erklärte Mary. Insgeheim jedoch wurde sie das Gefühl nicht los, dass Miss Nightingale sie auf höfliche Weise abblitzen ließ.

Mrs Seacole verbrachte die Nacht in einem von Flöhen verseuchten Bett in der Abteilung der Wäscherinnen und konnte sich die mitleiderregende Situation der verwundeten Soldaten lebhaft vorstellen.

Ehe sie sich verabschiedete, drückte sie Sergeant O'Neal, der sie am Tag zuvor durch das Hospital begleitet hatte, einen Umschlag in die Hand.

»Könnten Sie diesen Brief bitte der englischen Schwester Josephine-Anne Byngham aus der Nightingale-Gruppe geben?«

»Meinen Sie die Hübsche? Die mit den Katzenaugen, die immer mit Papier und Stift herumläuft und Briefe für die Verwandten von Schwerverletzten schreibt? Eine tolle Frau! Wir alten Männer würden sie nur allzu gern einmal küssen, und die jungen – na, Sie wissen schon!«

»Schon gut, O'Neal.« Kein Wunder, dachte Mary, dass die Militärbehörde bestrebt war, sehr junge und unschuldige Mädchen zu Hause zu lassen.

Kapitel Zweiunddreißig

Nicholas überwachte den Transport der Verwundeten, die nach der Schlacht an der Alma über das Schwarze Meer in das Lazarett von Üsküdar überführt wurden. Viele der Männer hatten ihn angefleht, sie nicht nach Üsküdar zu bringen, sondern sie lieber in Würde im Hafenhospital sterben zu lassen.

»Keine Sorge«, erklärte Nicholas seinen Patienten, »ich habe gehört, dass das Krankenhaus jetzt von einer Frau geleitet wird und dass es viele Krankenschwestern gibt, die sich um euch kümmern.«

»Sie machen wohl Witze, Doc?«

»Nein, absolut nicht.«

»Gut, dann also auf nach Üsküdar.«

»Das ist die richtige Einstellung.«

Während Doktor Wainwright der Betriebsamkeit im Hafen von Jewpatorija zuschaute, dachte er an Joanne, die inzwischen im Lazarett von Üsküdar arbeitete. Seine Mutter Adèle hatte es ihm geschrieben. So nah und doch so fern!

Lächelnd beobachtete er eine kräftige schwarze Frau, die das Entladen eines Schiffes überwachte. Die griechischen Schauerleute, die schwere Holzkisten schleppten, schienen sie kaum zu verstehen.

»Vorsicht! Lassen Sie die Kiste bloß nicht fallen! Der Inhalt ist zerbrechlich. Nicht *hier*hin – *da*hin! Auf den Wagen, der nach Balaklawa fährt! Die Lebensmittel auf den einen Wagen, die Medikamente und medizinischen Geräte auf den anderen!«

Im Hafen lagen englische und französische Fregatten vor Anker, der Union Jack und die Trikolore flatterten fröhlich im Wind. Nicholas genoss diesen kurzen Moment, ohne Verpflichtungen einfach nur zuschauen zu dürfen, bis der Kapitän des Hospitalschiffs sich bei ihm meldete: »Alle Patienten sind an Bord, Stabsarzt Wainwright. Wir sind ablegebereit. Bleiben Sie an Bord, oder gehen Sie zurück an Land?«

»Mein Befehl lautet, wieder an Land zu gehen.«

»Gut, Sir. Wenn Sie dann bitte ...«

»Aber natürlich. Keine Angst, ich bin im Handumdrehen fort. Und bitte, segeln Sie vorsichtig. Nicht, dass uns Verwundete über Bord gehen.«

Kapitän MacDuff, ein erfahrener Seemann aus Schottland, lachte laut auf und klopfte Nicholas auf die Schulter. »Keine Sorge, Doc.«

Kaum, dass Nicholas von Bord gegangen war, wurde die unbarmherzige Sonne, die den ganzen Morgen über dem Schwarzen Meer gebrannt hatte, von schwarzen Sturmwolken verschlungen.

Heftiger Regen peitschte mitleidlos auf ein soeben eingetroffenes, ungeschützt am Strand stehendes und auf Befehle wartendes Truppenkontingent aus England hernieder. Ihre französischen Kameraden, die zwei Tage früher eingetroffen waren, vergruben sich bereits in ihren Zelten, nachdem sie die Umgebung zuvor eifrig nach Essen, Futter und Transportmöglichkeiten abgesucht hatten. Auch den britischen Soldaten überließ man es, für sich selbst zu sorgen. Wie immer, dachte Nicholas und wendete sich ab.

Plötzlich kam die schwarze Frau, die Nicholas schon zuvor beobachtet hatte, durch das Regenchaos auf ihn zu. Ihr buntes

Kleid klebte durchnässt an ihrem Körper. Sie reichte Nicholas eine Visitenkarte, die er wortlos und verblüfft annahm.

»Ich möchte Sie in jeder nur möglichen Weise unterstützen, Doktor«, sagte sie. »Ich bin eigens wegen der Verwundeten gekommen, die hier im strömenden Regen herumliegen und auf den Weitertransport nach Üsküdar warten, wo ich übrigens gerade herkomme. Gott scheint mitleidiger zu sein als die britische Heeresführung – bitte entschuldigen Sie, falls ich Ihre Gefühle in irgendeiner Weise verletzt habe.«

»Keine Sorge. Reden Sie ruhig weiter.«

»Mein Name ist Mary Seacole. Ich bin Krankenschwester und Heilerin aus Jamaika und möchte Ihnen beistehen.«

»Ich bin Ihnen äußerst verbunden.« Er steckte die Visitenkarte in die innere Jackentasche. Schon wieder eine von diesen Nachläuferinnen, dachte er. Sicher eine trauernde Witwe, vielleicht auch eine Bordellchefin. Allerdings hatte sie in einer Sache wirklich recht: diese verdammte britische Heeresführung!

Unmittelbar nach der verlustreichen Attacke der Leichten Brigade, einem Angriff britischer Kavalleristen in der Schlacht von Balaklawa, folgte die Schlacht von Inkerman. Am 5. November 1854 starteten die eingeschlossenen Russen bei Inkerman einen Ausfall gegen die britischen Truppen. Sie gingen in drei Abteilungen vor. General Gortschakow sollte die Franzosen mit 22 000 Mann bei Balaklawa beschäftigen, während General Soimonov und General Paulov die Briten mit insgesamt 35 000 Mann bei Inkerman angriffen.

Die Russen versuchten, den Briten in die Flanke zu fallen, indem sie die Hügel am nördlichen Ende der britischen Stellung besetzten. Die Briten gingen zur Verteidigung über und drehten ihre Frontlinie. In erbitterten Kämpfen verteidigten drei Stunden lang etwa 8000 Briten ihre Stellung gegen rund 30 000 Russen. Dann griffen französische Zuaven und Fremdenlegionäre die Russen in der Flanke an und zwangen sie zum Rückzug.

Der sintflutartige Regen in der Nacht zuvor hatte den Boden in eine Sumpflandschaft verwandelt, und ein kalter Wind machte den Soldaten zu schaffen. Plötzlich waren Pferdehufe zu hören.

Der Kommandant einer Brigade de Chasseurs, der auf einem herrlichen Schimmel saß, duckte seinen gut aussehenden Kopf so tief wie möglich in seinen Jackenkragen. Ein Soldat hat sich nicht um schlechtes Wetter zu scheren, dachte er.

Die Russen feuerten eine Artilleriegranate ab. Sie kam dem Kommandanten, der wie angewurzelt stehen blieb, gefährlich nah und landete kaum zehn Meter von ihm entfernt. Hinter ihm wurden Männer und Pferde zerfetzt. Den Opfern blieb nicht einmal mehr Zeit zu schreien.

»*Merde!*«, fluchte ein Offizier leise und kämpfte angesichts der übel zugerichteten Leichen gegen die Übelkeit an.

»Das war knapp«, bemerkte der Kommandant, ohne mit der Wimper zu zucken.

Die Russen hatten früher als erwartet eine Offensive gestartet und die Alliierten auf dem falschen Fuß erwischt. Im langsam sich auflösenden Nebel erkannte man die russische Armee, die zu den Hügeln von Woronzow vorrückte. Falls sie die Anhöhen erreichen könnten, hätte das ihren Sieg bedeutet.

General Bosquet, der das Geschehen von einem Aussichtspunkt an der rechten Flanke der britischen Armee verfolgte, erkannte die Gefahr und ließ den Briten eine Botschaft überbringen, dass er bereit wäre, ihnen zu helfen.

Das Angebot wurde zunächst freundlich, aber bestimmt zurückgewiesen.

Zwei Stunden später jedoch wendete sich der Kampf zugunsten der Russen, und Lord Raglan sah sich gezwungen, doch noch die Hilfe der Franzosen anzunehmen.

Jean-Paul St-Clair ritt an der Spitze seiner Männer eine beispiellose Attacke, als er plötzlich vom Pferd gerissen wurde.

Das Pferd verendete auf der Stelle an einem Granatsplitter im Kopf. Jean-Paul hatte mehr Glück. Den Säbel nach wie vor in der Hand, rollte er durch den blutigen Schlamm in die Deckung eines nahe gelegenen Gebüschs. Verwirrt und desorientiert rappelte er sich auf. Er hatte kaum einen Kratzer abbekommen.

Um ihn herum tobte eine erbarmungslose Schlacht.

Hast du Angst, Jean-Paul?

Große Angst, Joanne.

Wovor, Jean-Paul?

Vor ewigen Höllenqualen.

Warum, Jean-Paul?

Ich will nicht in die immerwährende Finsternis eingehen, geliebte Joanne. Ich habe Angst, vernichtet zu werden, Liebste.

Warum hast du nie mit mir über deine Ängste gesprochen, Jean-Paul?

Weil ich dich schlecht behandelt habe.

Hattest du Angst vor mir?

In gewisser Weise ja.

In welcher Weise?

Mit dem Begehren enden auch die Sorgen. Ich wehrte mich dagegen, dich zu begehren, weil ich alle Liebe auf mein Kind gerichtet habe. Noch nicht einmal mit dir wollte ich Lise teilen.

Du zögerst immer noch, mich zu heiraten. Dabei weiß ich genau, dass du Liebe für mich empfindest, denn sonst hättest du nicht um mich angehalten.

Ich liebe dich noch immer.

Trotzdem bist du vor mir davongelaufen.

Ja, ich bin vor dir davongelaufen.

Warum, Jean-Paul? Warum?

Weil ich Angst vor dieser Liebe hatte. Ich wollte deine Unschuld bewahren, doch ich begehrte dich so sehr, dass ich mich nicht mehr in der Gewalt hatte. Du hast mich mir selbst zurückgegeben. Du hast dich ohne Scham und ohne Angst an mich verschwendet. Aber ich konnte dir nicht das gleiche Geschenk machen.

Welches Geschenk, Jean-Paul?

Mein ganzes Sein, Joanne.

Jetzt ist es dafür zu spät.

Ja, zu spät, meine unendlich geliebte Joanne.

Zwei bullige Russen in grauer Uniform kämpften gegen einen kleinen Franzosen, dessen linker Arm blutend und nutzlos herunterhing. Mit dem anderen Arm leistete der kleine Mann erbitterten Widerstand. Dabei fluchte er ununterbrochen.

Brüllend warf sich Jean-Paul in das Getümmel, um seinem Landsmann beizustehen.

Der Kampf dauerte nicht lang. Als Erster fiel der kleine Infanterist, der sich mit seinem beweglichen Arm den aufgeschlitzten Bauch hielt. Jean-Paul ging in die Knie. In seinem Rücken steckte ein russisches Bajonett. Langsam schlossen sich seine merkwürdig grünen Augen.

Kapitel Dreiunddreißig

Mit wilden Stürmen kam der November ins Land. Sewastopol war noch immer nicht gefallen. Die Schiffe im Hafen von Balaklawa wurden vom Orkan gegen die Klippen geschmettert. Hunderte von Männern fanden den Tod, wichtiger Nachschub war unwiederbringlich verloren.

Nicholas war immer der Meinung gewesen, so viel gesehen zu haben, dass ihn nichts mehr erschrecken konnte. Als er jedoch im Hafen von Balaklawa eines der Krankentransportschiffe verließ, um weitere Verwundete nach Üsküdar zu bringen, bot sich ihm ein Anblick, der ihn mit schierem Entsetzen erfüllte. Im schwarzen Wasser des Hafens dümpelten aufgedunsene Tierkadaver, und auf den Kais türmten sich Berge verdorbener Lebensmittel, auf denen sich die Ratten tummelten. Mitten dazwischen verrotteten dringend benötigte Medikamente und Verbandsmittel. Das Schlimmste aber war für Nicholas die Entdeckung mehrerer Hundert neuer Zelte, die an Land geschwemmt und völlig unbrauchbar geworden waren. Nicht einmal die Qualen der verwundeten Soldaten berührten ihn so tief wie diese unnötige Vergeudung notwendigen Nachschubs.

Er schwor sich, etwas gegen diese Schlamperei zu tun. Sobald er einen freien Augenblick hätte und irgendwie an Papier käme, das in diesem Krieg Mangelware zu sein schien, würde er einen geharnischten Beschwerdebrief schreiben. Zunächst jedoch machte er einen Blitzbesuch bei der britischen Heeresführung.

Dort wurde er informiert, dass man nicht schuld daran sei,

dass die ankommenden Frachtschiffe entweder nicht entladen werden könnten oder die Ladung einfach auf dem Kai gestapelt würde; der Grund dafür läge in den unvollständigen Frachtpapieren, die häufig nicht den Vorschriften des Kriegsministeriums entsprachen. Wenn man jedoch nicht über die Ankunft von Waren informiert würde, könne man auch keinen Lagerplatz schaffen.

Bla, bla, bla, dachte Nicholas. Laut sagte er: »Dann tun Sie etwas dagegen, verdammt noch mal! Schließlich tragen Sie hier die Verantwortung. Ihre bodenlose Schlamperei kostet Menschenleben! Und eines sage ich Ihnen: Ich informiere Mr Russell, den Korrespondenten der *Times*. Auf diese Weise erfährt ganz Großbritannien von den hier herrschenden Zuständen!«

Nach diesem Ausbruch fühlte er sich ein wenig besser.

»Das würde ich an Ihrer Stelle lieber nicht tun«, entgegnete der zuständige General. »In England ist man diese Art der nahezu direkten Kriegsberichterstattung noch nicht gewohnt. Dank des neuen Telegrafen könnte eine Panik ausbrechen. Das aber untergräbt die Moral unserer Truppen, denn die Information kommt ebenso schnell wieder zurück.«

Zurück im Lager setzte sich Nicholas, dessen Uniform seit dem stürmischen Vortag noch nicht wieder getrocknet war, in sein undichtes Lazarettzelt und starrte auf die vom Orkan zurückgelassenen Verwüstungen. Er hatte seit vierundzwanzig Stunden nicht mehr geschlafen und fühlte sich nicht nur müde, sondern geradezu apathisch. Trotzdem gingen ihm die am Kai verstreuten Zelte nicht aus dem Sinn. Ob man einige von ihnen vielleicht doch noch bergen könnte?

Sewastopol hielt dem Ansturm der Alliierten weiterhin stand.

Nicholas sehnte sich nach einem starken Kaffee. Am Morgen nach dem heftigen Sturm hatten die Soldaten ihre tägliche Kaffeeration erhalten, allerdings in Form noch grüner Kaffeebohnen. Es gab weder eine Möglichkeit, die Bohnen zu rösten, noch sie zu mahlen. Nicholas' Bursche hatte sich bemüht, die Bohnen mit einem Hammer zu zertrümmern und mit heißem Wasser aufzubrühen, doch das Gebräu war ungenießbar. Nicholas schüttete es fort.

Er rappelte sich von seiner Holzpritsche auf. So viel war zu tun, doch wo sollte er beginnen? Zuerst die Toten begraben, ehe er an seine täglichen Aufgaben ging? Oder doch vielleicht nachsehen, ob einige der an Land gespülten Zelte noch brauchbar waren, und versuchen, sie ins Lager zu bringen?

Einfach weitermachen, Nicholas! Immer tapfer weitermachen!

Doktor Wainwright beauftragte Waghorn, mit dem Eselskarren zum Depot zu fahren und Nachschub an Medikamenten und Verbandszeug zu holen. Erst am folgenden Morgen kehrte Waghorn mit leerem Wagen zurück.

»Wo sind Sie gewesen?«, herrschte Nicholas seinen Adjutanten an.

»Tut mir leid, Sir, aber die Depotverwaltung verlangt, dass die Anforderungsanträge vom Generalstabsarzt unterzeichnet sein müssen.«

»Aber der Generalstabsarzt befindet sich Hunderte von Kilometern entfernt. Haben Sie das nicht erwähnt?«

»Natürlich, aber angeblich gibt es neue Befehle, Sir.«

Vor Wut wie gelähmt wandte Nicholas sich ab, um nicht etwas Unbedachtes zu sagen oder zu tun. Nein, nicht die Russen waren der Feind. Der wahre Feind waren die kleinliche Bürokratie, die grenzenlose Dummheit der Verantwortlichen, die Ansteckungskrankheiten und die Wetterverhältnisse auf der Krim, denen während der letzten Monate mehr als die Hälfte aller Todesfälle in diesem Krieg zuzuschreiben waren.

Waghorn stieg von seinem leeren Eselskarren und druckste herum.

»Ist noch was?«, fauchte Nicholas.

»Entschuldigen Sie, Sir, aber ich wüsste, wo wir Nachschub herbekommen könnten.«

»Ach ja? Und wo?«

»In der Nähe des Lagers unserer 4. Infanteriedivision hat eine farbige Frau aus Jamaika, eine Mrs Seacole, zusammen mit ihrem Freund Mr Day eine Art kombiniertes Hospitalhotel aufgebaut. Sie nennen es *British Hotel.* Die Franzosen sind ganz begeistert, und mir scheint, die Einrichtung ist einer der Gründe, warum es den Franzmännern bessergeht als uns. Mr Day und Mrs Seacole scheinen niemals Probleme mit Nachschub zu haben. Sie päppeln auch Verwundete wieder auf. Mrs Seacole hat offenbar ein Händchen für solche Dinge. Die Männer stehen in null Komma nix wieder im Glied. Sogar die Offiziere gehen zu ihr. Und im Hotel gibt es Bier, Wein und Champagner.«

Nicholas blickte seinen Adjutanten scharf an. »Haben Sie etwa die vergangenen vierundzwanzig Stunden in diesem Hotel verbracht?«

»Ich, Sir? Aber nein, Sir!«

»Was wissen Sie noch über diese Mrs Seacole und ihr Nachschubdepot?«

»Oh ... nicht sehr viel, Sir.«

»Das dachte ich mir. Ich nehme den Karren und fahre hin. Ach, übrigens, Waghorn, warum sind Sie eigentlich mit leeren

Händen zurückgekehrt, anstatt sich in diesem Schlaraffenland für Nachschub zu bedienen?«

»Ich wusste nicht, ob es Ihnen recht wäre, Sir. Sie wissen ja – wegen der Anträge und so.«

Das Hotel lag drei Kilometer außerhalb von Balaklawa an einer neuen, noch nicht fertig ausgebauten Eisenbahnlinie. Es umfasste mehrere Gebäude sowie Pferde- und Schweineställe und befand sich auf einem mindestens fünftausend Quadratmeter großen Grundstück.

Nicholas wunderte sich, dass es ihm bisher noch nie aufgefallen war, obwohl der Union Jack auf dem Dach wehte. Vielleicht lag es daran, dass er es für ein von den Briten besetztes Anwesen gehalten hatte und ohnehin immer in Eile war.

Er ließ Esel und Wagen innerhalb der Umfriedung stehen. Rings umher grasten Pferde, Schafe und Ziegen, wühlten Schweine und scharrten Hühner, doch Nicholas sah keine Menschenseele. Aufs Geratewohl öffnete er eine Tür und stand mitten in der Küche.

Die Jamaikanerin steckte mit hoch aufgekrempelten Ärmeln bis zu den Ellbogen in Brotteig. Als sie Nicholas' ansichtig wurde, breitete sie die Arme aus, bepuderte den jungen Arzt von oben bis unten mit Mehl und rief begeistert: »Herzlich willkommen, Doktor … äh …«

»Wainwright. Nicholas Wainwright«, lächelte er und bemühte sich, seine ursprüngliche Ansicht über die Dame zu revidieren. Sie schien wirklich keine Spinnerin zu sein, die nichts Besseres zu tun hatte, als den Soldaten zu folgen.

Mrs Seacole wandte sich wieder ihrem Brotteig zu und sagte: »Ich habe viel von Ihnen gehört, Doktor Wainwright.

Es wird erzählt, dass Sie großen Wert auf peinliche Sauberkeit legen.«

»Ach wirklich?«, fragte Nicholas verblüfft.

»Möchten Sie etwas trinken? Und ziehen Sie vor allem diesen feuchten Mantel aus! Sie werden sich noch erkälten!« Sie hob die Stimme. »Juden-Johnny? Wo bist du? Ich brauche dich!«

An der Tür erschien ein dunkelhäutiger Junge in auffällig bunten Kleidern. Er trug eine gelbe Hose, eine rote Weste, und auf seinem dunklen Kraushaar saß eine violette Kappe mit Quaste.

»Worauf haben Sie Lust, Doktor? Wein? Whisky? Limonade? Wir haben auch Suppe oder Tee und Kaffee.«

»Sie haben Kaffee? Echten Kaffee?« Er staunte erneut. Erst jetzt fiel ihm auf, dass sich an den Wänden der Küche alle möglichen Vorräte und Büchsen bis zur Decke stapelten.

Mrs Seacole beobachtete ihn. »Sie müssten erst einmal sehen, was ich in meinen Lagerräumen habe«, sagte sie augenzwinkernd. »Gib Rum in seinen Kaffee«, forderte sie den Jungen auf. »Er sieht aus, als ob er es brauchen könnte. Und hol ein Stück von dem Kuchen, der von gestern Abend übrig geblieben ist. Häng seinen Mantel ans Feuer, und schaffe noch etwas mehr Holz herbei.«

Sie rollte den Teig dünn aus, legte ihn in Blechformen und füllte sie mit einer Fleischmischung, die bereits vor dem Backen köstlich duftete. Fasziniert und mit sehnsüchtigen Gedanken an seine Kinderzeit sah Nicholas ihr zu.

»Sobald die Dinger hier im Ofen sind, zeige ich Ihnen das Anwesen«, versprach Mrs Seacole.

Nicholas genoss Kaffee und Kuchen. Dank der Küchenhitze und des Rums im Kaffee breitete sich eine wohlige Wärme in ihm aus. Er hatte das Gefühl, im Himmel angekommen zu sein.

Und seine Kameraden hatten davon gewusst und es ihm verschwiegen! Zweifellos hatten sie Angst gehabt, er würde ihnen den Besuch dieses Hotels verbieten, in dem der Alkohol nie auszugehen schien.

»Wer hat Ihnen eigentlich von mir erzählt?«, fragte er neugierig. »Waren es meine Sanitäter?«

Sie kicherte und drohte ihm spielerisch mit ihrem bemehlten Zeigefinger. »Das wüssten Sie wohl gern! Aber Mutter Seacole ist verschwiegen wie ein Grab, Doktor Wainwright. In diesem Haus gehen Prinzen und Bettler ein und aus, Briten und Franzosen, Türken und Zuaven. Ich werde keinen Namen nennen. Aber ich weiß, dass Sie viele Menschenleben gerettet haben.«

Und wie viele mehr hätte ich retten können, dachte Nicholas.

»Ich gehe jeden Tag über die Schlachtfelder und helfe, wo immer es geht«, fuhr Mrs Seacole fort. »Ich bin jetzt mein eigener Herr, nachdem Miss Nightingale mich ihrer weißen Engel nicht für würdig befunden hat.«

Ihre Stimme klang stolz und ein wenig spöttisch.

»Haben Sie mich noch nie gesehen? Ich komme immer auf einem Maultier und habe zwei vollgepackte Esel dabei.«

Aber Nicholas hatte sie tatsächlich noch nie gesehen.

»Ich bin immer auf dem Hügel. Von dort oben hat man eine gute Aussicht. Wenn ich sehe, dass das Schlimmste vorüber ist, bringe ich den Verwundeten Wasser oder verbinde sie, so gut es geht. Und den Toten schließe ich die Augen.«

»Sie sind eine außergewöhnliche Frau, Mrs Seacole. Jemanden wie Sie könnte ich in meinem Stab brauchen.«

»Miss Nightingale war leider nicht dieser Auffassung. Aber mit Vorurteilen, die mit meiner Hautfarbe zu tun haben, kann ich inzwischen ganz gut leben. Hier in der Gegend kennt mich eigentlich jeder. Alle nennen mich nur Mutter Seacole. Sogar Mr Russell von der *Times.*«

Nicholas lächelte. »Dann muss ich mich wirklich entschuldigen. Auch dafür, dass ich nicht schon früher auf Ihre Visitenkarte reagiert habe, die Sie mir vor vielen Monaten gegeben haben.«

»Ich hatte aber auch sehr viel mit dem Aufbau der Lagerhäuser zu tun.«

»Das ist deutlich zu erkennen. Kompliment.«

»Ich habe sämtliches Treibgut aufsammeln lassen, um die Baracken hier zu errichten. Natürlich habe ich vorher um Erlaubnis gefragt.«

»Sie hätten die Zelte holen sollen, die gestern hier gestrandet sind. Es waren noch einige recht gute dabei«, sagte Nicholas.

»Ich weiß, ich habe sie auch gesehen. Aber ich durfte sie nicht mitnehmen, weil sie Eigentum der Armee sind.«

»Wie viele Leute beschäftigen Sie hier, Mutter Seacole?«

»Außer mir selbst arbeiten in diesem Haus noch Jill als Ein- und Verkäuferin, Juden-Johnny, den ich als meine rechte Hand bezeichnen könnte, Mr Day, der sich um die Verwaltung kümmert, und dann ein paar ständig wechselnde Hilfskräfte.«

Mrs Seacole wusch sich gründlich die Hände in einer Waschschüssel und trocknete sie ab. Nicholas, der seinen Kaffee genossen hatte und die wärmende Kraft des ordentlichen Schusses Rum spürte, fühlte sich wie ein neuer Mensch.

»Kommen Sie, Doktor, ich zeige Ihnen mein Hotel.«

Kapitel Vierunddreißig

»Wenn ich Sie Mary nennen darf, dann müssen Sie aber auch Nicholas zu mir sagen«, erklärte der junge Arzt lächelnd, als er von Mrs Seacole durch die Lagerhallen geführt wurde.

»Damit würde ich aber Ihren Status und Ihre Fähigkeiten unter den Teppich kehren, Doktor Nicholas«, erklärte Mary diplomatisch. »Außerdem finde ich, dass zu viel Vertraulichkeit leicht einen gewissen Mangel an Achtung mit sich bringt.«

»Vielleicht haben Sie recht. Aber Doktor Nicholas gefällt mir auch.«

Sie zeigte ihm ihre gut gefüllten Lägel und er versuchte, sich die Dinge zu merken, die er später auf seinen Eselskarren laden würde.

In den Hallen gab es alles, angefangen bei französischer Gänseleberpastete über Papier, Stifte, Socken und wollene Unterhosen bis hin zu fetten, frisch gerupften Hühnern. Nicholas fiel plötzlich auf, wie lange er schon wenigstens ab und zu einen gewissen Luxus vermisste.

»Sie hatten Glück, mich überhaupt anzutreffen, Doktor Nicholas. Ich halte nämlich einen strengen Zeitplan ein. Jeden Morgen stehe ich um vier Uhr auf, mache mich fertig und versorge die Tiere. Dann bereite ich das Schlachtfleisch zum Braten vor und putze – ich bin ebenso wie Sie der Überzeugung, dass Reinlichkeit das A und O der Gesundheit ist, und glaube, dass man mit Sauberkeit viele Todesfälle vermeiden kann. Anschließend mache ich Frühstück für alle, danach gehe ich einkaufen. Sobald ich einen Tipp bekomme, wo es frisches

Obst, Fleisch oder Gemüse gibt, sehe ich zu, dass ich vor den Einkäufern der Armee an Ort und Stelle bin. Mittags bin ich zurück, bereite das Mittagessen vor und serviere es, ehe ich am Nachmittag auf die Schlachtfelder gehe. Nach acht Uhr abends serviere ich kein Essen und keinen Alkohol mehr. Ich putze dann noch einmal; der Rest der Zeit bis zum Schlafengehen gehört mir allein.«

»Jemanden wie Sie könnte ich wirklich gebrauchen«, wiederholte Nicholas.

»Um diese Zeit kümmere ich mich normalerweise um die verwundeten Soldaten auf den Schlachtfeldern.«

»Ich auch«, nickte er.

»Ich bin heute nur im Haus, weil ich einen Schwerverletzten hierhabe, der ständig überwacht werden muss«, erklärte sie.

»Ich habe mir heute einmal freigenommen. Ich kann einfach nicht mehr. Ich bin zwar unendlich müde, aber sobald ich auf meiner Pritsche liege, fangen die Gedanken an zu rasen.«

»Dagegen könnte ich Ihnen ein Mittel geben. Gegen viele Unannehmlichkeiten ist ein Kraut gewachsen. Zum Beispiel hilft Gelbwurz bei Magenbeschwerden, Koriander ist gut gegen Aphten, und Ingwer, Safran und vor allem Knoblauch kurieren eine ganze Menge Leiden. Man muss allerdings wissen, in welchem Verhältnis sie gemischt werden müssen. Ich kenne Kräutermischungen, mit denen man Gelbsucht, Gelbfieber, Hautkrankheiten und sogar Cholera heilen kann. Wussten Sie, dass Papayaextrakt, ebenso wie Kokosmilch, die Narbenbildung bei Pocken verhindert, wenn man die Haut damit einreibt? Papaya und Ananas sind auch gut für den Magen. Wenn jemand so krank ist, dass er weder essen noch trinken kann und sich Krusten im Mund und auf der Zunge bilden, hat in den Mund geträufelter Ananassaft einen bemerkenswert reinigenden Effekt. Wissen Sie, ich habe meine Rezepte im Lauf der Jahre immer mehr perfektioniert.«

»Dafür gebührt Ihnen höchstes Lob, Mary.«

»Ich kann Ihnen gerne etwas gegen Ihre Schlaflosigkeit geben – ein Mittel, mit dem Sie problemlos am nächsten Tag Ihre Pflichten erfüllen können, Doktor Nicholas.«

»Sie sind eine wunderbare Frau, Mary. Ich kann Ihnen gar nicht sagen, wie gut mir der Besuch bei Ihnen getan hat.«

»Soll ich Ihnen ein kleines Geheimnis verraten, Doktor Nicholas? In meinen Aufläufen und Kuchen befindet sich bereits eine Prise ›Medizin‹. Als Prophylaxe sozusagen. Man hat mir erzählt, dass die Männer, die bei mir einkaufen, weniger schnell krank werden als die anderen.«

»Sie sind eine wahre Lebensretterin, Mary.«

Sie beendeten ihre Runde und beluden Nicholas' Karren mit den benötigten Lebensmitteln. Auch das Pulver gegen Schlaflosigkeit wurde nicht vergessen. Als der Arzt sein Gefährt bereits besteigen wollte, hielt Mrs Seacole ihn noch einmal zurück.

»Könnten Sie vielleicht einen kurzen Blick auf den Verwundeten werfen, den ich am Tag nach der Schlacht von Inkerman gefunden habe? Ich nehme an, die Sanitäter hielten ihn für tot, denn sie ließen ihn zurück. Aber er lebte noch. Ein russisches Bajonett hat ihn tief in den Rücken getroffen. Glücklicherweise sind weder die Wirbelsäule noch die Nieren in Mitleidenschaft gezogen, aber ein Lungenflügel ist kollabiert. Ich habe seine Wunde gereinigt. Der Mann – er ist von Adel und war ein wichtiger Offizier in der französischen Armee – hat hohes Fieber und ruft ununterbrochen einen Namen, den ich leider nicht verstehe.«

»Wenn er im Sterben liegt, kann ich nichts mehr für ihn tun, Mary.«

»Vielleicht doch. Solange noch ein Funke Leben da ist, gibt es auch Hoffnung.«

»Na schön.« Nicholas ließ die Zügel los, band den Esel fest und folgte Mary Seacole in einen der Seitenflügel.

Der französische Offizier lag tatsächlich im Sterben. Er war abgemagert, rang mit blauen Lippen um Atem, wand sich vor Qual und rief unbekannte Namen.

Aber natürlich hatte Mutter Seacole recht – wo noch ein Funke Leben war, da war auch Hoffnung. Nicholas fühlte nach dem Puls des Offiziers und verspürte zum ersten Mal seit langer Zeit so etwas wie Mitleid. Erst dann erkannte er den Mann. Erschrocken hielt er die Luft an.

»Was ist?«, fragte Mrs Seacole.

Nicholas blieben die Worte im Hals stecken.

»Leider kann ich …«, stieß er schließlich hervor.

»Sie können ihn nicht retten?«

Oh Gott!

Oh Gott, oh Gott! Doch, ich könnte ihn retten, Mary. Aber dann würde ich ihn für Joanne retten, die drüben im Krankenhaus von Üsküdar arbeitet und keine Ahnung hat. Nur ich allein weiß Bescheid. Ich sehne mich so sehr nach einem Blick oder einem Wort von Joanne, dass ich meinen rechten Arm dafür hergeben würde. Und jetzt bitten Sie mich, diesem Mann zu helfen, Mary. Ich könnte einfach weggehen und ihn sterben lassen. Joanne würde es nie erfahren. Vielleicht wird sie sich eines Tages, wenn ihr klar wird, dass Jean-Paul St-Clair endgültig für sie verloren ist, mir zuwenden. Bitten Sie mich nicht, diesem Mann zu helfen, Mary! Tun Sie es nicht!

»Was ist los mit Ihnen, Doktor Nicholas? Kennen Sie den Mann?«

»Ja«, flüsterte Nicholas, »ich kenne ihn.«

»Schaffen Sie es? Soll Juden-Johnny Ihnen ein Glas Wasser bringen?«

Nicholas nahm sich zusammen. Er war Arzt, Chirurg und hatte den hippokratischen Eid geleistet, Leben zu erhalten. Wie könnte er guten Gewissens weiterleben, wenn er dieses Leben nicht erhielt? Jean-Paul war nicht sein Feind, er liebte nur dasselbe Mädchen.

»Wasser? Ja, und zwar viel. Aber abgekocht muss es sein. Und ein großes, mit abgekochtem Wasser ausgespültes Weinglas. Ich brauche einen Gummischlauch. Meinen Sie, Sie könnten so etwas finden? Wenn nicht, dann vielleicht ein Schilfrohr. Auf jeden Fall muss es hohl, biegsam und peinlich sauber sein.«

Er betrachtete seinen Patienten. Das war also der schöne Jean-Paul St-Clair de Villacroix, Joannes geliebter Verlobter.

Innerhalb kürzester Zeit organisierte Mary die erforderliche Ausrüstung. »Alles ist in kochendem Wasser sterilisiert. Und Schläuche habe ich in jeder Größe. Ich benutze sie als Aderpresse bei Blutungen.«

»Gott segne Sie«, sagte Nicholas. »Mit Chloroform könnten wir hier nicht arbeiten, selbst wenn wir welches hätten. Es würde seine Atmung lähmen, und sein Herz hat ohnehin schon unter dem dauernden Sauerstoffmangel gelitten.«

»Aber heute geht es ihm besser als noch vor wenigen Tagen. Jean-Paul de St-Clair war in der Vergangenheit ein gern gesehener Gast in meinem Etablissement, sonst hätte ich ihn vielleicht gar nicht mitgenommen. Als ich ihn entdeckte, war ihm sein Pferd unter dem Hintern weggeschossen worden. Und er scheint wirklich am Leben zu hängen.«

Nicholas nickte und begann mit der Arbeit.

»Hören Sie, Mary. Wir müssen ihn vorsichtig auf seine linke Seite drehen. Dann bedecken wir seinen Körper mit einem sauberen Tuch und lassen nur den Einstich am Thorax unbedeckt. Die Wundränder sind nicht im Mindesten infiziert ...«

»Meinen Kräutern sei Dank, Doktor Nicholas.«

»Ihnen und Ihrer Pflege sei Dank, Mary. Aber jetzt müssen wir erst einmal dafür sorgen, dass er weiteratmet. Zu diesem Zweck führe ich den Schlauch in die Wunde ein.«

Bitte, lieber Gott, gib mir Kraft. Ich muss den Schlauch zwischen den Rippen hindurchbekommen, ohne weiteren Schaden anzurichten. Und dann den kollabierten Lungenflügel wieder mit Luft füllen. Er soll wieder atmen. Und er soll leben. Hilf mir, lieber Gott. Amen.

Mit angehaltenem Atem führte Nicholas den Schlauch tief in Jean-Pauls Lunge ein. Zunächst hörten sie ein blubberndes Geräusch, dann lief Blut in das vorbereitete, sterilisierte Glas.

»Mein Gott, es funktioniert!«, flüsterte Mary heiser und griff sich an die Schläfen. »Das Blut läuft ab. Heute habe ich viel von Ihnen gelernt, Doktor Nicholas. Einen Luftröhrenschnitt habe ich schon selbst durchgeführt, aber das hier? Für mich ist es ein wahres Wunder!«

Sie fiel Nicholas um den Hals und drückte ihn fest an sich. Nicholas lächelte verlegen, denn er wusste, dass Mary auf ihre Weise ebenfalls Wunder vollbrachte.

»Das Wasser in der Flasche muss immer abgekocht sein. Sie müssen sich bemühen, die gesamte Umgebung des Kranken so steril wie eben möglich zu halten.«

»Das weiß ich, Doktor Nicholas.«

»Ich wünschte, Sie wären am Operationstisch meine Partnerin, Mary. Aber nun muss ich los. Wenn es Probleme geben sollte, schicken Sie Ihren Burschen zu mir.«

»Aber nur im absoluten Notfall. Sie brauchen Ihren Schlaf, Doktor Nicholas.«

»Bis morgen sollte seine Lunge wieder aufgebläht sein. Sobald die austretende Flüssigkeit klar ist, wird er vermutlich auch keine Probleme mehr mit der Atmung haben. Wenn das der Fall ist, lassen Sie mich rufen. Ich entferne dann den Schlauch und vernähe die Wunde. Falls es zu einer Infektion kommt, wird er fiebern.«

»Gegen Fieber habe ich meine Pulver.«

»Das bezweifle ich nicht.«

»Passen Sie auf sich auf, Doktor Nicholas.«

»Sie auch, Mary.«

Plötzlich ging ihnen die vertraute Anrede problemlos über die Lippen.

Von diesem Tag an brachte Juden-Johnny täglich ausgesuchte Lebensmittel, Wein und lange vermisstes Papier in Nicholas' Zelt. Ansonsten ließ Mary nichts mehr von sich hören. Entweder hatte sie den Schlauch selbst entfernt und die Wunde vernäht, oder Jean-Paul war gestorben, und sie hatte nicht das Herz, es ihm mitzuteilen.

Nicholas war es egal. Seine Arbeit nahm ihn so sehr in Anspruch, dass es ihm auf einen Franzosen mehr oder weniger nicht ankam. Er hatte sein Bestes für ihn getan, und nur das zählte.

Kapitel Fünfunddreißig

In der Türkei mischten sich Okzident und Orient wie in einem Schmelztiegel.

Konstantinopel! Welch magischer Name! Joanne fühlte sich wie in einem Märchen aus *Tausendundeiner Nacht*.

Miss Nightingale hatte einigen ihrer Krankenschwestern gestattet, sich in der Stadt umzuschauen, die gleich gegenüber dem Vorort Üsküdar auf der anderen Seite der Meerenge lag. Joanne genoss die zwei Stunden Ausgang. Sie ließ die goldenen Kuppeln und Minarette auf sich wirken und erfreute sich an den rosig unter der hellen Aprilsonne blühenden Mandelbäumen. Ihr Herz wurde weit.

»Was machen Sie da, Schwester Byngham?«, fragte eine Krankenschwester aus der Gruppe.

»Ich glaube, ich bete, Schwester MacCormack.«

»Wofür?«

»Dass mein Verlobter wieder zu mir zurückkehrt, ehe ich alt und grau bin.«

»Halleluja! Dann machen Sie mal weiter, und am besten gleich für uns mit. Sehnen wir uns nicht alle danach, dass ein junger, strahlend schöner und reicher Ritter in goldener Rüstung erscheint und uns aus der blutrünstigen Wirklichkeit erlöst?«

Alle kicherten wie Schulmädchen.

Unmittelbar nach ihrer Rückkehr ins Lazarett von Üsküdar wurde Joanne zu Miss Nightingales Sekretärin gerufen. Was habe ich nun schon wieder verbrochen?, überlegte sie. Die

Uniformknöpfe nicht richtig geschlossen? Das Häubchen nicht ordentlich aufgesetzt? Einen falschen Verband angelegt? Eine Bettpfanne nicht ausreichend gereinigt?

»Hören Sie mir überhaupt zu, Schwester Byngham?«

»Selbstverständlich, Mrs Bracebridge.«

»Was habe ich gerade gesagt?«

»Dass Miss Nightingale sich auf eine Rundreise zu allen Lazaretten auf der Krim begeben wird.«

»Und weiter?«

»Dass ich sie als Übersetzerin und Pflegehilfe begleiten soll.«

»Sind Sie nicht überglücklich, diesen Albtraum von Krankenhaus verlassen zu dürfen?«

»Nicht unbedingt.«

»Das müssen Sie mir erklären, Schwester.«

»Wissen Sie, ich bin gekommen, um zu helfen. Ich arbeite hier zur Ehre Gottes, der Königin und natürlich auch Miss Nightingales. Wo ich das tue, ist mir eigentlich gleich.«

»Haben Sie solche Dinge in Deutschland gelernt?«

»Wenn Sie damit das Institut in Kaiserswerth meinen, so lautet die Antwort: ja. Dort wurde mir beigebracht, meine eigenen Gefühle hintenanzustellen. Übrigens wurde auch Miss Nightingale in Kaiserswerth ausgebildet.«

»Verstehe.«

»Nein, ich glaube nicht, dass Sie verstehen.«

»Wie bitte?«

»Ich bin der Ansicht, dass – mit Ausnahme von Miss Nightingale – hier im Lazarett niemand wirklich versteht, um was es geht.«

»Das müssen Sie mir erklären.«

»In Kaiserswerth haben wir gelernt, nicht in uns hinein-,

sondern über uns hinauszublicken. Auch Miss Nightingale hat diesen weiten Horizont. Sie hat erkannt, dass wir in diesem Krieg auf der Krim etwas leisten können. Trotzdem glaube ich, dass die Pflege der Verwundeten auf Dauer gesehen nicht das richtige Ziel ist.«

»Wie meinen Sie das, Schwester Byngham?«

»Die Welt wird von Männern regiert. Das war immer so und hat sich bis heute nicht geändert. Sie führen Kriege und schlachten sich gegenseitig in Kämpfen ab. Aber Miss Nightingale kann nicht alle Männer dieser Welt alleine bekämpfen. Da komme ich einfach nicht mit, Mrs Bracebridge.«

»Vergessen Sie einmal einen Moment lang die Männer, die wir hier gesundpflegen, Schwester Byngham. Mich interessiert, wie Sie persönlich empfinden.«

»Ich bin vom Schicksal hierher geweht worden, Mrs Bracebridge.«

»Erklären Sie mir das näher.«

»Ich weiß nicht, ob ich es kann, Mrs Bracebridge. Ich bin hier, um Maden aus den brandigen Wunden von Soldaten zu entfernen. Ich kenne meinen Platz und bin daran gewöhnt, obwohl es mir zu Beginn sehr schwerfiel. Es ist verblüffend, an wie viele Unannehmlichkeiten ein Körper sich gewöhnen kann. Der Geist aber bleibt frei. Er kann gehen, wohin er will, und er kann über sich selbst hinauswachsen. Sie müssen entschuldigen, dass ich nicht in Freudentänze ausbreche, weil ich mit Miss Nightingale Lazarette besuchen soll. Ich habe nicht die geringste Lust, noch schlimmere Dinge zu sehen als hier.«

»Es gibt nichts Schlimmeres als das hier, Schwester Byngham.«

Nicholas fühlte sich durch die Anwesenheit von Florence Nightingale und die sie begleitenden Krankenschwestern, den »Engeln der Barmherzigkeit«, wie sie von den Soldaten genannt wurden, im Lazarett nicht weiter gestört.

Während der Wintermonate, als die Hügel der Krim in dicken Schneewehen versanken, war es im Lazarett ruhiger geworden. Im April begannen die Alliierten erneut, Sewastopol zu bombardieren, und Nicholas' Leben wurde so hektisch wie zuvor. Daher kümmerte er sich wenig um den Besuch der »Dame mit der Lampe«, wie Florence Nightingale von den Soldaten genannt wurde.

Bis eines Morgens unmittelbar hinter ihm eine sanfte Stimme sagte: »Stabsarzt Wainwright, wäre es nicht sinnvoll, um den Operationstisch einen Sichtschutz anzubringen?«

»Wie bitte?«, fuhr Nicholas auf. Er war fast zu Tode erschrocken. Seine Hände und sein Kittel waren mit Blut bespritzt, und Schweißperlen liefen ihm über die Stirn in die Augen. Die Dame beugte sich vor und betupfte seine feuchte Stirn mit einem sauberen Tuch.

»Ich will Ihnen natürlich keinerlei Vorschriften machen, aber die armen Kerle, die dort draußen im Flur warten, bekommen in allen Einzelheiten mit, was ihnen bevorsteht. Ist das nicht irgendwie unmenschlich?«

Nicholas legte das Skalpell zur Seite und befahl den Sanitätern, die Trage mit dem ohnmächtigen Mann zu entfernen, dem er soeben einen Fuß amputiert hatte.

»Miss Nightingale, nehme ich an. Guten Morgen. Ich freue mich, endlich Ihre Bekanntschaft machen zu dürfen. Nehmen Sie es mir bitte nicht übel, wenn ich Ihnen jetzt nicht die Hand gebe. Und was Ihre Anregung angeht: Alles, was wir hier tun, ist irgendwie unmenschlich.«

Er ging zum Waschbecken, zog den Kittel aus und begann,

sich die Hände und Arme zu waschen. Florence Nightingale war ihm gefolgt, sah, dass das Wasser bereits benutzt war, und machte einem Sanitäter ein Zeichen, frisches Wasser zu bringen.

»Vor allen Dingen ist es unmenschlich, Gliedmaßen ohne Anästhesie zu amputieren. Dabei gibt es Substanzen wie Äther und Chloroform, mit denen man die Schmerzen lindern könnte! Leider dauert es zu lang, sie zu verabreichen; aus unerfindlichen Gründen hat man mir nicht gestattet, meinen selbst erfundenen Inhalator zu benutzen. Außerdem stehen mir nicht genügend Leute zur Verfügung, die mir bei der Prozedur assistieren könnten. Also muss ich den Männern Arme und Beine abschneiden wie ein Dorfmetzger. Und die Leute, die etwas daran ändern könnten, sitzen meilenweit von jedem Ärger entfernt in bequemen Ledersesseln und drehen Däumchen, anstatt etwas zu verändern. *Das* nenne ich unmenschlich.«

Nachdem er seine Hände und Arme geschrubbt hatte, bis die Haut sich rötete, griff er nach einem frischen Kittel.

»Und wenn Ihnen an einem Sichtschutz gelegen ist, müssten Sie sich bitte selbst darum kümmern«, fuhr er fort, während er sich die Hände trocknete.

Am nächsten Tag war der Operationstisch vor unbefugten Blicken abgeschirmt. Miss Nightingale hatte nicht nur für die Sichtblenden gesorgt, sondern Nicholas auch eine Einladung zukommen lassen, an einem der folgenden Tage mit ihr zu dinieren und das Thema Anästhesie zu diskutieren.

Endlich ein Hoffnungsschimmer!

Bei einem köstlichen Abendessen, an dem auch Florence Nightingales Koch Monsieur Soyer teilnahm, durfte Nicholas die Vorteile seines Inhalators beschreiben.

»Das Gerät funktioniert eigentlich ganz einfach. Früher

tröpfelte man die Substanz auf ein Tuch, das man über Mund und Nase des Patienten legte. Dabei gab es so gut wie immer Probleme mit der Dosierung, ebenso wie beim Lachgas.«

»Interessant«, stellte Florence Nightingale fest. »Und wie arbeitet Ihr Gerät?«

»Es ist eine Art Maske, in der ein Wattebausch steckt, der in regelmäßigen Abständen mit der richtigen Lösung beträufelt wird. Der Patient atmet nur das flüchtige Gas ein. Die Maske bleibt auf dem Gesicht des Patienten, bis er das Bewusstsein verloren hat. Ein Anästhesist kümmert sich um die vitalen Funktionen des Patienten; der Chirurg hat dadurch erheblich mehr Freiraum und muss nicht dauernd prüfen, ob der Verwundete noch lebt oder längst tot ist.«

»Das aber bedeutet, dass man zum Operieren zwei Personen braucht. Unser Personal ist begrenzt, Doktor Wainwright.«

»Ich verstehe zwar Ihren Einwand, Madam, aber mit dieser Maßnahme würde sich die Zahl der geretteten Männer deutlich erhöhen. Ich bin Arzt geworden, weil ich Leben erhalten will – begreifen Sie? Nach dem Eingriff wird die Maske vom Gesicht des Patienten entfernt. Das alles ist eigentlich sehr einfach. Und es dient der Schmerzfreiheit der Patienten. Die Operierten sterben viel weniger häufig an den Folgen des Schocks.«

»Hat diese Anästhesie irgendwelche Nebenwirkungen, Doktor?«

»Nach meinen eigenen Erfahrungen kaum. Ab und zu Mundtrockenheit oder Übelkeit und manchmal Erbrechen. Das alles geht jedoch schnell vorüber. Königin Viktoria bekam übrigens bei der Geburt ihrer Kinder Chloroform verabreicht – und was unserer Königin recht ist, sollte unseren Soldaten billig sein.«

»In der Tat«, lächelte Miss Nightingale. »Aber wie kommt

es, dass eine derart heilbringende Substanz von der britischen Armee ignoriert wird?«

»Weil wir nicht genügend Personal haben. Wie Sie schon richtig bemerkten, braucht es bei jeder Operation einen Mann mehr.«

»Aber dagegen können wir im Augenblick wirklich nichts tun.«

»Ich habe vor einiger Zeit zufällig mit angehört, wie unser Generalstabsarzt Doktor Hall am Operationstisch bemerkte, dass der Schmerz des eindringenden Messers ein Stimulans sei, welches den Patienten vor dem Abgleiten in den Tod bewahre. Kann ein Mensch noch barbarischer werden?«

Wieder lächelte Miss Nightingale. Nicholas holte sein letztes Ass aus dem Ärmel.

»Die Franzosen operieren ausschließlich unter Betäubung, Miss Nightingale. Und ihre Mortalitätsrate liegt weit unter unserer.«

»Wissen Sie was, Doktor Wainwright: Ich werde mich für Sie verwenden. Mir stehen eine Reihe gut ausgebildeter Krankenschwestern zur Verfügung, die sicher in der Lage wären, Ihnen bei den Operationen zu assistieren. Ob Sie allerdings Ihr Inhalationsgerät verwenden dürfen, unterliegt dem Urteil des Generalstabsarztes, der sehr wahrscheinlich fragen wird, ob Brandy als Betäubungsmittel nicht mehr ausreicht. Tut mir leid, wenn ich Ihnen jetzt nicht die Antwort geben kann, die Sie erwarten, aber ich werde mein Möglichstes tun.«

Mehr hatte Nicholas auch nicht erhofft. Monsieur Soyer mischte sich ein.

»Versuchen Sie es einmal mit Raki, Doktor. Das Zeug wirkt so tödlich, dass es selbst ungenießbares Fleisch zart macht. Tauchen Sie einfach Ihren Wattebausch hinein und halten es

Ihren Patienten vor die Nase, dann brauchen Sie keine Genehmigung mehr.«

Nicholas und Miss Nightingale lachten herzlich.

Unter Anleitung der »Barmherzigen Engel« wurden die Wände des Lazaretts abgeschrubbt und desinfiziert. Miss Nightingale war entschlossen, im Lazarett von Balaklawa ebenso vorzugehen wie in Üsküdar. In den folgenden Monaten sank die Mortalitätsrate von vierundvierzig auf zwölf Prozent.

Auch die auf dem Boden liegenden Matratzen waren Florence Nightingale ein Dorn im Auge. »Sollten wir die Matratzen nicht auf ein Podest legen?«, schlug sie eines Tages vor. »Es ist weniger zugig für die Patienten, und trotzdem kann die Luft besser zirkulieren. Und der Durchgang wird nicht weiter behindert.«

»Ihr Vorschlag findet meine volle Unterstützung, Miss Nightingale. Versuchen Sie, unseren obersten Chef dafür zu gewinnen. Wem außer Ihnen sollte ein solcher Vorstoß gelingen?«

Nicholas wusste, dass Miss Nightingale wenig für Doktor Hall übrig hatte.

»Und achten Sie darauf, dass das Öl in Ihrer Lampe nicht zur Neige geht«, grinste er. »Der Chef kann sich keines mehr leisten.«

»Übrigens, ich glaube nicht, dass Sie noch länger auf die Verwendung von anästhetischen Mitteln verzichten müssen. Ich habe an Königin Viktoria geschrieben, die bei ihren Entbindungen selbst Erfahrung damit gesammelt hat. Gute Nacht, Doktor Wainwright.«

»Gute Nacht, Madam.« Nicholas hatte das Gefühl, vor der »Dame mit der Lampe« den Hut ganz besonders tief ziehen zu müssen.

Kapitel Sechsunddreißig

Nach einem langen Tag am Operationstisch kehrte Nicholas endlich in sein Büro zurück. Auf dem Tisch stand ein Teller mit unappetitlich kaltem Essen. Sofort nahm er sich vor, den netten Koch Alexis Soyer zu bitten, ihm das Essen erst hinstellen zu lassen, wenn er tatsächlich Feierabend hatte.

Nachdem ihm der Hunger angesichts der erstarrten grauen Masse auf dem Teller gründlich vergangen war, holte er eine Flasche Cognac aus der Schublade und goss sich einen Schluck ein. Kaum, dass er genippt hatte, hörte er ein dumpfes Poltern vor seiner Tür, als bearbeite jemand das Türblatt mit den Absätzen. Ein wenig schuldbewusst verstaute er die Flasche hastig wieder in der Schublade.

»Herein!«, rief er laut.

Das Erste, was er sah, war ein weibliches Hinterteil. Die zugehörige Krankenschwester betrat sein Büro rückwärts und beugte sich über etwas offenbar Schweres, das sie in den Armen hielt. Mit einer halben Drehung schob sie sich in den Raum und versuchte dabei, die Tür mit der Schuhspitze hinter sich zu schließen. Ihre weiße gestärkte Haube wurde sichtbar, als sie ein erneutes Manöver mit ihrer Last unternahm. Schließlich stand sie aufrecht vor ihm. In den Armen hielt sie einen großen versiegelten Glasballon mit einer farblosen Flüssigkeit und ein riesiges Paket Watte.

»Mit den besten Grüßen von Miss Nightingale, Doktor Wainwright. Dies hier ist für Sie, und Sie sollen es nur benutzen, wenn der Generalstabsarzt nicht anwesend ist.«

»Joanne?«

Nicholas konnte es nicht fassen. Natürlich wusste er, dass sie irgendwo in der Gegend arbeitete – das hatte ihm seine Mutter geschrieben. Oft schon hatte er nach ihr Ausschau gehalten, aber als er sie nicht zu Gesicht bekam, war er davon ausgegangen, dass sie vielleicht doch nicht mit Miss Nightingale auf die Krim gekommen war, sondern sich nach wie vor im Lazarett von Üsküdar aufhielt.

»Im Dienst dürfen Sie mich nicht Joanne nennen, Doktor Wainwright. Hier bin ich Schwester Byngham.« Sie hatte Mühe, wieder zu Atem zu kommen, und setzte die schwere Glasflasche ab.

Nicholas bemühte sich, seines Herzflatterns Herr zu werden.

»Ich bin aber nicht im Dienst, Joanne. Und nachdem Sie so sorgfältig die Tür hinter sich geschlossen haben, weiß auch niemand, ob Sie noch im Dienst sind.« Er lächelte. »Was haben Sie denn da? Ist das etwa Chloroform?«

»Keine Ahnung. Ich weiß nur, dass es ein Anästhesiemittel ist, das man weder verschütten noch einatmen darf. Ich habe die ganze Zeit den Atem angehalten, bis ich nicht mehr konnte.«

Genau wie ich, Liebste, dachte Nicholas. »Das war auch gut so«, sagte er laut. »Wenn es das ist, was ich vermute, verdampft es ungeheuer schnell.«

»Ich weiß.«

»Dafür ist es aber nicht brennbar.«

»Und wozu ist es gut?«

»Diese Substanz bewirkt, dass man bewusstlos wird und keinen Schmerz mehr verspürt.«

»Ach wirklich? Dann ist es sicher sehr wertvoll. Kein Wunder, dass Miss Nightingale mir aufgetragen hat, es so vorsichtig wie nur möglich zu transportieren.«

»Es ist unglaublich wertvoll. Aber wenn wir die Flasche fallen ließen, würden wir beide es nicht überleben, Schwester Byngham.« *Wir würden sofort ohnmächtig und auf rosaroten Wolken gen Himmel schweben …*

»Ich wurde außerdem angewiesen, Ihnen ab morgen am Operationstisch zu helfen. Die zweite Belagerung von Sewastopol fordert viele Opfer.«

Nicholas konnte die Augen nicht von Joanne wenden. Wer hätte je gedacht, dass aus dem verwöhnten und verzogenen Mädchen, das er in Paris kennengelernt hatte, je eine so selbstsichere junge Frau werden würde? Sie war gereift, seit er sie das letzte Mal gesehen hatte. Wie lange war es her, dass er sie nach Kirschbach gebracht hatte? Drei Jahre? Schlank und aufrecht stand sie vor ihm. Ihr bronzefarbenes Haar steckte unter einer Haube, die das perfekte Oval ihres Gesichts hervorhob. Der Anblick ihrer Schönheit ließ die alte Sehnsucht wieder erwachen.

Sie blickte ihn mit ihren Honigaugen an. »Sie sehen schrecklich müde aus, Doktor Wainwright. Und dünn sind Sie geworden! Bekommen Sie genügend Schlaf?«

Sie war eine gute Krankenschwester. Sie beobachtete genau, und auch Kleinigkeiten fielen ihr auf.

Nicholas lächelte nur.

»Gut, dann kehre ich jetzt wieder auf meinen Posten zurück. Wir sehen uns morgen am Operationstisch. Ab wie viel Uhr operieren Sie?«

»Die ganze Nacht und den ganzen Tag hindurch, wenn es nötig sein sollte«, seufzte er. »Aber wenn Sie um sieben Uhr hier sein könnten, wäre das sehr schön, Jo… Schwester Byngham. Morgen werde ich mich bei Miss Nightingale persönlich bedanken.«

»Oh, ich glaube kaum, dass sie in der Lage sein wird, Ihren Dank entgegenzunehmen, Doktor …« Sie brach ab.

»Ist sie etwa schon wieder nach Üsküdar abgereist? Sie hatte doch gerade erst hier angefangen.«

»Nein, nein, das ist es nicht ... Himmel, ich weiß wirklich nicht, ob ich Ihnen das erzählen sollte ...«

»Tun Sie es einfach, Joanne. Schließlich sind wir schon seit vielen Jahren gute Freunde.«

Joanne zögerte. »Sie ist schwer erkrankt, und wir wissen nicht, ob sie überlebt. Sie wird in ihrer Privatunterkunft gepflegt, aber niemand soll von ihrer Krankheit erfahren. Wir können jetzt nur noch für sie beten. Verraten Sie bitte niemandem, dass ich Sie informiert habe«, sagte sie schließlich. Nicht nur ihre Stimme, auch ihre Gesichtszüge verrieten, dass sie in tiefer Sorge war.

»Ich hatte mich schon gewundert, warum ich sie in den letzten Tagen nicht mehr zu Gesicht bekommen habe. Aber ich kenne jemanden, der ihr vielleicht helfen könnte. Es ist eine Frau, die in ihrem Land als Heilerin gilt und schon vielen Menschen beigestanden hat.«

»Oh ja, diese Dame kenne ich auch. Wo haben Sie sie ...? Ja, natürlich, Sie müssen sie häufig auf den Schlachtfeldern und in den Lazaretten gesehen haben. Sie meinen doch ...«

»Mutter Seacole«, sagten beide gleichzeitig.

»Und woher kennen Sie sie?«, erkundigte sich Nicholas. »Sie hat mir erzählt, dass Miss Nightingale sie nicht in ihrer Gruppe haben wollte.«

Joanne lachte. »Ich habe sie in London beim Vorstellungsgespräch kennengelernt. Auch dort wurde sie bereits abgelehnt; sie beschloss, es auf eigene Faust zu wagen. Ich glaube, sie hat eine Art Hotel aufgemacht.«

»Richtig! Meine Güte, wie klein die Welt doch ist! Sagen Sie, wann haben Sie eigentlich Feierabend, Schwester Byngham?«

»Oh, mir geht es wie Ihnen: Ich habe niemals wirklich Feierabend. Allerdings war Miss Nightingale immer sehr freundlich zu mir und hat mir angenehme Aufgaben zugeteilt. Zum Beispiel bin ich für ihre Pflege zuständig.« Joanne brach ab und kicherte. »Man hat mir erzählt, dass sie nur ungern unverheiratete Krankenschwestern einstellt, weil diese zu wenig Erfahrung mit menschlichen Körpern beiderlei Geschlechts haben. Manchmal frage ich mich, woher *sie* das entsprechende Wissen hat. Hat sie es überhaupt?« Joanne errötete. »Sie weiß nicht viel darüber, nicht wahr, Doktor Wainwright? Jetzt muss ich aber wirklich gehen.«

Er blickte ihr ins Gesicht, und sie wurde nervös. Wie viel hatte seine Mutter ihm von Cabet und Jean-Paul erzählt?

»Ich habe gerade überlegt, ob ich Sie nicht zu einer köstlichen Hasenpastete und hausgemachtem Himbeerlikör einladen soll. Das kalte Essen dort auf meinem Tisch ist mir zuwider, aber natürlich habe ich großen Hunger und würde gern anderweitig speisen.«

»Tut mir leid, Doktor Wainwright«, erwiderte Joanne kurz angebunden. »Wir Krankenschwestern dürfen das Hotel nicht betreten. Man hat uns die schlimmsten Strafen angedroht, sollten wir uns je dort blicken lassen. Angeblich hat es einen schlechten Ruf.«

»Ich bin da ganz anderer Ansicht.«

»Ich auch, Doktor Wainwright«, nickte Joanne. »Mary ist eine wunderbare Frau und hat einen ausgesprochen geradlinigen Charakter.«

»Das finde ich ebenfalls.«

Vielleicht, so dachte Nicholas, war es ohnehin besser, Joanne nicht in Marys Hotel auszuführen. Schließlich wusste er nicht, ob Jean-Paul überlebt hatte. »Dann sehen wir uns also morgen, Joanne … äh … Schwester Byngham.«

»Bis morgen, Doktor.«

Auf der Schwelle drehte sie sich noch einmal um. »Jetzt dürfen Sie den Rest Ihrer Sorgen in aller Ruhe ertränken.« Sie zeigte auf das verräterische Glas, das noch auf dem Schreibtisch stand. »*A votre santé*, wie wir auf Madame Le Fèvres langweiligen Soireen immer zu sagen pflegten. Gute Nacht, Doktor.«

Mary empfing Nicholas mit ausgebreiteten Armen und schalt ihn freundschaftlich, weil er sich so lange nicht hatte blicken lassen. Er war zum *British Hotel* gefahren, hatte Mary umarmt, sich an den gastlich gedeckten Tisch gesetzt und Mrs Seacole mit leiser Stimme beschworen: »Sie müssen etwas für Miss Nightingale tun. Sie hat sich mit einem unbekannten Fieber angesteckt, und wir wissen nicht, ob sie es überlebt. Vielleicht können Sie herausfinden, ob es sich um Cholera oder Typhus handelt. Es wäre eine Katastrophe für die Moral der Soldaten, wenn sie stürbe.«

»Aber sie will nicht, dass ich mich um sie kümmere. Sie hat es abgelehnt, mich zu empfangen oder meine Rezepturen an sich anzuwenden.«

»Aber warum?«

»Wer weiß das schon, Nicholas? Vielleicht wegen meiner Hautfarbe. Vielleicht sieht sie mich aber auch als Gefahr für ihr weißhäutiges Heldentum hier draußen im Krieg.«

»Sie urteilen sehr hart über Miss Nightingale.«

»Aber gerecht«, erklärte Mary kämpferisch. »Trotzdem würde ich ihr jederzeit helfen, wenn sie mich nah genug an sich heranließe.«

»Könnten Sie sie nicht vielleicht über eine dritte Person behandeln?«

Mary Seacole sah ihn erwartungsvoll an.

Nicholas kämpfte lange mit sich, ehe er sagte: »Es gibt da eine Krankenschwester, die ich aus meiner Zeit in Paris kenne und die mit Miss Nightingale nach Balaklawa gekommen ist. Vielleicht könnte man sie bitten, einige Ihrer Pulver einzuschmuggeln?«

»Mir ist klar, dass es einigen Aufruhr geben würde, wenn Miss Nightingale vor der Einnahme von Sewastopol das Zeitliche segnete. Sie darf auf gar keinen Fall in Balaklawa sterben.«

»Es würde die Moral der Truppe untergraben«, nickte Nicholas. Plötzlich stutzte er. Wie konnte Mary Seacole wissen, dass Miss Nightingale sich weigerte, ihre Pulver einzunehmen? Hatte vielleicht ... Joanne ...? »Sagen Sie, hat Joanne Sie hier im Hotel aufgesucht?«

»Nicht hier im Hotel. Das darf sie als Nightingale-Krankenschwester nicht. Wir treffen uns jeden Tag auf dem Markt, um frisches Obst einzukaufen. Auf diese Weise hat sie eine gute Ausrede. Aber ich muss schon sagen: Sie ist Ihnen um eine gute Nasenlänge voraus, Nicholas. Sie versorgt Miss Nightingale mit speziellen Leckereien aus meiner Küche, mit meinen Rezepturen gegen Fieber und selbstverständlich auch mit Himbeerlikör.« Sie nahm einen tiefen Schluck ihres selbst gemachten Getränks. »Und das schon seit Tagen!«

»Erzählen Sie mir von Joanne«, bat er.

»Sie bricht keine einzige Regel – jedenfalls inzwischen nicht mehr, wie sie sagt. Sie gibt viel Geld für Menschen aus, denen es weniger gut geht als ihr. Sie hat reich geerbt, weiß aber nicht recht, wo sie hingehört.«

»Hat sie Ihnen je erzählt, was in Südfrankreich geschehen ist?«

»Oh ja. Ich weiß alles über ihre Entführung durch Gaston Cabet.«

Nicholas seufzte niedergeschlagen.

»Hat sie Ihnen auch ... von ihrer Verlobung mit einem ... französischen Adeligen erzählt?«, wagte er sich zaghaft weiter vor.

»Ich weiß, dass sie sich nach einem Märchenprinzen sehnt, wie jede junge Frau.«

»Einem Märchenprinzen?«

»Nun ja, groß, dunkelhaarig, gut aussehend, mit grünen Augen – kurz, der perfekte Partner, der perfekte Liebhaber, der perfekte Ehemann. Alle Mädchen träumen von einem solchen Mann, aber keiner ist klar, dass er immer ein Traum bleiben wird.«

»Hat sie denn keinen Namen genannt?«

»Niemals. Dieser Mann existiert nur in ihrer Fantasie. Joanne ist verliebt in die Liebe, sonst nichts. Aber warum auch nicht? Sie ist jung und sehr schön.«

Nicholas' Starre löste sich allmählich.

»Außerdem ist dieses Mädchen unglaublich großzügig. Sie beschenkt die Bettler auf dem Markt und in den Straßen. Manchmal muss ich sie daran hindern, ihre Geldbörse allzu offen zur Schau zu tragen – schließlich will ich nicht, dass sie überfallen wird. Im Übrigen ist sie die einzige britische Krankenschwester, der es nichts ausmacht, mit einer Dunkelhäutigen gesehen zu werden.« Mary nippte erneut an ihrem Likör, der ihr schnell zu Kopf zu steigen schien. »Ach ja, die Welt ist klein! Obwohl – so klein nun auch wieder nicht.«

Nicholas, der eine köstliche Hasenpastete genossen und ebenfalls Himbeerlikör getrunken hatte, sehnte sich danach, mehr über Joanne zu hören, gab sich aber Mühe, so zu tun, als sei sie ihm egal.

»Die Briten haben von ihrer kleinen Insel aus die halbe Welt kolonisiert. Kein Wunder, dass man überall auf Brüder und

Schwestern trifft, die die gleiche Sprache sprechen«, philosophierte Mary vor sich hin.

Nicholas betrachtete sie verwirrt.

»Sie lieben das Mädchen sehr, nicht wahr?«, sagte Mary plötzlich mit klarer Stimme.

Nicholas wandte den Blick ab.

»Wen?«, fragte er überflüssigerweise.

»Schwester Josephine-Anne Byngham natürlich! Als ob Sie nicht wüssten, von wem ich rede«, erklärte Mary in ihrer unnachahmlich offenen Art.

»Ich muss langsam gehen ...«

Sie legte ihm eine Hand auf den Arm. »In meinem Land gibt es ein Sprichwort, das lautet: Das Gras wächst nicht schneller, wenn man daran zieht. Haben Sie Geduld, Doc. Irgendwann wird Ihre Geduld belohnt.«

»Wie geht es Ihrem französischen Patienten?«, erkundigte sich Nicholas kurz angebunden.

Und auch in diesem Fall war Mary in der Lage, zwischen den Zeilen zu lesen.

»Dem geht es wohl gut. Er hat sich im französischen Lazarett in Balaklawa hervorragend erholt, natürlich ein wenig unterstützt durch kleine Leckereien aus meiner Küche, bis er meine Mittelchen nicht mehr brauchte. Soviel ich weiß, ist er inzwischen wieder auf seinen Besitz in Frankreich zurückgekehrt, um vollständig zu gesunden.«

»Sehr schön!« Nicholas stand auf, verabschiedete sich und ritt zurück ins Lager. Seine Gefühle drohten ihn zu überwältigen. Lange hatte er sie vergraben, jetzt aber drängten sie mit Macht ans Licht.

Kapitel Siebenunddreißig

Nachdem Jean-Paul St-Clair aus dem französischen Militärkrankenhaus von Balaklawa entlassen worden war, kehrte er tatsächlich als Held nach Frankreich zurück. Sein mutiges Vorgehen auf dem Schlachtfeld von Inkerman bescherte ihm nicht nur das Ordensband der Ehrenlegion, sondern auch den Hosenbandorden.

Doch mehrere Monate ruhigen Landlebens in St-Clair brachten ihm nicht die Erholung, die er suchte. Vor allem innerlich kam er nicht zur Ruhe. In ihm wuchs der Drang nach weiteren Heldentaten. Der Krieg im Osten ging weiter.

Jean-Paul war sich bewusst, dass er nach seiner schweren Verwundung nie wieder auf dem Schlachtfeld kämpfen würde; daher suchte er nach der zweitbesten Option. Ein Leben auf Schloss Villacroix kam für ihn nicht infrage.

Wütend las er die Zeitungsberichte: von den Briten, die auf der Krim nur noch elftausend gesunde Männer auf dem Feld, aber dreiundzwanzigtausend Kranke und Verletzte hatten; dass das Zweite Kaiserreich unter Napoleon III. von Lord Raglan, dem britischen Feldmarschall und englischen Oberbefehlshaber auf der Krim, wegen des Abbruchs der zweiten Belagerung von Sewastopol durch die Franzosen der Feigheit gescholten wurde; Frankreich verfügte nicht nur über neunzigtausend Soldaten, sondern bekam auch jeden Tag Nachschub.

Jean-Paul beschloss, sich sofort an die Spitze der Hierarchie zu wenden und Kaiser Napoleon III. seine Dienste zu offerieren. Er hatte vor, die Leitung des Oberkommandos über die kaiserlichen Streitkräfte zu übernehmen und den Briten zu zeigen, wie man Krieg führte.

Was seine Verwundung bei Inkerman anging, so hatte Jean-Paul keine Erinnerung an die eigentlichen Ereignisse. Sein Gedächtnis setzte erst mit seinem Aufwachen in einem sauberen weißen Bett im französischen Militärhospital von Balaklawa wieder ein. Er entsann sich einer dicken Kreolin, die von allen Mutter Seacole gerufen wurde und eine Art Hotel besaß, in dem er ein und aus ging. Auch wusste er noch, dass die Kreolin ihn fast jeden Tag im Lazarett besucht und mit kleinen Köstlichkeiten verwöhnt hatte. Die Kreolin hatte ihm erzählt, dass sie ihn am Tag nach der Schlacht mehr tot als lebendig vom Schlachtfeld gerettet und nach Hause gebracht hatte und dass ein hervorragender englischer Chirurg seine Wunde versorgt, eine Drainage gelegt und seine Lunge wieder mit Luft gefüllt hatte – eine Operation, die vor diesem jungen Engländer noch niemals jemand gewagt hatte.

»Wie heißt dieser junge Arzt, dem ich mein Leben zu verdanken habe?«, hatte Jean-Paul gefragt. »Ich möchte mich gern bei ihm bedanken.«

»Ich glaube, er heißt Marcus Giuseppe Erasmus.« Sie hatte offenbar Mühe, sich zu erinnern. »Ja, das war es: Marcus Giuseppe Erasmus.«

»Etwa ein Holländer?«

»Ja, ganz bestimmt hatte er holländische Wurzeln«, hatte Mary geantwortet. Ihre wegen der Lügen gekreuzten Finger hatte Jean-Paul nicht gesehen.

»Mon Dieu!«

Unnötig zu berichten, dass Jean-Paul die Spur des dubiosen Doktors nicht verfolgen konnte; er ging davon aus, dass der Mann gefallen war, wie so viele seiner Kameraden.

Bald darauf wurde Jean-Paul St-Clair in den Stab des Kaisers berufen und akzeptierte den Auftrag mit Freuden. Er sollte an einem besonderen Beratungsgespräch auf Schloss Windsor teilnehmen, zu dem nicht nur die englische Königin mit Prinz Albert geladen war, sondern auch der französische Kaiser nebst Gattin und alles, was in der Politik und Regierung Englands und Frankreichs Rang und Namen hatte.

Jean-Paul reiste nicht zum ersten Mal nach London. Dennoch hätte er sich gewünscht, dass Joanne ihn als Gast in einer Privatsuite von Schloss Windsor hätte sehen können. Bei dem Gedanken an Joanne verspürte er einen kurzen Gewissensbiss, den er jedoch schnell wieder vergaß. Er tat hier seine vaterländische Pflicht; das Herz kam erst an zweiter Stelle.

Der französische Kaiser hatte mithilfe seiner Generäle einen waghalsigen Plan ausgearbeitet, demzufolge die auf der Krim stationierten Alliierten die Russen aus ihren Stellungen vertreiben sollten.

Prinz Albert fand den Plan ausgezeichnet, hatte allerdings gewisse Vorbehalte, weil der französische Kaiser seine Truppen selbst anführen wollte.

Jean-Paul teilte die Zweifel des britischen Prinzgemahls und war erleichtert, als man Napoleon III. sein Vorhaben ausreden konnte. Der Graf wurde dem Stab des neuen französischen kommandierenden Generals auf der Krim, Aimable Pélissier, zugeteilt.

Und so kam es, dass Jean-Paul sich nur wenige Monate nach seiner Verwundung bei Inkerman, kurz vor dem dritten Sturm auf Sewastopol, erneut auf der Krim wiederfand.

Pélissiers erste Amtshandlung auf der Krim bestand darin, die Anordnungen des Kaisers zu ignorieren. Er ließ kurzerhand die Telegrafenleitungen durchtrennen und bestand auf einem alliierten Sturm auf Fort Mamelon. Als der Kaiser mit einiger Verspätung von diesen Plänen erfuhr, lehnte er sie rundweg ab und schrieb an Pélissier:

Ich habe Sie zu Frankreichs Wohlergehen und dem Ruhm unserer Fahne an die Spitze der besten je existierenden Armee gestellt. Ihnen wird unsterbliche Ehre zuteil werden, aber dazu ist es notwendig, dass Sie etwas wirklich Großes vollbringen …

»Bla, bla, bla«, frotzelte Pélissier. »Will ich denn unsterbliche Ehre?«

In Übereinstimmung mit der britischen Regierung, die ein gleichlautendes Schreiben an Lord Raglan übersandt hat, befehle ich Ihnen, die Belagerung keinesfalls fortzusetzen …

»Und noch mehr Blabla«, sagte der General und drückte das Schreiben einem seiner Adjutanten in die Hand. »Geben Sie es Bijou. Er soll es irgendwo verlieren.«

Kurze Zeit später klopfte ein Soldat an Jean-Pauls Bürotür. »Entschuldigen Sie, wenn ich störe, Sir.«

Jean-Paul blickte nicht einmal von seinem Schreibtisch auf. »Was ist?«

»Ich soll Ihnen das hier von Leutnant Bijou geben.« Der Soldat hielt Jean-Paul ein Blatt Papier entgegen.

»Was ist das?«

»Eine Nachricht.«

»Von wem?«

»Vom Kaiser, Sir.«

Sofort hob Jean-Paul den Kopf und streckte die Hand aus. Lächelnd las er die Nachricht durch, knüllte das Blatt zusammen und warf es über seine Schulter, als Leutnant Bijou an der Tür erschien. Seine Brust funkelte geradezu vor Orden. Er bewegte sich mithilfe eines Gehstocks fort. Der Soldat zog sich diskret zurück.

Jean-Paul konnte den jungen Leutnant, den alle nur Petit Bijou nannten, nicht ausstehen. Er war blond gelockt und sah extrem gut aus, obwohl er nicht besonders hochgewachsen war und eine Augenklappe trug.

»Ich möchte Sie bitten, mir die Ehre zu erweisen, an einer kleinen Feier zu meinem dreißigsten Geburtstag teilzunehmen, Herr Oberst. Das Fest findet heute Abend an Bord eines Schiffes statt.«

»Tut mir leid, Bijou, aber daraus wird nichts.«

»Haben Sie schon etwas anderes vor?«

»Das geht Sie nichts an, Bijou.«

»Entschuldigen Sie.« Bijou lehnte seinen Gehstock an den Türrahmen, zog eine Nagelfeile aus der Tasche und begann, seine Nägel in Form zu bringen. »Der Pascha persönlich hat mir seine Jacht zur Verfügung gestellt und steht selbstverständlich mit auf der Gästeliste.«

Jean-Paul seufzte. Sein zweiter Aufenthalt auf der Krim, der sich hauptsächlich in Gesellschaft hochdekorierter Kriegsversehrter am Schreibtisch abspielte, gestaltete sich deutlich weniger heldenhaft als der erste. Nicht, dass er kein Mitleid mit seinen Kameraden verspürte – aber er langweilte sich in der Schreibstube.

Bijou zum Beispiel hatte bei der Schlacht an der Alma nicht nur ein Auge, sondern, wie er selbst behauptete, seine Männlichkeit verloren und war seither zum Traummann aller Odalisken mutiert. Er lehnte weiterhin an der Tür und beschäftigte sich mit seinen Händen.

»Immer haben Sie etwas anderes vor, Jean-Paul«, sagte er vorwurfsvoll. »Haben Sie etwa eine kleine Mätresse hier in der Gegend? Oh, wie ich dieses Mädchen um Sie beneide.« Er starrte den Grafen einäugig an und erinnerte Jean-Paul an Barbiret. Wie lang war das schon her!

Am liebsten hätte Jean-Paul laut aufgelacht. Was sollte er mit dieser Truppe grotesker Hampelmänner nur anfangen? Als ihr Vorgesetzter hätte er sie zwingen können, ihn ordnungsgemäß mit Dienstgrad anzureden – aber wozu? Die Männer waren zerbrochen und gehörten einem anderen Zeitalter an. Adel bedeutete ihnen nichts mehr.

Statt Bijous Geburtstagsfeier zu besuchen, stand ihm eher der Sinn danach, sich ein genüssliches Dinner in Mutter Seacoles Hotel zu leisten.

Am gleichen Abend verspürte auch Nicholas den Wunsch, in Mary Seacoles *British Hotel* von seiner Arbeit zu entspannen. Er hatte den ganzen Tag ohne Unterbrechung operiert.

»Einen doppelten Cognac, bitte«, sagte er zu Johnny. »Eines muss man den Franzosen lassen: Ihren Cognac macht ihnen so schnell keiner nach.«

Jean-Paul und sein Adjutant hatten bereits einige Gläser getrunken, als der Graf die seltsam vertraute Stimme hörte. Er blickte sich um. Am Nebentisch saß ein Mann mit Vollbart, dessen leichter Karbolgeruch darauf schließen ließ, dass er Arzt war. Aber er erkannte Nicholas nicht.

»Santé!«, rief er mit unsicherer Stimme und hob Nicholas sein Glas entgegen. »Darauf wollen wir trinken, Engländer!«

Nicholas erschrak. Er hatte geglaubt, der schöne Graf weile noch auf seinem Schloss in Frankreich oder sei gar tot und in heimatlicher Erde begraben. Sofort rief er Johnny zu sich.

»Mir ist gerade eingefallen, dass ich noch dringend im Lazarett zu tun habe«, sagte er, stand auf und verließ das Hotel so rasch, wie er gekommen war. Mutter Seacole und Juden-Johnny sahen sich verblüfft an.

»Sagen Sie«, wandte der Graf sich an Johnny, »irgendwie kommt dieser Engländer mir bekannt vor.«

»Er ist einer der renommiertesten Chirurgen der englischen Armee«, erklärte Johnny.

»Und wie heißt er?«

»Doktor Nicholas Wainwright.«

»Ich wusste doch, dass ich ihn kenne!«

»Pardon, *Monsieur le Comte?*«

»Ich muss unbedingt hinter ihm her.«

»Er kennt Sie ebenfalls, *Monsieur le Comte*.«

»Ja, natürlich, Johnny! Wir waren zusammen in Paris.«

»Dann war es sicher Kismet, dass Sie sich hier im Haus meiner Chefin wiedergesehen haben.«

»Ganz bestimmt, Johnny. Ganz bestimmt.«

»Dann sollten Sie ihm vielleicht wirklich nachgehen, *Monsieur le Comte*. Immerhin hat er Ihr Leben gerettet.«

»Oh ja. Gleich mehrmals.«

»Ja, vor allem damals hier im Hotel.«

»Aber sicher, Johnny.«

»Als Sie draußen im Schweinestall im Sterben lagen.«

Zwar war Jean-Paul betrunken, doch Johnnys letzte Bemerkung machte ihn stutzig. »Ich? Im Sterben?«

»Ja, natürlich. Damals, als Sie von einem russischen Bajonett durchbohrt wurden!«

»Wie bitte?«

»Doktor Wainwright hat Ihr Leben gerettet, *Monsieur le Comte.* Ich war dabei. Er hat einen Schlauch in das Bajonettloch eingeführt ...«

Johnny erzählte weiter, doch seine Stimme verschwamm für Jean-Paul, als läge er in einem tiefen Traum.

Kapitel Achtunddreißig

Florence Nightingale erholte sich von ihrem Fieber. In der *Times* stand, dass die Gebete der gesamten Nation ihr dabei geholfen hatten. Nur Joanne wusste, welchen Beitrag die kleinen Leckereien aus Marys Küche zu Miss Nightingales Genesung geleistet hatten.

Sogar Königin Viktoria verlieh ihrer Bestürzung über Miss Nightingales Erkrankung Ausdruck und drängte sie, zur vollständigen Genesung ein Sanatorium in der Schweiz aufzusuchen. Die »Dame mit der Lampe« jedoch lehnte ein solches Ansinnen ab und bereitete sich darauf vor, nach Üsküdar zurückzukehren, sobald sie wieder einigermaßen zu Kräften gekommen war.

Kurz vor ihrer Rückkehr nach Konstantinopel kam sie eines Morgens ins Lazarett von Balaklawa. Nicholas stand am Operationstisch. Joanne assistierte ihm. Sie waren dabei, einen Soldaten zu betäuben, dem sowohl der linke Arm als auch das rechte Bein amputiert werden mussten.

Miss Nightingale sah noch sehr zerbrechlich aus und wirkte so geschwächt, dass Nicholas sich Sorgen um sie machte.

»Hat Sie inzwischen jemand darauf angesprochen, dass Sie bei Ihren Operationen Chloroform benutzen?«, fragte sie. Natürlich bezog sie sich auf Doktor Hall.

»Bisher nicht«, antwortete er. »Ich benutze es aber auch nur bei den schwierigsten Fällen. Zum Donnerwetter, Schwester, was machen Sie denn da? Geben Sie acht, sonst wacht der arme Kerl nie mehr auf!«

Er hatte Joanne sehr bewusst angefahren. Normalerweise pflegte er einen sanften Umgangston, und Joanne wusste überdies genau, wie sie mit dem Anästhetikum umzugehen hatte. Miss Nightingale sah den Arzt verwundert an, sagte aber nichts.

»Meine Statistiken haben ergeben, dass wir dem Gebrauch von Chloroform viele Menschenleben verdanken«, fuhr die »Dame mit der Lampe« nach kurzem Zögern fort, während sie in ihren Aufzeichnungen blätterte.

»Natürlich! Ich verstehe nur nicht, warum wir es nicht immer benutzen dürfen, wie die Franzosen und die Osmanen es uns schon lange vormachen.« Nicholas wies Waghorn an, den frisch Amputierten fortzubringen, und ging zum Waschbecken, um sich Hände und Arme zu waschen. »Ich glaube, es liegt daran, dass es zu lang dauert. Offenbar können wir uns weder Zeit noch Chloroform leisten. Und dabei setzen diese Männer hier ihr Leben für uns alle ein.«

Miss Nightingale schickte Joanne aus dem Raum. »Ich muss mit Ihnen reden, Doktor Wainwright.«

»Nur zu, Miss Nightingale.«

»Was ist mit dem Chloroform geschehen, das ich Ihnen habe zukommen lassen?«

»Oh, Madam«, lachte Nicholas, »das war innerhalb von vierundzwanzig Stunden verbraucht.«

»Doktor Wainwright«, sagte sie drängend, »ich werde bald nach Üsküdar zurückkehren; allerdings lasse ich einige meiner besten Schwestern hier zurück. Sie werden das Lazarett überwachen, das leider Gottes sehr nah an diesem … nun ja, *British Hotel* liegt.«

»Ich hoffe, Sie lassen mir wenigstens mein Lebenslicht hier«, versuchte Nicholas zu scherzen.

»Wie meinen Sie das, Doktor?«

Der Scherz war an ihr abgeprallt. Sie hatte nicht den geringsten Sinn für Humor.

»Nun, ich brauche Schwester Byngham hier im Operationsraum. Unbedingt!«

»Genau darüber wollte ich mit Ihnen reden. Schwester Byngham gehört zu denen, die bleiben sollen. Sie weiß allerdings noch nichts davon. Ich möchte, dass sie alles über den Gebrauch von Chloroform lernt und uns ihr Wissen bei ihrer Rückkehr nach England weitergeben kann. Ich habe nämlich vor, in England eine richtige Pflegeschule zu gründen.«

»Eine wunderbare Idee, Miss Nightingale. Hoffentlich legen Ihnen die Behörden nicht zu viele Steine in den Weg.«

»Dabei können Sie mir sicher helfen, Doktor Wainwright. Ich hoffe, Sie werden bei uns mitmachen, wenn Sie zurück in England sind.«

»Sie würden nicht viel Freude an mir haben, Miss Nightingale. Statistiken sind nicht unbedingt meine Stärke.«

»Ganz im Gegenteil, Doktor. Sie können mir wunderbar helfen. Mir ist wichtig, dass sich der Ruf der Frauen ändert, die mit in den Krieg ziehen. Der Pflegeberuf ist ehrenwert und eignet sich ausgezeichnet für Frauen von Stand. Ich habe auch vor, eine eigene Prüfungsordnung zu erstellen.«

»Auch das findet meine uneingeschränkte Zustimmung.«

»Aber das ist noch nicht alles, Doktor Wainwright.«

»Leider habe ich nicht viel Zeit. Die Arbeit wartet.«

»Ich brauche nur wenige Minuten. Ich erwähnte eben das *British Hotel*. Ich habe Sorge, dass dieses Etablissement, das recht nah an unserem Lazarett liegt, einen schlechten Einfluss auf meine Pflegerinnen hat.«

Wenn das mal kein Spleen ist, dachte Nicholas.

»Jedenfalls werde ich meine Krankenschwestern auf das

Genaueste überwachen lassen. Kennen Sie die Hotelbesitzerin, diese korpulente Jamaikanerin?«

»Aber selbstverständlich.«

»Ich will nicht, dass meine Mädchen unter ihren Einfluss geraten.«

»Was habe ich damit zu tun?«, fragte Nicholas ein wenig ungeduldig. »Ich bin nur ein ganz normaler Chirurg und gebe mein Bestes, so viele Menschenleben wie möglich zu retten.«

»Entschuldigen Sie, aber diese Frau führt ein anrüchiges Haus, und schon in der Bibel steht: Schlechter Umgang verdirbt gute Sitten.«

»Wer? Wer führt ein anrüchiges Haus?«

»Nun, diese Farbige – Mary Seacole heißt sie wohl. Sie hat sich schon in London an mich herangemacht, und hier auf der Krim hat sie es erneut versucht. Ich will aber nichts mit ihr zu tun haben!«

Nicholas zuckte die Schultern, doch Miss Nightingale schimpfte weiter über das *British Hotel* und seine Besitzerin. »Sollte ich je eine meiner Krankenschwestern dabei erwischen, sich mit dieser Frau einzulassen, werde ich sie sofort entlassen. Mehr habe ich dazu nicht zu sagen. Schwester Byngham bleibt so lange Ihre Assistentin, wie Sie Verwendung für sie haben, und nur, wenn sie sich hier in Balaklawa anständig benimmt.«

Nicholas wusste nicht, was er darauf sagen sollte. Miss Nightingale hatte sehr deutlich gemacht, dass sie Mary Seacole nicht schätzte. Möglicherweise, dachte Nicholas, hatte der Mangel an Sympathie seine Wurzeln in einer gewissen Rivalität. Die Soldaten liebten Florence Nightingale, die jedoch keine Lust hatte, sich den Rang der Beliebtheit durch die ebenfalls sehr geschätzte Mrs Seacole ablaufen zu lassen. Vor allem aber machte er sich Sorgen um Joanne. Er musste unbedingt vermeiden, dass sie unehrenhaft nach Hause geschickt wurde. Sie würde peinlich darauf achten müssen, sich nicht zu verraten, und durfte Mary nicht mehr so offen auf dem Markt treffen.

An der Schwelle drehte sich Florence Nightingale noch einmal um. Die Sanitäter trugen soeben den nächsten Verwundeten in den Operationssaal. Miss Nightingale trat einen Schritt zur Seite und sagte: »Wissen Sie was? Sie sollten ihr einen Antrag machen.«

»Wem?«

»Fragen Sie nicht so dumm! Miss Byngham natürlich. Es gibt wirklich schlechtere Kandidatinnen.«

»Da mögen Sie weiß Gott recht haben!«

»Sie ist eine ausgezeichnete Krankenschwester und wird Sie im Alter gut versorgen.«

»Entstammt das wieder einer Ihrer Statistiken, Miss Nightingale?«

»Erraten, Doktor. Männer sterben früher als Frauen.«

»Leider bin ich nur ein ganz normaler Stabsarzt mit kleinem Salär. Miss Byngham und ich spielen nicht in der gleichen Liga. Der Mann, der zu ihr passt, ist mindestens Ritter der Königin und reitet ein weißes Ross. Da kann ich einfach nicht mithalten.«

»Papperlapapp! Ich müsste mir erheblich weniger Sorgen um das Mädchen machen, wenn sie während des Feldzugs die Gattin eines Arztes würde.«

Daher also wehte der Wind!

Und während der nächste Verwundete vor Nicholas auf den Operationstisch gelegt wurde, verließ Miss Nightingale das Lazarett mit einem geheimnisvollen Lächeln und ihren Statistiken. *Träumen Sie weiter, Miss Nightingale,* dachte Nicholas resigniert.

Die Bombardements von Sewastopol erfolgten mit bis dahin nicht gekanntem Munitionseinsatz. Die Alliierten sahen das Zentrum der russischen Stellung im Fort Malakow und konzentrierten ihr Feuer auf dieses Ziel.

Der russische Oberbefehlshaber Menschikow wurde durch Fürst Michael Gortschakow ersetzt.

Bei einer zweiten Expedition der alliierten Streitkräfte nach Kertsch – die erste war aufgrund einer telegrafischen Nachricht des französischen Kaisers gescheitert – wurde die Stadt zerstört.

Am 28. Juni 1855 starb Lord Raglan an der Cholera.

Kapitel Neununddreißig

Der Krieg gegen die Russen zog sich hin. Man schrieb September 1855.

Joanne führte ein züchtiges Nonnenleben und ging Doktor Wainwright bei der Verabreichung von Chloroform zur Hand. Eine Vertraute von Florence Nightingale, eine gewisse Mrs Shaw Stewart, überwachte das Team der Krankenschwestern. Vor allem auf Joanne hatte sie ein aufmerksames Auge. Joanne fühlte sich fast ebenso eingeengt wie in Kaiserswerth, konnte sich aber nicht entschließen, den Stab zu verlassen. Wo hätte sie schließlich auch hingehen sollen? Der einzige Lichtblick des Tages bestand darin, auf dem Markt einzukaufen und dabei Mutter Seacole zu treffen.

Mary führte sie durch die Marktstände von Kadikoi und zeigte ihr Kamiesch, das mit seinen schmalen, gewundenen Gässchen voller Bars und Restaurants zum Eldorado der Franzosen geworden war.

Manchmal gönnten sie sich einen starken türkischen Kaffee, der in winzigen Gläsern serviert wurde und den Joanne nur mit einem Glas Wasser hinunterbrachte. Danach fühlte sie sich fast ein wenig beschwipst.

Eines Tages, als sie Nicholas bei einer Operation assistierte, fragte er sie: »Sind Sie eigentlich glücklich hier, Joanne?«

»Schwester Byngham, Doktor Wainwright«, korrigierte sie ihn.

»Verzeihung.«

»Ja, ich mag meine Aufgabe. Allerdings ist es so, dass ich niemals über das Ende eines Tages hinaus plane.«

»Warum?«

»Oh, ich bin der Überzeugung, dass Ihre Mutter und Sie selbst sehr genau wissen, warum.«

»War es denn so schrecklich für Sie?«

»Was sollte schrecklich gewesen sein?«

»Zum Beispiel so lange fort gewesen zu sein, ohne dass jemand wusste, wo Sie sich aufhielten?«

»Wenn Sie damit auf meine Zeit in der Camargue anspielen, kann ich Ihnen verraten, dass ich nie im Leben glücklicher war als in diesen Monaten.«

»Ist das Ihr Ernst?« Nicholas hielt inne, verlagerte sein Gewicht und warf Joanne einen fragenden Blick zu. »Wieso?«

»Weil ich mich endlich selbst gefunden habe, Doktor Wainwright.«

»Das müssen Sie mir genauer erklären.«

»In der Camargue wurde ich erwachsen. Dort erst habe ich gelernt, dass es wichtigere Dinge gibt, als in der Rue de la Paix oder an der Place Vendôme modischen Krimskrams zu kaufen. Ich habe erfahren, dass es Menschen gibt, die weit weniger privilegiert leben, als ich es gewohnt war. Ohne diese Zeit in der Camargue wäre ich heute nicht hier, Doktor Wainwright.«

»Wieso?«

»Die Zigeuner haben mich viel Gutes gelehrt. So brachte mir zum Beispiel die alte Kräuterfrau des Stammes bei, Heilpflanzen zu erkennen und anzuwenden und Menschen zu heilen, ohne ihnen Schmerz zuzufügen.«

»Willkommen an Bord«, schmunzelte Nicholas.

Joanne kicherte. Wenn sie bei der Anästhesie assistierte, fühlte sie sich nach einiger Zeit immer ausgesprochen entspannt.

Nicholas legte das Skalpell beiseite. »Ich glaube, für heute haben Sie genug gearbeitet, Schwester.«

»Heißt das, ich habe Feierabend?«

»Genau das.«

Er sah ihr nach, wie sie mit nicht ganz sicheren Schritten den Operationssaal verließ, und fragte sich, was zum Teufel sie da mit ihrer beider Leben trieben.

Der Morgen des 8. September 1855 war eisig kalt. Mutter Seacole ging wie üblich mit ihren Maultieren auf den Hügel, um den Fortgang der inzwischen elfmonatigen Belagerung zu beobachten. Das Donnern der Geschütze und das Pfeifen der Granaten dauerte bis um die Mittagszeit an. Dann wurde es plötzlich beängstigend still.

In die Stille hinein erklangen mit einem Mal Trommeln und Trompeten. Ein französisches Zuavenregiment stürmte auf die Festung Malakow zu. Mary sah, wie Hunderte kleiner, rot gekleideter Gestalten aus den Schützengräben krochen und sich auf die Bastion zubewegten. Die Beobachter auf dem Hügel jubelten.

Doch dann geschah das Schreckliche.

Die britischen Soldaten, die zeitgleich mit den Franzosen zuschlagen und die Festung Redan einnehmen sollten, warteten nicht ab, bis die Geschütze schwiegen. Sie stürmten mitten durch das schwere russische Feuer auf die Mauern der Festung zu und versuchten, sie zu erklimmen. Die Männer wurden erschossen wie Freiwild. Unzählige Leichen füllten die Schützengräben. Verwundete schrien. Die Überlebenden blieben wie versteinert stehen und bewegten sich nicht weiter vorwärts.

Ein Offizier nach dem anderen sprang in den Graben und versuchte, die Männer zu bewegen, ihren Befehlen zu gehorchen.

Das Blutbad war grässlich. Hilflos bekreuzigten sich die Beobachter auf dem Hügel und beteten für die armen Seelen, die von naiven Offizieren sinnlos in den Tod getrieben wurden.

Entsetzt wurde Mary Zeugin des Desasters. Mit tränenüberströmtem Gesicht hastete sie zurück in ihr Hotel, füllte die Körbe ihrer Maultiere mit Verbandszeug, Schmerzmitteln und frischem Wasser und kehrte zurück zum Schlachtfeld. Die ganze Nacht hindurch half sie, wo sie helfen konnte.

Am nächsten Morgen stand Sewastopol in Flammen. Und als die Kanonen endlich schwiegen, als sich die Stille über die Stadt senkte wie eine schwere, düstere Decke, da wusste jeder, dass es ein Schweigen für immer war.

»Dem Himmel sei Dank! Es scheint vorüber zu sein. Sollen wir nachschauen gehen?« Joanne und Nicholas traten vor das Lazarettzelt und betrachteten den lodernden Himmel über Sewastopol.

Nach dreihunderteinundvierzig Tagen Belagerung und einem Blutbad, das seinesgleichen suchte, konnte sich niemand wirklich über den errungenen Sieg freuen. Die Menschen waren müde und allenfalls erleichtert, dass die russischen Geschütze schwiegen. Wie es innerhalb der Stadt aussehen mochte, daran wagte niemand zu denken.

Mary holte Nachschub an Verbandszeug, und Joanne und Nicholas kehrten an den Operationstisch zurück. Spät am Abend wankten beide vor Müdigkeit. Im Licht der Sturmlampe wandte sich Nicholas zu Joanne um und sagte leise: »Danke schön, Schwester.«

»Wofür, Doktor?«

»Dafür, dass Sie so verdammt mutig waren. Und dafür, dass Sie nicht alle fünf Minuten in Ohnmacht fallen wie so manch andere.«

»Ich habe nur meine Pflicht getan, Doktor.«

»Dann fahren Sie fort, Ihre Pflicht zu tun, und gehen Sie zu Mrs Shaw Stewart.«

Er drehte sich um und verließ das Feldlazarett. Seine Stiefel fanden auf der blutgetränkten Erde kaum Halt.

Mary Seacole wollte unbedingt zu den Ersten gehören, die dem gefallenen Sewastopol einen Besuch abstatteten, und besorgte sich einen Passierschein. Sie überredete ihren Geschäftspartner Mr Day sowie einige Freunde und Angestellte, sie zu begleiten.

Der erste Mensch, der ihr an diesem Morgen zwischen den rauchenden Trümmern begegnete, war Doktor Nicholas Wainwright. Er saß auf den Überresten eines zerschossenen Gebäudes.

Seine Stiefel waren mit Blut verkrustet, das ebenfalls unter seinen Fingernägeln klebte, und er sah aus wie der leibhaftige Tod. Er rauchte eine dicke Zigarre, die der vor seinen Füßen liegende Soldat nicht mehr genießen konnte. Die Brust des jungen Mannes war von Einschüssen zerfetzt. Trotz der schrecklichen Umgebung schien sich Nicholas Wainwright wohlzufühlen.

»Guten Morgen, Doktor Nicholas. Das ist aber mal eine Überraschung!«

»Ja, wirklich, Mutter Seacole, das ist es. Nein, ich bin einfach nur todmüde. Wissen Sie was? Die Russen scheinen sich vom Acker gemacht zu haben, während wir der Meinung waren, sie seien noch in der Stadt. Die Explosionen, die wir in der Nacht gehört haben, kamen daher, dass sie alles strategisch Wichtige in die Luft gesprengt haben, ehe sie verschwanden. Es war überhaupt nicht notwendig, dass unsere jungen Männer vor dem Redan abgeschlachtet wurden, Mary. Und jetzt wird hier geplündert und gestohlen, was das Zeug hält. Schauen Sie nur! Wie die Elstern!«

Mary setzte sich neben Nicholas und ließ ihre Leute weiterziehen.

»Ich weiß, dass die Frage, die ich Ihnen jetzt stelle, angesichts der Umstände ein bisschen merkwürdig klingt, aber was ist los mit Ihnen, Nicholas? Irgendetwas stimmt doch nicht.«

»Gar nichts stimmt!«

Mary zog eine kleine Flasche Brandy aus der Tasche und reichte sie Nicholas.

»Trinken Sie einen Schluck. Sie werden sehen, das hilft.«

»Ich kann wirklich jede Art von Hilfe gut gebrauchen.« Er lachte freudlos, entkorkte die Flasche und setzte sie an die Lippen. Beim ersten Schluck stockte ihm der Atem, er prustete, hustete und die Tränen traten ihm in die Augen. Schnell aber breite,te sich eine angenehme Wärme in ihm aus, und er nahm einen weiteren Schluck.

»Danke, Mary«, sagte er leise. »Was machen Sie eigentlich hier?«, fügte er hinzu.

»Ach, wissen Sie, ich wäre gern die erste Frau gewesen, die auf einem weißen Ross im Triumph durch die Straßen der besiegten Stadt reitet. Leider muss ich mit einem Esel vorliebnehmen und bin obendrein nur eine Kreolin«, schmunzelte Mary.

»Jesus hat sich nicht geschämt, auf einem Esel zu reiten, Mary.«

Mary lachte ihr tiefes Lachen. »Ich glaube, Sie täten gut daran, sich ein stilles Plätzchen zum Schlafen zu suchen, Nicholas. Sie sehen geradezu Furcht erregend aus, und Ihr Atem riecht nicht gerade angenehm.«

»Ach, Mary ...«

»Kein Wunder, dass die jungen hübschen Krankenschwestern Ihnen aus dem Weg gehen!«, stichelte sie weiter. »Kommen Sie, wir suchen einen Ort, wo Sie sich hinlegen können.«

In einem Keller fanden sie eine Matratze und eine dünne Decke. Der Keller war bis auf vereinzelte, schüchterne Sonnenflecke, die durch ein Gitter drangen, ziemlich dunkel. Nicholas sank mehr nieder, als dass er sich hinlegte. »Ich bin sicher, Sie nehmen das türkische Hospital selbst in Augenschein, oder?«, murmelte er.

»Kann schon sein. Jetzt ruhen Sie sich erst einmal aus, ich komme später zurück und sehe nach Ihnen. Behalten Sie den Cognac; er wird Ihnen beim Einschlafen helfen.«

Nachdem Mary gegangen war, versuchte Nicholas, einzuschlafen. Doch er bemühte sich vergeblich. Sobald er die Augen schloss, kamen die Horrorszenarien zurück. Er sah Schützengräben, in denen sich Leichen stapelten, er erinnerte sich der geschwärzten und zerfetzten Gesichter von Männern, die bei den Explosionen gestorben waren, er dachte an Berge von amputierten Gliedmaßen und an unkenntliche Körper in britischen, französischen, türkischen und russischen Uniformen.

Mein Gott, betete er, ist dies das Armageddon, von dem in der *Offenbarung* die Rede ist?

Die schlimmsten Bilder in Nicholas' Kopf waren die der getöteten Zivilisten – vor allem der Kinder. Irgendwo in der zerstörten Stadt hatte er die abgerissene Hand eines Babys gesehen, die sich im Augenblick des Todes zu einer kleinen Faust geballt hatte; die winzigen Finger hatten versucht, sich bis zum letzten Augenblick an das Leben zu krallen.

Oh mein Gott, stöhnte er und begann, hemmungslos zu schluchzen. Nie wieder würde sein Leben sein wie zuvor.

Als er sich ausgeweint hatte, trank er den Rest des Cognacs, stand auf und wankte unsicheren Schrittes zurück in sein Lazarett.

Kapitel Vierzig

Im Grunde war Sewastopol nicht gefallen, sondern war von den Russen aufgegeben worden. Über Fort Malakow wehte nun die Trikolore, der Redan war mit dem Union Jack geschmückt.

Der Krieg war vorüber. Die Russen hatten sich in den Norden von Sewastopol zurückgezogen und schossen nur dann und wann noch eine Granate in Richtung Süden. Nun war es Aufgabe der Royal Navy, die den großen Hafen von Sewastopol schon lange kontrollierte, die Russen bis in die Ostsee zu verfolgen.

Nach der Demütigung am Redan hob sich die Stimmung der Briten zusehends. In den Lagern fanden Siegerpartys und manchmal sogar Fuchsjagden statt. Mutter Seacoles Hotel und ihr Küchenchef Alexis Soyer kamen groß in Mode.

Die Ärzte und Schwestern in den Lazaretten wurden angewiesen, für den Fall, dass sie noch einmal gebraucht würden, bis zur Unterzeichnung des Friedensvertrags an Ort und Stelle zu bleiben.

Im November, als die Politiker noch über den Friedensvertrag verhandelten, gab es einen schweren Zwischenfall. In der Nähe des *British Hotel* explodierte ein Munitionszug der Franzosen, was mit ziemlicher Sicherheit nicht auf feindlichen Einfluss, sondern auf unglückliche Umstände zurückzuführen war. Bei den zahlreichen Toten und Schwerverletzten handelte es sich in der Hauptsache um Franzosen. Die Explosion war so heftig, dass man sich später erzählte, dass ein herumfliegender

Granatsplitter noch in über sechs Kilometern Entfernung ein Pferd getötet hätte.

Mary war sofort an der Unglücksstelle, um Erste Hilfe zu leisten. Joanne wurde abkommandiert, weil sie fließend Französisch sprach und dem französischen Stabsarzt assistieren konnte.

Einen Monat nach der Katastrophe flatterte eine Einladung auf den Schreibtisch von Mrs Shaw Stewart.

Prinz Joseph Bonaparte Napoleon gibt sich die Ehre, im Namen des französischen Kaisers Napoleon III. die Damen des Stabs von Florence Nightingale, welche die Ärzte der französischen Streitkräfte nach der Explosion des Munitionszuges selbstlos und unbürokratisch unterstützt haben, zu einem Empfang mit Verleihung des Verdienstordens am 12. Dezember 1855 an Bord der kaiserlichen Jacht Eugénie *einzuladen.*

Ein Empfang? Nein, so etwas konnte und durfte sie nicht gestatten. Mrs Shaw Stewart versteckte die Einladung unter einem Stapel Papiere auf ihrem Schreibtisch.

Kurze Zeit später betrat Joanne das Büro, um Mrs Shaw Stewart die nach der Visite vervollständigten Krankenakten des Lazaretts zurückzubringen.

»Vielen Dank, Schwester Byngham«, sagte Mrs Shaw Stewart. »Haben Sie jetzt frei?«

»Ja, aber nur eine Stunde. Nach der Teepause melde ich mich sofort zurück.«

»Schön, dass wir uns endlich wieder Pausen leisten können, finden Sie nicht? Noch eine kurze Frage, Schwester Byngham: Miss Nightingale wünscht eine Beurteilung aller Schwestern, die hier im Lazarett im Einsatz waren. Was, glauben Sie, sollte ich über Sie berichten?«

Komische Frage, dachte Joanne. »Dass ich einfach nur meine Pflicht getan habe«, antwortete sie laut.

»Die aber gründlich«, gab Mrs Shaw Stewart zurück. »Man merkt sehr wohl, welch fundierte Ausbildung Sie in Kaiserswerth genossen haben. Ehrlich gesagt hoffe ich darauf, dass Sie ihr weiteres Leben ganz in den Dienst an kranken Menschen stellen, Schwester Byngham.«

Hoffentlich nicht, dachte Joanne unwillkürlich.

»Miss Nightingale hat vor, in London eine Pflegeschule zu eröffnen. Ich würde Sie gern als Lehrkraft vorschlagen, Schwester Byngham.«

»Hatten Sie eigentlich heute schon eine Pause, Mrs Shaw Stewart?«, lenkte Joanne hastig ab. »Ich biete Ihnen an, meine Pause um eine halbe Stunde zu verkürzen, damit auch Sie Ihre wohlverdiente Tasse Tee genießen können.«

»Das ist sehr freundlich von Ihnen, und ich nehme Ihr Angebot dankend an. Ich erwarte Sie dann in einer halben Stunde.«

Als Joanne eine halbe Stunde später in das Büro der Leiterin zurückkehrte, wartete Mrs Shaw Stewart bereits im Mantel auf sie.

»Setzen Sie sich an meinen Schreibtisch, Schwester Byngham. Und bringen Sie bitte nichts durcheinander. Ich bin bald zurück.«

Joanne ließ sich auf dem geheiligten Stuhl der Leiterin nieder und zog den Karteikasten mit den Krankenakten zu sich, weil sie hoffte, endlich einmal Zeit zum Vervollständigen der Anamnesedaten zu finden. Ein Stapel Papiere geriet ins Rutschen. Verwundert entdeckte Joanne die Ecke einer Einladungskarte mit Goldrand.

Als Mrs Shaw Stewart aus der Teepause zurückkehrte, sah sie sofort, dass Joanne die Karte gefunden hatte.

»Und? Was halten Sie davon, Schwester?«

»Ich … also ich …«

»Nun behaupten Sie bitte nicht, Sie hätten die Karte nicht gelesen.« Mrs Shaw Stewart hängte ihren Mantel an einen Haken hinter der Tür.

»Ich habe sie gelesen.«

»Und? Was meinen Sie dazu?«

»Ich weiß nicht recht, Madam.«

»Sollen wir, oder sollen wir nicht?«

»Ich glaube, ich verstehe nicht, Madam.«

»Ob wir zusagen sollen, ohne Miss Nightingale zu informieren?«

»Das würde ich lieber nicht tun. Sie würde es sicher herausbekommen.«

»Genau das glaube ich auch. Allerdings befürchte ich, dass sie ihre Zustimmung verweigert.«

»Das denke ich nicht. Immerhin ist es eine Einladung aus den höchsten Kreisen und damit eine Auszeichnung nicht nur unserer Arbeit, sondern auch ihrer Person, die ja dafür verantwortlich ist.«

»Aber wir wissen doch alle, dass sie die Öffentlichkeit scheut.«

»Trotzdem hatte sie durchaus nichts dagegen, dass Mr Russell in der *Times* ihr Loblied gesungen hat.«

»Da haben Sie auch wieder recht. Wissen Sie noch, wie viele von uns nach der Explosion bei den Franzosen ausgeholfen haben?«

»Wir waren zu siebt, Madam, Sie eingeschlossen.«

»Gut, dann schreiben Sie mir bitte die entsprechenden Namen auf. Ich werde versuchen, die Zustimmung von Miss Nightingale zu bekommen. Im Übrigen bin ich der Meinung, dass es unhöflich wäre, eine so nette Einladung abzulehnen.«

Joanne nickte.

Florence Nightingale stimmte der Einladung unter der Bedingung zu, dass alle Nightingale-Schwestern ihre Schwesterntracht und ihre Haube trugen.

»So ein Mist«, schimpfte eine der Krankenschwestern. »Sie ist eine Spielverderberin. Wie gern hätte ich endlich einmal wieder ein Ballkleid getragen!«

»Sei doch froh, dass wir überhaupt einmal ausgehen dürfen.«

»Vielleicht ist der Prinz ja sogar ganz nett.«

»Prinz *Plon-Plon?*« Alle lachten. Nur eine wagte zu fragen: »Was ist denn daran so lustig?«

»Plon-Plon ist der Spitzname von Prinz Joseph«, erklärte Joanne. »So hat er als Kind seinen Namen ausgesprochen, und das ist hängengeblieben.«

»Woher weißt du das?«

»Ich weiß es eben.«

»Sie hat lange Zeit in Frankreich gelebt«, sagte eine andere Schwester. »Man munkelt sogar, dass sie von einem gut aussehenden Franzosen entführt worden wäre, nicht wahr, Joanne?«

»Glück muss man haben! Ich wünschte, ich würde auch von hier entführt!«

»Stimmt es wirklich, dass der Spitzname des Prinzen Plon-Plon lautet?«

»Ja.«

»Und stimmt es, dass du einem geheimnisvollen Verehrer nachtrauerst? War er es, der dich entführt und dann in einem Kloster zurückgelassen hat?«

»Nein.«

»Vermutlich hat unsere Joanne ein Geheimnis, über das sie nicht zu sprechen wünscht.«

»Komm schon, verrate uns doch den Namen deines Schatzes.«

»Schert euch um eure eigenen Sachen.«

»Uns kannst du ihn doch sagen!«

»Also, ich glaube, sie ist in Doktor Wainwright verliebt. Stimmt's, Joanne?«

»Doch nicht in den! Ich habe sie beobachtet: Sie gehen miteinander um wie Bruder und Schwester.«

»Ist das nicht verständlich? Schließlich muss Joanne ihn den lieben langen Tag am Operationstisch ertragen.«

»Oh, das macht mir nichts aus«, mischte sich Joanne ein. »Immerhin rettet er mehr Leben als alle anderen Ärzte hier in Balaklawa.«

»Dir macht nichts etwas aus, Joanne. Du hast wirklich die Ruhe weg.«

»Danke, Maud.«

»Ich kann diesen Strumpf einfach nicht mehr stopfen«, schimpfte eine andere Schwester plötzlich und warf den Stopfpilz in die Ecke. »Überall sind Löcher. Wo soll ich da anfangen? Unsere Uniformen sind abgetragen und hässlich, und eine Frisur kann man mein Haar auch nicht mehr nennen.«

»Das macht doch nichts. Unter der Haube sieht man die Haare sowieso nicht.«

Als der große Tag des Empfangs näherrückte, inspizierte Mrs Shaw Stewart die Uniformen ihrer Krankenschwestern.

»Sie müssen Ihre Schuhe noch einmal ordentlich putzen, Schwester Hart. Sie sind grau und nicht schwarz, wie sie sein sollten. Ihre Haube ist nicht gestärkt, Schwester Darling. Die Knöpfe Ihrer Uniform passen nicht zusammen, Schwester Hart. Nähen Sie bitte die regulären Knöpfe an, und zwar mit farblich passendem Faden. Ihre Fingernägel haben einen Trauerrand, Schwester Smith. Schwester Scott-Johnson, bei Ihnen blitzt der Unterrock hervor. Und auch Ihre Schuhe sind nicht richtig geputzt, Schwester Byngham. Sobald Sie alle fertig sind, treten Sie bitte erneut an!«

Ehe die kleine Gruppe sich zum zweiten Mal unter Mrs Shaw Stewarts scharfen Blick wagte, ließ sie sich von Joanne begutachten. »Sehen wir jetzt einigermaßen akzeptabel aus?«

»Ich glaube schon«, sagte Joanne.

»Leute, ich freue mich unglaublich darauf, mit einem Franzosen zu tanzen«, seufzte eine der Frauen.

»Leider muss ich dich enttäuschen, Fanny«, sagte Joanne nüchtern. »Das Tanzen ist uns nicht gestattet.«

»Ist doch nicht schlimm«, meinte ein anderes Mädchen. »Hauptsache, wir kommen hier einmal raus! Los, lasst uns gehen. Ich kann es kaum erwarten.«

Joanne seufzte. Sie war seit sechs Uhr morgens auf den Beinen und wünschte sich nichts sehnlicher, als die Füße hochzulegen und einen Augenblick der Ruhe zu genießen. Der Empfang reizte sie nicht im Mindesten.

Kapitel Einundvierzig

Am Abend des 12. Dezember fand sich alles, was im französischen Lager Rang und Namen hatte, zum Empfang auf der kaiserlichen Jacht *Eugénie* ein. Auch Mrs Shaw Stewart war mit ihren sechs Krankenschwesterkolleginnen gekommen und stellte sie dem Prinzen offiziell vor. Als sie bei Joanne angekommen war, stutzte der Prinz.

»*Enchanté, Miss Byngham.* Sie heißen Josephine-Anne? Das ist aber ein sehr französischer Name.«

Bei der anschließenden Ordensverleihung nahm er sich bei Joanne mehr Zeit als bei den anderen Schwestern und verwickelte sie in ein Gespräch.

»Mademoiselle Byngham, uns wurde berichtet, dass Sie sich auf dem Gebiet der Anästhesie mit Chloroform ausgezeichnet auskennen. Der französische Arzt im Feldlazarett hat Sie lobend hervorgehoben.«

»Vielen Dank, Majestät. Ich hatte aber auch einen hervorragenden Lehrer, dessen Mutter übrigens Französin ist. Es handelt sich um Doktor Nick...«

»Weitergehen!«, zischte Mrs Shaw Stewart und schubste Joanne vorwärts.

»Doktor Nick! Das ist aber ein netter Name für einen Stabsarzt«, lächelte der recht beleibte Prinz Joseph und wandte sich schwerfällig der nächsten Kandidatin in der Reihe zu. »Mrs Shaw Stewart, Sie haben da wirklich eine Gruppe äußerst charmanter und begabter Krankenschwestern mitgebracht, die wir äußerst gern auszeichnen.«

»Vielen Dank, Majestät.«

Die Reihe der Ordensempfänger rückte weiter und wurde von den französischen Würdenträgern begrüßt. Hinter Joanne stand ein Zeremonienmeister, der ihr den jeweiligen Namen des Begrüßenden zuflüsterte.

Joanne traute ihren Ohren nicht, als der Höfling hinter ihr raunte:

»Und dies ist der hochdekorierte Held der Schlacht von Inkerman, Kommandeur der 4. Division der Chasseurs d'Afrique, Graf St-Clair de Villacroix …«

Sie hob die Augen und blickte in die merkwürdig grünen Augen von Jean-Paul. Dem Zeremonienmeister blieb gerade noch Zeit, Joanne aufzufangen.

»Mon Dieu«, zwitscherte er, »eine der Krankenschwestern ist in Ohnmacht gefallen.«

Joanne kam in einer pompösen Kajüte abseits des Ballsaals wieder zu sich. Sie lag auf der mit rosafarbenem Samt bezogenen Chaiselongue von Kaiserin Eugénie. Eine ihrer Kolleginnen hielt ihr ein Fläschchen mit Riechsalz unter die Nase, eine andere massierte ihre Füße.

»Welch beschämender Auftritt, Schwester Byngham«, nörgelte Mrs Shaw Stewart. »Das war nun wirklich nicht nötig.« Ihre Krankenschwestern standen schließlich in dem Ruf, mutig und selbstbeherrscht zu sein. Jemand, der täglich bei der Amputation von Gliedmaßen assistierte, konnte doch beim Anblick eines gut aussehenden Offiziers mit medaillengeschmückter Brust nicht gleich ohnmächtig werden! Vor allem von Schwester Byngham hatte sie einen solchen Fauxpas nicht erwartet.

In diesem Augenblick jedoch klopfte es. Der Zeremonienmeister stand an der Tür. »Entschuldigen Sie, meine Damen, aber General Graf St-Clair möchte Miss Byngham unter vier Augen sprechen.«

Jean-Paul trat ein und verbeugte sich vor Mrs Shaw Stewart. »Ich möchte mich ausdrücklich dafür entschuldigen, dass ich Anlass zu einiger Aufregung geboten habe. Dürfte ich darum bitten, mit Miss Byngham allein zu reden?«

»Das ist leider nicht möglich, Herr General. Ich trage die alleinige Verantwortung für unsere unverheirateten Krankenschwestern.«

»Ich verstehe Ihren Einwand nur allzu gut, Madam. Aber Sie müssen wissen, dass ich seit sieben Jahren mit Miss Byngham verlobt bin.«

Mrs Shaw Stewart starrte ihn sprachlos an.

Joanne erhob sich langsam. Ihr war immer noch ein wenig schwindelig.

»Wie kannst du es wagen, eine solche Behauptung aufzustellen, Jean-Paul!«, schalt sie mit schwacher Stimme. »Nach allem, was ich deinetwegen durchgemacht habe.«

Mrs Shaw Stewart scheuchte ihre Krankenschwestern aus der Kajüte und schloss die Tür von außen. »Wir benehmen uns jetzt alle so, als wäre nichts geschehen, und genießen das Buffet. Und lächeln, meine Damen, lächeln!«

Aus dem Ballsaal drang leise Musik in die Kajüte. Wie oft hatte Joanne diesen Augenblick herbeigesehnt, davon geträumt, nicht von ihm gelassen und sich ihn tausendmal vorgestellt, um doch immer wieder nur enttäuscht zu werden. Sie riss sich zusammen, wie sie es in Kaiserswerth gelernt hatte, und sah Jean-Paul mit verschränkten Händen ruhig an.

Der Graf bemerkte sofort, dass die erwachsene Frau, die ihm trotz ihrer wenig schmeichelhaften Uniform schöner denn je erschien, nicht dieselbe Joanne war, die er vor sieben

Jahren gekannt hatte. Das impulsive, launische Mädchen von einst, mit dem er so heftig geflirtet hatte, war Vergangenheit.

»Joanne! *Ma chérie!*«

»Bleib stehen, wo du bist, Jean-Paul. Komm bitte nicht näher.« Joanne hatte den Klang ihres Namens aus seinem Munde, ausgesprochen mit einem weichen französischen Akzent, vergessen. Nein, nicht vergessen, nur verdrängt. Verdrängt, um Herr über den Schmerz zu werden. Sie antwortete ihm in seiner Sprache. »Dein Haar ist mit Silberfäden durchzogen, Jean-Paul. Die Farbe steht dir gut.«

Er tat einen weiteren Schritt vorwärts. Sie beobachtete das Spiel seiner Kiefermuskeln und musste sich abwenden. Bitte, dachte sie, er darf mich bloß nicht berühren! Eine Berührung würde meinen Entschluss ins Wanken bringen.

Als sie ihm wieder ins Gesicht schauen konnte, klang ihre Stimme brüchig. »Du hast eine Menge Orden bekommen, Jean-Paul. Du musst sehr mutig gewesen sein. Sogar das Kreuz der Ehrenlegion ist dabei.«

»Mit Mut hat das nichts zu tun, Joanne. Ich bin eher ein Feigling mit einem gerüttelten Maß an Glück.«

Ja, dem konnte sie nur zustimmen.

»Du darfst nicht traurig oder verbittert sein, Joanne. Wir sind nur Spielbälle des Schicksals und werden von Mächten getrieben, die wir nicht ändern können. Wir haben uns wiedergefunden; nur das allein zählt.« Wieder kam er einen Schritt näher.

»Bleib, wo du bist! Wenn du auch nur einen Funken Respekt für mich empfindest, musst du Abstand halten.«

»Warum sprichst du so mit mir, Joanne? Wir benehmen uns, als wären wir einander fremd.«

»Das sind wir auch, Jean-Paul. Wir sind einander fremd.«

»Du solltest jetzt, in diesem geschenkten Moment, in meinen Armen liegen, Joanne. Warum benehmen wir uns so merkwürdig?« Er streckte die Arme aus, doch Joanne wich zurück, schüttelte den Kopf und kämpfte gegen die Tränen an.

»Ich weiß es nicht, Jean-Paul.«

Jean-Paul ignorierte ihre Bitte und breitete erneut die Arme aus. »Komm zu mir und lass dir alles erklären.«

Sie stieß ihn zurück. Als ihre Hände seine noch nicht vollständig verheilten Wunden berührten, stöhnte er auf.

»Joanne! Ich wollte dir niemals wehtun.«

Sie bedachte ihn mit einem kalten Blick. »Ach ja? Weißt du überhaupt, was du mir angetan hast? Ist dir bewusst, wie entsetzlich ich in den vergangenen sieben Jahren gelitten habe? Nein, natürlich nicht. Du hast mich kaum beachtet und nur deinen Interessen gefrönt; ich hingegen habe jeden Tag meines Lebens von dir geträumt, mich nach dir gesehnt, nach dir geschmachtet und dich von ganzem Herzen geliebt – dich, meinen wunderbaren, immer abwesenden Verlobten! Ja, ich habe von dir geträumt. Die ganze Zeit. Aber ich habe dich auch verflucht. Was glaubst du, warum ich diese Uniform hier trage? Sie ist der Ersatz für mein Hochzeitskleid, das ich hätte tragen sollen, nachdem du vor sieben Jahren um meine Hand angehalten hattest. Vor sieben verfluchten Jahren! Ja, da kannst du verdutzt dreinschauen, weil dich meine Sprache irritiert. Ich bin nicht mehr die Joanne, die du am Abend ihres achtzehnten Geburtstags einfach alleingelassen hast. Jetzt brauchst du mir nicht mehr mit Gewissensbissen, Lügen und deiner grenzenlosen Arroganz zu kommen!« Erneut wandte sie sich ab. Es hatte keinen Sinn mehr. Zu viel war geschehen, seit sie ihn das letzte Mal gesehen hatte.

»Du hättest wenigstens meine Briefe beantworten können«,

fuhr sie mit abgewandtem Gesicht fort. »Du hättest mir schreiben können, dass du unser Verlöbnis als aufgelöst betrachtest. Stattdessen hast du mich am Ende deiner Angelschnur nach Luft schnappen lassen wie einen Fisch auf dem Trockenen. Warum hast du nie geschrieben?«

»Ich habe jeden einzelnen Brief beantwortet.«

»Ich habe aber nie eine Antwort bekommen.«

»Ich war mit den Chasseurs d'Afrique in Nordafrika ...«

»Das weiß ich längst. Adèle Wainwright und Hélène Le Fèvre haben mir immer geschrieben. Man hätte meine Briefe weiterleiten können ...« Sie brach ab. Nein, sie würde seine Mutter nicht beschuldigen. Er besaß ihre Adressen in London und Irland – hätte er gewollt, dann hätte er ihr direkt schreiben können, anstatt seine Mutter mit einzubeziehen.

»Nachdem ich mich in Kaiserswerth bei den Laiendiakonissen angemeldet hatte«, fuhr sie fort, »wurde ich zur Krankenschwester ausgebildet und hatte strenge Regeln zu befolgen. Ich musste enthaltsam leben und fand so zu innerem Frieden und Freiheit.«

»Als ich plötzlich nichts mehr von dir hörte, dachte ich mir, dass du deine Gründe dafür hättest – Gründe, die ich jetzt vor mir sehe. Warum hast du das getan, Joanne?«

»Ganz einfach, Jean-Paul: weil du mich im Stich gelassen hast. Und weil du mich im Stich gelassen hast, wurde ich von einem anderen Mann entführt und musste mit ihm leben. Du kennst ihn übrigens. Er war Zigeuner und hieß Gaston Cabet.«

Jean-Paul schluckte. »Es tut mir so leid, Joanne, mein Liebling. Glaub mir doch ...«

»Sei still und hör mir zu. Du hättest sicher gern, dass ich wieder zu dem kleinen, unterwürfigen Mädchen von früher würde, nicht wahr, Jean-Paul? Aber das Leben ist nun einmal weitergegangen, und ich habe mich verändert. Heute erkenne ich, wie Männer wirklich sind, und nicht, wie sie zu sein vorgeben. Du hast mich benutzt. Gaston Cabet hat das niemals auch nur versucht.«

»Joanne, ich will deinen Gefühlen auf keinen Fall zu nahe treten …«

»Kommt jetzt die nächste Ausrede, Jean-Paul?«

»Ich habe dich nach deinem anfänglichen Schweigen in Ruhe gelassen, weil ich allen Grund hatte zu glauben, dein Herz gehöre einem anderen.«

»Ach wirklich? Und wer soll das gewesen sein?«

»Ein englischer Arzt?«

»Hast du das von Madame Le Fèvre?«

»Ich kann mich nicht erinnern, von wem ich es gehört habe.«

»Hast du dich nie gefragt, was aus mir geworden sein könnte, nachdem ich eines Morgens auf geheimnisvolle Weise von Schloss Villacroix verschwand?«

»Lise hatte mir erzählt, dass du nach einem heftigen Streit mit meiner Mutter die Kutsche nach Paris genommen hättest und von dort aus nach Irland weiterreisen wolltest.«

»Und dich hat auch nicht interessiert, wohin dein schöner Araberhengst Mars verschwunden war?«

»Mein Stallbursche vermutete, dass Pferdediebe ihn mitgenommen hätten.«

»Aber du hast nie versucht, die Wahrheit herauszufinden. Schäm dich, Jean-Paul!«

»Ich bin davon ausgegangen, dass du dich aus irgendwelchen Gründen anderweitig orientiert hättest und mich nicht mehr heiraten wolltest.«

Typisch Jean-Paul! Niemals um eine Ausrede verlegen!

»Ach, Jean-Paul! Und da musstest du gleich nach Algerien verschwinden.«

»Und du bist Laiendiakonisse geworden! Woher weißt du eigentlich so viel über mich?«

»Von deiner Tochter Lise.«

Bei der Erwähnung des Namens sank Jean-Paul plötzlich in sich zusammen. Sein Gesicht wirkte wie eine verzerrte Maske.

»Lise?« Seine Stimme klang brüchig und unsicher. »Lise hat dir geschrieben?«

»Ja. Wir hatten während der gesamten Zeit – nun gut, mit Ausnahme der Monate in der Camargue – immer wieder Briefe gewechselt. Lise hat mir ihre hübschen Gedichte nach England und nach Kaiserswerth geschickt, und wir hatten Kontakt, bis ich im Dienste von Florence Nightingale in Richtung Krim zog. Du hattest ihr eine Stiefmutter versprochen, mit der sie wirklich hätte auskommen können, Jean-Paul. Sie wurde nur schwer damit fertig, dass ich fortging. Leider habe ich in letzter Zeit nichts mehr von ihr gehört – aber vielleicht sind ihre Briefe ja auch nur verlorengegangen, wie angeblich meine Briefe an dich.«

»Lise ist vor zwei Jahren gestorben, Joanne.«

Joanne schlug die Hand vor den Mund. »Mein Gott!«

In der folgenden traurigen Stille nahm Jean-Paul Joanne in die Arme. Sie ließ es geschehen, denn er war derjenige, der jetzt Trost brauchte. »Warum?«, stammelte sie. »Wieso?«

»Sie hatte Tuberkulose.«

»Oh, Jean-Paul, es tut mir so leid. Kannst du mir erzählen, was genau geschehen ist?«

»Nachdem du das Schloss verlassen hattest, ging sie regelmäßig hinunter zu den Tamarisken und schrieb ihre Gedichte. Dabei holte sie sich eine Erkältung, die sich in der Lunge festsetzte. Sie hat sich nie mehr davon erholt.«

»Und wie geht es deiner Mutter? Lebt sie noch?«

»Sie lebt noch, aber es geht ihr nicht gut. Sie wird demnächst neunzig und ist seit Lises Tod recht senil geworden. Ich nehme an, es liegt daran, dass sie den Tod ihrer einzigen Enkelin nie verwunden hat. Meistens bleibt sie den ganzen Tag im Bett und fragt, warum das Ancien Régime sie zurückgelassen hat und das junge Mädchen als Erste sterben musste.«

»Das wusste ich alles nicht. Warum haben weder Madame Hélène noch Adèle Wainwright mir je davon geschrieben?«

»Vermutlich wollten sie dich schützen. Vielleicht wussten sie es aber auch einfach nicht. Wir sind auf dem Schloss immer ein wenig für uns geblieben, und nach Lises Tod wurde es noch schlimmer: Mutter hat sich richtiggehend eingeigelt. Tut mir leid, dass ich dich mit diesen traurigen Nachrichten geradezu überfallen habe; mir war nicht mehr bewusst, wie nah Lise und du euch wart.«

»Aber Lises Großvater, Monsieur Clermont-Clary, muss doch Bescheid gewusst haben. Und er ist sowohl mit Madame Hélène als auch mit Adèle Wainwright befreundet. Es hat doch sicher eine Beisetzung gegeben, nicht wahr?«

»Mein Schwiegervater hat ein Jahr vor Lise ebenfalls das Zeitliche gesegnet.«

»Ich kann es immer noch nicht fassen.« Joanne schüttelte den Kopf. »Und ich verstehe einfach nicht, warum mir niemand etwas gesagt hat.«

Er hielt sie auf Armeslänge von sich ab und blickte in ihre goldenen Augen. Seine Hände streichelten ihr Gesicht, ehe er sie wieder an seine ordengeschmückte Brust zog und flüsterte: »Komm, lass uns irgendwo hingehen, wo es ruhiger ist. Wir könnten einen Spaziergang am Strand machen. Es gibt so viel zu bereden. Und wir haben etwas nachzuholen, *ma chérie*. Wir werden eigene Kinder haben, du und ich ...«

Jedes Wort, das er aussprach, kam aus der Tiefe seines Herzens und war ehrlich gemeint. Natürlich war es das! Er war ein

Mann, der sich plötzlich einer leeren Zukunft ohne Frau und ohne Kind gegenübersah; ihm war lediglich eine kränkliche Mutter geblieben, die ebenfalls bald sterben würde. Und er war so verführerisch, so verlockend … so typisch Jean-Paul …

Joanne löste sich aus der Umarmung, richtete ihre Haube und ihre Schürze und versuchte, ihre Gedanken zu sammeln. Die Vergangenheit war vorbei, doch ihre gesamte Zukunft schien in diesem einen, dem jetzigen Moment zu liegen. »Das glaube ich eher nicht, Jean-Paul. Nicht mehr. Aus uns beiden wird nie mehr ein Paar.«

»Wie meinst du das?«, fragte Jean-Paul überrascht.

»Dass wir getrennte Leute sind. Jeder von uns wird sein eigenes Leben weiterführen, vermutlich sogar in unterschiedlichen Ländern. Ich kann immer noch nicht fassen, dass du mich nicht einmal über den Tod deiner Tochter informiert hast.«

»Mach mir bitte keine Vorwürfe, Joanne.«

»Aber nein, das habe ich nicht vor. Eigentlich mache ich mir eher selbst Vorwürfe. Ich habe wirklich geglaubt, dich zu lieben, doch in den vergangenen sieben Jahren habe ich auch gelernt, andere Menschen zu lieben. Unter anderem ein kleines Mädchen, dem viel zu wenig menschliche Wärme zuteil wurde, und das mir in seiner Einsamkeit glich. Diese Einsamkeit war schuld daran, dass ich mich bereitwillig jedem zuwandte, der bereit war, mir Liebe und Zuneigung zu schenken – auch einem zwanzig Jahre älteren, gut aussehenden Franzosen, von dem ich glaubte, dass er mich liebte.«

»Joanne, was soll das?«

»In den Jahren, die wir voneinander getrennt waren, lernte ich, deine Tochter inniger zu lieben, als ich dich je geliebt habe. Lise war ein kleines Mädchen, das die Zeit fand, ihrer Beinahe-

Stiefmutter zu schreiben. Jahrelang war ich wie einer dieser ausgebrannten Sterne, von denen Lise gern sprach und über die sie Gedichte schrieb – Sterne, die nur noch das Licht eines anderen Sterns reflektieren. Lise und ich lebten im Abglanz deines Ruhmes und deines Charismas, Jean-Paul. Wir sonnten uns im Licht deiner Versprechungen, die sich an unseren Hoffnungen und Träumen orientierten. Ich träumte davon, deine Frau zu werden, Lise träumte davon, mich zur Stiefmutter zu bekommen, weil ich sie liebte wie mein eigenes Kind ...«

Joanne atmete tief durch und schluckte schwer an dem Kloß in ihrer Kehle. Sie wollte ihm wehtun. So weh, wie er ihr getan hatte. Und sie würde ihm keinesfalls die Befriedigung schenken, ihm zu erzählen, dass er mit ihr ein Kind gezeugt hatte.

»Aber nach sieben Jahren ist der Traum ausgeträumt, und ich bin endlich aufgewacht. Der Traum war wunderschön, aber ich glaube nicht, dass der Mann, von dem ich träumte, den Schmerz wert war. Ich kann keinen Feigling heiraten, Jean-Paul. Du hast zwar eine Menge Orden auf deiner Brust, trotzdem warst du zu feige, die Beziehung zu mir rechtzeitig zu beenden, obwohl du niemals die Absicht hattest, mich zu heiraten.«

»Das ist nicht wahr!«

Doch Joanne ließ keine Ausrede mehr gelten. »Du warst auch zu feige, zuzugeben, dass du zugelassen hast, dass Barbiret starb – obwohl du der Verräter warst. Du warst der Doppelagent! Du hast seinen Tod angeordnet! Du hast Gaston Cabet ohne ein Wort der Verteidigung auf der Guillotine sterben lassen, obwohl du selbst mit *L'Épée Rouge* zu tun hattest, und du hast die Schmiergelder eingesteckt. Warum, Jean-Paul? Warum?«

Der Graf war bei jedem Wort bleicher geworden. Doch Joanne war noch nicht fertig mit ihm.

»Du hast dich als Freund meines Vaters ausgegeben, aber du hast ihn und mich nur als Bauernopfer benutzt. Als Gaston Cabet herausfand, dass du ein doppeltes Spiel spieltest, hat sich die Organisation *L'Épée Rouge* gegen dich gewendet und deine Weinberge angezündet. Heute weiß ich, was Gaston Cabet meinte, als er sagte, dass er niemals in der Lage sein würde, das System zu besiegen, und dass Menschen wie du und deinesgleichen ihn daran hinderten. Und immer wieder hat das Schicksal dir in die Hände gespielt. Wir haben wieder einen Kaiser, und dir geht es blendend. Du hast mich nie geliebt, Jean-Paul, du hast mich nur benutzt. Und leider muss ich davon ausgehen, dass die arme Lise gestorben ist, ohne je zu erfahren, dass du sie auf deine Weise gernhattest. Aber tiefe Gefühle sind dir fremd, Jean-Paul. Wahrscheinlich hat es mit deiner übermächtigen Mutter zu tun, aber du bist ein furchtbarer Egoist.«

Endlich war es heraus. Joanne hatte alles ausgesprochen, was sich in den letzten sieben Jahren in ihr aufgestaut hatte. Sie öffnete die Tür und stolperte auf das Promenadendeck hinaus. Unten im Ballsaal erreichte die Stimmung ihren Höhepunkt.

»Warte, Joanne! Hör mich bitte an!«

»Es gibt nichts mehr zu sagen, Jean-Paul.«

»Es ist noch nicht zu spät für einen Neuanfang, Joanne! Komm zurück! Ich liebe dich! Ich habe dich immer geliebt! Joanne, bitte ...«

»Adieu, Jean-Paul.«

Kapitel Zweiundvierzig

Die hervorragend ausgebildete und äußerst höfliche französische Besatzung begleitete Joanne von Deck und fragte, ob sie einen Rücktransport zu ihrer Unterkunft wünsche. Joanne wollte eben bejahen, als ihr auf dem Kai eine vertraute Gestalt entgegenkam.

»Mutter Seacole! Zum Bankett sind Sie aber reichlich spät dran!«

»Sie glauben doch nicht ernsthaft, dass jemand wie ich auf der Gästeliste steht. Aber wieso gehen Sie so früh?«

»Das ist eine lange Geschichte.«

»Genau wie meine.«

»Ich freue mich so sehr, Sie zu sehen! Aber wenn Sie nicht eingeladen sind, was machen Sie dann hier?«

»Ich bringe Nachschub für das Buffet. Finden Sie es aufdringlich, wenn ich Sie bitte, mir Ihre Geschichte zu erzählen?«

»Wie schon gesagt – sie ist sehr lang.«

Mary spürte, dass Joanne verwirrt und traurig war. Auch hatte sie die hochgewachsene Gestalt eines französischen Offiziers an der Reling gesehen, den sie auf den ersten Blick erkannte. Sie ahnte, was geschehen war.

»Wären Sie vielleicht so nett, mich nachher zum Schwesternheim zu bringen, Mutter Seacole?«

»Aber gern, Süße. Sobald wir abgeladen haben.«

Auf dem Rückweg sagte Joanne:

»Wissen Sie, Mutter Seacole, Sie sind wirklich der warmherzigste Mensch, der mir je im Leben begegnet ist. Ich würde mich freuen, wenn Sie mich demnächst einmal in London oder Dublin besuchen kämen. Wir haben so viel erlebt, dass uns der Gesprächsstoff bestimmt bis ins hohe Alter nicht ausgeht.«

Mary lachte. »Joanne, mein liebes Kind, Sie sind gerade einmal halb so alt wie ich.«

»Aber langsam zu alt, um noch an eine Ehe zu denken.«

»Papperlapapp! Sie sind im allerbesten Alter, und Sie sind hübsch und liebenswert. Dieser Mann war nicht der Richtige für Sie. Er konnte Ihnen nicht das Wasser reichen.«

Joanne stutzte. »Von wem sprechen Sie?«

»Von Jean-Paul St-Clair.«

»Sie kennen ihn?«

»Ich habe Geschäfte mit ihm gemacht. Er scheint es faustdick hinter den Ohren zu haben.«

»Wieso? Zahlt er nicht pünktlich?«

Mary Seacole lachte gutmütig. »Das und ein paar andere Dinge.«

»Wer hat Ihnen von uns erzählt?«

»Er selbst.«

»Und wann?«

»Als ich ihn nach der Schlacht von Inkerman gesundpflegte. In seinen Fieberträumen nannte er viele Namen. Am meisten hat ihn eine gewisse Lise beschäftigt. Fragen Sie Nicholas.«

»Nicholas?«

»Na, unseren heiligen Nikolaus. Der beste Arzt, der mir je über den Weg gelaufen ist. Und abgesehen davon hat er Humor. Ich bin froh, dass ich mit ihm arbeiten durfte. Er hat dem Filou St-Clair das Leben gerettet.«

»Mary, würde es Ihnen etwas ausmachen, umzukehren und zum Lazarett zu fahren?«

»Ich hatte schon befürchtet, Sie würden nie darum bitten.«

Mit zufriedenem Lächeln wendete sie ihren kleinen Pferdewagen und fuhr zurück in Richtung Balaklawa.

Nachdem Joanne gegangen war, fühlte sich Jean-Paul wie ausgelaugt. Er beschloss, zur Aufmunterung ein Fest Bijous zu besuchen, das auf der Jacht des türkischen Paschas abgehalten wurde.

Es dauerte ein wenig, ehe er die Jacht fand, auf der ausgelassen gefeiert wurde.

Bijou begrüßte ihn spöttisch. »Willkommen an Bord. Was ist los? Waren Sie nicht beim Neffen des Kaisers eingeladen?«

»Schnauze, Bijou!«

»Soll ich Ihnen eine Odaliske für die Nacht besorgen?«

»Kein Bedarf.«

»Was wollen Sie dann hier?«

»Meine Sorgen ertränken.«

»Und wenn ich Ihnen eine Konkubine des Paschas höchstpersönlich besorge?«

»Tun Sie, was Sie nicht lassen können.«

Jean-Paul war bereits halb betrunken in die Kissen gesunken, als ihn jemand unsanft knuffte.

»Sie mag Sie«, grinste Bijou ihn an. »Wollen Sie sie über Nacht behalten?«

»Ja doch!«

»Dann stecken Sie ihr einen Geldschein in den Busen.«

»Ich habe kein Bargeld mehr.«

»Tja, dann ...«

Jean-Paul hob sein Glas. »Eine gute Frau gegen tausend schlechte. Ihre Wahl, *mes amis*.«

»Ja, darauf trinken wir«, grinste Bijou.

Jean-Paul pflückte das Kreuz der Ehrenlegion von seiner Brust. »Das Ding hier schenke ich der ersten Frau, die mich überzeugen kann, dass es noch ein Leben nach Josephine-Anne Byngham gibt.«

»Bravo, *mon Général!* Aber ist eine Frau es wirklich wert, Ihre Ehre zu opfern?«

»Ach, lass mich doch in Frieden!«

Jean-Paul stand schwankend auf und torkelte die Gangway hinunter. Er sehnte sich danach, allein zu sein.

»Wir sind nur Spielbälle des Schicksals«, lallte er vor sich hin. »Ich wollte, ich wäre tot. Habt ihr Spinner da oben nicht Lust, mich zu erschießen?«

Kapitel Dreiundvierzig

Joanne fand Nicholas in seinem winzigen Büro. Zerzaust, mit tränenüberströmtem Gesicht und zitternd vor Nervosität knallte sie die Tür hinter sich zu und lehnte sich dagegen.

Mitternacht war längst vorüber. Erschöpft saß Nicholas an seinem Schreibtisch. Den ganzen Tag hatte er damit verbracht, Klinikmaterial für den Rücktransport nach England vorzubereiten und zu verpacken.

»Sie haben es die ganze Zeit gewusst!«, platzte Joanne heraus. »Sie wussten, dass er hier ist!«

Nicholas nahm seine Brille ab und rieb sich die Augen.

»Entschuldigen Sie, Schwester Byngham, aber ich habe keine Ahnung, wovon Sie reden.«

»Aber natürlich wissen Sie das, Doktor Wainwright. Und nennen Sie mich außerhalb des Dienstes gefälligst nicht mehr ständig Schwester Byngham. Ich heiße Joanne!« Ihre Stimme klang brüchig.

»Ich dachte, Sie wären heute Abend beim Empfang des Prinzen eingeladen, Schwester Byngham. Was machen Sie also hier?« Er sah sie an.

»Ich will mit Ihnen reden. Sie wussten die ganze Zeit, dass Jean-Paul St-Clair ebenfalls auf der Krim war. Sie wussten, dass er bei Inkerman verwundet wurde. Auch das haben Sie mir nicht erzählt. Sie waren der Chirurg, der ihm das Leben gerettet hat. Warum haben Sie mir nie etwas gesagt?«

»Warum hätte ich das tun sollen?«

»Wieso nicht?«

»Schon einmal etwas von der ärztlichen Schweigepflicht gehört, Schwester Byngham?«

»Nun, jetzt weiß ich es. Ich weiß auch, dass er in einem kleinen Anbau von Mutter Seacoles Hotel untergebracht war. Ich weiß, dass Mary ihm Beruhigungsmittel verabreichte, weil er im Fieberwahn ständig von mir und Lise sprach. Wir beide, Sie und ich, standen Tag für Tag gemeinsam am Operationstisch. Hätten Sie mir nicht wenigstens einen kleinen Hinweis geben können? Ich glaube, das kann ich Ihnen niemals verzeihen.«

Nicholas kratzte sich nachdenklich den Kopf.

»Sind Sie jetzt fertig, Schwester Byngham?«

»Wie kommen Sie darauf?«

»Sicher wissen Sie, Schwester Byngham, dass ich Ihnen wegen Ihres aufsässigen Benehmens mir gegenüber nur ein schlechtes Zeugnis auszustellen brauche, und Sie werden nie wieder eine Chance bei den Nightingale-Schwestern bekommen.«

»Scheren Sie sich zum Teufel mit Ihren Drohungen, Doktor Wainwright! Ich habe längst gekündigt.«

»Ach wirklich?«

»Oh ja!«

»Ich bin froh, das zu hören. Sie sind nämlich eine ziemlich miese Krankenschwester.«

»Endlich sagen Sie ehrlich, was Sie von mir halten!«

»Spielt es irgendeine Rolle, was ich von Ihnen halte?«

Joanne setzte sich auf eine Ecke seines Schreibtischs. »Nur weil ich angesichts des Grafen von Villacroix das Bewusstsein verloren habe, bin ich noch lange keine miese Krankenschwester.«

»Mich interessiert nicht die Bohne, was bei diesem Empfang vorgefallen ist.«

»Nicky, es war wirklich ein Schock für mich, plötzlich so

unerwartet vor Jean-Paul zu stehen! Sie hätten mich warnen müssen.«

Erstaunt registrierte Nicholas, dass sie ihn beim Vornamen nannte. »Aber warum?«

Joanne zuckte die Schultern. »Sie sind mir nicht gerade eine große Hilfe, Nicky.«

»Und warum sollte ich Ihnen helfen, Miss Byngham?«

»Nun hören Sie doch auf mit dem Theater! Ich weiß, dass Sie eifersüchtig auf Jean-Paul sind.«

»Tatsächlich?«

»Bitte, Nicky! Lassen Sie doch einmal Gnade vor Recht ergehen.«

»Ich wüsste nicht, warum. Im Übrigen lautet die korrekte Anrede: Stabsarzt Doktor Wainwright.«

»Nun gut. Dann wünsche ich Ihnen eine gute Nacht, Stabsarzt Doktor Wainwright.« Joanne ließ sich von der Schreibtischecke gleiten und wandte sich zur Tür.

Nicholas sprang auf, versperrte ihr den Weg und griff nach ihrem Arm. »Warum sind Sie heute Abend wirklich hergekommen, Joanne?«

»Weil ich mit Ihnen reden musste.«

»Musste?«

»Ja, ich musste. Sie wussten die ganze Zeit Bescheid, dass Jean-Paul in Balaklawa war, und haben mich nicht gewarnt.«

»Richtig. Aber warum hätte ich es tun sollen?«

Joanne schwieg. Nicholas ließ ihren Arm los. Sie setzte sich erneut auf die Schreibtischecke und strich nervös über ihre Schürze. Nicholas legte seine Hand sanft auf ihre unruhigen Finger. »Das Leben spielt uns manchmal Streiche, Joanne«, sagte er leise. »Ich erfuhr erst, dass Jean-Paul hier war, als Mutter Seacole mich am Tag nach der Schlacht von Inkerman bat, nach einem verwundeten Soldaten zu sehen, den sie gefunden hatte.«

»Sie hätten es mir sagen sollen.«

»Vielleicht, Joanne. Aber ich habe es nicht getan.«

»Und warum?«

»Weil ich mir nichts sehnlicher wünschte als seinen Tod.«

Joanne sprang auf, verzog sich in die dunkelste Ecke seines Büros, glitt an der Wand hinunter und kauerte sich in den Schatten.

»Sie kennen mich besser, als ich mich selbst kenne, Nicky«, flüsterte sie. »Aber ich weiß so gut wie nichts über Sie. Warum zum Beispiel tragen Sie Ihre Brille nur manchmal?«

»Weil sie so leicht beschlägt.«

»Und ich dachte, Sie wären eitel. Da sehen Sie, wie falsch man manchmal liegen kann.«

Er stand auf, ging zu ihr und streckte ihr die Hände hin. Sie nahm sie und zog sich hoch.

»Joanne«, sagte Nicholas leise und legte ihr die Hände auf die Schultern, »ich liebe Sie. Ich habe Sie schon immer geliebt und nur nie gewagt, es auszusprechen, weil ich befürchten musste, Ihnen nicht gut genug zu erscheinen ...«

Sie legte ihm einen Finger auf die Lippen. »Es ist so ein wunderbares Gefühl, Nicky, dass ich mit allen Sorgen zu Ihnen kommen kann. Sie haben sich nie von mir abgewendet, obwohl Sie um meine nicht ganz unbefleckte Vergangenheit wissen. Sie haben mir niemals unangenehme Fragen über mein Leben im Schloss oder in der Camargue gestellt ...«

»Joanne«, unterbrach er sie, »ich liebe Sie, weil Sie sind, wie Sie sind. Lassen wir die Vergangenheit ruhen. Nur das Jetzt und Hier zählt.«

»Das stimmt nicht ganz«, widersprach sie ihm sanft. »Die Vergangenheit hat uns geprägt und manchmal auch unser

Rückgrat gebrochen. Nicky, ich habe Ihnen so oft dabei zugesehen, wie Sie Wunden genäht haben – könnten Sie bitte das Gleiche für meine Seele tun? Machen Sie mein Herz wieder heil.«

»Ich liebe dich, Joanne. Ich liebe dich mehr als mein Leben. Was in deinem früheren Leben geschehen ist, geht mich nichts an, aber du darfst mir natürlich alles erzählen, was du loswerden möchtest. Nie werde ich dir Vergangenes vorwerfen. Wichtig ist nur die Zukunft. Joanne, möchtest du meine Frau werden?«

»Oh ja, Nicky, ich will.«

Ihre Lippen fanden sich zu einem langen innigen Kuss.

»Verzeih mir, Nicky! Ich war ja so dumm«, flüsterte Joanne atemlos.

»Da gibt es nichts zu verzeihen, Liebste.«

Erneut sank sie in seine Arme, geborgen in der Gewissheit, dass sie bei diesem Mann für alle Zeiten sicher aufgehoben war.

Epilog

Blühe in Freiheit, wilde Tamariske,
Neige die zarten Blüten zum Tanz mit dem Wind.
Der Kuss des Geliebten ist wie ein Schwert,
Es versetzt der Vernunft den Todesstoß.
Blühe in Freiheit, wilde Tamariske,
Und darbe nicht, wenn der Winter kommt.
Trotze den Schlägen des Schicksals, denn
Im Frühling erwachst du zu neuem Leben.

Lise St-Clair de Villacroix, 1850